I0761343

La Armada Invencible

Seix Barral Biblioteca Breve

Antonio Ortuño

La Armada Invencible

Publicado por acuerdo con Michael Gaeb Literary Agency

Diseño de portada: Planeta Arte & Diseño / Domingo Martínez
Fotografías de portada: © iStock
Fotografía de Antonio Ortuño: © Jaime López-Aranda Trewartha

Bajo el sello editorial SEIX BARRAL M.R.
Avenida Presidente Masarik núm. 111,
Piso 2, Polanco V Sección, Miguel Hidalgo
C.P. 11560, Ciudad de México
www.planetadelibros.com.mx

Primera edición en formato epub: agosto de 2022
ISBN: 978-607-07-9042-3

Primera edición impresa en México: agosto de 2022
ISBN: 978-607-07-9087-4

Este libro se escribió con el apoyo del Berliner Künstlerprogramm del DAAD (Alemania)

Impreso en los talleres de Impresora Tauro, S.A. de C.V.
Av. Año de Juárez 343, colonia Granjas San Antonio, Ciudad de México
Impreso y hecho en México – *Printed and made in Mexico*

Para Olivia:
Though lovers be lost, love shall not.

[El rock] Es la más brutal, fea, desesperada y degradada forma de expresión que he tenido la mala fortuna de oír

Frank Sinatra

Supe que eras tú en cuanto oí tu música
de trailero de Alaska en metanfetaminas

Emiliano Monge (dirigido al autor)

El verano del 73 fue fantástico. No me acuerdo
de nada, pero nunca lo olvidaré

Lemmy Kilmister

Lado A

La construcción de la flota

1. *Jump in the Fire*

Como si lo viera: Barry Dávila cruzaba los atestados pasillos de Horizontes, el centro comercial más altanero en todo Zapopan, y al caminar era un barco que partía en dos el agua. Hombros echados pa' trás, botas vaqueras que resonaban igual que los cascos de un caballo contra el vitropiso, clop, clop, clop, y una chaqueta de cuero, cortita y con herrajes, según las tradiciones: vieja, manchada en los puños y descascarada en las arrugas. Y, claro, unos Ray Ban de piloto aviador calados a la nariz para taparse la carota de ídolo de barro. Barry se machacaba en el gym, y a sus cuarenta y cinco años parecía de veintipocos si no mirabas con atención, pero aun así sabía que era feo. Y no digo feo comparado con el Robert Plant de 1976, porque a su lado todos somos unos putos monstruos. No: era feo incluso al lado de su propio codo o mi riñón o el escroto de tu padre. A la gente se le salía decirle a Barry «el pinche cara de chango» porque tenía ojos de canica, diminutos y separados, una nariz bulbosa y unos labios vastos y purpúreos: los pétalos de una flor carnívora. Pero al caminar, Barry era algo más que tú o que yo, era una pantera apoderándose de la selva, y mostraba más cadencia que ninguno. Era un dios de otro tiempo. Aunque no le daba la melena para llevarla a los hombros, porque el pelo ralea con la edad y él ya tenía alguna encima, su corte era perfecto, rapado en las sienes y la nuca y un cepillo renegrido (moteado de canas, sin embargo) en la parte superior del cráneo. El penacho de un casco. El casco de un guerrero. Y así braceaba, marcial, con la playera de Black Sabbath dándole un aire clásico, de Beethoven o Mozart, sin fajar, pero a la altura del cinturón, como si se la hubiera elaborado un sastre en vez de una máquina china de emplasticar. Y sus jeans iban ajustados estratégicamente a la cintura y la cadera para exhibir mejor el paquetón de sus genitales ante las muchachas. Y su cinto lo coronaba una de esas hebillas de águila romana que tanto le gustaban y siempre le envidié. Allí, en medio de los cientos de chamaquitos flacos con gorras de plato y pantalones pescadores por los que les asomaban los tobillos, entre el ejército de cuarentones gordos o jorobados que hormigueaban por Horizontes, hocicando los escaparates y sosteniéndoles las bolsas de la compra a sus mujeres, vencidos bajo el peso de las responsabilidades y el fracaso conyugal, Barry parecía un Tezcatlipoca surgido de avernos precolombinos (a él le gustaría que dijéramos mejor un Thor, un Apolo, pero tampoco vamos a exagerar). Y avanzaba sin voltear, un dios del pasado, ya lo dije, y no miraba a nadie en concreto porque también era miope. Los Ray Ban no tenían aumento: nomás le quedaban estupendos y por eso los usaba aunque el día estuviera nublado. Él no veía nada, pero yo sí. Bueno: como si lo viera.

No lo veía porque no estaba allí, con él, pero Barry me contó, luego, que *todo*, es decir, la idea de reunir a la vieja hermandad y resucitar a La Armada Invencible, comenzó o reinició más bien en aquel paseo suyo por Horizontes, porque de comenzar había comenzado más de veinticinco años antes, cuando éramos jóvenes, tocábamos heavy y *thrash* metal y queríamos sonar más densos y ensordecedores que un tanque de guerra hundido en lodo y asaltado desde cada flanco posible. Al cruzar frente a los escaparates y las tiendas rebosantes de cacharros que no le interesaban, ropa de última moda, zapatos italianos, teléfonos potentísimos, joyas de peor gusto que los teléfonos, cazuelas con alma de piedra y esmalte de porcelana, objetos destinados a darles felicidad a los demás pero no a él, algo saltó en la cabeza de Barry y un cable se le reconectó. Quizá era el orgullo de haber recuperado su mejor forma, porque nunca se puso gordo, pero ahora se mataba dos horas cada mañana en el gym, y después corría cuatro kilómetros y se veía, a la vez, natural y fibroso. O quizá que, como el hombre casado durante veinte años que fue, se acostumbró a dejarse estar, a acomodarse, a llevársela leve, a pasar la vida en chancletas, moralmente hablando, y ahora, divorciado de la madre de sus hijos, le hervían las tripas, o sentía, aunque ni lo había pensado a fondo ni se lo había dicho a nadie, que tenía que verse bien y atraer y engatusar de nuevo a todas las chicas que pudiera. La primera que se le quedó mirando aquel día, la que disparó su vanidad, quizá no lo deseó ardientemente. No era una muchachita, pero tampoco una señora: Barry dice que podía haber tenido unos treinta años bien cumplidos y no le pareció una belleza. Casi nadie lo es: pasamos la vida privados de cualquier rescoldo de hermosura y preferimos negarla, incluso, antes que aceptar los adefesios que somos. Solo una mujer normal, sentada en una banca, helado en mano, que lo miró al azar, de entrada, y lo descartó por feo, pero enseguida notó el cuerpazo de estatua y los jeans entallados del tipo, bajo la cara de cuadrúmano y un destello de lujuria le brincó a los ojos, según Barry, quien se había detenido a su lado para revisar el mapa en el celular y así dar con la tienda de música que buscaba, en mitad del laberinto de luces y rótulos de Horizontes, porque con los pinches Ray Ban no veía ni madres, de verdad, y llevaba diez minutos de dar vueltas sin saber a dónde carajos iba. Barry se caló, pues, unos lentes de aumento que cargaba a manera de respaldo en el bolsillo interior de la chamarra (pequeños, cuadrados y muy *cool*), y descubrió que la chica de la banca lo revisaba con beneplácito, lameteaba su helado y hasta le sonreía, quizá insinuante. O pudo suceder que ella se sintiera descubierta en la contemplación y el susto le arrancara una risa, apenada y veloz, antes de que se replegara sobre sí misma y volteara a sus pies. Una mirada prudente y una risita que para Barry fueron un tesoro inimaginable, porque le parecieron síntomas de que el gimnasio, la soledad, la recuperación de su viejo estilo de *Hell Angel* olmeca, nada que ver con los pantalones de pinzas y camisas de botones y manga corta y suéteres en los hombros de color mamey de cuando estaba casado, era lo correcto. Le sentaba mejor. Quería ser el tipo de abdomen liso, una tabla de cortar carne, hombros de maniquí, piernas de mármol y pantalones untados que las chicas voltearan a ver. No una de esas montañas de músculos esculpidas por los salones de pesas ni un chamaquito de pecho lampiño y tufo a hormonas y meados. Quería lo que siempre quiso: ser un dios antiguo con todo y la cara de chango, un dios fuerte y altanero. Soy feo, pero estoy bien bueno, chingada madre, se dijo. Y se dijo también: soy un pinche rockstar. Y a los ojos de la chica del helado se sintió con veinte años menos en el lomo, su matrimonio un puro paréntesis tan abatible como toldo de un automóvil. De pronto arriba y luego abajo. Ahora está, ahora ya no. Y se despejó la cara de los lentes de aumento, los metió al estuche, que devolvió al bolsillo interior de la chamarra, sin prisa, exhibiéndose, enderezando la espina, gato arrogante, y volvió a colocarse los Ray Ban ahumados sobre la piña torcida de la nariz. Y echó aún más los hombros pa' trás, modelo en pasarela, y se alejó a buen paso, convencido de que era hermoso y de que aquella sensación bendita de la juventud volvería. Y con ella todo lo bueno: la noche, las mujeres, el trago, los amigos, la electricidad. Agarrar la guitarra, enchufarse al amplificador, rasgar las cuerdas con la púa, agitar la cabeza, gritar, sobre todo gritar, y a un paso de la convulsión darse el placer malsano de cargarse de luz y arrojársela encima a los demás.

Como si lo viera.

¿Qué soñaste aquella vez, Barry?

Algo medio raro y chingoncísimo a la vez. Fue parecido a lo que pasó en el taller de la tienda de música aquel mismo día, en Horizontes, pero con algunas diferencias. En el sueño también llegaba a recoger la guitarra que les di a reparar, y me apoyaba en el mostrador, uno de esos de cristal con estanterías y seguros metálicos. Ya los conoces, los de las ópticas. Pero en vez de gafas tenían allí púas, cuerdas, llaves de repuesto, afinadores. Y había, como pasó en la realidad, una pareja a mi lado, chavita y chavito, y me miraban con asco los dos, el morro era un güerillo inocuo, uno de esos pendejitos nuevos con los tobillos por fuera del pantalón y una gorra de plato sobre la cabeza, un güey que no había tocado una guitarra en la vida, un puto fraude, pero la morra lo miraba con ojos de vaca enamorada. Y tú tocas *heavy nópal* o qué, dijo el morro al verme, y ella le rio la gracia y a mí se me apretaron los puños del coraje. O qué, pendejo, respondí. Y el morrito se achicó. Se dio cuenta de que la había cagado y que molestó al león, se le hizo chiquito el rabo y tosió nomás. Al puto mocoso lo atendieron primero, había llevado a revisar un micrófono. Se lo entregaron y lo conectó a un ampli que tenían allí, a mano, para probarlo. Y el güey empezó a canturrear. Entonaba como niño: finito, nasal, el chorrito de voz saliéndole a pujidos de la garganta. Yo lo miraba. Y, la neta, me sentía bien. Muy bien. Yo sí sabía modular, conocía el secreto para sacar la voz desde los putos güevos, a la manera de los tenores. Podía rugir: era un tifón. Y en el sueño, además, llevaba unas botas cabronas, de cuero de víbora. Y la chamarra negra de motociclista; no esta que ves: una igual a la que usaba cuando chavo. ¿La ubicas, de las fotos? Más militar. Y mis Ray Ban ahumados, grandotes, de piloto o patrullero. Mientras el pendejo boqueaba sus palabritas melosas trajeron mi lira, al fin. Pero no la real, la que recogí aquel día en la plaza. En el sueño era una guitarra suprema, toda curvas, retro, o a lo mejor auténtica y conservada entre algodones desde los tiempos de Elvis. Ya iba a meterla en su estuche, pero la chava del taller, la que nos atendía, ofreció conectarme al ampli, también, para comprobar el éxito dc la reparación. En la realidad, mi lira solo necesitó un cambio de cuerdas y revisar el falso contacto del enchufe, pero en el sueño le habían remplazado el brazo y toda la botonadura, es decir, cirugía mayor. Esperamos, primero, a que el pendejito se callara el hocico. No recuerdo ni qué cantaba, el cabrón. Mami, culo, amor. Las mamadas que les gustan ahora. Pero llegó mi turno. Agarré la guitarra con estilo, una belleza de color cobre, o no, más bien dorada, la piel de una modelo de James Bond, y perfecta, ni pesaba de tan suave y barnizada. Hacía rato que no tenía una en las manos, hasta en el sueño lo sabía y era verdad, tanto tiempo sin tocar y por puro pendejo, por creer que bastaba con la vida plana, trabajar, cuidar a los hijos, agarrar la peda con los compañeros del trabajo dos veces al mes. Pero eso no colma el pinche espíritu ni le da de comer al corazón. No afiné siquiera: pegué un guitarrazo con las uñas, a lo bestia, sin pensármela, y seguí rasgando, y rasgando, y rasgando, rápido, más rápido, y el muchachito y las chicas se hacían pequeños, pequeñitos, se volaban, se los llevaba el aire, acaba, acaba rápido, me rogaron, me suplicaron, pero cerré los ojos y seguí, seguí hasta que ya no estaban ni allí ni en otro lado. Ya no. Los había arrastrado el ruido. Y supe que tenía que juntar de nuevo a La Armada Invencible.

¿En el sueño o despierto?

Para mí todo es sueño, pendejo. Todo. Hasta donde te abarquen las manos. ¿Qué no ves?

En el momento en que se producía en la cabeza de Barry la revelación de los tiempos de gloria por venir, estaba yo al otro lado de la ciudad, hundido en mierda laboral hasta las mismas orejas. Laminados Aceves era un taller de detallado automotriz en donde se les practicaba a los coches toda clase de ajustes innecesarios: se les repintaba aunque el tinte original fuera aún perfecto, se les colocaban llantas de doble ancho, con un tramado digno de la oruga de un tractor, o se les decoraba con accesorios brillantes, parrillas externas y barras de acero, o se les tostaban los cristales, o se retapizaba lo ya tapizado con colores estrepitosos y telas que semejaban los lomos de un tigre siberiano. Los clientes de Laminados Aceves debían ser criminales todos, porque si no su aspecto era un puto desperdicio. Hombres malencarados y tatuados, al menos el noventa y nueve por ciento de ellos, que pretendían que sus autos parecieran consoladores brillantes y cuajados de luz. Con esa finalidad dejaban un dineral en nuestras manos. O, mejor dicho, en las manos de la cajera, porque los empleados solo veíamos desfilar el oro y nos limitábamos a esperar, cada semana, la aparición de la paga en nuestras modestísimas cuentas de banco. El oro se iba al bolsillo del dueño, el Gordo Aceves, de quien no puedo hablar mal porque le debía y le debo casi todo y porque, en el fondo, no era mala bestia ni mucho menos. Un tipazo, el Gordo. Lo peor de él, es decir, el hecho de que fuera rico y supiera ganarse el dinero con la misma facilidad con que cagaba, no era tanto culpa suya como de su padre, el Gordo Aceves original, fundador del taller y uno de los culeros más grandes que he conocido en la vida, quien lo entrenó desde niñito para sacar ganancia hasta de la mugre que se rascaba de entre los dedos de los pies. Pero el Gordo primitivo murió luego de un síncope que acabó en infarto, haría ya sus buenos quince años, y el hijo se quedó con el negocio. Y eso estuvo más que bien, al final, porque la vida entera se me fue al carajo cuando me divorciaron (yo también, igual que Barry, me había quedado solo o, más precisamente, había sido olvidado, igual que las sobras en la mesa, para que se llenen de moscas) y al mes siguiente hubo recorte y me echaron del periódico donde trabajaba de ilustrador. No vi más remedio que llamarle al Gordo por teléfono: para ponernos al día, le dije, y él, comprensivo, invitó las chelas y a la quinta o sexta, cuando sacó en claro la verdad sobre mi estado lamentable y el motivo de que estuviera tan jodido y ojeroso, ya me estaba contratando para jefe de diseño en su taller. Y antes de que lo eleven de botepronto a los altares de la santidad, debo aclarar que el taller ya tenía un diseñador, un tipo a quien no llegué a conocer, porque el día que puse el pie en Laminados Aceves le entregaron la liquidación y lo remitieron sin escalas rumbo a la chingada: la amistad verdadera se impone y con quien queda fuera de su abrazo suele portarse así de cruel.

Con nosotros, el Gordo siempre fue puro corazón, desde los tiempos en que lo conocimos, en aquellas fiestas multitudinarias de la preparatoria, aunque él estudiaba en una diferente a la nuestra y mucho más cara y fresa, claro, porque nosotros éramos de la pública y él de un colegio de curas, pero nos hicimos carnalitos a las primeras de cambio y a la semana de cotorrear ya se le escapaba del taller al hijo de puta del padre para caer a nuestros ensayos con toda clase de tributos grandiosos: un cartón de chelas, un pomo de tequila y hasta un whiskito dieciocho años distraído de la cantina doméstica. Siempre nos quiso, porque sonábamos despiadados y macizos de verdad, y eso era lo que el Gordo más deseaba en la vida: aferrarse a la música, al ruido genuino, al metal. Y, sinceramente, fuimos un poco cabrones con él, porque lo despreciábamos y lo llamábamos «la Grupi», o «tu Novia» (Barry me lo decía a mí, yo al Mustaine, el Mustaine al Isaías y de vuelta todos a todos: «Ya vino tu Novia»; o: «Tu pinche Novia no cayó hoy»; o: «Tu Gorda nos dejó plantados con las caguamas»). Pero tampoco lo tratamos tan de a tiro mal porque nunca le gritamos o le escupimos o nada parecido y hasta íbamos a llevárnoslo de chofer a Europa, o eso le decíamos cuando iba a salir el disco y se suponía que armaríamos la gira. Y porque entre nosotros nos tratábamos exactamente igual. O sea, de la verga. Entre hombres, lo sabemos, amistad sin humillación es puro aprecio. Pero el Gordo fue ni más ni menos que uno de los nuestros, un hermano. Y lo era aún. Siempre tuvo la ilusión de tocar, desde chavito iba a clases de batería a una academia, la Lemus, y en nuestros tiempos se pasaba las horas debatiendo con Isaías sobre tambores, ritmos, los más grandes bateristas en la historia o, al menos, los cinco mejores vigentes al momento de la charla. Y aunque ahora, veintitantos años después, llevara encima el polo institucional de Laminados Aceves, de color pistache y untado a la panza, la gorra que le ocultaba la calvicie al Gordo era siempre de Sabbath o de Motörhead o algún otro dios del mismo Olimpo. Y más aún: la regla de oro en sus oficinas y talleres era que nadie pusiera canciones a su libre arbitrio. Si los empleados querían oír las melodías que su hipotálamo o sus pies les mandaran, debían resignarse a los audífonos. Nada de radios o altavoces personales, porque la música ambiental provenía de unas bocinas encadenadas a lo alto de las paredes y esas bocinas estaban cableadas, todas, a los equipos modulares del Gordo, de los que manaban exclusivamente rock, heavy y *thrash* clásicos o, según sus ánimos, un puñadito de selectas novedades. Tales eran su voluntad y su sello. Nada de banda, norteño o pop o canciones mierderas para bailar en sus terrenos. Y todos esos clientes con facha de malotes, que tan gallitos llegaban a nuestra puerta, oirían lo que les saliera de los güevos afuera, sus corridos criminales o sus ritmitos costeños de cinco palabras, pero en el aire de Laminados Aceves eso no existía. Allí reinaban AC/DC, sus hijos y nietos. El Gordo era un fiel. El último de los fieles.

Y así, mientras Barry miraba mal al chamaquito cantor de la tienda de música, en la realidad y en sus sueños, y el alma se le recargaba de sonido y furia, yo me torcía en mi escritorio, apabullado por los deberes de una nueva jornada tras el monitor que el Gordo me puso a disposición desde el día en que llegué a trabajar para él. Revisaba el diseño para las portezuelas del deportivo propiedad de un pendejazo que había solicitado la ilustración de unos caballos tendidos en el aire. A la carrera, los quería, pero con el requisito de que no se parecieran a los ya muy vistos del Ford Mustang. ¿Cuántas formas de correr tiene un caballo? Más de las que deberíamos retratar en las portezuelas de un auto. Mi mañana estaba dedicada, pues, a dar con una imagen que satisficiera al pendejazo, luego de tres devoluciones. Ya anhelaba que le sacaran la mierda a tiros, al imbécil, pero, al final, cambié el cruzado de patas del caballo y la dirección de la melena y el dibujo dejó de parecerse (tanto) al del Mustang. Se lo envié por correo al cliente y me di por vencido. Aunque lo rechazara otra vez, me había ganado unas horas de paz, y esta vez tenía el presentimiento de que aceptaría. El dibujito quedó muy profesional y eso era lo que anhelaban, esos perros: que alguien volviera presentable la cagada que les flotaba en la imaginación y convirtiera sus aspiraciones en algo concreto que pudieran refregarles en las caras a los demás. Así me ganaba el salario, saliendo de esas trampas. Pero lo malo de terminar un diseño espantoso era que vendrían otro y otro y otro más. Mi vida se trataba de eso, de trazar, al gusto de un descerebrado, caballitos trotones, calaveras neuróticas, tigres padrotes y siluetas de damiselas con tetas y nalgas imposibles, de cohete espacial.

El Gordo Aceves, moreno, brazos venosos y panza suave y sudorosa de bolsa rellena de caldo, se encontraba desparramado en un sillón ejecutivo, detrás de los ventanales. Manoteaba. Lo hacía siempre: cuando recibía las llamadas de los proveedores que intentaban cobrarle más por lo mismo, cuando se le quejaba un cliente por algún capricho de última hora en un auto terminado, del tipo de: «Ya no quiero rayas de cebra en la tapicería, sino manchas de jaguar». Manotear, tamborilear, eran su placer y también su vicio. Podía calcular presupuestos mientras imitaba los redobles barbáricos de Dave Lombardo, el de Slayer, sobre la tabla de su escritorio. Pero aquella mañana sucedía algo distinto. El Gordo no ensayaba su mímica sonora, sino que se concentraba en regañar a sus sobrinos, a los que había traído al taller contra su instinto y voluntad, porque su hermana lo jodía una y otra vez en los asados dominicales de los Aceves para que los contratara. Y ya que el Gordo era, desde la muerte del patriarca, el encargado de gestionar los asuntos del clan, cedió y nos retacó a los chamacos de compañeritos. Podía ver la escena del sermón familiar si asomaba del monitor de mi computadora: el ventanal de la oficina del jefe fungía a manera de pantalla de altísima definición. Luisma, el mayor, que no tenía ni veinticinco años, miraba el techo de la oficina y apoyaba la cabeza en la mano para darle a entender a su tío que lo aburría. Era flaco, barbón y con un bigotito puntiagudo y ratonil, iba en chancletas y un chongo le decoraba la cima del cráneo peludo. Costaba escuchar durante diez segundos su sonsonete de nene consentido sin querer romperle el hocico. Y Brenda, su hermana, quizá un par de años menor, bostezaba para demostrar que no era menos lánguida que Luisma. Menuda y a la vez floreciente, uñas y labios pintados de negro, se había salido de la universidad y «tomaba un descanso» antes de decidir qué hacer con su vida. Su tío manoteaba, tamborileaba, moría en vida, y ellos no le devolvían ni una miradita. Pobre Gordo, pensé: pasó de la condescendencia de los amigos al desprecio de la familia.

Días después, en medio de una de nuestras habituales borracheras, el Gordo me confió los motivos del sermón. Las tardes de los viernes solíamos irnos a beber él y yo al Ricky's, la delegación zapopana de una vulgar cadena de restoranes tex-mex repleta de oficinistas tan desesperados por embriagarse en paz, y sin ser asaltados, como nosotros mismos. El Ricky's era siempre igual a sí mismo, con sus gabinetes, sus monitores sintonizados en los deportes gringos y sus charolas giratorias con salsas, servilletas de tela y cubiertos. Daba vértigo: podría haber sido la sala de espera de un aeropuerto o la cafetería de uno de esos museos en los que exhiben frascos vacíos, maderas astilladas y hierros enrobiznados. Pero en su puerta se aburrían un par de guardias y eso nos serenaba: asaltar un Ricky's solo sería posible a bordo de un vehículo artillado. Laminados Aceves abría al público los sábados y los esclavos de los talleres no eran soltados sino al mediodía, pero la oficina del Gordo, de la que formaba yo parte, nomás funcionaba entre semana, y los viernes por la tarde guardaban para ambos un saborcito a libertad.

A mí me convenían esas salidas, puesto que me emborrachaba sin gastar un clavo: el Gordo llevaba en la cartera una «tarjeta de lealtad» del Ricky's con la que le hacían unos descuentos rotundos, se hacía cargo de la factura y, gracias a ese noble y recurrente gesto, el dinero de la paga me duraba más. Yo dedicaba los sábados a cuidarme la cruda ocasionada por la ola de cerveza, a hablarle por teléfono a la Niña, mi hija, para asegurarme de verla un ratito el domingo, y a tocar la guitarra en la santa paz de mi apartamento de divorciado. Y los domingos, claro, veía a la Niña, a la que, por cierto, llamo Niña, pero ya era mayor y estudiaba, con beca del gobierno, para socióloga: la Niña era una persona bien enfocada y eficaz, y no resultaba sencillo que aguantara mis historias de oficina, o del pasado, o mis quejas del matrimonio (como institución, en general, o del mío, fenecido, en particular) durante más de media hora. Al final se hartaba, alegaba el exceso de trabajo y la necesidad de ponerse al día con la escuela y yo, avergonzado, me iba a correr a un parque. No era un Barry con físico de Superman, desde luego, ni me obsesionaba mi apariencia, pero quería estar en mejor forma. Me frustraba un chingo que se me cansaran los brazos al darle a la guitarra acústica o que no pudiera trepar ni tres tramos de escalera sin acabar quebrado, entre toses y resuellos. Pero lo acepto: solía abandonar el trote a los cinco minutos de comenzar. La tristeza me ganaba cada vez.

¿Qué tanto les gruñías a tus sobrinos, pinche Gordo? Seguro los traes bien azorrillados. Eso le dije a mi amigo y patrón para darle pie a que soltara el chisme y él, que siempre agradecía un auditorio propicio a sus rezongos, pidió a la mesera más nachos y cervezas y lloriqueó: Azorrillado me tienen ellos, cabrón. Son unos hijazos de la chingada estos morros. Nos tomaron la medida desde chicos. Mi hermana los malcrió de la verga. A ver: nosotros tuvimos lana siempre, por el taller y porque mi jefe nos daba. Pero a mí me exigían sangre a cambio de eso, cabrón: sangre. Tuve que trabajar desde los catorce o así. Y me pagaban lo mismo que al resto de los empleados. Tú te acuerdas. Digo: traía lana, en mi casa había de todo y me dieron auto y la mamada que quieras. Pero me chingaban, y mi jefe me la hizo cansada siempre. ¿Recuerdas, no? Toda la mierda que me tiraba por juntarme con ustedes. Así era él. Piensa en la putada que le hizo a la Lupita, tu exvieja, cuando la corrió del taller… En fin: estuvo muy cabrón lo que pasé. Y estos pinches chamacos ni se graduaron de nada y nomás tienen un trabajo porque me los impusieron. Están acostumbraditos a que les hagan las cosas, en su casa tienen sirvienta y les recoge hasta los calzones del suelo. Se la pasan en la pura pendejada, todo el mundo les parece una mierda y a todos les tiran, pero no sirven de una chingada. Brenda no toma un pinche recado a derechas. Dice que se acuerda y no anota ni madres. «Te llamó el señor que trajo el carro para cromar». ¡Pues cuál de los diez, carajo! ¡Dame un nombre! Y el pendejo de Luisma, lo mismo. A ese lo metí al jale duro, con los pintores. Y mama y no deja de mamar. Ya se quejó porque los otros lo llamaban «el Putito», y cuando le dejaron de decir así, después de que los cagoteé y les recordé que Luisma será un pendejo, pero también es mi sobrino, viene y me llora a mí. ¡Y me pide que les pague un curso de sensibilidad a los pintores! Que no joda. Y su hermana tampoco. Esa está peor. Van dos del área de ventas que se me plantan para quejarse de que Brenda los trata del carajo. Ni entiendo bien qué hace, pero los putea, cabrón, los humilla. A uno lo llamó «el Pitochico», así, de la nada. Algo hace que nadie me ha dicho. Ya me tienen hasta la madre, el par. Pero cómo se los regreso a mi hermana, si está más loca que sus hijos. Me corta la verga y me la sirve en pan de hotdog si los corro. Así que me callo. Y, luego de atragantarse con un nacho y recobrarse de la tos con dos buches de cerveza, el Gordo suspiró como oso preocupado. Un oso con cachucha de Judas Priest.

Pasaba algo con sus sobrinos, sí. Pasaba esto: Luisma había decidido instaurar el pensamiento social de avanzada entre los empleados del taller y se afanó, desde su contratación, por concienciar a sus compañeros inmediatos, es decir, los otros pintores de carrocerías, sobre lo nocivas que eran las ideas heredadas de sus antepasados en torno, por ejemplo, a la infancia, la mujer, la democracia y el medio ambiente. Ellos le retiraron la palabra. Pero Luisma no se conformó. Le pareció inhumano que Rito, el perro del taller, un callejero recogido por los mecánicos, permaneciera encerrado en un patio durante la jornada laboral entera (a Rito, sin embargo, no le iba tan mal: lo soltaba el conserje cuando todos se largaban, y el chucho andaba toda la noche a sus anchas por las instalaciones, ladrándole a lo que se moviera). Y milagro que Rito no le arrancara la mano al sobrinazo cuando trató de liberarlo, porque era una bestia brava e incapaz de justipreciar los mimos emancipadores. Pero Luisma, faltaba más, no se resignó. Su siguiente movimiento fue solicitar que se retiraran de las paredes de las salas de detallado automotriz los carteles llenos de fotos de muchachas en cueros, semidesnudas, o al menos en leotardo, que los proveedores le obsequiaban al taller para promover sus barnices, autopartes y lijadoras. Pero su campaña topó con la decidida oposición de sus colegas, que casi lo linchan. Fue entonces cuando le dijeron «el Putito». Luisma se rio, pero consideró que el mote era virulento y nocivo y delató a los agresores con el Gordo. Su última hazaña había sido intentar que sus némesis obreras, unos tipos que se habían pasado la vida escuchando el mariachi de sus padres en casa y el heavy metal del patrón en el taller, apreciaran la belleza de un poco de hip-hop en catalán. Y ellos lo denunciaron, desde luego, porque la prohibición de otra música que no fuera la del jefe estaba vigente. Y el Gordo tuvo que llamar a Luisma a cuentas.

Y pasaba, además, algo peor, que me afectaba directamente, aunque el Gordo no lo sabía ni se lo dije aquella tarde en el Ricky's, mientras nos echábamos tres, siete, diez cervezas al cogote, y mascábamos sucesivos platitos de nachos sumergidos en un queso tan amarillo como un residuo nuclear. Pasaba esto: Brenda, la hermana de Luisma, además de lo que dije ya, era una muchacha sonrosada, esbelta y con carita de óvalo, ojos inquietos, pelos ondulados y pintados de rubio, ropas negras y cortitas y un gesto de desprecio en los labios que era muy difícil de sobrellevar. El trabajo que el Gordo le deparó, luego de enterarse de que su sobrina no entendía de contabilidad ni tenía ganas de atender el mostrador, fue responder el teléfono que antes sonaba directamente en su oficina. El escritorio de la chica estaba ubicado frente al mío, al otro lado del pasillo y justo debajo del ventanal. El taller contaba con una recepcionista de planta y la única línea por atender en aquel destacamento remoto era la del jefe. Así, pues, Brenda no tenía ocupaciones fijas y se pasaba las horas muertas admirándome. Durante sus primeros días en Laminados Aceves se limitó a decir al aire hola y adiós y a perder el tiempo en el celular o la computadora. Pensé que, como casi todas las muchachas de su edad que yo ubicaba, y uno hubiera esperado de una sobrina del Gordo si no la hubiera conocido a ella, sería una chica más bien seriecita, pero al cuarto día se desató. Comenzó con una travesura tonta. Se escucharon unos gemidos inconfundibles de porno en el aire. Ay, perdón, me olvidé los audífonos, dijo. Tuve un sobresalto, la verdad, pero apenas levanté los ojos del monitor. Yo era el tipo mayor, allí. El que debía mantenerse frío. Brenda, para mí, tenía la obligación de ser inocua. Pinche error, pensarlo. Y la minimicé: no importa, haz lo que quieras, dije. Al día siguiente apareció por mi escritorio y me soltó, con gesto inocente: espero que no te asustaras. Nah, respondí, muy crecidito, qué me voy a espantar, a mis pinches años ya vi de todo. Esa tarde recibí el primer mensaje de celular. Soy yo, dijo Brenda cuando me vio parpadear ante la pantalla del teléfono porque no reconocía su número. Saqué tu contacto de la agenda de mi tío. El mensaje contenía la foto de un negro encuerado y armado con una verga que le llegaba a las rodillas. Tenía algún texto escrito a un lado, «Feliz año nuevo», me parece. No mames, Brenda, qué es esto. ¿No que no te asustas? No me espanto, pero tampoco mames. Pensé que a lo mejor te interesaba, murmuró, ladina. Sacudí la cabeza y borré la foto. Cuando levanté la vista, ya la tenía acomodada en el medio muro de tablarroca que demarcaba mi área de trabajo, asomándose por un costado del monitor: un títere de guante en un teatrino. ¿Lo borraste, de plano? ¿Te da miedo? No mames, Brenda, repetí. ¿Te preocupa estar solo en tu casa y que quieras verlo? Ya no tenía en la boca su gesto repelente: se reía y mostraba unos dientes marfileños, alineados y perfectos. Seguro llevó aparatos por años, pensé. Pinche Yulian: ¿no te gustan los negros o no te gustan las vergas? Creo que esa fue la primera vez que dijo mi nombre.

Sí: me llamo Julián Ortega. Fue Barry quien empezó a decirme «Yulian», como si fuera yo hijo de John Lennon. Claro que Barry tampoco se llamaba de ese modo, sino Alberto, Alberto Dávila. Ni sé de dónde salió el «Barry». Supongo que así lo apodaban en su casa. Y el Mustaine, nuestro primer guitarrista, no compartía apellido, desde luego, con el genial líder de Megadeth, Dave Mustaine, sino que se llamaba Luis Armando Ceballos, pero le daba un aire a Mustaine, o al menos eso creíamos entonces, aunque nuestro Mustaine no era pelirrojo como el mago de la guitarra de California, sino un güero de rancho nomás (su familia era de Tepatitlán, y ya se sabe que allá todavía quedan descendientes de los franceses y austriacos que trajo al país Maximiliano de Habsburgo). Por eso fue llamado el Mustaine, aunque luego el apodo degeneró en el Mustio, el pinche Mustio, el pendejo que prefirió estudiar biología marina antes que seguir con la banda y que ni siquiera se paró al funeral del Isaías, nuestro baterista. Y el Isaías, caray: un pobre cabrón al que sus padres le impusieron un nombre tan feo que no necesitaba apodo, aunque a veces le aventábamos otros motes igual de bíblicos a la cara, Judas, Gestas, Salomé, y todos entendíamos que era él. Pero ya hablaremos de eso.

Pinche Yulian, dijo Brenda, maltratándome tal y como si fuéramos amigazos del alma. ¿Te da miedo? No mames, Brenda, no mandes estas chingaderas. Pero ella era incontenible, una veinteañera que no iba a la universidad, con más energía para gastar que un cachorro que robara y mordiera pantuflas, y sin nada productivo por hacer en la oficina, porque el Gordo no iba a recibir treinta llamadas por hora, la maldad se le fue destilando. Su siguiente movimiento resultó más incisivo. Esperó a verme concentrado en una petición de diseño singularmente compleja, una flor oriental en la que cada pétalo era un rostro de mujer, y que un asno quería impresa en vinilo autoadherible para el parabrisas posterior de su pickup de doble cabina, y se puso a sisear para llamarme: Tssss, oye, Yulian, oye, tssssss. Y yo, todo imbécil, volteé para descubrir que Brenda se había levantado la playera negra y me mostraba unas tetas picudas y pálidas, las marcas rojas del sostén como dos cejas sobre los ojos de los pezones. No mames, Brenda. Te va a ver tu tío y nos mata a los dos. Ay, pinche Yulian, se quejó y bajó su camisa, se amoldó el sostén y me di cuenta de que quizá a ella misma le hartaba el gesto despreciable que ponía cuando no estaba riéndose de mí. Es puro juego, estoy aburrida, dijo, aburrida, y alargó la i, muy aburriiiiiiiiiiida. Si nos cacha mi tío al menos vendría a gritarnos y sería otra cosa. Pinche Brenda: no voy a acusarte, nomás no hagas una pendejada. Yo vivo de esta chamba. Pero ella tenía el gesto repulsivo en los labios otra vez; ya no escuchaba.

Mi vida, a partir de aquel día, consistió en guarecerme de su bombardeo. Llegaba por la mañana a la oficina y ella lo hacía al poco rato y me veía trabajar y callarme, porque ya ni los buenos días le contestaba. Y Brenda, paciente como un leopardo, esperaba a que sonara el teléfono y a pasarle una llamada al Gordo y así distraerlo, para sacarme la lengua o ir más lejos y decir: Oye, Yulian, ¿no quieres que me siente en tu cara?; oye, Yulian, ¿por qué estás dibujando un águila romana en lugar de mirarme el culo?; oye, Yulian; y yo me torcía y bufaba y ella se reía, desquiciada, mostrándome los dientes de marfil y agitando la melena pintada de güero con las raíces negras bien evidentes. O fingía inclinarse a revisar la libreta en la cual anotaba los recados y citas del Gordo y para ello se recargaba en la media bardita de tablarroca que delimitaba su propio lugar, de espaldas a mí, contemplaba a su tío, en el teléfono, ocupado, tamborileando, tuc tuc tuc, en la luna el muy pendejo, y entonces, con deliberación y lentitud, se levantaba la falda con la mano y me enseñaba las nalgas. Y una tarde, mientras se echaba unos bostezos, me dijo: Yo creo que, neta, te gusta la verga, Yulian, porque ni me miras; otro me habría saltado encima, o habría intentado meterme el dedo, aunque fuera, y tú solo tiemblas. Y volvió a reírse. Y yo me hundí, un submarino detrás del monitor. Entendí desde el primer momento por qué los vendedores se declararon humillados ante el Gordo y no se atrevieron a decirle la verdad: que Brenda era un peligro para la especie humana.

Así pasaban mis días, así, de la chingada, cuando Barry apareció por el taller, y todo se puso peor.

Alguna vez contaste, Barry, que habías empezado en la música por otro sueño...

Yo estaba metido en la música desde morro, aunque no sabía lo que iba a ser en la pinche vida, porque uno nunca sabe. Nadé a contracorriente desde el mero inicio. Mi papá tenía un gusto de mierda. Oía lo que ponían en la radio o lo que les gustaba a sus empleados de la licorería. Y a mi mamá le latían puras baladas lloronas, todas, las de Juanga, las de José José, las de Lupita D'Alessio, hasta al Puma y el Pirulí y al tarado de Julio Iglesias oía. Igual mis hermanas. Y a mí me cagó la madre desde niño lo que escuchaban porque nada de eso importa, y las canciones que oían mi padre y mi madre y mis hermanas hablaban de un solo asunto que era el amor. Pero no el amor de verdad, que será otra cosa, sino el amor de las canciones, que es una falsedad, una pinche impostura. A nadie que le importe el amor tiene tiempo de orquestar, hacer un arreglo y pensar en coros, pianito o trompetas. Ni de usar frases que vienen de otras canciones, cabrón, o que no se le ocurrió utilizar a nadie en la realidad, que no le dirías a la que ames a la cara. A mí eso me cagaba, que todas fueran lo mismo y usaran un lenguaje estúpido, palabras que son pretextos. Lo que querían mis hermanas era bailar y mover el bote y ostentar lo buenas que estaban. Que sí, porque en mi casa seremos feos, pero también pura candela, cabrón. Y mi madre gozaba al quejarse de mi viejo, que la tenía arrinconada, decía, en el abandono, lavando platos, barriendo pisos y cocinando mientras él atendía el negocio, la licorería, y con esas canciones se desquitaba, lo acusaba de impotente y abusador y se lamentaba por haberle hecho caso y fingía tener amantes y cantaba a voz en cuello como si eso la redimiera, pero en realidad nada tenía que ver con su vida, puras fantasías absurdas. Eso es lo que más me caga en el mundo. Que la gente oiga canciones de amor. ¿Pero no es lo que hicieron siempre sus padres y sus pinches abuelos fracasados? «Tu piel, tus labios, tu adiós, el dolor, la esperanza»... O «mueve el culo»... O ¿«Te sientes muy hombre cuando...»? Pero es lo mismo. Amor. No importa si lo llamas despecho, coger, pasión. Es la misma puta canción entonada diez millones de veces. A veces lenta y suave. O cadenciosa y rítmica. Incluso puede ser atronadora, desgarrada. Pero es igual, pendejo. Amor, amor, amor. Te vendieron la misma puta canción cada vez. Cantaste el mismo engaño toda la vida. Y quedaste feliz. Porque eres imbécil. Por eso te lo siguen vendiendo. ¿Tú crees que a los que berrean esas idioteces les importan? Cantarían sobre empalar ratas por el ano si ganaran dinero así. Eres igual al que paga por coger. Es ilusión, dicen. Pero en realidad es simulación. Un fraude.

Por eso el metal.

Yo hubiera oído cualquier cosa que fuera diferente. Hasta *reggae*. O, no, no tanto, pero me entiendes. El metal me gustó porque asustaba a mis hermanas. Mientras más ruidoso, más miedo les metía. Una música de greñudos de la que se quejaban en la comida porque la ponía un vecino con cara de dóberman a un volumen que intimidaba. Pero yo me enamoré enseguida de esos gritos y empecé a cantar en la casa. Me encerraba a oír casetes, porque en la radio no pasaban rock nunca, o pura mamada del año del caldo, *La Hora de los Beatles* o la de los Doors (¿Te imaginas *La hora de Black Sabbath*? Eso no va a pasar, porque Sabbath es demasiado corrosivo: tienen cincuenta años y todavía queman); y mejor oía las cintas que iba consiguiendo y al rato me puse a imitar las voces de los cantantes. También me apropié de una guitarra que estaba por ahí, botada en el armario, había sido de una de mis hermanas cuando estuvo en un coro, una guitarra de palo de las de Paracho, las michoacanas. Le compré cuerdas, porque las tenía jodidas, y le pedí permiso a mi mamá para usarla. Creo que mi má tenía la ilusión de que tocara también en el coro, pero no se le hizo.

Y en la prepa conociste al Yulian.

Sí, aunque estábamos en diferentes salones y él se juntaba a tocar con unos punketos, Los Herejes se llamaban, y hasta en alguna tardeada de la generación palomearon. Pero al Yulian también le latía el rollo metalero y, en el fondo, ya en la fiesta éramos todos los mismos, ¿no? Y casi puro cabrón. Había unas punketas o metalerillas por ahí, pero todas tenían un carácter de la chingada y eran bien peleoneras. Yo creo que estaban hartas de nosotros, que las rondábamos todo el día, y hartas también de la bola de pendejos que las veían como escoria porque no se ponían tacones ni se maquillaban... Entonces, si alguien prestaba una granja o nos ofrecía su casa cuando estaban fuera sus jefes, si nos aburríamos de oír la puta radio y había una o dos guitarras, pues nos poníamos a pendejear, a tocar *covers*. Me sabía solamente alguna de los Kiss, hazme el favor, o alguna de las primeras de Metallica, pero casi los puros círculos, la melodía más simple. Otro de los que llevaba guitarra a veces era el Yulian, y la neta es que me caía bien, porque era menos mamón que el resto de los punketos y no te andaba regañando por comer carne o no salvar el planeta, era tranquilo y nos llevamos bien.

Tendrían qué, ¿unos quince, dieciséis años?

O un poco más, porque al principio yo andaba con banda más viejita, los fósiles de la escuela, que me enseñaron un chingo de música, pero luego me abrí de con ellos, que ya se iban a la verga y todo les valía madres, y en el último año empecé a juntarme con el grupito del Yulian, es decir, con el Isaías y el Gordo Aceves, que iba a un colegio de curas, pero se había hecho cuate de ellos y los presumía como sus «compas satanistas». Algunas veces nos vimos en la casa, en un cuarto que tenía mi mamá destinado para los trebejos, a tocar unas rolas con el Yulian y otro amigo suyo que le decían el Intestino, ni me acuerdo cómo se llamaba. Fidel, me parece. Eso. A güevo, Fidel Tovar. Pero el Intestino no tenía batería y lo que hacía era pegarles a unos botes para llevar el ritmo y pues era una güeva loca aquello y él mismo fue el primero en aburrirse y ya nomás se paró dos o tres veces más y no volvió. O lo mandé yo a la verga, porque además era un pinche chistosito, un igualado y un mamón. Ni me acuerdo bien.

¿Al Yulian y a ti les latía la misma música?

Pues más o menos. A él le gustaban un tipo de bandas punketas ruidosas que están chidas y tenían más que ver con lo que yo oía: todo el hardcore ochentero y los Misfits, los Cramps, Iggy Pop, MC5, o cosas más viejas e ilustres, digamos que Bowie. Pero Yulian tampoco tenía pedos en sentarse a oír toda la tarde a Sabbath o Metallica. Le gustaban igual.

Y entonces vino el primer sueño.

Sí, eso pasó en las vacaciones, antes de los últimos semestres de la prepa. No fue uno de esos sueños con historia o un episodio. Fue solo una imagen y una sensación. Estaba en un escenario iluminado y tocaba una guitarra, pero no una viejita ni de Elvis. Una lira negra, en forma de hacha, perrísima. Fría y pesada como la puta verga. Vibraba y era un infierno manipularla y no sé, la sensación era cabrona, se sentía igual que manejar una moto o disparar una ametralladora. Para donde apuntaba la guitarra todo saltaba en añicos, se rompía. Pinche emoción poderosa. Soñé eso y el día siguiente vi al Yulian y le dije que teníamos que hacer una banda. Que era lo único que valía la pena en la vida.

La mañana en que Barry se nos manifestó y las cosas cambiaron, llegué con retraso a la oficina. Me había detenido a desayunar en el puestito esquinero al costado del taller, conocido bajo el nombre de los Tacos de don Bon Jovi debido al espectacular peinado con laca del taquero, que fue metalero *glam* en la juventud, y me entretuve de más porque el sitio estaba repleto y don Bon Jovi no se daba abasto con los pedidos. El aire mismo era suculento: grasas de res y cerdo mezcladas en un matrimonio delicioso y perverso (así sueña uno que sea su matrimonio y luego descubre que no; o sí, pero con un protagonista diferente que uno, y lo divorcian, como me pasó a mí). Gotitas de cebo brincaban de la parrilla a los ojos de la congregación de clientes que se apretaba frente al mostrador. Pensé en un concierto de los viejos días, cuando solo los más cabrones lograban abrirse paso hasta el pie del escenario entre el aventadero general. Pensé en la Pati, el Pato, una chica con la que quise todo en la época en que salíamos de la prepa (yo de la mía y ella de la suya, tristemente lejana, que era de monjas y estaba a más de sesenta kilómetros, en Chapala), cuando nuestra banda comenzó, y con la que nunca se me hizo nada: era una metalera bonita, tan castaña que pasaba por rubia, machorra, elástica, que tocaba la guitarra igual que una diosa en una banda de mierda llamada The Hammer, y que en los conciertos a los que nos asomábamos era implacable para entrometerse en el remolino de cuerpos mientras el ruidero nos destrozaba. Pati, el Pato, era experta en treparse al escenario a bailar y saltaba luego desde él y le salió bien muchas veces. Arriba, daba unos pasos desmesurados, el loco a punto de resbalar al precipicio en la carta del Tarot, para luego dejarse caer a los brazos de los mastodontes que dominaban las primeras filas de la audiencia. El truco podía resultar grandioso y el Pato, la Pati, decía que nunca alcanzó mayor placer en la vida que cuando logró ser llevada por los aires en las manos de dos docenas de salvajes y con todas las luces apuntándole, una reina adorada por la multitud viciosa y toda dedos. Pero otras veces fallaba el truco y el Pato, la Pati, daba con los huesos contra el suelo y se rompía algo. Se fracturó un tobillo en El Hangar, la enyesaron por dos meses y apenas le quitaron la escayola se fue derecho a saltar otra vez. El Hangar era un local en segundo piso, bastardo de arena de lucha libre y bodega de costales de maíz; un lugar húmedo, percudido, destartalado hasta el grado de mostrar las vigas de la estructura. Allí tocamos la primera vez, cuando nos llamábamos Paganos, en un festival con mil bandas más que vino a cerrar el Transmetal, el monstruo de Michoacán, unos güeyes que hacían un puto ruidero majestuoso de dinosaurio con náuseas. ¿Quién diría que la Pati, el Pato, veintitantos años después sería la directora de cultura del ayuntamiento de Ajijic, Jalisco, que es un pueblo lleno de gringos, pero también de rancheros que todavía creen que el metal es del Diablo, que el Diablo existe y que era el padre de mi amiga, porque era lo que les respondía ella a quienes preguntaban por el tatuaje de Sabbath en su hombro? A la Pati, al Patito, me la había topado en los tacos de don Bon Jovi unos meses antes: iba a la carrera, eléctrica y hermosa, y aquella mañana la recordé. El nuevo proyecto de mi amiga consistía en que el ayuntamiento de Ajijic llevara a Transmetal a tocar a la plaza del pueblo, sobre el kiosco, a modo de banda municipal. Pero el alcalde, un primo de su marido, estaba aterrado con la idea y no iba a permitirlo. *Vade retro, vade retro,* murmuraba, porque estudió en el seminario y recordaba sus latines. Al menos quedaba claro que la Pati, el Pato, se divertía. Mucho. O al menos más que yo, que era un pinche empleado con flojera y que luego de media hora de apretadero logré, al fin, saltarme a dos clientes, abrirme paso hasta el mostrador y encargar cinco tacos de buche, pues solo de esos quedaban. Los ahogué en salsa de tomate, la picante ya me daba agruras por la puta edad, y me bebí el refresco de dos tragos. En el puesto de don Bon Jovi había que engullir el desayuno a toda velocidad para que no te rompieran las costillas a codazos los que esperaban turno o te arrimara demasiado la verga al culo algún pasado de lanza que aprovechara el enjambre reunido para joder o desquitarse de su pinche soledad. Tal como pasaba en los conciertos. Carajo. Puta memoria. A cierta edad ya no puedes ni caminar por la calle, porque cada piedra que pisas está manchada de historias y ponerle un pie encima es darle play a la máquina y correr el riesgo de perderte en horas de recuerdos que no quisieras tener así, tan embarrados.

Brenda, claro, ya estaba en su lugar, pero me ignoró y logré encender mi computadora en paz, colgar la chamarra en el respaldo de la silla y hasta servirme un café sin que me dirigiera la palabra. En las bocinas sonaba, muy bajita, una balada de Ozzy. El ambiente era apacible, podría decirse, pero yo temía, herbívoro oteando en la sabana, una trampa que terminara en un salto inopinado de la depredadora y una nueva cacería. Me sumergí tras el monitor y me concentré en revisar las órdenes de trabajo pendientes: flamas laterales para un compacto blanco y deseoso de arder, y el Sagrado Corazón que requería el persignado dueño de una camioneta de reparto de flanes. Para cuando me di cuenta de que Brenda estaba recargada en el medio muro de tablarroca frente a mí, era muy tarde. Creo que brinqué. Solo un poco, y a la vez lo suficiente. Ella se reía, claro. ¿Me oliste, Yulian? No, dije, por responder algo. ¿Quieres? Y se sacudió la playera negra para esparcir por los aires su perfume. Su risa era un agua clara y de no ser por el miedo que me metía en el cuerpo, creo que habría resultado hasta agradable. Qué pasa, le dije. Ella mostraba los colmillos. ¿Ya viste al güey que está con mi tío? Vinieron y preguntaron por ti. Hace ya rato. Pero llegaste tarde… Lentamente, porque temía otra de sus emboscadas, me puse en pie. La oficina del Gordo Aceves estaba iluminada, sí, y allí vi al jefe, en su silla, muy tranquilo, las manos revoloteando por los aires, proponiéndole un ritmo a la mesa. Pero había alguien más y no era uno de esos clientes con tejana o gorra de plato de toda la vida. Estaba de espaldas a mí, sentado frente al escritorio: chamarra de cuero, nuca rapada, un cepillo de pelo negro sobre el coco... Y ese pinche Sargento Pedraza quién es o qué, dije en voz alta. ¿Sargento *what?* Eso repuso Brenda. Claro: ella era joven y no tenía por qué conocer al marchista mexicano que casi gana la caminata en la Olimpiada del sesenta y ocho. Un güey que se hizo famoso incluso antes de que naciera yo, o sea que muy viejo para ti, le respondí: yo supe de él porque mi madre me hablaba a veces del Sargento Pedraza, el clásico héroe mexicano que quiso pero no pudo. Fue medalla de plata: se lo chingó un ruso en los últimos metros de la competencia. ¿Y dices que este güey de la oficina se le parece? Brenda volvía a lo suyo. Pues está bien mamado, marcadito de la panza. Desde que lo vi me gustó. Aunque ya esté viejo. Pero aguanta, ¿eh? Tiene unas nalguitas y unos brazotes… El visitante volteó la cara a la izquierda, muy ligeramente, y pude revisarle el gesto para darme cuenta cabal de quién era.

Barry Dávila. El puto Barry de mierda. No sé si lo dije o solo lo pensé, pero Brenda de todos modos me miró con curiosidad mientras yo rodeaba su medio muro de tablarroca y caminaba, mesmerizado, hacia el pasillo lateral del despacho. ¿Y sí lo conoces? ¿Quién es? Eso repetía ella, pero me hice el sordo, di vuelta en el corredor y caminé a la escalera que llevaba a los talleres. Decidí que sería mejor ocultarse en la sala de los pintores, porque en el baño de la oficina (compartido con Brenda, por cierto, lo que ya había dado pie a algunas de sus torturas, como que dejara unos calzones negros y minúsculos colgados de la llave de la regadera sin cortina y me dijera luego: ¿Viste?) resultaba imposible pasar inadvertido. Me encontrarían allí. Y necesitaba huir porque el Sargento Pedraza metido en la oficina del Gordo era, fuera de toda duda, el hijazo de la chingada del Barry, y yo no me sentía listo para verlo.

2. *Peace Sells*

Todo se vuelve mitología cuando pasa suficiente agua bajo el puente. Hablo de las buenas historias. Porque las malas dejan de importar y se diluyen en nada.

Para los efectos de mi credo, este es el mito de la creación. O uno de ellos. Uno entre varios. El que yo elegí.

John Winston Lennon era un adolescente inusual en 1957. Un tipo más interesado en machacar la guitarra que en buscarse un futuro honesto, como se esperaba que hicieran los buenos muchachos de la posguerra. A Lennon le gustaban los viejos blues y el rock'n'roll, músicas abrasivas y fuera de lugar en la Inglaterra del *tori* MacMillan. Los chicos bien portados oían, claro, otras cosas: *big band*, baladas románticas. Y los intelectuales se emborrachaban a ritmo de jazz. La tarde del 6 de junio de aquel año, Lennon tocó unas canciones con su grupo de covers en un festival organizado por la iglesia de su barrio, al sur de Liverpool. Entre el público, formado por «jóvenes y furiosos vagos», según decían los diarios locales, se encontraba un muchachito llamado James Paul McCartney. Un amigo común los presentó después del pequeño concierto. John y Paul eran de clase obrera, hijos de madres viudas ambos, y parecían destinados a ser oficinistas o empleados comerciales, igual que sus parientes y vecinos. Congeniaron. McCartney, además, era un guitarrista hábil y se sabía las mismas canciones que Lennon. Unas semanas después ya tocaban juntos y comenzaron a componer sus propias melodías, basadas en esos blues y rocanroles que tanto fatigaban. Al principio, la banda de Lennon se llamaba The Quarrymen. Pero, juntos los dos y con otro par de amigos más, llegaron a ser famosos bajo otro nombre: The Beatles. Ellos inventaron los juegos principales que jugamos. Fueron de todo. Incluso, a su modo, una banda de *covers* juvenil y unos cantantes de balada romántica. Pero también le metieron en la cabeza a parte de la Humanidad que unos barbones con guitarras podían ser más importantes que Jesucristo. Y aunque nosotros solamente escuchemos un par de sus piezas, ahora, porque las otras suenan a programa televisivo de concursos de 1965, sobre esa piedra, lo queramos o no, se edificó nuestra iglesia.

Pero después de Dios siempre asoma el Otro, el Maligno. En 1967, en Birmingham, a un par de horas por carretera al sur de Liverpool, un encendido fan de los Beatles llamado John Michael Osbourne puso un anuncio en una revista local. Se ofrecía para cantar en alguna banda y firmaba «Ozzy Zig». Quería probar fortuna en la música: Birmingham era un agujero en decadencia y sus amigos malvivían, como obreros no especializados, en fábricas oscuras y hediondas. Uno de esos trabajadores había perdido las puntas de los dedos de la mano derecha en un accidente de la línea de producción. Le avisaron del anuncio, lo respondió y se presentó en la puerta de la casa de Osbourne. Se llamaba Anthony Frank Iommi. Después del percance y la amputación, se había procurado unos dedales de acero para tocar la guitarra y refutar al médico que le sugirió buscarse un pasatiempo distinto que la música. Iommi y Osbourne habían sido compañeros de escuela, pero no simpatizaban demasiado. Un poco de mariguana, que les puso al alcance de la mano el amigo común que propició el encuentro, el baterista Bill Ward, los dejó listos para pensar en una colaboración. Formaron los tres, junto a un bajista notable llamado Geezer Butler, The Polka Tulk Blues Band, que luego cambió de mote a Earth. Cuando los tipos descubrieron que compartían nombre con una banda de covers que solía amenizar fiestas de cumpleaños en Birmingham, optaron por un giro radical. Eligieron llamarse Black Sabbath. Y ellos fueron los inventores de nuestro juego específico. Se vistieron de negro, sonaron oscuros y amenazadores en vez de alegres y amorosos, hicieron tanto ruido que pusieron en fuga a casi todas las chicas de sus tocadas, para desesperación de Ozzy, y, generalmente en broma, también blasfemaron e invocaron a Satán (más de un siglo antes lo había hecho ya el poeta Baudelaire pero el buen *Baudi*, hasta donde sabemos, no cantaba, ni bien ni mal). Tommy, por cierto, comenzó a tocar la guitarra utilizando tritonos, un intervalo que la Iglesia de la Edad Media prohibió por su eco siniestro y que aún se denomina «Diabolus in Musica». Era un asalariado sin conocimientos de notación: sostenía que solo quiso sonar oscuro y que quizá lo influenció el blues que escuchaba de joven. Al blues, claro, si algo le sobraba era fama de diabólico. El Maligno asoma la garra antes de que puedas anticiparlo.

Y, finalmente, llegamos a una época algo menos remota en la cronología, pero, en el fondo, igual de arcaica ya. Otro anuncio en una revista ayudó a que se conocieran, en 1981 y muy lejos de allí, en la soleada California, dos fans acérrimos de Sabbath. El que pagó el aviso era un adolescente danés llamado Lars Ulrich, recién mudado a Los Ángeles junto a sus padres. Ulrich era tenista amateur pero ya no quería dar raquetazos: prefería golpear baterías. Le respondió un guitarrista, James Hetfield, adolescente emancipado, hijo de madre ya muerta y padre golpeador. Ambos eran muy bebedores, oían a las mismas bandas y ambicionaban, despiadadamente, hacer un ruido más extremo que todas las demás. Decidieron tocar juntos. Un conocido de Hetfield, otro paria llamado Dave Mustaine, pelirrojo y con el talante de una motosierra, se hizo cargo de la guitarra principal. A la banda le pusieron Metallica. Crearon un sonido más veloz, agresivo y extremo que nadie antes. Luego de unos meses, echaron a Mustaine por su radical consumo de drogas y su trato de mierda hacia todos, y el demente aquel se fue y fundó Megadeth, la otra gran banda de su era. Años después, luego de una larga relación de odio con sus excolegas, Mustaine confesó que el nombre y el logotipo de Metallica habían sido copiados de una compañía que instalaba aires acondicionados y que allí había mucho de farsa. Poco importaba ya. Él estaba en los controles de su propio dragón. Y cuando Metallica, que fueron los reyes de la colina durante varios años, comenzaron a grabar álbumes más serenos y *adultos*, después de 1991, Megadeth ascendió al trono. ¿O quizá no? Porque en el horizonte despuntaba toda una jauría de pretendientes todopoderosos…

Relámpagos y truenos, pues. Los cuentos, hermanas y hermanos míos, tienen mil comienzos y pocos de ellos alcanzan un final. Pero vale la pena seguir atentos a todos mientras la música nos taladre el oído.

Nuestra banda tenía un nombre que primero me pareció estúpido, aunque fui quien lo propuso, y al que luego me acostumbré y con el que llegué hasta a encariñarme. Éramos La Armada Invencible, o La Armada, a secas, para nuestros fans, que llegaron a ser un par de cientos en la ciudad y casi mil en el país, si es que cada disco que se llegó a vender puede ser asociado a una persona que sea susceptible de ser llamada «fan»: las ventas no fueron malas y apagaron desde el nacimiento el chiste de algunos pendejitos, en la escena local, que nos llamaban *La Armada Invendible*, pero que no eran capaces de colocar más de cincuenta ejemplares de sus putos demos mal grabados. La formamos Barry, en la voz; un servidor, Yulian Ortega, en el bajo; el Isaías, un cuate de la escuela, en los tambores; y el Mustaine, dos años mayor que nosotros, en la guitarra solista. Mustaine lo hacía tan bien que Barry no tuvo problemas para quedarse solo con la guitarra rítmica, porque le costaba cantar y llevar melodías complejas a la vez, y el otro era un as. Y Mustaine nos jodió, al final, porque prefirió volver a la escuela que seguir con la banda. Y luego el Isaías se murió. Aunque, claro, lo que pasó fue que el Mustaine, el cabrón del Mustio estaba harto de Barry y su vanidad culera, su obsesión por pelearse con todos y tratarlos con la punta de la reata: a la otras bandas, a los promotores y disqueras que nosotros mismos buscábamos, y a los dos o tres periodistas que le hacían caso al metal en la ciudad. Barry estaba convencido de que todos eran unos parásitos y nos hizo enfocarnos en lo que consideraba el único camino posible hacia el triunfo: sonar en el extranjero. Por eso sufrimos tanto para grabar un *demo* decente (lo que tardó Barry en sacarle a sus jefes el dinero para producir cuatro rolas en un estudio de verdad). Por eso rechazamos tantísimas tocadas (Barry sostenía que era una pérdida de tiempo presentarse en lugares más chicos que Guadalajara, es decir, que nos quedamos sin ir a Aguascalientes, Mazatlán o Morelia, por donde ya habían pasado todas las demás bandas del circuito). Y creo que si llegamos a tocar en Chapala fue solo porque había gringos allí y a Barry le pudieron las ganas de alternar con ellos y ver qué les sacaba. Y pues en la Capital no llegamos a tocar ni una vez, aunque íbamos a hacerlo antes de desmoronarnos, como abridores de los pendejos de The Hammer. Ay, esos hijos de perra: si uno se olvidaba de la Pati, mi Patito, los Hammer eran unos culeros insoportables... Pero ya dije: eran gringos de Ajijic, que es un pueblo de mierda lleno de jubilados, al lado de Chapala y a una hora de carretera de acá, y Barry los amaba... Yo, sinceramente, toleraba a los Hammer solo por la Pati, el Pato, que era muy diferente a los mamonazos de sus compañeros. El Patito rifaba, era a toda madre, podía charlarse y beberse y bromearse con ella y si no se pudo más era solamente porque andaba desde chamaca con el Eddy, el mero mero de su grupo, un puto güero gringo (o medio gringo: Ajijic es el único experimento a gran escala de mezclar güeros con mexas que conozco) de seis metros y cien kilos. En fin. La banda, la nuestra, duró tres años, desde el rebautizo como La Armada Invencible, y otro año y medio si contamos la época de Paganos, pero ahí no teníamos al Mustaine y éramos nomás Power Trío. Tocábamos poco, aunque éramos buenos, pero nos machacamos en el estudio hasta sonar afilados, hasta ser una katana (el epítome de lo filoso: conozco mis clásicos), y Barry se gastó un dineral en enviar copias del demo a todas las discográficas metaleras de Estados Unidos, Europa y Sudamérica. Y la neta es que ese *demo* estaba de güevos, tenía un poder que ya hubieran querido los Hammer para un pinche domingo, aunque yo, gustoso, les hubiera intercambiado a la Pati, al Pato, por el descontentadizo divo de nuestro Mustaine, pero a nadie se lo llegué a decir, ni siquiera a ella, porque uno debe tragarse ciertas ensoñaciones y jamás compartirlas: la propia felicidad es una ramita frágil y nada le gusta más a un idiota que arrancarla y pisotearla frente a nuestras caras. Y llegó el día en que tuvimos que pedirle un préstamo al Gordo para contratar a un productor, cuando finalmente decidimos grabar un disco en forma, uno en serio, con diez tracks, y no otro pinche *demo*. A Barry se le había terminado el dinero, o su familia no quiso poner más de su bolsa, pero sobrevino el milagro: resultó que el padre del Gordo Aceves, que era un hijísimo de la chingada, tampoco quiso facilitarle ni un clavo a su retoño para socorrernos. Suficiente te doy para que te hagas pendejo en el taller y te salgas antes de hora, siempre, para irte con tus amigos putitos, greñudos, mariguanos: eso le dijo el Gordo viejo al Gordo joven. Pero nuestro carnalazo, que era un santo, dejó pasar un tiempo y luego, una noche, se deslizó, sombra inmensa y callada, abrió la caja de seguridad de Laminados Aceves y se chingó el dinero que había allí para entregárnoslo y pagar la grabación. Aquello acabó mal, pues el padre, enloquecido al descubrir el desfalco, culpó a todo el taller y acabó por echar a la calle a la joven encargada de la caja, pero esa es una historia distinta y no viene al caso acá; o quizá sí, pero la abordaré después, porque Lupita, la falsa acusada, acabó luego de un par de vuelcos siniestros del destino por ser mi esposa, y desde hace tiempo, mi ex: esa de la que hablo a veces pero de la que no quisiera hablar más. Retorno al punto: la banda se terminó por varios motivos, y sobre todo porque ya nadie soportaba a

Barry. O quizá solo lo aguantaba yo, que soy un pinche lerdo que carga en el lomo lo que sea, carajo: incluso un matrimonio de mierda, con infidelidad incluida, y la duda que surgió, a partir de ella, de si la Niña sería de verdad mía, aunque nunca tuve dinero ni güevos para pagarnos un examen de ADN y cuando lo tuve, o al menos podía conseguirlo, ella había crecido ya y dijo que francamente, mientras no le diera leucemia o necesitara un riñón, sus genes y los míos le valían una reverenda chingada. En fin. Es cierto que Barry consiguió el contrato discográfico, pero no era el dueño de la banda y se portaba como si lo fuera. Los últimos meses de ensayos parecieron una broma: en vez de tocar, nos juntábamos a oír sus minuciosos planes de conquista. Soñaba con que fuéramos a Estados Unidos, pero se conformaba, de momento, con Europa. Johnny Boy, el productor con quien nos enrolamos para grabar, era otro gringo de Ajijic, un viejo lobo de la escena de Detroit que tenía amigos regados por el mundo, sobre todo en Alemania, donde vivió una temporada en los ochenta, cuando cayó el Muro de Berlín y la vida parecía florecer entre las piedras, y nos prometió que el álbum podría salir allá. Nadie usaba el email entonces, ni siquiera sé si existían, así que Barry iba por las noches a la licorería de su familia y se sentaba a llamar y llamar por teléfono a los contactos que le pasaba Johnny Boy. Y un día, al fin, dio con Michael Bee, un tipo de Berlín, dueño de la disquera Haxan Récords, que conocía nuestro *demo* y se entusiasmó. Acordaron que el material saldría en Europa y comenzaron a tramar una gira para presentarnos en sociedad, una de esas en que uno se sube a un autobús viejo, con el estuche de la guitarra y una maleta, y duerme en el asiento del camión o en el sofá o en la alfombra del dueño del bar donde hubiera acaecido la tocada de la noche.

Así que, en vez de reunirnos a practicar y ponernos a punto, Barry nos juntaba para maquinar ante nosotros planes cada vez más ambiciosos: cooperarse en los gastos con alguna banda sudamericana, por ejemplo, para cargar menos equipo y ahorrar costos; compartir pedales, partes de la batería, el cableado... De todos modos, tendríamos que usar los amplificadores y el equipo de los bares, decía él, y así economizaríamos. Y entre tanto, rechazaba cualquier cosa aquí. No quería saber nada de México. Ni siquiera organizó una tocada en la ciudad o, de jodido, en la pinche Ajijic, en donde al menos hubiera podido yo echar unas chelas con la Pati, el Patito. Barry pensaba que después de volver de Europa podríamos ir a la capital con los Hammer o alguien de ese pelo, y que luego nos invitarían a todas partes en plan de reyes. Estaba loco, el cabrón.

Pero allí fue que torció la puerca el rabo y sobrevino la rebelión. Todo empezó porque el Mustio, aunque ya había cumplido más de veinte años por entonces, hizo exámenes para la Universidad sin decirnos nada y salió en las listas de admitidos. Pero no solo eso. Mustaine quería estudiar biología marina y para ello tenía que moverse trescientos kilómetros, el pendejo, a Puerto Vallarta, a la mera orilla del mar. Y se esperó para decirlo a que el disco tuviera fecha de salida y hasta portada (un dibujo mío de un viejo galeón heavymetalizado, con velámenes y encordado de barco y cuerpo de Stratocaster, del que sigo muy orgulloso, porque deben estar conscientes de que, además de bajista y padre de la Niña, soy un ilustrador bastante vergas, según podrían confirmar los clientes de Laminados Aceves) y Barry hubiera conseguido una promesa de presupuesto de la disquera, apalabrado fechas en siete ciudades de Alemania, Holanda y Bélgica y recibido la seguridad de cerrar otras cinco en Dinamarca, Noruega y Suecia. Y allí salió el Mustio con su batea de babas. Pues muy chidos el disco y la gira, cabrones, nomás que ya me voy a la chingada, nos dijo. Y de inmediato se armó el puto infierno. Estábamos en el cuarto de ensayo, un bodegón prestado por la familia de Barry. El Mustio soltó la noticia de su partida y se explicó con tantas razones que resultó evidente que llevaba meses decidido a largarse. Dejó claro que prefería la escuela al grupo. No vamos a vivir de esto, proclamó, está muy chido que el disco salga en Europa, pero no va a pasar nada con él. Lo que tocamos nosotros, lo tocan mil bandas allá. Y, además, somos unos pinches mexicas. Ni modo que les interesemos más que Iron Maiden o Helloween. Y en Estados Unidos no tenemos esperanza. Aquí es donde deberíamos armarla, cabrones, aquí, pero nunca lo hacemos. Nunca vamos a ningún lado. Vivimos encerrados y ensayando. Y ya ni eso: todo se trata de planear las vacaciones de Barry por Europa. Y yo quiero hacer algo en la vida. Estudiar, irme de esta ciudad de mierda. Estoy hasta la madre. No quiero nada de esto que hacemos. Y ahí fue que el Mustio se detuvo. Quería, supongo, una respuesta o al menos una señal de comprensión. Quizá esperaba que se produjera una charla, algunas confesiones, abrazos, camaradería. Pero Barry no era un güey dispuesto a rogar. Caminó hacia él, se le paró enfrente, lo miró por dos o tres segundos, y, al final, le lanzó un madrazo y le rompió el hocico. Bien roto. No mamadas. Lo sentó del derechazo. Y el Jonás y yo nos quedamos tan sorprendidos que no parpadeamos siquiera. Allí se hundió La Armada Invencible, igual que le sucedió a la original, aquella flota española del siglo XVII que naufragó antes siquiera de entrar en batalla… Esa anécdota de la Armada fue una de las muchas que me contó mi abuelo, cuando era yo pequeño, y siempre estuve enamorado de ella: un ejército perdido, que habría cambiado la historia de la humanidad si tan solo hubiera podido desembarcar y pelear... Visto lo visto, resultó un nombre perfecto para la banda, que también habría sido la gran cosa si no se hubiera desintegrado antes de tener la opción de asombrar al mundo.

Lo que el Mustio no dijo, y lo supimos mucho después, o al menos yo, porque Barry ya se lo olía, es que existía otra razón mayor. El Mustaine, el guitarrista que hizo que las canciones planas de Paganos se convirtieran en las maravillas que llegaron a ser las de La Armada, nunca fue propiamente uno de nosotros. Era mayor, sí, un par de años, pero más allá de eso, se abría de nuestra compañía una vez abajo del escenario o fuera del ensayo, y nunca nos acompañaba a fiestas o tocadas. Cuando comenzamos a juntarnos con él, por recomendación de un amigo mío, Fidel Tovar, al que apodaban el Intestino, el Mustio tenía ideas muy distintas a las nuestras. Totalmente. Le gustaba el rock, claro, y era un guitarrista de aquellos. Un pinche virtuoso, pero lo suyo no eran ni Metallica ni los Misfits ni mucho menos Venom o Motörhead. Al Mustaine le gustaban Mötley Crüe, los Guns, Skid Row, y tenía una colección de discos viejos de T. Rex y Queen. Lo suyo, pues, era el glamour y no nuestro rollo machito y ruidoso. Creo que al final del segundo ensayo que hicimos juntos se descaró un poco, quizá porque ya nos habíamos chingado unas cervezas y balbuceábamos, y el Mustio se aclaró la voz y propuso que nos maquilláramos y nos echáramos spray al pelo. Al Barry y a mí nos entró la risa boba, es más, creo que solo al pinche Isaías-Jonás no se le doblaron las rodillas de la carcajada. Apenas habíamos decidido que el nombre de Paganos se fuera a la basura (aquel power trío, después de todo, no existía más, ahora éramos una máquina muy superior, con un ninja en la guitarra principal) y yo estaba ebrio y feliz de que mis compañeros se hubieran entusiasmado con mi propuesta de llamarnos La Armada Invencible, que sonaba tonto y autoirónico y metalero de a madres y remitía a tantas cosas que daba vértigo pensar en todas. Supongo que por eso nos cagamos en la sugerencia de *look* del nuevo integrante de la familia. Tú eres güero, pinche Mustaine, le dijo Barry, sorbiéndose los mocos luego de casi asfixiarse de tanto reír. Y al verle la jeta de perro que puso, agregó: a lo mejor te sientes el guapo de Bret Michaels si te vistes así, pinche Mustaine, pero mírame: yo tengo cara de chango. Si me disfrazo de *glam* voy a parecer puta de a cincuenta la mamada en la calle Obregón. El Mustio se quedó callado, pero clarito se vio que estaba inconforme. Aunque luego se adaptó al uniforme de La Armada, los pantalones de mezclilla, la playera negra de alguna banda chingona, los tenis de cuero blanco o las botas, porque a Barry le gustaban las de cowboy y era raro que se las quitara de los pies. Pero se distinguía del resto: siempre llevó el cabello más largo y rizado y metódicamente correcto que nosotros. Y daba la impresión de haberse puesto crema de coco en los labios, porque se le veían grasientos, sudados. Hasta es probable que fuera verdad. Por eso, el día que Barry le reventó el hocico, quedó claro que lo nuestro estaba fisurado desde antes, quizá desde el inicio.

Aquella tarde fue dura. El Mustio ya no quiso saber nada cuando se levantó del suelo. Solo bajó la cabeza y comenzó a empacar su guitarra y pedales. Abraham tuvo que prestarle una mochila porque Mustaine no llevaba la suya. Barry, muy digno, se fue a meter a un rincón de la bodega, luego del golpe, y se quedó allí, sentado en una caja de madera, mirándose las puntas de los pies. Se frotaba el puño derecho; seguro se había lastimado los nudillos con los dientes del Mustio (y se los habrá engrasado con el coco de sus labios, además). Yo no era bueno para mediar en ninguna clase de conflictos, y por eso no dije nada. Le hice una señal al pinche animal de Salomón, que se veía perdido y desolado, y lo conduje a la tienda al otro lado de la calle para comprar unas cervezas. Nunca fui un gran amigo del Mustaine: él era demasiado hermético y esquivo para eso. Pero también era un guitarrista increíble, tenía un sentido musical muy superior al nuestro, y verlo largarse del ensayo para siempre, echado de la banda con una patada en el culo incluso después de haber decidido irse, me daba un chingo de pena. Nos hicimos pendejos en la tienda, el Elías y yo llenamos un cartón de botellas que sabíamos que eran retornables para tener que vaciarlo nuevamente y ocuparlo con las desechables que nos llevaríamos. Había cascos en nuestra bodega, pero ya no quisimos regresar. El Oseas, además, se compró unos cigarros y se fumó dos. Parecía a punto de soltarse a llorar. Cuando volvimos a cruzar la calle, el Mustaine se había ido. Y no solo se llevó sus cosas, informó Barry de inmediato, pero muy tarde para remediarlo, sino que también cargó con uno de los cables de mi bajo, el de reserva. Pinche Mustio: ya no quise alegarle nada, balbuceó nuestro líder. Al calor de las cervezas, y mientras le mentábamos la madre al ausente, a ese guitarrista que no fue un amigo, pero sí un camarada, y por lo tanto un hermano, nuestro cantante se puso mamón, de nuevo, resucitado por el alcohol y el despecho, y nos prometió (y se prometió) conseguir un hacha mil veces mejor que el huido. Al cabo, dijo, esos abundan por todos lados. Los guitarristas siempre fueron muy pendejos: ¿quién manda en Iron Maiden? ¿Quién manda en Motörhead o Manowar? El bajista. ¿Y en Metallica? El guitarra rítmica. Nunca el solista, los solistas solo rompen bandas, solo rompen güevos.

Y lo malo, digo, lo peor, fue que el callado y discreto Jeremías-Belcebú, se puso borracho antes que nosotros, que estábamos ocupados discutiendo, y se le trepó lo justiciero a la cabeza y nos soltó la sopa. Lo que pasa, cabrones, es que el Mustio estaba harto, dijo de repente, empinándose la botella de cerveza clara. Harto de qué, si no hace nada más que darle a la guitarrita y mamar, gruñó Barry. Yo, pendejos, les recuerdo, fui el que consiguió la lana para grabar, con el paro adicional, en el disco, de tu novia, la Gorda Aceves; soy yo el que consiguió al productor, el que amarró la disquera, y el que está armando la puta gira. No es eso, güey, no mames tanto con tu yo-yo, interrumpió el Jacob. Pasa que el Mustio está hasta la madre de ustedes. Quiere otras cosas. Está cansado, nuestro mundito ya no le gusta. Pues qué pendejo, interrumpió Barry, riéndose con la exageración de un actor de telenovela. Y a quién le importa lo que el nene quiere. Si no le gusta, para qué toca la guitarra. Para qué está en una banda, lleva el pelo largo y se pone playeras de Jack Daniel's. Para qué. Ustedes no saben nada, murmuró el Isaac. Ya no te hagas el misterioso, pinche Rey David, ya dinos. Isaías le pegó otro trago a su cerveza, se rascó la nuca, se empujó el buche al esófago, y dijo: Tan pendejos, están viendo y no ven. El Mustio lleva tiempo harto porque le gusta el rock, pero también los rockeros, par de güeyes. No encontré qué decir. No entendí nada, de inicio. Pero el Barry sí, el Barry de verdad, cómo me percaté enseguida, lo sabía. ¿Los rockeros?, dije yo, con toda la inocencia de un borracho tarado de veinte años que no iba a la escuela: había salido en listas de la facultad de arte, sí, pero solo me presentaba a los exámenes y la pasaba inventándoles cuentos a los profesores para explicar mis ausencias. Ah, cómo te haces pendejo, me confrontó el Malaquías. Le gustan los hombres, güey. El mustio es puto y está harto de esconderlo. Yo levanté una ceja y Barry sacudió el cuello, como quien recibe la enésima queja de un niño mal portado. Y eso qué, dijo. Yo lo sé perfecto. ¿Crees que no lo noté mirándome y relamiéndose desde el día que fuimos a conocerlo a su casa? ¿Crees que no se me acercaba en los pinches mingitorios de los bares para darme una miradita de verga y se quedaba todo sonrojado, el pinche idiota? Pero por mí, que le gusten las cebras. Mi pedo no es ese. Mi pedo es que el güey acaba de jodernos la gira si no encontramos reemplazo.

Pero no hubo reemplazo, porque antes de que pudiéramos buscarlo siquiera perdimos a otro elemento. Unos meses después, Isaías se nos murió.

¿Cómo eran los tiempos en los que comenzaron, Barry?

Empezamos en plan power trío. Isaías en la bataca, el Yulian en el bajo, y yo en la guitarra y la voz. Nos juntábamos en una bodega que mi jefe ya no usaba y que olía a tumba, toda llena de desperdicios, latas, cajas sobrantes de lotes de mercancía liquidados años atrás; en el suelo y las paredes se amontonaban unas capas de polvo cabronas, así que le metimos escoba y trapeamos y sacamos a la basura casi todos los trastes hasta que estuvo usable. Solo dejamos algunas cosas: una estampita de la virgen de Guadalupe, por ejemplo, que de seguro olvidó algún velador pegada en la puerta principal, por dentro, y que me pareció de mala suerte remover. El Mustaine, cuando se nos unió, quiso darle un jalón a la estampita y yo le metí un manazo que sonó como látigo, cabrón. ¡Zuach! Seremos satánicos pero la Virgen es la Virgen, le dije. No volvió a intentarlo. También había por ahí una radio viejita, con botones que habían sido dorados, pero ya estaban muy luidos, y que solo encendíamos para burlarnos de la mierda que programaban. A mí me daban lo mismo las estaciones de música ranchera o banda o balada romántica, que eran la mayoría. No: cumbias no había porque no somos la pinche Capital, las cumbias son muy chilangas. Habría algún programa, pero no recuerdo una estación entera de cumbias. Pero las dizque estaciones de rock, que tampoco eran tantas, solo ponían mierda, mierda imposible. Los nenes fresas de mi escuela (entré a administración cuando terminé la prepa, pero casi nunca iba) reverenciaban Stereo Soul, una de las pocas que transmitían rock en la ciudad en los ochenta y principio de los noventa. A mí me valió madre cuando la estación desapareció. ¿Por qué? Porque Stereo Soul jamás sacaba al aire música que no pasara por el aro del «buen gusto», o sea, las grabaciones de banditas inglesas de pop, rhythm 'n' blues y «fusión», los hit paraders de toda la vida y canciones «viejitas pero bonitas» que sonaban en los bares. Nuestra música nunca estuvo allí. No olvido el asquito con que una locutora se disculpó ante la audiencia porque la estación iba a transmitir no sé qué entrega de los putos Grammy y estaba programado que tocara Metallica. «Ni modo, vamos a tener un rato de gritos y sombrerazos», dijo la pendeja. Un par de años después un conocido me pidió firmar una petición para que Stereo Soul no fuera cerrada por el grupo radiofónico al que pertenecía, y al que ya no le daba, supongo, suficientes ganancias. Yo le respondí: ¿prefieren poner a los dulcecitos de Simply Red que a Black Sabbath? Pues que les firme su puta madre. Los metaleros tenemos fama de talibanes, pero es que siempre hemos sido unos parias, nos marginan de todos lados. La radio y la televisión nos ignoran y los periódicos igual. Un puñado de revistas resistía en aquellos tiempos, sí, pero los enemigos estaban en todas partes, hasta en lugares aparentemente aliados. Yo, por ejemplo, en los noventa leía una revista «contracultural» llamada *La Baba*, que metía cosas de literatura, cine y plástica chingonas. ¿Pero sabes qué música les latía? Juan Luis Guerra, el bachatero. Y un puñadito de grupos de rock chilango a los que les faltaban guitarras y les sobraban acordeones y ganas de gustarle a la misma gente de siempre, a sus abuelas, a sus vecinos, con sus cancioncitas de amor. Pero si el rock no ofende no es nada. El rock es un arte marcial, puta madre. No musiquita. Para canciones de amor están los demás. Esa mierda que vomitan la radio, la tele, o Internet, y que tanto les gusta.

Ensayábamos cinco o seis veces por semana. Y les impuse a los otros unas reglas cabronas: una chela al comenzar, y ni una más hasta no haber tocado diez rolas, por lo bajito. Apenas empezábamos a componer y eso es lento, se hace de palomazo en palomazo, pegándole, así salen las ideas. Por eso nacimos como banda de covers. De fusiles, se decía entonces. Diez fusiles en línea, bien tocaditos, completos, sin equivocarse. Si fallábamos, había que volver a empezar la rola. Cada uno se llevaba de tarea seguirle pegando en la casa. Era cosa de método. Les grabé un casete con las diez rolas elegidas y les dije que lo escucharan a todas pinches horas, en el *walkman*, lo mismo si estaban en el camión que meando, en los tamales o con su mamá. Que le dieran vueltas a esas diez rolas, se clavaran en su instrumento, y a la hora de tocar les sonara en la cabeza, que la sacaran igual. Así que el ensayo llegaba a ser muy bueno si nos poníamos las pilas y no la cagábamos. Una chela, diez fusiles, uno tras otro, y luego otra chela y a palomear a gusto, para ir sacando ideas. En seis meses estábamos muy bien ensayados y teníamos cuatro canciones propias. Las que, transformadas, grabamos luego en el primer demo.

Y llegó el Mustaine…

Sí. Era un conocido del Intestino, vivían en el mismo barrio, el Intestino jugaba con sus vecinos al fut. Yo no lo ubicaba ni de vista, al Mustio, pero el Yulian lo había oído tocar en fiestas y así, y los vecinos lo exhibían como un puto truco de magia: «Tócales una de Van Halen», le decían. «Échate una de Hendrix». Y el Mustaine las sacaba sin pedos. Se pasaba las horas en su cuarto, practicaba hasta cinco diarias, según su jefa. Ya no sabían cómo moverlo de ahí. Y él pues era un desmadre, un genio torcido, les tomaba las mallas del tendedero a las hermanas, que hacían gimnasia, para verse parecido a los tipos de Skid Row. La mamá quería que saliera con muchachas, carajo. Pobre señora. Y él quería… No sabíamos nada entonces, oficialmente, pero yo lo veía clarito. El Mustio tardó en aceptarlo incluso ante el Isaías, que luego fue el que se hizo más su cuate. O eso pensamos. En fin. Mustaine era flaco, alto, rubio, y se echaba spray al copete, a güevo. Era callado, pero sabía bien lo que quería. A mí se me estaba complicando cantar y tocar, la neta, y nunca fui tan clavado en la guitarra. Sacaba la parte melódica de las rolas, pero no podía con los solos ni eso. Empezamos a hacer tocadas abriéndoles a banditas pequeñas, en bares del centro o en casas que alguien ponía para la peda. Y descargábamos nuestras cuatro rolas y uno o dos fusiles. Nos llamábamos Paganos, entonces.

Yo quería algo más cabrón para nombre, más pinche agresivo, pero el Yulian andaba leyendo no sé qué cosas de brujos y se le ocurrió eso. O pasaba que su banda punketa aquella de la prepa, la única con la que tocó, se llamaba Herejes, que era casi lo mismo. Y el Isaías dijo que estaba chingón. A mí no me encantaba, pero no tenía a mano nada mejor y al menos sonaba metalero. Si te llamas Paganos puedes tocar rolas de Sabbath, de Maiden. Luego nos echaban carrilla porque en un bar, una vez, le abrimos a un grupo chido de Obregón, unos norteños, Khafra, pero los muy cabrones nos chingaron y nos cargaron la cuenta de sus chelas a nosotros. Paganos, pues. Los que pagan, dijeron antes de irse. Nos agarraron de bajada.

Necesitaban a un Mustaine…

La gente nos decía que las rolas originales estaban pegadoras, pero los covers sonaban muy blandos con la guitarra solitaria. Cada vez tocábamos uno o dos y no creo que nadie oyera todos los diez que nos sabíamos, pero nos decían lo mismo: estaban flojitos, el puro riff principal y los puentes de guitarra, sin profundidad. Y eso que elegí canciones sin solos muy acá, porque no hubiera podido con ellas. La cosa no avanzaba y, una tarde, el Yulian llegó con la idea de que buscáramos al Mustaine, o bueno, con la noticia de que el Mustaine existía. Unos cuates del Intestino, me dijo, tienen un vecino que toca increíble y ni está en una banda ni conoce a nadie del medio. Yo lo he oído en fiestas y está muy cabrón. Vimos la oportunidad y fuimos a buscarlo a su propia casa el Yulian, el Isaías, la Gorda Aceves y yo, junto con el pinche Intestino, que insistió en ser el intermediario. Creo que el Intestino me tenía rencor por no haberse quedado en el grupo, pero ese día andaba de chistoso y hasta me elogió la última tocada que habíamos dado, esa en la que los norteños nos encajaron sus chelas en la cuenta. Sonaron con güevos, me dijo. Y si se jalan al güero este, no mames. Van a ver. La mamá del Mustaine era una señora guapa pero ya muy cateada, con arrugas y ya todo caído, por delante y por detrás, aunque se ve que tuvo y mucho, pero era amable, hasta eso. Llevaba encima uno de los camisones color azul bajito de las amas de casa de entonces y un mandil con bolsillos. Nos sentó en la sala y nos puso un plato de galletas enfrente. Vivían en una casa por la calle Penitenciaría, allá para Mexicaltzingo, un barrio viejo y muy metalero en la época. Cosa de las generaciones. Supongo que ahora los chavitos de allá se rasurarán las cejas como putas y usarán gorras de plato, igual que los demás. Nosotros ya somos una pinche especie en extinción. En fin. La señora tenía los muebles cubiertos de mantitas tejidas y las mesitas cuajadas de fotos familiares. Eran cuatro los hijos, tres mujeres y el Mustaine. El papá salió en camiseta esa tarde, un güero panzón y malencarado, y nomás se fue a otra sala y le subió a un televisor. Pinches greñudos, son todos putos, le dijo a alguien allá, no sé si a las hijas. El clásico señor mamón y prepotente… No, claro que no se parece a nosotros ahora. ¿La diferencia? Que nosotros, cuando nos cagamos en los morros, tenemos la razón... Las hermanas del Mustaine eran unas flacas que no estaban feas, pero se le parecían demasiado para intentar algo con ellas, si me entiendes… Finalmente bajó el pinche Mustio, al que su madre tuvo que ir a buscar a su cuarto porque se encerraba a practicar con los audífonos puestos para no molestar al jefe. Nosotros teníamos el pelo bastante largo, pero lacio, caído, grasiento. El Mustaine no: él llevaba rizos y un copete de juez inglés y los labios le brillaban como si se hubiera untado crema. A mí y al Gordo Aceves casi nos gana la risa al verlo, pero el Intestino me metió un codazo en el hígado y me sacó el aire. Yulian fue el que tomó la palabra y le explicó que queríamos oírlo y pues ver si se armaba algo en conjunto, porque nos hacía falta un guitarrista bueno, uno de verdad. Yo me emputé, porque el guitarrista hasta ese día había sido yo, y a nadie le gusta que lo llamen maleta, pero no dije nada. El Mustaine, que todavía no era el Mustaine, sino solo el güero con spray en el pelo, asintió con gesto confiado, de muy vergas, y dijo: Por acá. Nos jaló a un cuarto atrás de la casa, cruzamos dos pasillos y un patio para llegar. La casa era vieja y los muros estaban puercos y descascarillados. El aire olía a frijoles cocidos en olla exprés. Putos todos, mariquitas, les gusta darse grasa entre ustedes, seguía chillando el panzón del padre. Llegamos a un cuarto pequeño, de sirvienta, con unos posters de bandas viejitas, tipo Free, en las paredes. Allí era donde el Mustio guardaba el ampli y la guitarra chida, la que tocaba en fiestas y exhibiciones. No le puedo subir mucho porque está mi jefe y ya vieron que es un cabrón, explicó. Qué pesadilla, vivir con ese viejo en camiseta interior y cara de puto odio, pensé. Y entendí su fastidio.

¿Qué quieren oír?, dijo el Mustio, en voz bajita pero firme, mientras se conectaba y se echaba al hombro la lira, una guitarra sencilla, tradicional, de color tinto. Estaba sacando anoche una rola de Whitesnake… Eso deslizó. De inmediato caché que el spray y los labios de aceite significaban que al güero no le gustaba exactamente la misma música que a nosotros. Pero de que sabía lo que hacía, lo sabía, el cabrón. Nadie le tomó la palabra con Whitesnake y solito, de vernos allí, con nuestras chamarras de mezclilla y nuestras playeras negras y tenis blancos, se arrancó con «Jump in The Fire». No mames. No solo sonaba a Metallica: sonaba perfecto, parecía el disco. Nota por nota. Como si se hubiera estado chingando nuestro casete de los fusiles las mismas horas que nosotros, pero, lo acepto, porque él sí sabía tocar de verdad. Era un chingón. A los treinta segundos, cuando vio nuestras carotas de pendejos, el Mustaine se sonrió. Sabía que no íbamos siquiera a pensarlo. Y cuando terminó, el Intestino se puso a aplaudir. No mames, güero, estás bien cabrón. Te queremos, güey. Ya. Vas. Tú no te metas, pendejo, que ni eres del grupo, interrumpí al Intestino y lo callé. Mis amigos se rieron. Hasta el Gordo, que tampoco era del grupo, pero al que le ha de haber encantado que agarráramos a otro de barco en vez de a él. Al Intestino se le terminó el buen humor. Bajó la cabeza y cerró la bocota. El Mustaine, por su lado, me miró con algún miedito. Ya le debían haber dicho que yo era el que mandaba ahí, el *Boss*. Levantó las cejas. Esperaba mi decisión. Todos me miraban, en realidad, menos el Intestino, que se quedó con la vista pegada al horizonte. A güevo te queremos, güero, dije, para despejar cualquier duda. Estás supercabrón. Y yo sí soy de la banda y sí puedo decírtelo. Me paso a la rítmica y tú te quedas con la guitarra principal. A güevo. Se arma. Y ahí empezó todo el desmadre.

Los pintores, ataviados con gafas de esquiador, mascarillas aislantes y overoles plásticos de color pollito, se dedicaban a repintar un auto que ya era azul de un azul más claro; las flamas para los costados que le había diseñado con mi propia mano se sobrecolocarían después. La música del Gordo caía desde las bocinas y era el bramido de un dragón: el jefe le había subido al volumen por accidente, allá en su oficina, sin darse cuenta del bombardeo nuclear desatado. Los pintores, claro, llevaban protectores de oídos, orejeras similares a grandes audífonos que los resguardaban del canto de las lijadoras y pulidoras, pero de cualquier modo aquello era una exageración. Quizá alguno habría llamado ya para dar aviso del estruendo, pensé, pero Brenda, oficiando de cancerbero, seguro habría salido con que el patrón se encontraba en una junta importante (con el pinche Barry, háganme el favor) y ni el pintor ni nadie más iba a venir a joderlo. Puras ganas de chingar, claro: un telefonazo, una asomada rápida bastaría para informar a su tío que el ruido estaba imposible y era necesario que le moviera al modular. Pero a Brenda no le daba la gana, seguro, porque en las oficinas había otro cableado y otro volumen, y oídos que no oyen, corazón que le vale madre. Yo no llevaba protectores de ninguna clase, desde luego, y crucé el taller a la carrera y con una mano sobre la oreja más cercana y otra en los güevos, porque los testículos me brincaban con el retumbar del bajo. Salí por la puerta del fondo, que se cerró detrás de mí, una bóveda de banco, pesada, definitiva y salvadora. Uf. El alivio fue grande, y eso que lo que sonaba era Slayer, banda favorita desde la adolescencia. Pero no a aquellas horas de la mañana ni en mitad de un concierto de compresoras, lijadoras y pistolas de aire a presión.

Ahí fue que lo vi: en la rampa que descendía de la puerta del taller de pintura hacia el estacionamiento del patio principal estaba sentado Luisma, el sobrinazo del Gordo, con su chongo, su bigotito de rata y su cara de nene muelón, ubicado al inicio mismo del talud de concreto. Con las piernas colgando y doblado sobre sí mismo, fumaba como un veterano y, a pesar de ello, se veía aún más joven de lo que era. Me pareció debilucho, frágil, debía de estar aburridísimo. Luisma llevaba encima uno de los overoles plásticos de color pollo, pero ni una sola pieza más del equipo de seguridad. Chuy no traía y le presté todo, él sí sabe pintar, explicó cuando le pedí un cigarro y me senté a su lado a fumármelo. No dijimos nada más, de entrada: apenas si nos conocíamos. El Gordo nos presentó a sus sobrinos la primera mañana en que llegaron al taller pero, a partir de ese momento, a Luisma solo lo había visto cuando era convocado a la oficina del jefe para alguna reconvención o reclamo; y quizá dos o tres veces más me lo había topado en el corredor de los despachos o en la máquina expendedora de golosinas, en la que Luisma, por cierto, debido su espíritu justiciero, no compraba nada empaquetado, sino solamente café, que se servía con muchos trabajos en una taza de cerámica con tal de no usar los microvasitos desechables que el propio artefacto ofrecía. Quizá hubiéramos permanecido en silencio todo el rato o al menos hasta que el cigarro se consumiera y yo optara por pedirle otro o subirme a ver si Barry se había largado ya, pero él, quien a pesar de ser una especie de santo laico era más chismoso que cualquiera de nosotros, hizo un ruido con los labios, chasquido y suspiro a la vez, como si pensara en algo decepcionante, y dijo: ¿Qué tal arriba? Le respondí que bien, perfecto, que sobraba chamba y la neta era una suerte tener un lugar fijo en Laminados Aceves, porque el Gordo era el mejor patrón que uno pudiera desear, etcétera. El morro se rio por lo bajo. No creo que mi tío me pregunte nunca qué piensas de él, entonces no tienes que mamar, ¿eh? No seas tan lamegüevos. Me emputé y una ola de rabia me subió del culo a la garganta. Putos chamacos repelentes, pensé. Pero Luisma no estaba pensando en disculparse, claro, sino en joderme más. Imagino que Brenda ya te trae contra la pared, ¿verdad? Ahí la tienes diario, enfrente de tu escritorio. Así prosiguió, el muy cabrón, sin que yo lo provocara de ningún modo. Y hasta se volvió a reír bajito, parecía aquel perro antipático de las caricaturas que hacía mamada y media y nunca era culpado de nada. Si me hubieran dado tiempo para reflexionarlo, seguramente habría elegido no quejarme ni alegar mayor cosa. ¿Cómo saber si ese monje con chongo no estaba de acuerdo con la hermana e intentaba sacarme alguna información que le permitiera acorralarme con mayor éxito aún? Pero antes de pensarlo, ya se me había escapado una risita, una de esas escépticas y quejumbrosas que acompañamos por un «mmmm» para significar: «Me río, pero lo que dices no me hace la más pinche gracia». Luisma sacudió la cabeza y reprodujo mi risita. O sea que entendía. Pues mi pésame: mi carnala puede ser un pinche dolor de güevos, agregó, y botó al aire la colilla del cigarro de un garnuchazo. La vimos volar y caer, una brasita encendida, y rodar rampa abajo hasta detenerse ante una camioneta con el rótulo de Laminados Aceves. Uta madre, la bachicha, se arrepintió él, tan ecológico. Se puso en pie dinámicamente y bajó a donde humeaba el despojo del cigarro, lo pisó, para apagarlo, y lo recobró del suelo con presteza. Luego buscó con la mirada el bote de basura y, al no dar con uno, se encogió de hombros y se echó la colilla a la bolsa del overol color pollo. El círculo negro de una quemadura se dibujó en el plástico de la prenda, pero a Luisma algo así no le preocupaba. Lo suyo era salvar el planeta, no ahorrarle dinero en equipo de protección a su tío.

Volvió a subir y me ofreció el paquete de Camel. Pinche cigarro, no debería estar quemando esta mierda, nomás me lleno de químicos los pulmones, estableció. Pero agarré el vicio y está cabrón quitárselo, ¿no? Me encogí de hombros. Fumaba desde los catorce años y nunca me había sentado, ni por un minuto, a cuestionarme lo que aquel hábito podría causarle a mi organismo. Sabía que era una condena a muerte, desde luego, pero qué cosa en la vida no lo es: si bebes demasiado, te pudres el hígado y los riñones, y la nariz se te convierte en una pupa encendida; si comes rico, te tapas las arterias y te sale panza de vaca con hidropesía; si te metes coca por las fosas nasales, te quedas al borde del infarto; si coges sin condón, agarras VIH, sífilis, papiloma; si le metes la lengua en el culo a una chica que no sea de confianza, te da cáncer de lengua o hepatitis C. La puta vida es solo muerte administrada a gotitas. Y con un poco de mala fortuna, a chorros. ¿Qué tan mal te trata Brenda?, retomó Luisma, luego de encender los tabacos. Me rasqué la nuca y titubeé, me molestaba estar allí, confesándole a un muchachito que era incapaz de ponerle un alto a su hermana. Hubiera sido penoso decir: «Está loca y me aterra». Porque, además, no era verdad. Le tenía miedo a Brenda, sin duda, pero para ser sincero tendría que decir que la sobrina del Gordo, tan agresiva y descarada y puerca, comenzaba a simpatizarme. Como si hubiera llegado a escuchar aquella confesión que no hice, él carraspeó. Sabes, güey, lo que pasa es que mi carnala es otra onda. Neta, otra pinche onda. Tuvo pedos desde morrita, en la escuela, porque era peleonera y no se dejaba. A un chavo que le levantó la falda en tercero le pegó con un germinador. ¿Sabes, esos frasquitos de vidrio con un algodón al fondo, en los que pones a crecer una planta? Pues le rompió el germinador y le abrió una ceja y tuvieron que darle tres o cuatro puntadas al cabrón. Y siguió. En la secundaria, cuando le crecieron las chichis, un compañerito se las agarró en la clase de gimnasia, dizque por accidente, mientras jugaban voleibol. Y ella le metió un balonazo en la cara a los dos minutos, aunque era de su mismo equipo. No creas que una cosa leve: un putazo bien puesto, le reventó la jeta, sangre y diente caído y toda la cosa. Así ha sido: nadie puede ni toserle sin que reaccione. Y cuando entró a estudiar psicología, se puso el rollo más denso. Sus ondas, pues. Un maestro se quiso pasar de listo, un güey bien parado y hasta astuto, porque no le dejó nada por escrito ni le dijo cosa alguna enfrente de testigos. Se le acercaba y le hacía comentarios cerdos. Y mi carnala se emputó y decidió voltearsela. Empezó a abrirle las piernas en la clase, donde todos lo notaran, y se ponía falditas cada día para hacerlo obvio, y subió la apuesta mandándole recaditos comprometedores, y le dio por colgársele del pescuezo en el estacionamiento de la facultad cuando la esposa del tipo pasaba a buscarlo. Ya no me enteré de qué tantas broncas hubo, pero al güey lo quitaron de en medio, al final. La cosa se puso tan pinche fea que mejor pidió un permiso y se fue de la escuela. Y Brenda también se salió un rato, para serenarse. Ah, pues mira, dije yo con toda la frialdad de la que fui capaz. Un ah para congelar el pinche infierno o, al menos, acabar de tajo con la charla. Luisma estaba en mitad de una nube de humo, un adivinador de la fortuna entre sus inciensos. Seguro ya te jodió de algún modo y ni me cuentes, sentenció. Pero la neta es buena onda, mi carnala. Si no le haces o dices nada que la encabrone, va a acabar dejándote en paz. No, pues menos mal, mi cabrón, pensé. A la mera y quince minutos antes de que el Gordo me eche o los corra o ustedes se aburran y regresen a su pinche casa, tu hermana deja de untarme las nalgas para reírse de mí. Claro que no dije nada, porque el Gordo los detestaría, pero ellos seguían siendo sus sobrinos y nepotismo mata amistad: el Gordo sería mi amigo, sí, pero también mi jefe, eso lo tenía muy claro, y solo un puto asno le causa problemas al superior si quiere conservar el empleo. Yo no me veía con fuerzas para buscarme otro trabajo ni para desempeñarlo. Ser el responsable de diseño, es decir, el único diseñador de Laminados Aceves, no podía considerarse un éxito profesional incontestable, pero al menos era una balsa de supervivencia: permitía pagar mi renta, sacar mis gastos básicos, ofrecerle algo a la Niña de cuando en cuando (ella no lo aceptaba, pero nunca me cansé de intentar) y esconder unos ahorros por si las cosas se ponían peor. Al menos no tengo que pagar pensión, me consolaba. Mi exesposa ganaba muy buen dinero en el corporativo papelero que la empleaba y además tenía un novio que se metía al bolsillo una lanota. En el acuerdo final de separación ella, toda tierna, me perdonó la vida: gasta en mejorar, dijo solamente, y me puso los labios en la mejilla, lo que no supe si interpretar como la última reserva de su cariño o el beso de Judas. Se fue de mi vida con esa nota de dulzura, pero jamás iba a perdonarle que, unos meses antes, le hubiera enviado a media humanidad un video en el que aparecía cogiendo con el tipo aquel, pese a que aún estábamos casados, y ella lo sabía bien y entendía que mi rencor no iba a apagarse en esta vida o la siguiente. Por eso se lo mandó a tantos, supongo, para avisarme que se largaba y no había vuelta atrás. O, a lo mejor, lo que pasaba era que yo no iba a perdonarme a mí mismo, porque rara era la noche en que no me preguntaba (me afirmaba, en realidad) si no sería mi culpa todo. Cómo saberlo.

Metido en tales amarguras, no me di cuenta de que Brenda había brotado tras la puerta de la bóveda y nos contemplaba, a su hermano y a mí, con curiosidad. Mira hasta dónde tuve que venir para hallarte, dijo, como una maestra de kínder que encontrara a un chamaco oculto en los arbustos del patio. Te quieren arriba ahorita mismo, Yulian, y mi orden es escoltarte para que no te hagas pendejo ni te escapes. Con los brazos en jarras y el piecito golpeando el suelo, Brenda reforzaba su imagen de educadora de imbéciles. Me puse de pie con dificultad y vergüenza por el crujido de rodillas y el breve desequilibrio en que incurrí al aferrarme al barandal de hierro. Carajo: los cuarenta y cinco años me pesaban en las costillas, las piernas y el ánimo. Puta edad. Chido por los cigarros, le dije a Luisma, que nomás asintió con la cabeza, las manos metidas en los bolsillos del overol-pollo, y la punta dc un dedo asomándole desde la quemadura de su bachicha. En el taller la música ya sonaba a volumen normal y los pintores rondaban el automóvil teñido del nuevo color, casi indistinguible del viejo. Ni siquiera los saludé. Me preocupaba la ruta de regreso, con aquella escolta demente que era Brenda, pero me intranquilizaba más la obligación de subir a encontrarme con Barry, con quien no coincidía hacía años, desde la última vez que me invitó unas chelas y acepté ir solo para que acabara por ponerse pedísimo y se burlara, por enésima ocasión, del video de mi mujer mamándole la verga a otro y ensartada de modos que me excuso ahora mismo de describir. Porque, carajo, para cuando aquel video llegó a mi teléfono, ya había circulado por la lista entera de amigos y conocidos de la escuela, los trabajos y mi pasado, y por toda la escena metalera de la ciudad, Barry incluido. Como si supiera lo que me afligía y hubiera elegido tenerme lástima esta vez, Brenda no abrió la boca durante el camino, hasta que subimos por las escaleras que llevaban a la oficina del Gordo. Yo me precipité a la delantera, pues me aterraba ir a sus espaldas, caer en uno de sus tejemanejes y acabar, de nuevo, humillado. Llegué a lo alto de los escalones sin aliento. Mi condición física era lamentable. Ni las salidas a correr parecían suficientes para mantenerme sano. Quedaba demostrado que practicar *jogging* de cinco en cinco minutos daba lo mismo que no hacerlo. Necesito más ejercicio o, ahora sí, no voy a poder agarrar ni la guitarra, me dije, y voy a terminar diabético, en silla de ruedas, con los pies amputados y vendiendo dulces de coco afuera del templo del Divino Redentor. Detrás del vidrio de la oficina, el Gordo y Barry estaban de pie, sonrientes, rodeándose los hombros con el brazo, cómplices y amigos. Me miraron aparecer con un gesto de cariño que me revolvió las tripas. Tomé aliento. Ya me disponía a enfrentar mi destino, caminando hacia ellos, cuando Brenda se me emparejó. Todavía tienes tu culo, Yulian, ¿eh? Te vi en la escalera. No estás tan jodido, viejito. Eso me dijo, con la voz del que informa el estado del clima, o el dato de un memorándum. Sonreí exhaustamente porque ya no hallaba qué decir, y porque allí estaban los pendejos de mis amigos, mirándome. Respira, Yulian, te va a dar un infarto, mamó Brenda. Ese era el putazo en el alma que me hacía falta antes de que Barry me metiera el siguiente.

Cuando uno habla de rock, Barry, suele pensar en la famosa trinidad que completan el sexo y las drogas…

Bueno, pero esto es Guadalajara ¿no? Y tampoco teníamos lana para armar orgías o ponernos hasta el culo de coca. El sexo y las drogas están a mitad del camino o al mero final, no cuando comienzas. Yo tenía mi pegue en la prepa y desde antes. Pero había rituales. Las mujeres no se me echaban encima a los catorce años. Fui noviero, eso sí, pero más con la edad. En la secundaria no pasé de fajar con dos o tres morritas en fiestas. Fajes leves. Ellas te arañaban la espalda y tú les acariciabas las piernas o las tetas por encima de la blusa. Más que eso ya se ponían nerviosas... Y yo también. Mi jefe siempre amenazaba a mis hermanas con partirles el hocico si las encontraba fajándose a un güey o si se enteraba siquiera de que lo habían hecho... Ellas bajaban la cabeza y le decían que no, que nunca lo iban a permitir, que guácala. Y a mí la neta es que me aterraba meterme con una morra y que su padre, algún vejete de cincuenta o más, se me plantara a hacerme reclamaciones y acabara rajándome la cabeza con ayuda de mi propio jefe... Que de por sí nunca le faltó excusa para meternos un zape o un pinche cinturonazo. Luego me enteré de que mis hermanas nomás se hacían las santas y le pusieron peligro con quien les dio la pinche gana, porque las morras siempre son más listas de lo que las creen. Y se ayudaban entre las dos para armarse historias y que mi jefe no les pusiera la mano encima. Pero a mí sí me pudo ese miedo un buen rato. Hasta los dieciséis no pasé de los fajecitos tranquis y de tener novias que me mandaban cartitas con letra redonda y tinta de colorines con olor a chicle. Luego, ya en la prepa, me valió madre. Empecé a andar con Silvia, una chava de sexto semestre un poco gordita, que me caía a todo dar porque hablaba a gritos y se reía de todo. Ella sí me pasaba a su cuarto; vivía con sus papás, pero trabajaban los dos, y con ella me metí unos fajes de antología y acabamos cogiendo como pinches locos. A Silvia la traían de bajada sus compañeros, por gordita, pero conmigo se desquitaba. Luego se puso medio mal la cosa porque nos vieron una vez en un cine, besándonos, y pues imagínate: «La puerca anda con el cara de chango». Yo era el cara de chango y era menor, además. Y un metalero greñudo.

¿A ella no le gustaba el metal?

No, ni madres. Oía a Luis Miguel. Y en su cuarto, y creía que para mi gusto, ponía la radio en las estaciones dizque rockeras de mierda que tocaban puro pop culero. Yo nunca tuve pegue con las metaleras, de morro, antes de tocar. También hay que entender que esas chicas, las que te digo, estaban bien dañadas, que todo el mundo les tiraba mierda y eran duras, parecían pinches samuráis. Las que había en la prepa tenían hermanos mayores o novios más grandes y con ellos andaban. A uno lo tomaban por pendejo. El único de nosotros que rondó a una, que yo recuerde, fue el Yulian. A la Pati, una chava de Chapala a la que le decían el Pato. Pero esa morra parecía más cabrón que muchos cabrones que conocí: estaba medio loca. Era rarísimo verla junto al Yulian. Eran como un juguete de dos piezas, que solo cuando las juntas funcionan. Hablaban y hablaban y se reían. Yo no les entendía ni madres. Pero la Pati nunca le dio entrada, que yo sepa. Porque era la morra del Eddy, de The Hammer, y a ese cabrón nadie le tosía. Pinche mastodonte de cien kilos.

Pero luego, cuando La Armada tocaba en los bares, ya tenías un pegue cabrón…

Eso dicen, güey. Yo no sé si pegue. Sé que agarré todo lo que pude y que fue un chingo. Tuve mi etapa. Nomás me aseguraba de que las morras fueran mayores de edad, porque me daba pinche terror que me acabaran casando con una.

¿No era que las cuidabas, a las más chiquitas?

No me creas tan buen pedo, güey, la neta es que cuando ya andaba en la banda mi único miedo era meterme en broncas. Uno no pensaba en hacerle el bien a ninguna. Nomás en hacerles rico. Así es esto, ¿no? Te lo digo como lo pensaba. Mi pedo era que se me presentaran en la casa los padres de una morrita para decirme: «Ya te chingaste». Y que mi jefe me rompiera el hocico. En esa época y a esa edad ni pensaba que pudiera estarme jodiendo a alguien, solo que no me cagaran a mí. Por eso pura mayor de edad, y si tenían su credencial de elector, pues la que se me acercaba a ver qué onda me encontró.

Se cuentan muchas historias.

Porque la raza es chismosa y fantasea. En general, si te fijas, nadie coge demasiado. Sobre todo, los gritones y presumidos. La gente que más coge a esa edad son los noviecitos acaramelados, que nadie pela, y parecen santitos. Ellos sí son unos puercos y hacen de todo. En cambio, los que andan dizque de lobos solitarios echando espuma en los bares pegan solo de cuando en cuando. Pocas morras se arriesgaban a salir así en la escena metalera, por lo general andaban resguardadas por los dichosos novios y hermanos porque sabían que la gente es una puta mierda y se les iban a ir encima. Pero pues de que había, había. Y de que uno en las tocadas y los *after* tiene chances, los tiene.

Aunque pasar de ser el «cara de chango» a un *sex symbol* debió ser complicado...

Pues ni tanto, güey. El cara de chango siempre fui. Qué le hago. Pinche nariz entre gorila y camello que tengo. Aquí siempre pegaron más los güeros y además el metal es cosa de güeros. No nos hagamos pendejos. Pero pues igual: mi estrategia era tener buena voz, pero además moverme cabrón en escena. Y hago ejercicio desde morrito, mi jefe tenía unas pesas viejas en la azotea, por ahí olvidadas, y yo las agarré para hacer brazo y pecho, primero, desde antes de tocar la guitarra. Me compré en el centro unos libros usados, métodos de ejercicio y alimentación. Si voy a ser pinche feo, al menos voy a estar muy bueno. Eso pensaba, la neta. Nunca vas a pegar si tocas bien pero te ves jodido. La banda rockera es bien pinche fijadita y hasta racista acá, aunque nadie en la escena parezca gringo. Lo raro es ver a un güero como el Mustaine o los cabrones de los Hammer. A lo mucho, ves pinches pálidos barboncitos, del estilito del Yulian, que la gente les dice güeros, pero que tienen el pelaje oscuro. El caso es que ellos llevan la ventaja, aunque sean unos pendejos. Los güeros, digo. Todos. No nomás los de mi banda. Entonces mi carta era parecer superhéroe. Moverme a lo Robert Plant de pronto, lo que me permitiera la guitarra. Mis carnalas se meneaban como diosas, la neta, eran las reinas de las fiestas. Y les aprendí un madral, sobre todo de morro. Mecerse con el ritmo, pero también romperlo. Y verse chingón. Elvis bailaba con su guitarra y partía madres. O Prince. No mames. No me digas que Prince no estaba cabrón. Y era un enano negrito pero todo mundo salía mojado de los conciertos de Prince.

No pensaría que fuera a ser una referencia para ti...

No, pues tampoco es que lo escuchara todo el rato. Nomás la guitarra, en eso era un Dios, un Hendrix mejor producido. Pero da lo mismo que decir Chuck Berry. A mí sí me latía pegar con las morras, aunque La Armada fuera una pinche banda rudota, cabrona, a la que seguía casi puro morro metalero radical de los de entonces. Esto fue antes de que empezara en grande el rollo del death, del black, de las bandas de ruido extremo. Lo que había era muy poco, apenas el germen de eso. Y a esos sí los siguieron desde el principio nomás los muertos vivientes, cabrón. Ese rollo nunca me latió. Están muy pasados de verga.

Entonces, sexo sí hubo.

Hubo, porque sin cogedera no hay rock. Nosotros no cantábamos rolas de romance, sino mamadas sobre guerras nucleares, policía golpeadora, megaempresas contaminantes, historias de terror. Parecíamos un puto periódico de denuncia. Pero teníamos nuestros fans, y entre ellos varias morras. Mi truco era estar ahí, ser atractivo. Nunca perseguí a una sola. Nomás me puse como el postre en la mesa, así, ah, ¿qué pasa si sales a la lluvia y abres la boca? Algo cae.

¿Y el resto de la banda?

Mira, no sé. Somos de Guadalajara, no de San Francisco. No nos juntábamos para coger como no nos juntábamos para cagar. Isaías siempre andaba de borracho, me pudría la madre que fuera un güey calladito, calladito, pero a las cinco chelas ya anduviera de mamón y diciendo verdades. Y casi a los madrazos con todos. Nunca le conocí una morra. Y luego se murió... El Mustio tenía sus fans aferradas, por güero, pero quedó claro que lo suyo no eran las morras tampoco. Era muy esquivo, se bajaba de tocar y a lo mucho se echaba una chela o dos antes de irse corriendo. El Yulian parecía más un pinche músico de trío que un metalero. O sea, era un cursi de mierda. O jugaba a hacerse el santo, el tímido, el moscamuerta. Las morras tenían que talonearle si querían con él. Y varias lo rondaban. A lo mejor pasaba eso, que éramos distintos. El Yulian tenía su táctica y yo la mía. Él se pasó un ratote embobado con la Pati, la que te dije, esa morra rarísima, medio gringa y peor, de Chapala. O sea que siempre la veíamos cada tantas semanas o meses. La Pati tocaba la guitarra muy perrón, la neta, pero era un pinche marciano. Y, te digo, se ve que le tenía su cariño al Yulian, se la pasaban bromeando, mamando y empedándose, pero nunca lo peló de verdad. O lo peló, no lo sé, pero igual se casó con el güey de The Hammer. Y el pinche Yulian se quedó todo despechado y la cagó y acabó con la Lupita, una chava que había trabajado en el taller del Gordo Aceves, esa morra a la que corrieron cuando el Gordo se tumbó la caja fuerte para darnos la lana. La chava se lo topó o, creo yo, hasta lo buscó, estudiaba contabilidad, me parece, y pues se lo ligó y acabaron juntos. Así de culero. Y no es que yo tuviera nada contra ella, pero no mames… Luego salió una ficha, la Lupe. Duraron añales, hasta que la hija ya estaba por acabar la prepa. Pero la morra siempre le tuvo algo guardado al Yulian, yo creo, algún rencor, no sé si esté tan loca que haya sido por el robo de la caja de Laminados Aceves, porque eso fue culpa del Gordo. O lo que sea, pero lo destrozó al final. ¿Llegaste a ver el video aquel, en el que cogía con su nuevo vato? Lo hizo polvito. ¡Era pura pinche candela, Lupita! Fue más lista y más cabrona, se notó desde el principio. Cuando quedó preñada, años antes, yo pensé que había amarrado al Yulian para siempre. Pero sepa la chingada. A lo mejor no tenía un plan. ¿Y qué le iba a sacar al pobre Yulian, que con trabajos se mantiene? A ella le va mejor sola, hace mucho que trabaja en una planta de papel o algo así, y es jefecita. Te digo: es más trucha. Más viva.

¿Y drogas?

Uta madre: éramos sobre todo unos borrachos, al menos Yulian, Isaías y yo. Pisteábamos en cada ensayo, muchas veces por cortesía del pinche Gordo Aceves, que caía con un cartón, un pomo de tequilita o un wiski. Pero yo usaba mi método. Ya te dije: una chela al comenzar, a lo mucho, y solo a partir de la décima rola sin error, barra libre con lo que hubiera. Por lo general, si no caía el Gordo con sus bastimentos de alcohol, nos comprábamos unas caguamas y las bajábamos entre todos. En una tocada, la orden era no pistear sino hasta la última rola. Si había aplausos y grititos de «otra, otra», a lo mejor dos canciones antes de terminar nos echábamos las primeras chelas. De otro modo, uno toca pedo y se sale de madre. Medio les cagaba a los otros por ser tan dictador, pero gracias a eso La Armada nunca dio un mal concierto. Ni con sonido jodido. Si el local tenía la acústica culera, cartoneada o seca, hacíamos nuestros planes para adaptarnos. Y si estás pedo no te adaptas. Por eso tantas bandas cagan sus tocadas. Porque están pedos y nerviosos y no saben qué hacer si suenan distinto que en el ensayo. Nosotros sonorizábamos siempre y sobre eso nos íbamos. Y sobrios o casi. Y ya al terminar, entonces sí, nos echábamos a la peda. Luego de una tocada o un buen ensayo podíamos amanecernos pisteando. Y caer de *after* en *after* y todo.

Entonces, nada de drogas.

No era tan fácil. La mota a mí no me gusta porque apendeja. De pronto le entraba en fiestas, pero nomás porque había. Coca, al principio, era irreal. Ni sabíamos ni dónde comprar. Luego sí supimos y hasta nos empezaron a ofrecer y ya hubo un pedo, porque es más difícil de controlar que el alcohol. Y entonces en la ciudad había muchísima. Y buena. Siempre estuvo esto lleno de sinaloenses acá, ¿no? Y ellos la mueven desde el principio de los tiempos. Yo tengo muchos cuates sinaloenses. O conocidos. El Intestino es de allá, por ejemplo. Y ellos sabían dónde ubicar, porque era su misma banda la que traía. Guadalajara era su capital del exilio, la ciudad grandota cerca de sus tierras si no querían o no podían cruzarse a los Estates. Así que se venían a estudiar o a cotorrear. Y había chingos de metaleros. Medio bárbaros. Pero luego se empedaban y querían oír corridos o canciones de su pinche tierra. No les seguíamos mucho la onda, porque a nosotros nos cagaban los corridos, pero sí tuvimos nuestros compas y nuestros conectes. Lo que nunca hubo fue tanta lana para meternos en pedos. Andábamos siempre jodidos, aunque todos trabajábamos, o más o menos, o nos pasaban lana nuestros jefes. El Mustaine, por ejemplo, siempre fue un pinche mantenido, pero qué familia culera la suya, de barrio, con tres pesos. Isaías sí jalaba desde antes de salir de la prepa como chofer, con la familia, haciendo entregas de pasteles. El Yulian es dibujante y siempre anduvo en el rollo de las imprentas y los periódicos y eso, en lo mismo que jalaba el padre, su jefe, de toda la vida. Al jefe lo odiaba desde que se divorció de su mamá, pero igual conocía gente por él y les hacía chambas. Siempre dibujó muy chido, el cabrón. Por eso hizo nuestro logo y la portada del disco, el barquito-guitarra ese que está de hipergüevos. Y con eso nos alcanzó. Otras drogas, la neta, es que no circulaban. Y pues no éramos pinches zombis para meternos resistol o gotas para los ojos o todas esas pendejadas que se metía la banda punketa o los putos locos de mierda del metal extremo, que hasta en eso se brincaron la barda. El Yulian sí que tenía su reserva de motita, era común que llegara con los ojos rojos a los ensayos y hasta se acostumbró a traer una pipa. Pero los demás, coca. No tanta, pero sí comenzó a circular. De pronto yo traía o el Isaías-Sabás traía o hasta el Yulian sacaba el moche. Al Mustaine no, nunca le vi, él decía que un amigo le mandaba poppers de Holanda, pero jamás los llevó al ensayo ni los llegué a ver (y luego nos hizo todo el sentido del mundo, porque es droga de putos, ¿no?). Pero la realidad es que esto no es Hollywood ni nosotros éramos unos pinches dioses decadentes y repletos de oro para andar en bacanales. Nunca amanecimos en una cama con cinco rubias y un tiburón. Cogimos lo que pudimos, nos metimos por la nariz lo que se nos atravesó, y bebiendo siempre fuimos unos pinches animales... Pero lo que más hicimos fue ruido, eso sí. Puto ruidajal de güevos. Porque ni toda la coca que te quepa en la mano prende como la electricidad.

3. *Belly of the Beast*

El Gordo fue el primero en abrazarme. Sin necesidad de que boqueara una sola palabra, supe que el exceso de palmoteos en la espalda significaba «por favor, pinche Yulian, ya sé que esto te parte la madre, pero no jodas y aguanta vara». Había un par de vasitos de cristal sobre el escritorio, ya vacíos, y a su lado la botella de wiski del bueno, que el Gordo solía esconder en el cajón para los momentos de triunfo: algún contrato suculento, una buena tarde de cobranza. En el modular sonaban baladitas de Dio elegidas por el Gordo para establecer un ambiente íntimo, en el que se pudiera charlar. Barry permanecía atrás, a cinco pasos de distancia, con las manos en los bolsillos de la chamarra de piel y la mirada en la punta de sus botas de cowboy. Inflaba los cachetes y le echaba luego el aire al aire, parecía que estuviera por lanzarse al agua o patear un tiro penal. Quizá estaba nervioso también, el pendejo, por verme. El Gordo me soltó al fin y me encaminó hacia Barry señalándolo con la mano extendida, como el anfitrión de un concurso en el que estuvieran por premiarme con uno de esos autos tan decorados que salían de su taller. Imposible escudriñar la mirada de

Barry detrás de los Ray Ban: solo pude verle la nariz de tamarindo chueco y la sonrisota blanca. Primero me estrechó la mano con el poder de una prensa de acero y luego abrió los brazos y me rodeó, estrujándome las costillas. Debo reconocer que también lo abracé, aunque al estilo del Gordo, palmeándole la espalda, y me incomodé cuando Barry me recargó la cabeza en el hombro. Pinche Yulian, pinche carnalito, no mames. Qué gustazo. Así me saludó. Cuántos putos años sin vernos, carajo. Se quitó los Ray Ban, me tomó por los hombros y me miró en éxtasis, mordiéndose los labios, igual que si hubiera recobrado a un perro largamente extraviado. Sus manos de verdad lastimaban, sus dedos clavándose en mis bíceps. No mames, pinche Yulian, dijo él. Ya estás viejito: pareces tu papá. Me caló hondo esa observación, pero era verdad. Barry había llegado a conocer a mi padre más de veinte años antes, en la época en la que traté mucho al cabrón aquel y les hacía chambas de dibujo e impresión a él y a sus amigos. Mi padre era dueño de un taller de serigrafía en el centro de la ciudad, y le pedimos que nos imprimiera unas playeras de La Armada. Algo en los modos campechanotes de Barry le simpatizó al viejo, porque nos regaló el trabajo y solo hubo que pagarle por las playeras (que, claro, el muy hijo de perra nos vendió al doble del precio de lista, pero eso no lo supimos sino hasta después). Casi nunca traté con mi pinche padre, desde el divorcio, porque era un tipo que siempre te dejaba un sabor a decepción. Y lo más desilusionante, desde luego, era lo aburrido que resultaba pasar el rato con él. Pero sí, lo que decía Barry era cierto: con la greña alborotada y encanecida (y rala, ya tampoco me daba para llevarla al hombro), la barbita de chivo en el mentón, la sonrisa chueca, en todo me parecía a él. Pocas cosas tan inquietantes como detestar a tu padre y mirarlo en el espejo, cada mañana, con tu ropa, tu aliento, y una mirada hundida y fría en la que se remueve el fracaso. Cómo vas, cabrón, cómo estás, reía Barry. Por efecto de la nostalgia o del wiski mañanero tenía los ojos enrojecidos y arrasados. Me soltó al fin y volvió a la silla que había ocupado, ante el escritorio del Gordo, y no me dejó más remedio que sentarme en la otra. Qué te has hecho, pinche Yulian. ¿Viviendo de las rentas del puerquito este? Apenas volvimos a vernos y ya soltó la primera culerada, me dije, asombrado. Pero enseguida noté que Barry estaba eufórico y que, en realidad, trataba de ser cordial. Acá, haciéndome pendejo para que el jefe no se dé cuenta de que no hago ni madres, respondí. Porque se subía uno al chiste o el chiste lo arrastraba igual que un tren. Ni se rían, putitos, que bien que siempre les pagué la peda y casi la banda, hasta robé a mi padre por ustedes y miren: de eso sacó esposa e hija el pinche Yuliancito, al final, bufó el Gordo, que veintitantos años tarde algo había aprendido al fin de hacerse respetar por los perros grandes. Ya era un perro grande él mismo. Ya nadie le diría «La Chancha» o «Tu Novia». O nadie más que nosotros. El teléfono le vibró en la chamarra a Barry, y el líder de La Armada tuvo que colocarse unos anteojos de aumento y leer su pantalla. Ah, chingón. Chingón, ya me llevaron unas pinches cajas que necesitaba al negocio, murmuró, sin explicarse, y se puso a responder mensajes.

Allá afuera, tras la persiana a medio correr, Brenda nos contemplaba con curiosidad. En ocasiones entraban clientes al despacho del Gordo, claro, y alguna vez el jefe les habrá servido wiski del bueno. Pero nunca antes, al menos que ella supiera, había sucedido tan temprano y conmigo de invitado. Brenda, pues, tenía la silla medio girada para no perderse detalle, pero sin que su postura resultara irregular. De cualquier forma, y debido a que la iluminación era más intensa en la oficina del Gordo que en el exterior, era más fácil que Brenda nos espiara a que nosotros pudiéramos distinguirla bajo los focos amarillos del corredor. Y aun así, creí entrever alguno de sus habituales movimientos descarados. ¿Lameteaba sus dedos para mí? No quise averiguar más. El Gordo estaba tan conmovido por el reencuentro del dúo más influyente de su pasado, de sus Ulrich y Hetfield personales (lo que cualquier otro llamaría sus Lennon y McCartney), que su buche cubierto por los puntitos grises de una rasurada imperfecta se le agitaba igual que si fuera un gato y estuviera tragándose un canario. Sacó otro vasito de cristal del cajón y me lo puso enfrente, lleno hasta el tope de un wiski ambarino, rasposo, que me abrió la garganta y me calentó las orejas. Entonces ya es fiesta, afirmé, retóricamente. Y sí. Era viernes y, salvo que algún compromiso familiar o profesional se atravesara, era el día en que la oficina se apagaba al medio día y el dueño y el jefe de diseño de Laminados Aceves se concedían la frialdad de unas cervezas en el Ricky's, entre familias, pasteles de cumpleaños, nachos con queso y pantallas con la interminable exhibición de juegos diferidos de beisbol. Ya es fiesta, corroboró el Gordo. Son las once apenas, pero podemos ir chingándonos una botana con chelas en el Sanborns mientras abren El Hangar, declaró Barry, por su lado, guardándose el teléfono en la chamarra y vaciándose al cogote el segundo trago del día. Ni el Gordo ni yo nos animamos a mencionar el Ricky's, que en el fondo nos avergonzaba. Siempre le tuvimos miedo al puto Barry, carajo, y seguro que a él le parecería una mamada ir a un restorán tex-mex de centro comercial, y nos guardamos nuestro secreto. Salimos al pasillo y desfilamos ante las cejas levantadas de Brenda, a la que el Gordo se limitó a hacerle una caricia en el cabello. Aplica el protocolo de viernes, chula, que ya nos vamos, le dijo. Barry había vuelto a colocarse los Ray Ban y se veía de nuevo muy *cool*, los brazos en jarras y la pose de matador de toros, pero, miope, no notó la mirada antojadiza que le dejó caer la sobrina del Gordo. Fui el último en alejarme: quería apagar mi máquina y no dejarla inerme ante una posible invasión de la vecina. Brenda se me acercó cuando ya me iba y me colocó la mano en el pecho para detenerme. Quizá por el wiski o lo prematuro de la hora, brinqué ante la sensación de sus dedos. Era la primera vez que me tocaba. ¿A dónde van? ¿De pedos tan temprano? Parecía una esposa al borde de los celos, pensé. No pude negarlo y me encogí de hombros. Es que tu tío y el Sargento Pedraza están cabrones y esto ya es fiesta, le dije. Por alguna causa indeterminada no quería mencionar el nombre de Barry. Bueno, en realidad lo que no deseaba era regresar a la oficina el lunes siguiente y descubrir que Brenda, gracias a cualquier dato que le llegara a soltar, ya hubiera encontrado en internet los videos que circulaban de La Armada, pues temía que, de algún modo, se decidiera a utilizarlos de combustible para nuevos avances. ¿Me inquietaba que toda esa ropa negra y sus uñas negras la hicieran parecer metalera, aunque jamás hubiéramos hablado una sola palabra sobre la música que oíamos? ¿O era solo que me cagaba que se fijara en el pinche Barry? Brenda parecía desconcertada. Mientras me libraba de su bloqueo y apuraba el paso para alcanzar a mis amigos, que ya bajaban por la escalera principal, alcancé a oírla de nuevo: Nomás dile a mi tío que se fije en su teléfono, luego ni contesta. Imposible saber si lo suyo era asombro por la reunión de vejetes o fastidio por quedarse sola. Pocas llamadas debían llegarle si el Gordo estaba fuera, y si yo salía también, para matar el rato y encontrar presas, Brenda tendría que bajar a las oficinas contables o a las de ventas, o al patio donde mareaba las horas su hermano. El Gordo me esperaba en la recepción: estaba solo, y le pregunté por señas en dónde diablos se había metido Barry. El cara de chango trae una moto del tamaño de mi camioneta y ya se adelantó, lo vemos en el Sanborns, se limitó a decir él, tapándose la boca con la mano para disimular un eructo. Su preocupación era distinta de la mía. No le pases llamadas a mi sobrina a menos que sean para ella, instruyó el Gordo a la chica del mostrador principal. Siempre se mete en pedos. La muchacha asintió, servicial. Supongo que le divertiría vernos medio borrachos a esa hora, tambaleándonos como botargas vacilantes luego de un par de wiskis cortos. Las chicas jóvenes siempre te dejan caer esas miradas inclementes, aunque sonrían, y así sabes que envejeciste.

La camioneta del Gordo olía a auto nuevo y yo tenía muy presente ese aroma. Después de su divorcio, mis padres dejaron de hablarse por años. Mi madre, de hecho, nunca le decía palabra al viejo cuando le tomaba el teléfono. Él marcaba a la casa el viernes por la noche, y ella tomaba el aparato, oía sus balbuceos y, sin responderlos, gritaba: ¡Julián, ahí te hablan! Yo sabía que era él, y antes de responder asumía ya que iba a pasar por mí el sábado a media mañana, en su automóvil con olor a estreno, que cambiaba cada año, e iríamos a la pizzería en donde proyectaban películas mudas de Chaplin, Harold Lloyd y Buster Keaton en una pantallita de manta blanca. Y mi padre fijaría la mirada en la proyección o en la pared y no diría nada, ni una sílaba, hasta que yo comiera mi porción y volviéramos a casa, aún en silencio. Y luego desaparecería durante otra semana más. El tufo de novedad en su auto era el mismo que emanaba de la camioneta del Gordo, quien maniobró para salir del estacionamiento y dio un par de acelerones al ritmo de la áspera canción de Pantera que repateaba en las bocinas. Contuve mi propio eructo con la mano. La dispepsia es la maldición del adulto, y ese wiski tempranero no iba a hacerle bien a mi estómago. ¿Y a qué vino el Barry? ¿A empedarnos? Eso pregunté, cándido, cuando mi jefe logró incorporarse al tráfico de la avenida. El Gordo, con la gorra calzada a manera de yelmo y unos lentes oscuros sobre la nariz, suspiró. Pues justo a lo que le tienes culo, dijo. A lo que más miedo le tienes, pinche Yulian: a eso vino Barry. Y yo lo sabía, pero no quería saberlo. Alguien pegó un claxonazo justo al lado de mi portezuela, brinqué en el asiento y el cinturón de seguridad me hizo daño en el pecho. Barry no había vuelto a hablar de una posible reunión de La Armada desde que se murió el Isaías y decidimos que no tenía caso continuar. Y dejamos las guitarras en los estuches, se llenaron de polvo, se les adelgazaron y aguadaron las cuerdas, el Mustio se fue a estudiar a Vallarta, se dedicó a analizar ballenas, algas, corales, y nunca dejó una puerta abierta a la reconciliación. Ni pudo dejarla, porque los dedos se le hicieron torpes y fuertes, de gorila, por sus experimentos con peces y por los remos de las barcazas y esas cosas. Así me lo informó, quince años después, cuando me lo encontré en la tienda de música de Horizontes en vísperas de una Navidad. Yo llevaba a la Niña, iba a comprarle un disco con la música de un conjuntito de chamacos románticos y con caras de manga japonés, nada de rock, la Niña oía otras cosas, el jodido mundo había cambiado bajo nuestros pies y, sin movernos de sitio, los metaleros habíamos quedado relegados al mismo cajón de los amantes del jazz y los practicantes de esgrima: el de las putas reliquias. El Mustio era muy diferente al de mis recuerdos, había echado panza y la cara se le veía hinchada, como si se hubiera inyectado un tratamiento entero de bótox. Su cabello se desmejoró y estaba muy reseco, pero él insistía en usarlo largo y, descubrí, además, que lo llevaba teñidísimo, porque era de un tono brillante y homogéneo que nunca tuvo de joven. Pobre Mustaine: parecía una señora de las que se atildan minuciosamente de lunes a viernes, pero el sábado salen a la calle al natural y con pánico, porque los estragos de la edad quedan evidenciados y se temen a sí mismas. Los años no pasan así nomás, carajo. Puta vida. El Mustio llevaba un niño tomado de la mano. ¿Tu chamaco? Eso le dije, malicioso. Mi sobrino, replicó él, sin humor. Era de suponerse que ya sabía que yo sabía… etcétera. Vine a comprarle alguna pendejadita, por Navidad, y mira: acá estamos. Le di una palmada en el hombro. Y no dijimos nada de Barry ni del Isaías ni del madrazo en el hocico que acabó con lo que nos había unido. Sonreí, le apreté el brazo y antes de alejarme le deseé toda la suerte del mundo y le confesé mi admiración y el enorme respeto que le tuve a sus habilidades musicales, y se lo dije en serio. El Mustio me regaló una sonrisa desmayada. Ahora daba clases de biología en una preparatoria de Tlajomulco, confesó, cosa que nadie en la historia esperó hacer cuando creciera. Nunca supe que tuviera novio y, de hecho, su familia seguía considerándolo un simple solterón... Me parece que era bastante infeliz. Pero bueno: él habrá pensado lo mismo de mí, a lo mejor, porque lo más probable era que el famoso video en el que mi exesposa era ensartada hubiera terminado también en su teléfono. Y porque desde joven parecí estar vencido: era uno de esos equipos simpáticos que jamás ganan, pero se defienden, y que todos saben que un día terminarán por agarrar una racha peor de lo habitual y se hundirán en la mierda hasta el fin de los tiempos. La gente, de hecho, me lo decía en ocasiones. La primera vez que alguien me confesó que me veía deprimido y de la verga tenía yo catorce años… Allí está el Sanborns, ¿no? Puta, no hay lugar. Llegamos a la hora de los proveedores. Creo que voy a quedarme en el cajón de discapacitados, dijo el Gordo, sacándome de los recuerdos. Y de abajo del asiento extrajo un cartoncito azul con el aviso legal correspondiente. ¿Estás discapacitado?, pregunté, hecho un idiota. Del cerebro, se burló el Gordo. Me compré esta madre para estacionar la camioneta donde se me hinchen los güevos. Cuando me bajo, nomás camino chueco y ya nadie me dice nada. Él se rio y yo supe que aquel abuso era el prólogo de una tarde infernal.

Todo lo bueno empieza en viernes. Mi día ideal, si hubiera que elegir y no tuviera que conformarme con lo que cayera, es uno de esos viernes de cielo gris en los que corre una brisa fría y se exalta el ánimo: sientes hormigueo en las puntas de los dedos y ansiedad en las tripas, pero no estás incómodo o delirante, solo estimulado, y quieres oír música, meterte algo por la nariz, frotarte contra una chica suave. La sensación deliciosa de los viernes la asocié siempre con las cosas que prefería, la música y la seguridad de tener ante mí una tarde en blanco que podía llenar con canciones o haciendo dibujitos en mi cuaderno. Al llegar de la escuela, en tiempos de la secundaria o la prepa, encontraba la casa deshabitada, pues mi madre, con la que vivía, pasaba la santa jornada en su trabajo; así, podía subir el volumen del tocadiscos a lo que diera y gobernarme a mí mismo por horas y horas. Botaba al rincón mochila y uniforme, me encimaba una playera y un pantalón de mezclilla: la llegada de la libertad, dos días y medio sin clases por delante, me extasiaba. Aunque hubiera pasado la semana en la puta jaula de la escuela, la tarde del viernes me redimía, porque un viernes lo promete todo: el cielo gris ofrece lluvia (mejor si solo amenaza, si solo hay viento fresco y el agua es inminencia y no cae) y trazar dibujitos hace que tu mente se purgue y la música profetiza una vida más interesante de la que llevas. Todo era placer: me quedaba descalzo y tallaba los pies en la alfombra, comía cualquier cosa menos lo que dejara mi madre en el horno, porque nunca me gustó el sabor de los recalentados, y prefería hacerme un sándwich rápido o tragarme una bolsa de papitas de la tienda. Y entonces bailoteaba las canciones. Me volví experto en pulsar la guitarra de aire y en pegarle a su colega, la batería de aire, imitaba las voces de los cantantes y a veces tenía la sensación de alcanzar sus notas y hacer las inflexiones de voz igual que ellos, y repetía los discos o a veces una misma rola sin parar. De pie junto al modular, que aún era un tocadiscos de verdad, es decir, un reproductor de vinilos, tomaba la aguja en cuanto la canción terminaba y, con delicadeza, la dejaba caer en el surco y, si acertaba, un breve silencio precedía al estallido. Y empezaba entonces la pieza elegida y otra vez me lanzaba al juego de escuchar y cantar. Y me cuidaba bien de tener las cortinas bajas y ponerle seguro a la puerta: pocas cosas tan íntimas como bailotear y cantusar, y una de mis pesadillas habituales era que mi madre saliera pronto del trabajo, por cualquier motivo, y entrara a la casa y me encontrara ahí, fingiendo guitarrazos, aunque, la verdad, nunca llegó a suceder. Toqué tanto en el aire que me harté y un fin de año, cuando mi madre cobró el aguinaldo, le pedí de regalo una guitarra. La quería eléctrica, y a ella solo le alcanzó para una de palo, normalita y sólida, pero con cuerdas de reserva y acompañada por un cuaderno que se llamaba «Método de guitarra fácil» que, además, traía de regalo el «Método de bajo fácil». No había bajos acústicos disponibles en las tiendas de música de la ciudad, es decir, los había, pero eran los tololoches de los mariachis: no obstante, si uno le movía las cuerdas a la guitarra podía emular más o menos el sonido del bajo (ese aprendizaje, por otro lado, me dejó la maña de tocar el bajo con una púa, detalle que otros bajistas me han echado en cara a lo largo de los años, pero, en mi concepto, así sueno mejor y más preciso; ah, y Dave Ellefson, de Megadeth, toca también con púa, así que se joden todos). Por eso mi regalo fue, de algún modo, una promoción de dos por uno. Y, de golpe, en vez de bailar con las manos acariciando los vientos, comencé a curtirlas en las cuerdas. No era el gran intérprete, y practicar solo y encerrado quizá no fuera el mejor método de aprendizaje posible, pero de a poco entendí cómo funcionaba aquello y decidí que la música era lo que prefería hacer en el puto mundo. Dibujaba bien, claro, pero trazar líneas no da, ni de lejos, la sensación que te recorre la espina al juntar tres notas. Y recuerdo esas tardes de viernes y recuerdo a la perfección la música que escuchaba y aún escucho, la que tocaba y aún toco. Y no me olvidado de ella, tampoco, de la Pati, del Patito, aunque todavía no relato cuándo la conocí, pero siempre hay tiempo, me parece, para nombrarla y recobrar el día exacto en que sucedió. Sería el segundo concierto de los Paganos, es decir, una aventura de la era previa a Mustaine. El bar era El Hangar, ese segundo piso oscuro en el que nadie había trapeado el suelo en la historia: se le pegaban los pies a uno al caminar, parecía que la mierda del mosaico quisiera reclamarte para sí y devorarte luego. Estábamos Barry, Jeremías y yo en el lugar desde cinco horas antes de la cita señalada en el volante promocional, sonorizando, peleándonos con la instalación, dejándolo todo a punto. Las bocinas eran una basura y tuvimos que mover cada pedal, recolocar cada cable, encomendarnos a cada demonio protector que nuestra memoria retuviera antes de que lográramos domar el puto eco. De pronto, me di cuenta de que los pinches güeros de The Hammer, que llegaban temprano al toquín porque venían desde su pueblito de cagada junto al lago, ya andaban mamando en la barra del bar, picándose el culo mutuamente para joderse y sin hacernos el menor caso. Barry los notó de inmediato y se fue a cotorrear con ellos porque, en su mejor estilo, le gustaba medirse la verga desde el principio con quien fuera para convencerse de que la suya era más grande. Ella no estaba en la barra con sus compañeros, sino de pie y delante del escenario; había escuchado nuestra prueba de sonido, toda discreta, invisible, sin hacer un ruido. Una güerilla pecosa y flaca, a la que se le veían grandes la camisa de franela y las botas de obrero, y con el pelo medio caído sobre los ojos. Cuando habló, lo hizo en chinga, más veloz que un correcaminos, con acento de ninguna parte. Nos hizo preguntas sobre las canciones que solo yo respondí (la más dolorosa, que, por suerte, Barry no escuchó, fue: «¿No deberían jalarse un guitarra principal si quieren tocar esas rolas tan *thrash*?»). El trabajo ya estaba hecho, bajamos de la tarima y el Isaías se fue a mear. Y me puse valiente por una pinche vez en la vida y me planté ante ella. Soy Yulian, dije, y ya viste: soy el bajista de los Paganos. Y ella sonrió, le dio un largo buche a su cerveza y me la puso en la mano. Yo soy el Pato. La Pati, pues, pero me dicen Pato. Así la conocí. Antes de Pati pasaron muchas cosas en mi vida y tendría que recordarlas, aunque me arda la lengua por contar más del Pato, de su manera atropellada de hablar, bailar y saltar desde los escenarios y de pegarle a la guitarra con esas manos alargadas con que retomó la cerveza que le devolví. ¿Qué asunto de interés pasó? Entré a la escuela de arte al terminar la prepa, aunque, por la banda, tenía los estudios arrinconados todo lo que se pudiera. Era buen dibujante, lo testimoniaban esos monos de guitarristas satánicos o esqueletales que tracé y luego le regalé a la Pati, al Pato, cuando nos topábamos, con toda naturalidad, como si se me escurrieran de las manos los bosquejos, aunque me pasaba horas repitiéndolos y reformándolos hasta que quedaban perfectos y parecían fáciles de delinear. Trataba de equiparar un poco la sensación de genio que daba ella al pulsar su guitarra. Y es que The Hammer era puro ruido monótono y lo único que destacaba eran sus melodías, siempre en huida del estruendo tonto de sus compañeros. Era una superdotada. La escuché, la primera vez, en una fiesta que organizaron en una casa de Chapala unos tipos del ayuntamiento de allá (la familia del Eddy siempre estuvo metida en el club de yates, el de rotarios y en los pinches cabildos de la ribera del lago). A nosotros nos invitaron unos amigos del Intestino y eso hizo enfurecer a Barry, porque el Intestino y él se cagaban la madre. Creo que se cayeron bien menos de dos días. Se parecían demasiado, quizá. El Intestino era el tipo más gritón y desmadroso del salón en el que estábamos el Isaías y yo, el güey que armaba las fiestas en las granjas, el que rondaba a las chicas para ver con cuál se le hacía un fajecito o lo que fuera, el que se igualaba a los profesores para que lo pasaran con el sesenta sobre cien mínimo de calificación, y cuando les sacaba el sesenta dejaba de asistir a clases. A mí no me caía mal, la verdad. El Intestino quería tocar en una banda. Yo, primero, rolaba con unos punketos, un par de hermanos que tenían instrumentos baratos, unos Yamaha que les habían regalado los abuelos. Nos llamábamos los Herejes. Luego aquello decayó, porque los cabrones (por orden de los dichosos abuelos) cambiaron el punk por el taekwondo, así que me busqué otra banda. No era sencillo. Tampoco es que abundaran los metaleros ni los punks en la escuela y el pinche Isaías tocaba al principio con los únicos que había, unos güeyes del turno de la tarde que ni recuerdo bien, y estoy pensando que eran más blueseros que nada. Así que invité al Intestino a probar suerte en los tambores y él aceptó. Nomás había un problema: yo no tenía guitarra eléctrica, entonces, y el Intestino carecía de batería. Lo de la guitarra se solucionó, porque le exigí a mi padre que me pagara unas chambas de impresión que le estuve haciendo durante las vacaciones, y el dinero alcanzó para comprar la mía, una Fender de las baratitas, de segunda mano y genial, la tuve por años y nunca dio pedos. Pero el Intestino no, nunca juntó lana para su batería y, aun así, cuando me alié con el Barry insistió en sumarse y les pegaba a unos botes con las manos, como tumbonero de salsa, y siguió hasta el día en que Barry le dijo: Ya párale, pinche tocabotes, ya, a la verga, que habrá sido al segundo o tercer ensayo. Y el Intestino se consideró fuera de la banda. Ese pleito trajo, al final, una pinche cola enorme y diabólica que nunca pudimos prever.

En aquella fiesta de la carretera a Chapala escuchamos, pues, a los Hammer. Eran cuatro: Eddy y Tony, unos gringos güeros, hermanos, gigantes, que parecían las dos hojas de una puerta de roble; Ramón, un baterista de Chapala que era un engreído; y más bella que el oro, el Patito, la Pati. Ese día tuve suerte: Barry aprovechó que ya había roto el hielo con los gringos para irse a beber con ellos, y el Gordo y el Isaías fueron a rondar al tal Ramón, que se puso a darles no sé qué cátedra sobre cómo agarrar las baquetas para que chicotearan sobre los tambores con más potencia. Yo me hice de dos cervezas y rondé por el pinche jardín oloroso a pasto recién cortado hasta dar con la Pati, el Pato, que había vagado hasta llegar al fondo de la propiedad, junto a una reja que asomaba al lago. Estaba recargada en un árbol, se notaba nerviosa y se pudría de las ganas de tocar, me dijo, y miraba fijamente el diminuto oleaje, batiendo el lodo de la orilla con el pie para ver si se calmaba. Al contrario que el puritano de Barry, el Eddy no aceptaba que The Hammer se subieran a escena sino hasta haberse chupado al menos un par de sixes de cerveza. Gracias, pinche Yulian, estaba deseando que aparecieras: el Eddy me prometió una chela hace una hora y luego se perdió, dijo la Pati, empujándose el primer trago de la lata que le coloqué en la mano. Lo celebró con un suspiro de placer y me dio un pequeño puñetazo en el hombro a manera de agradecimiento. No mames, qué chido, pinche Yulian, piensas en todo, por eso tienes tanto pegue. Yo me congelé y en vez de seguir por ese camino, que es lo que tendría que haber hecho, le pregunté sobre el repertorio que pensaban aventarse. Y el Pato se puso a hablar de estructuras melódicas, una plática fascinante que recuerdo palabra por palabra, aunque haya sido incapaz de entender la mayoría de lo que explicó. Y charlamos luego sobre canciones específicas, fragmentos particulares de esas canciones, instantes exactos dentro de los fragmentos, y de la sensación de ascenso, poder y arrebato que te inyecta en las tripas la electricidad. Y pensé en decirle: tocar es hermoso, es como coger, para ver cómo reaccionaba, pero no me atreví, me tragué el comentario, no quería hacer un movimiento excesivo que fuera a espantarla ni pasar por un pinche puerco. Y nomás le dije: deberíamos tocar un día, morra, tocar juntos. Y le bebí a mi chela y la Pati, el Pato, no dijo nada, y nos quedamos un rato en silencio. Y después, aunque el comentario quedó retenido en mi cabeza y jamás lo pronuncié, ella me miró y dijo: No mames, sí hay que tocar, pinche Yulian; tocar es lo más pocamadre que hay; tocar es como coger.

Mucha gente en el medio parece no tener muy claro de dónde saliste, Pato...

Es que hasta mi pinche nombre es un problema. Me llamo, hazme el favor, Paty Kay Montes de Oca. No llevo encima el nombrecito por voluntad, claro, y sé que es complicado y estúpido. Mi padre era un gringo radicado en Chapala, un señor medio hippy, guitarrero, enfermo, que vivía de una pensión, y mi madre, una dama de Guadalajara que siempre quiso casarse con un gringo. El resultado de su unión fue un nombre de pila neutral, Paty, normal para gringa o mexicana y hasta para una *cocker spaniel:* llegué a conocer una así, color miel y orejas lanudas. Pero el resto fue irreparable. El apellido de mi padre es corto y parece un segundo nombre. Aunque solo tiene tres letras es imposible que la gente lo escriba bien: ni en la escuela ni en los documentos oficiales, que me paso la vida corrigiéndolos, ni en los contratos ni, en tiempos recientes, en la puta red. Lo escriben Kai, Key, Cai, Cay, Khey... Y ya ni te digo nada de la pronunciación, que siempre es una mierda, aunque también he tenido y tengo mis pinches pedos con el inglés. Por otro lado, el apellido de mi madre es largo, suena aristocrático y da la impresión de que tenemos lana, cosa que es falsísima. Si lo sabré yo.

¿Cómo era tu familia?

Siempre fuimos unos pinches inútiles a merced de la pensión de mi pá, que según eso era veterano de Vietnam, pero que resultó que nunca estuvo allá: nomás lo hirió un pendejo oficial en el campo de entrenamiento, un baboso al que se le disparó el rifle y le pegó en la espalda a mi pá y lo dejó chueco. Mis padres se divorciaron semanas después de que cumplí diez años. Se portaron muy amables... Esperaron a que pasara la fecha exacta del pastel para informarme que se separaban. Mi madre se casó al tiempo con Bob, un gringo culero, y luego tuvieron a David, mi medio hermanito, que ha sido insoportable desde la cuna y al que nunca veo, porque se fue a vivir a Oregon. Mi pá se quedó la casa a la orilla de la laguna porque mi madre, que conocía a fondo sus cuentas de banco, sabía que no había nada más que sacarle: la pinche pensión era buena para Ajijic, pero no hubiera dado para vivir ni en Kansas. Al menos prefirió dejarlo en paz: Bob, su nuevo marido, tenía mucho más que aquella casa chaparra y oscura. Y yo, luego de unas ondas que pasaron, me quedé a vivir con mi padre. El caso es que crecí entre Ajijic y Chapala, lo que no explicará nada para quien no sepa lo que es crecer en unos pueblos feos, chicos, sin pretensiones. Y llenos de gringos.

¿Y lo de Pato?

Me dicen Pato desde que era niña. Comenzaron a hacerlo mis parientes Montes de Oca, que siempre me han tenido en estima, porque soy la más güera de la familia y ellos, unos putos esnob; siguieron las niñas del colegio, y luego ya había tanta costumbre de por medio que fue imposible decirme de otro modo. Pato es quien soy. Para mí misma soy Pato. Los años nomás me trajeron el agregado del artículo, y, por si fuera poco, masculino. Porque en la adolescencia me rebautizaron el Pato. El Pato, a secas, o el Pato Kay. Nadie, que yo sepa, me dijo nunca El Pato Montes de Oca. Pero sí Pato, nada más. Y casi nunca Paty, salvo por mi padre, pero él en realidad decía algo que sonaba más bien a «Padi», con la letra te susurrada de los gringos, que suena a la letra de: «Padi». Entonces… Pato. Pato Kay. Hija de gringo y mexicana, nacida en Chapala, Jalisco, en agosto de 1976. Lo que estaba de moda en el mundo, por aquel entonces, era la música disco ¿no? Pero en México reinaban las baladas lloronas de siempre. El puro melodrama. Por suerte, mi pá era fan de los dinosaurios, de Bob Dylan, el Credence, el Grateful Dead… Y yo crecí con esas chingaderas. Las amo. Por eso me pudrí.

Y de ese desmadre salió tu identidad.

La identidad es rara. Yo soy muchas cosas. El Pato Kay. La alumna sin amigas del Colegio Bilingüe Mexico-Americano de Chapala. La graduada de música, graduada por correo, quiero decir, de la Academia McKenzie, de Tennessee, a quienes mi pá les compraba además sus cursos de yoga, que no lo ayudaron a estar menos chueco, pero le dieron ánimos. La casada, en primeras nupcias, con Eddy Martínez Johnson, otro gringomexicano de Chapala, cantante con rango de medio tenor y luego ingeniero experto en el desarrollo de invernaderos para bayas en la cuenca del lago. Pero uno siempre es más, ¿no? Yo, por ejemplo, me digo a mí misma: Pato, Pati, Patito. Madre de nadie. Amiga de pocos. Guitarrista de *fucking* heavy metal.

En los bares de la cadena Sanborns nunca dejó de ser 1986. Nadie sabía la razón de que el tiempo se hubiera detenido en aquel momento preciso de la historia y tampoco nadie menor de mil años alcanzaba a concebir cómo eran los Sanborns en el auténtico 1986. ¿Parecerían un reducto de 1954? ¿O, por una vez, su atmósfera, mobiliario y música habrán sido pura y rabiosa actualidad? Los camareros y el barman vestían pantalones y chalecos negros y camisas de blancura oxidada, con un moñito grasiento de tanto apretarse con los dedos manchados de espuma de cerveza y restos del escabeche de los que pedían aceitunas. Los clientes eran servidos con una cordialidad que había sido, en general, olvidada en el mundo exterior. Las mesitas enanas de madera, con su vidrio de doble densidad al centro, eran el objeto más sólido que la ciencia hubiera llegado a descubrir y resistían sin crujir ni estremecerse el peso de todos los vasos y botellas que uno quisiera apilarles. Los ceniceros de falso cristal cortado no faltaban, pero eran inútiles: el único rasgo de modernidad del bar era que estaba permitido fumar solo en la terraza exterior. Y en nuestro caso lo eran doblemente, porque ni Barry ni el Gordo fumaban; el primero, como parte de su rutina de acondicionamiento físico, y el segundo, por consejo médico. Y los ceniceros debieron ser deportados a una mesa lateral junto con el menú y los avisos de las promociones del bar para que no estorbaran el espacio vital de nuestro alcohol. Las sillas, tapizadas con una tela ya muy pretérita, resultaban, sin embargo, cómodas. El bajísimo travesaño del respaldo ofrecía un apoyo lumbar perfecto para los cuarentones, nosotros, a los que las sillas normales, de respaldo alto, reducían a parapléjicos adoloridos luego de un par de horas. El tazón de botana gratuita colocado al centro de cada mesa rebosaba el contenido habitual: habas secas y enchiladas (probarlas era llenarse la boca de tierra picante), chícharos deshidratados (en realidad, perdigones) y algunos escasos cacahuates japoneses, único manjar codiciable de la mezcla y cuya búsqueda provocaba que nuestras manos chocaran a cada instante en el intento de pescarlos. Cuando los cacahuates se terminaban, las habas y los chícharos eran agitados como si se tratara de las pelotitas de una tómbola. Y ya nadie los comía, o solo alguno, un bocadito, por desesperación. El mesero no resurtiría en ningún caso un tazón que no se encontrara vacío, pero era imposible que tres adultos acabaran con esos fósiles sin quebrarse las muelas y estropearse el apetito. Por eso, lo usual era que los clientes se olvidaran de la botana y el tazón fuera exiliado a otra mesita. Pero el Gordo Aceves era un veterano de esas lides y sabía cómo escapar del callejón. Cuando era obvio que no quedaban más cacahuates que llevarse a la boca, se levantaba a orinar y, de camino al baño, echaba al cubo de la basura los restos de la botana. Eso obligaba a que, cuando regresaba a su sitio, un sonriente y nervioso mesero resurtiera el tazón y nos concediera así quince minutos más de cacahuates. Hasta que llegábamos, de nuevo, al punto de la tómbola.

En los bares de Sanborns solía haber, también, un tecladista olvidado en el rincón, que berreaba con mayor o menor intensidad, según la respuesta de los parroquianos, un repertorio de baladas llorosas y medios tiempos bailables. Pero ese día, era demasiado temprano para que un pájaro de esa triste calaña se hiciera presente: un bar sin audiencia deja el frasco de las propinas vacío. Solo una tenue música ambiental y nuestras risotadas rompían el silencio del mediodía. No había en el bar más clientes que nosotros. La gente iba a la tienda adjunta, del mismo Sanborns, a comprar una revista, un paquete de cigarros o unos condones y se largaba de inmediato. Pocos se sentaban a beber un viernes a la una de la tarde. Debí aceptar, para mis adentros, que me encantaba la idea de que existieran aún los bares Sanborns, embajadas de un tiempo ya desaparecido. Nunca me interesó el futuro: los punks decían que no había y siempre les creí. Solo el pasado era verificable. Si no cantaran putas baladas románticas todo el día, no me sacarían de los bares de Sanborns.

Barry, desde luego, no abordó directamente el punto que deseaba, sino que se hizo pendejo un rato, mientras bebíamos las primeras rondas de cerveza y recolectábamos cacahuates quisquillosamente, en plan de seleccionar flores en el prado. Elogió los arreglos de la música ambiental, algo que parecía jazz interpretado por una orquesta de subnormales, y tardamos un rato en entender que se trataba de un sarcasmo. Se empinó la cerveza y se tragó el último cacahuate del tazón. Neta estás muy pendejo, pinche Gordo, dijo. ¿Cómo va a gustarme esta chingadera? Tururú, tururú, trompetitas culeras y platillos. Hay que ir a El Hangar, andan arreglando unas ondas ahorita, pero a las cuatro quedan y allá vamos a agarrar la peda en serio. Pídanse otras, mientras. Decidimos añadir a nuestra cuenta unas órdenes de tacos dorados que parecían apetitosos en la foto del menú, pero en la realidad estaban más duros que diamantes. Llegada cierta edad de la vida, morder una tortilla frita hasta el punto que se requiere para que dé forma a un taco dorado puede ser igual de riesgoso que mascar vidrio: los pedacitos más afilados se cuelan a la encía, entre los molares, y se encajan como esquirlas de granada. Dos minutos después de engullirnos los tacos hubo que rogarle al mesero unos palillos de dientes para que cada cual se evitara una noche de incomodidad y amaneciera con el paladar más hinchado de pus que el alma. Puta vejez. Voy a mear de nuevo, informó el Gordo. Apúrate, cabrón, que ya debes tener la próstata del tamaño de una pitaya, respondió Barry. ¿Quieres medirla?, respondió el jefe, sin darse cuenta de que se estaba chingando solo. Sale, pues. Barry levantó al aire los dedos índice y medio, bien juntos, e hizo el ademán de ponerse un guante de goma. El Gordo se dio cuenta de su pendejada y, gruñendo, y con el tazón de la botana en la mano, se largó a los sanitarios. Este güey está más bravo que antes pero no aprende, sonrió Barry. Y eructó. Comenzábamos a emborracharnos y apenas llevábamos juntos una hora y cuarenta y cinco minutos. Pues sí, como les decía, continuó Barry en cuanto volvió el Gordo a la mesa: mi mujer me pidió el divorcio, y ya vamos para un año cada cual por su lado. Una historia muy larga, que les condenso. La cosa estaba jodida al final. Hace como dos años que de plano íbamos de la verga. No estábamos de acuerdo en nada. Se enojaba, por ejemplo, de que les diera dinero a mis hermanas. Nunca llegó a entender que la herencia era de los tres, no nomás mía. Con mi mamá, que en paz descanse, nunca tuvo pedo, hasta eso. Pero que les diera lana a mis carnalas sí la ponía bien pinche loca, a Mónica. ¿Por qué no las mantienen los maridos? Eso me decía. Y yo, cada pinche vez, le recordaba que nomás administraba lo de mi jefe, que en paz descanse, que le tocaba un tercio a cada uno y nuestra lana venía más de su chamba y mi trabajo que de las rentas y la licorería. Pero pues hazla entender. Le valía una chingada. Barry sostenía un cacahuate entre el índice y el pulgar y lo miraba sin pestañear, como un Zeus que hubiera tomado la Tierra entre los dedos para decidir su castigo. Al fin calló, se lo echó a la boca y lo mordió con rabia. El Gordo y yo dimos un pequeño respingo. Este cabrón sigue igual de agresivo, pensé. Pero no. Nada era igual. El Barry mamón de nuestra juventud había cambiado: era un poco menos imposible. Cuando La Armada se fue definitivamente a la verga, luego de la muerte de Isaías, Barry entró en una crisis cabrona, de meses. Dejamos de vernos, la neta, porque no había quien lo aguantara. Supe que regresó a la escuela de administración, de acuerdo con lo que rogaban o exigían sus padres, y sacó el título y todo. Yo, por mi lado, estuve dos años más en la escuela de arte y si no la terminé fue porque conseguí un trabajo fijo y los horarios ya no me lo permitían. O trabajaba y estudiaba, o trabajaba y salía de pedo, y elegí irme de pedo. Fue un pinche error. Otro más. Pero Barry nunca se equivocaba: su pinche ambición encontró salida en el manejo de lana. Empezó con su jefe, en la licorería familiar, y se las arregló para que, en unos meses, pasara de ser una simple puertita metálica a un minisuper, que además vendía carne seca, papitas, habas enchiladas, todo tipo de licores. Hasta champaña. Se llenaron de dinero. Era tan bueno el cabrón que después de graduado lo contrató una empresa chingona, alemana, me parece, y lo mandaron a capacitarse a Nuremberg. Y así, con saquito ejecutivo en vez de con guitarra, Barry pudo hacer al fin su gira europea. Nos reencontramos mucho tiempo después, y hablo de años, en el bautizo de la Niña. Ni sé para qué lo invité. Tendríamos ya unos veinticinco, para entonces, llevábamos rato de casi ni tratarnos. Barry llegó con Mónica, su esposa, y con el mayor de sus niños, que había cumplido un año. Yo ni tenía idea de que el güey estaba casado. Era otra persona: llevaba el cabello corto y repeinado con gel, una camisa blanca arremangada y pantalón de pinzas color caqui. Y zapatitos elegantes, puntiagudos. Y, eso sí, sus Ray Ban mamones, pero ya no de motonetista sino de actor de Hollywood. El Tom Cruise de los changos, le dije a la Lupita, entonces aún mi mujer. Cómo nos reímos. Y Mónica, la esposa, una morenita guapa y tetona, era todavía más mamucas: de esa gente que parece que lleva un palo metido en el culo. Se movían los dos muy sonrientes y creciditos, como si hubiera una cámara siguiéndolos. Nosotros y el resto de los invitados íbamos de mezclilla y chanclas, incluso el Gordo y Marifé, su señora, que tenían tanto o más dinero que ellos. La fiesta fue en un jardín que nos prestaron los Aceves, nada formal (y cómo me costó aquel favor, porque mi mujer nunca perdonó a la familia su despido y me lo refregó en la cara hasta el fin). Era claro que el vestido de Mónica, verde mar, su peinado alto y su maquillaje habían costado más que la taquiza que ofrecimos y hasta más que el pastel: Barry se había casado con la compañera más lista de la clase, una chica que iba para banquera. A Mónica, supe aquel día, no le gustaba el metal, ni el rock siquiera. En su boda, a la que no estuvimos invitados, hubo mariachi y se bailaron las mismas canciones pop de siempre. Barry, pues, se había cambiado de religión. Era un puto apóstata. Yo, al menos, puedo decir que nunca traicioné la fe, o al menos eso sostengo, pero tampoco es que importara. A mi exesposa el metal le daba lo mismo que la polka mientras no le subiera demasiado al volumen de las bocinas. No era una persona musical, o quizá es que no supe encontrarle el ritmo. Porque el otro cabrón no cabe duda de que se lo halló y de qué pinche modo. Juntos, en aquel video, se movían igual que las aspas de una batidora. Su coreografía lo comprobó fuera de toda duda. Hijos de su reputa madre.

Mientras yo me jodía el hígado con el pasado, Barry no había soltado el micrófono y el Gordo lo escuchaba con la mueca del que mira películas de terror que no lo asustan, pero quiere que lo hagan. De tanto en tanto, intercalaba una exclamación, o repetía el consabido «no mames», ese viejo mantra de quien recibe puras malas noticias. No mames, Barry, está bien cabrón. Y Barry, por su lado, parecía estarnos vendiendo un tiempo compartido en la orilla de una costa bañada por las aguas de su maravillosa vida. Era de esos que parecen lamentarse, pero en realidad se jactan. Y decía: el divorcio estuvo pinche, pero quedé bien de lana. Y la liquidación de mi empresa estuvo pocamadre. Y la neta, la empresa ya se va de México, a qué me aferro. Con mis hermanas arreglé todo. Me quedé la licorería y otros locales, que están todos rentados y me dan tranquilidad, y ellas, la casa de mis jefes y las bodegas de la zona industrial. O sea que lo que me quedó ya es mío. Mis mocosos ya tienen cubierta la Universidad. Mónica sigue en su chamba del banco y parece que se pudre en lana. Ni la propina me pidió. Total, que estoy perfecto, cabrones. La neta: las segundas oportunidades son esto. Le pedí la cuenta a uno de los meseros cuando mi cabeza advirtió que una borrachera terminal era inevitable, que el aire se había hecho ligero, que estaba feliz y con la guardia baja y, por lo tanto, era hora de largarse a El Hangar. Por suerte, el Gordo me arrebató la factura y la pagó él. A mí no me hubiera alcanzado el dinero.

Lo primero fue el sobresalto. Serían las cinco de la mañana. Mi exmujer, que entonces no era tal sino solo Lupita, una chica linda a la que conocí en la posada de una distribuidora de papel a la que nos invitaron, a los imprenteros, me había hecho insinuaciones esa noche (y digo insinuaciones, pero fueron bastante directas: «Vámonos por ahí, ¿no?») y la llevé a mi casa. Yo ni pensaba asistir a aquella puta posada de papeleros, pero la velada había empezado de la verga y me empujó a escapar: a eso de las siete, la Pati, el Pato, me había confesado, mientras chupábamos unas chelas en El Hangar, antes de una tocada de The Hammer, que iba a casarse con el Eddy y se le arrasaron los ojitos, cortó la conversación y se fue antes de que pudiera yo oponerle nada. Enfurecí, me deprimí, bajé a la calle y allí, al pie de la escalera, paré un taxi. No lo pensé y en quince minutos me materialicé en la posada para sufrir lo más lejos posible del recinto de mi dolor. Un rato después de estar sentado como pendejo en una mesa, y de bajarme con cierto asco dos tragos de pésimo tequila con cocacola, apareció Lupita. Sonriente y relajada. Hola, pensé que no ibas a venir, pero me di una vuelta porque pensé que a lo mejor te encontraba. Y añadió que me había visto, a veces, mientras elegía papeles en el área de ventas e incluso aseguró que ya nos habían presentado. No me acordaba de nada, pero al verla ahí, con su vestidito escotado, me entró una comezón cabrona, una mezcla de espíritu vengativo y desesperación, y me dije: un buche de alcohol cura la boca. A la mera y esto funciona así. Y le dije que se sentara y debimos echarnos otros cinco de esos cocteles de tequila engasolinado que servían. La cosa con Lupita salió bien en la cama, esa noche, o al menos quise pensarlo. Lupita, Lupita. Pinche palabra. Mi exmujer: no sé por qué volví a decir su nombre ahora, después de evitarlo tanto tiempo, porque no me gusta y detesto que sea también el nombre de la Niña. Por eso prefiero llamarlas por su título a las dos: la Niña, mi exesposa: en fin. Lupita, quiero decir, mi ex, que aún no era nada mío, había estado tendida a mi lado hasta que me dormí, pero se marchó a eso de las tres de la mañana. Lo supe porque me despertó el gorgojeo de su auto y vi los números brillar en el reloj de pared. No nos hicimos pareja de inmediato, al menos no de planta, pero ella, de cuando en cuando, a partir de aquella primera noche, comenzó a dejarse caer por el taller de serigrafía donde trabajaba yo por aquel entonces. Se asomaba a mi cubículo un viernes, por ejemplo, me acariciaba la nuca para que volteara y me decía que le invitara unas cervezas, unos tacos, lo que fuera. Un pretexto tan bueno como cualquier otro para coger. Lupita, mi exmujer, pues, siempre fue de ese modo: si quería algo, lo tomaba. Yo incluido. Pero no le gustaba dormir en mi casa, decía, porque mi colchón era viejo y los resortes se le clavaban en las costillas y porque, aunque yo procuraba lavar las sábanas y barrer cada tanto, mi cuarto siempre olía a polvo, a tinta, a sudor, y a ese coctel de olores que produce un hombre cuando está solo y que es imposible de aceptar para una mujer. Y mi colchón no tenía base, sino que estaba directamente colocado en el suelo. Y nunca había café decente en la alacena, solo mierda soluble. Y mi refrigerador se llenaba de cervezas y no había nada bueno para comer. Y no tenía ni siquiera una pinche televisión con la que entretenerse. Pero eso fue después. Aquella noche solo me metí en ella y traté de olvidarme del Patito, y más o menos lo conseguí. Y luego dieron las cinco: el sonido del teléfono me sacó de la duermevela en que estaba hundido, un estado en el que me complacía estúpidamente en recordar mi rendimiento amatorio con Lupita con tal de no pensar en la Pati, amada y perdida para siempre: mi esperanza con ella se había diluido antes de nacer. Tuve la sensación incómoda de abrir los ojos, pero seguir dormido y notar que roncaba (juro que me escuché) y descubrirme babeando y sorber la saliva de vuelta a la boca. Así, distantes, dicen que sentían sus últimos segundos de existencia los decapitados en guillotina, antes de que la cabeza se les apagara y llegara la noche. Lo sabía porque era un tema que me causaba fascinación. Una de nuestras canciones, con letra mía, por cierto, se trataba de eso. «Last Seven Seconds», se llamaba, porque algún científico había dicho que eso duraba la conciencia cuando la cabeza era separada del tronco: siete segundos postreros. Luego salieron estudios que refutaron y redujeron o aumentaron esa cifra, pero no me importó. La canción ya estaba hecha. El teléfono sonaba aún, su trepidar agudo y jodido. Con algún esfuerzo logré levantar el auricular (no había celulares ni nada semejante por aquel entonces) y tosí antes de arrastrar el consabido «¿Bueno?». Un carraspeo de estática brotó y, entre el pedorreo eléctrico, la voz de Barry me cinceló el oído. Güey: vente a la Cruz Verde de Las Águilas. Se murió el Isaías. Parece que se dio un pasón y valió madre. Aquí ando con la familia. Y, sin más explicaciones, cortó la llamada. Dejé caer la bocina del aparato y me quedé tendido en la cama, la cabeza en blanco. Cantábamos sobre la muerte sin saber bien lo que la puta muerte representaba, pensé. Hasta que lo supimos, chingada madre, como quien entiende lo que es ahogarse cuando se le llena la boca de fango. No reaccioné de inmediato. Ya ni podía ubicar siquiera cuándo había sido la última vez que charlé con Jacob-Esaú. La juventud es poco sentimental: lo que primero que recuerdo haber sentido, cuando las emociones volvieron, fue una especie de excitación mórbida por la muerte en sí, por la desaparición de alguien cercano, por el hecho de que podría posar de víctima deprimida ante la Pati, el Pato, cuando volviéramos a vernos y en vez de su puto compromiso nupcial con el mamut de Ajijic, hablaríamos de mi dolor, justificado por el deceso de mi amigo. Y a los dos minutos ya estaba perdido en el recuerdo del gusto salino de los labios de Lupita. Y el dulce sabor de su boca.

El funeral fue un golpe en los güevos. Aunque los parientes y nosotros vestíamos de negro, sobre sus cuerpos y los nuestros parecían colores diferentes. El de ellos era formal, polvoriento, el de telas encerradas en armarios o en la última gaveta, porque nadie usa con frecuencia la ropa de los funerales y hasta la esconde lo mejor posible. O recicla la de las bodas, que tampoco se pensó para el uso diario. Olían a naftalina o directamente a polilla, entonces, y estaban aplanados por la muerte del hijo, hermano, nieto, tío, sobrino, derrumbados en los sillones de piel imitación, sorbiendo un café o sujetándolo nada más, sin fuerzas, y balbuceaban vaguedades, frases alarmantes y furiosas que yo no entendía, palabras irrelevantes que quizá no recordarían después. Nuestra ropa, al contrario, estaba parda por el uso e, irremediablemente, lucía por todas partes las marcas de quiénes éramos. Las camisetas con el nombre de nuestras bandas de cabecera estampados al frente, y bajo ellos, dibujos de guerreros, doncellas, espectros, chamucos y dioses paganos, que una tía de Isaías, la menor de las hermanas de la madre, nos rogó, a susurros, cubrirnos con las chamarras que llevábamos anudadas a la cintura. Era una señora aún joven, toda compungida, y a Barry le pareció hasta guapa: prieta, ojerosa, con el pelo recogido en un moño, el cuerpazo cincelado por la maternidad y sus treinta años (que, cándidos, nos parecían muchísimos entonces, sin saber que los treinta no son siquiera el comienzo de lo peor), y delatado por el vestido, pese a su discreción para moverse. Mi hermana se pone mal con esos monos infernales que llevan, no sean malos y ciérrense las chamarras: eso nos dijo. No tuvimos corazón para negarnos y tampoco queríamos aguantar las miradas inquisidoras de cincuenta parientes ofendidos. Estábamos solos contra el mundo, Barry, el Gordo y yo, en aquella primera hora del funeral, porque nos aferramos a hacer presencia en la capilla desde que llegó el cuerpo de Isaías. El resto de los amigos y los colegas de otras bandas aparecerían por ahí solamente al paso de las horas, si es que aparecían (y no lo hicieron, ni siquiera el Mustaine se paró en el lugar, lo que habla muy mal del afecto que nuestros colegas sentían por nosotros). Luego de un rato de silencio forzado y amargo, Barry se puso en pie y lo seguimos. Salimos a la calle a fumar bajo una farola, mientras los automóviles ronroneaban a metro y medio, pisando freno para alcanzar suavemente el semáforo rojo de la esquina. Los locales alrededor de la funeraria pertenecían a comercios que habían concluido ya sus jornadas, pero sus luces seguían allí, deslumbrantes, recordándonos su existencia. Una agencia de viajes, un expendio de alfombras. La tía llorosa apareció, café en mano, mientras saqueábamos la cajetilla del Gordo y, con una sonrisa tenue nos pidió que le regaláramos un cigarro. Barry se apresuró en ser quien se lo tendiera y encendiera y la mujer, pronto, humeó al viento de la calle. Fuera de la ristra de niños que andaban en la sala, aburridos y congelados bajo la mirada de amenaza de sus mayores, aquella tía era la persona más joven de la familia de Jeremías-Abel: tendría unos siete u ocho años más que nosotros. Ya entendí que ustedes son los chavos con los que tocaba mi sobrino, nos dijo, débil, con voz de ciervo en agonía. Al Gordo le bastó eso para sentirse en confianza y sacó del bolsillo interior de la chamarra la licorera repleta de tequila con que se había armado para la noche. ¿No gusta un traguito, señora? E hizo el gesto de echarle un chorrito al café. La tía, con gesto dulce, se negó. No, mijo, si me bebo uno de esos me pongo a llorar. Todos comprendimos, claro. El Gordo incluso intentó una cara de disculpa cuando Barry lo miró con su inconfundible mirada reprobatoria de «No seas pendejo». El marrano le pegó un buche a la licorera y estaba por guardársela cuando le extendí la mano para pedirle el alcohol. Supongo que estar allí, zarandeado por el aironazo, mirando los automóviles y las luces de los escaparates, comenzaba a ponerme mal. Barry también dio un sorbo, corto y decidido. Ninguno vislumbraba siquiera qué tocaba decir o hacer. La tía tuvo más claridad que nosotros, por supuesto. ¿Saben qué? Mejor sí convídenme un chorrito, dijo. La noche va a estar larga. Así se justificó. No cruzamos ni una mirada entre nosotros, claro. Éramos unos caballeros. El Gordo le vació a la señora un buen hilo del destilado en el café. Dos, tres, cuatro, cinco, siete segundos. Ella agradeció y le pegó un buche al vaso. Está fuertecito, eh, dijo, pero se echó otro trago de inmediato. Bebimos con tal entusiasmo que el alcohol se agotó en unos minutos y el Gordo y yo decidimos ir a una licorería para resurtirnos. Tráiganse dos o tres botellitas pequeñas, de cuarto de litro, que nos aguanten la noche pero que no sean placosas y ofendan a la gente, instruyó Barry. Él se quedó conversando con la tía, medio sentados ambos en la bardita con macetas que demarcaba la entrada de la casa funeral. La licorería más cercana quedaba a unas cinco calles, recordaba yo, y nos pusimos en camino, un pie detrás del otro. Dicen que estaba triste, el Jonasito, informó el Gordo apenas emprendimos la marcha. Pues nadie se da en la madre por felicidad, pendejo, lo atajé. No quería tocar el tema, pero cómo evitarlo. No, güey, tú no escuchas nada. La familia está jodida porque se murió, pero traen chisme. ¿No te diste cuenta? Yo, desde luego, no me había enterado de nada. Desde la disolución de la banda y el compromiso del Patito, mi cabeza estaba volcada las veinticuatro horas en el trabajo y la pena, y mi mejor voluntad de olvido solo me daba para coger con Lupita. Si mi mente se deslizaba hasta la Pati, el pinche dolor me hacía reaccionar, como los pequeños topes que ponen en la carretera para que hagan ruido y despierten a los conductores amodorrados. Los Hammer, por cierto, le anunciaron a Barry que no irían al funeral porque Isaías no valía los cincuenta minutos que costaba llegar desde Ajijic. Bueno, no dijeron eso, claro, sino que tenían mucha chamba y enviaban abrazos. Yo hubiera querido hablar con la Pati, pero no me atreví a marcar al número de su casa. Esperaba, con esa confianza en el destino que tienen los ingenuos, que al saberme devastado ella dejaría todo, y vendría corriendo a abrazarme e invitarme unas chelas. Nada de eso sucedió. Lo más parecido que obtuve fue un recado culero de parte del Eddy, que Barry transmitió con una media sonrisa sarcástica: dice el Güero que su prometida te manda saludos. Su prometida, suya, de su rancho. Hijo de puta. En esos pensamientos estaba hundido yo mientras el Gordo proseguía sus especulaciones, sin darse cuenta de que no lo atendía. Todos notaban que Salomón andaba jodido, se empedaba cada noche y hasta empezó a juntarse con unos vecinos para meterse piedra, cabrón, rezaba el Gordo. Piedra de la peorcita. Maciza. Eso tiene que ser una tristeza cabrona, una pinche desolación que no es por el truene de una banda. Yo solo me encogía de hombros. Pagamos las botellitas de tequila, que nos entregó un dependiente con cara de desvelo, y volvimos a la agencia fúnebre. La noche era bochornosa, el aire olía a gasolina, y me sentía más solo que el pez en el acuario de un niño indolente. Puta vida de mierda, pensé, como hacía y hago cada vez. Meses antes tenía una banda, una hermandad y una hermosa amiga que era, además, la promesa de algo mayor. Ahora solo me quedaban el tequila y un trabajo de imprentero de cagada. Entonces, pues está cabrón, pinche Yulian. Eso es lo que les arde a los parientes: que el Isaías se dolió porque se le fue el pinche Mustaine. Parece que lo quería, pero no pudo aceptarlo. Eso andan diciendo los primos, pendejo. Tú es que no me escuchas. El Gordo manoteaba con indignación ante mi cara de no entender un carajo. Siempre manoteaba, siempre. Era un percusionista del espacio que interpretaba un solo eterno. Tuve que detenerme. ¿Isaías quería al Mustaine? No mames, Gordo, no te cagues en los muertos. Mi amigo hizo un gesto de fastidio con la mano, parecía querer darme un bofetón. Pues a mí me suena: pinche Isaías, era más raro que el Mustaine. Hablaban por su lado, ellos. ¿Qué tiene si se traían ganas? Tú le traes tantas a la güera de los Hammer que se te escurren los mecos nomás la ves, y nadie te jode. No respondí nada, aunque el hecho de que mi enamoramiento por la Pati fuera tan obvio para el chismoso del Gordo me jodía. Caminamos en silencio la última cuadra. Pobre Mustaine, dije al fin. Debe estar peor que todos: va a sentir que tuvo la culpa, puta madre. El Gordo se escondió las botellitas en los bolsillos interiores de la chamarra, porque ya estábamos a unos pasos de la funeraria. Pero en la barda con macetas del umbral no había huellas de Barry ni de la tía. Solo quedaban colillas en el suelo justo en el sitio donde estuvimos en conciliábulo. Voy a fumarme un cigarro, Cochinita: tú entra por Barry y dile que ya trajimos la reserva, le pedí al Gordo. Me quedé solo y apenas encendí el tabaco, volví a pensar en Mustaine. No voy a presumir de tolerante: que mis dos excompañeros de banda hubieran tenido un romance frustrado no le parecía normal al cabrón que era yo. Tenía veintipocos, era un machito metalero, y lo lógico era que uno se pasara la vida hablando de tetas y culos, o si era un cursi de mi calaña, de muchachas con ojos semejantes a universos y pieles de seda. De mujeres, digamos, más femeninas que la Pati, que en realidad era considerada, como todas las metaleras, una machorra. Pero justo mi fracaso con el Pato, con la Pati, me daba una perspectiva viva del dolor amoroso. Y en aquel momento, la historia de Isaías y el Mustaine me pareció trágica y le di otra calada al cigarro con renovada aflicción. Qué puta mala suerte que se gusten dos que no se supone que deban gustarse, pensé. Qué vida tan mierda, de veras.

El Gordo me alcanzó segundos después, demudado. Llevaba las manos en los bolsillos y parecía fuera de lugar. No están adentro, dijo, ni Barry ni la tía. Y enfatizó la sospecha que conllevaba su frase mirándome en silencio, con las cejas levantadas. Me crucé de brazos y resoplé. Puto Barry de mierda, dije en voz alta. Los encontramos juntos, claro, en el estacionamiento de la funeraria, a un costado de la entrada principal, aprovechándose de la ausencia de cualquier clase de velador o custodio. Se habían metido a la camioneta de la mujer. Vimos unas sombras sacudiéndose en el asiento trasero: el vehículo estaba medio disimulado por la oscuridad, pero era evidente lo que sucedía allí dentro. Así que volvimos a nuestra posición original junto a la puerta. El Gordo reía por lo bajo, pero yo estaba furioso: aquello era escupirle a la cara su mala estrella al Isaías, y en su propio velorio. Puto Barry, pensé. Nada de respeto para los hermanos, nada de respeto para la muerte. Solo pensaba en una cosa, el hijo de perra: en lo jodidamente increíble que era ser Barry. Mucho más tarde, cuando salieron del estacionamiento, la tía se coló a la capilla sin darnos la cara, pero Barry vino a nosotros contoneándose, era un campeón de box. Y nos contó de todo: que hizo que se la chupara, la puso en cuatro, se la cogió por todos los orificios provistos por la naturaleza o descubiertos por la humanidad y la hizo venirse como desesperada. Solo el Gordo le siguió el juego y se animó con aquel despliegue de historias, palabrotas, descripciones. Yo bebí otro tequila, fumé y me sentí, de nuevo, derrotado. Por el destino, por los elementos, por las fuerzas enteras de la naturaleza. Puta vida de mierda, chingada y repuerca madre. Eso pensé. Y aún lo pienso.

4. *Never Say Die*

El Hangar fue, por años, el refugio de los fieles. Era un bar grandote y descuidado, en segunda planta, al que se llegaba por una escalera volada exterior de cuyos peldaños más de una vez caí, ebrio, pero sin romperme un hueso. Nunca supe de nadie que se quebrara la crisma allí, ni siquiera en las ocasionales broncas masivas a golpes o sillazos: el Hangar parecía cuidar de nosotros. La planta baja, en cambio, pertenecía a otro local, y nada de lo que se vendía allí resultó nunca buen negocio. Fue vivero y distribuidora de plásticos; luego, una de las primeras tiendas especializadas en cómic de la ciudad (exhibían más cartitas de juego de rol que historietas y, las que había, eran demasiado caras) y, hasta donde me había quedado, llevaba años entregado a la mediocre estabilidad de una farmacia homeopática. El local de arriba, en cambio, llegó a ser ilustre. Tres docenas de mesas de madera rayoneada, sitiadas por sillas de plástico, porque las originales se rompieron en las cabezas y lomos de metaleros del pasado en el fragor de mil trifulcas memorables, una barra que custodiaba tres neveras, dos grifos de cerveza de barril y unas pocas botellas polvorientas de licores de mala muerte (en nuestros tiempos, al metalero promedio no le alcanzaba para nada mejor que cerveza y rara vez se echaba mano de aquella reserva). Había objetos de culto clavados en las paredes medio negras que enseñaban los ladrillos, por supuesto: carteles de tocadas históricas, la de Iron Maiden en el Estadio Tecnológico, o la Obituary en la Arena Coliseo. Y la playera de Sabbath que el Gordo se trajo de un viaje a Inglaterra y sobre la que fingimos unas firmas apócrifas, con un plumón dorado, para tomarle el pelo al dueño. Y en el rincón, detrás de la barra, una copia enmarcada de la portada del disco de La Armada Invencible. Solo de la portada, porque el disco se agotó (salieron mil copias en México, que se fueron vendiendo y, al final, me quedé apenas con la mía; y de las impresiones alemanas no supimos nada por años). Y ya no grabamos más por culpa del Mustaine y la muerte de Isaías y la mamonería de Barry. Pero bueno: qué portada la mía, carajo. Fui feliz al dibujar aquel galeón con velas, cordajes y cañones, que era a la vez una guitarra como las nuestras, con formas de diosa. Chingonería absoluta y, fuera de dudas, uno de mis mejores trabajos. Y no la hice para el grupo: la dibujé porque sí, en un cartoncillo blanco mate, con tinta china y estilógrafo, y pensaba enmarcarla y regalársela a la Pati, al Pato, a quien le obsequiaba casi todos mis diseños, porque nunca se me pasó por la cabeza dedicarme al arte. Trazaba, según todo mundo, mejor de lo que tocaba el bajo. Pero me resultaban tan naturales los movimientos de la mano, las líneas, el correr del lápiz, que me importaban poco. O no sé qué tanto, pero menos que tocar. La música siempre es más, es otra cosa: si te infecta, no te vuelve a soltar. Llevaba siglos sin pararme por El Hangar, pensé al llegar al pie de la escalera. Pues la catedral cayó en manos de bárbaros durante un tiempo y muchos fieles la abandonamos. Sí, El Hangar original cerró años antes, cuando el dueño, apodado honorablemente el Porky, decidió retirarse a su casa de Tapalpa, un pinche pueblito de montaña a hora y media de la ciudad. Ya tenía sesenta años o más, el pobre Porky, llevaba veinte encaramado en aquella segunda planta y el dinero era más difícil de conseguir que nunca. En los años noventa, sus treinta mesas resultaban pocas para la multitud que quería beber cerveza y escuchar ruido en su local. La gente se desbordaba al balcón o se mantenía en su sitio a fuerza de codazos y arrimones, entre la barra y la pared de los baños. Aquellos eran tiempos dignos de vivirse. Pero para cuando llegaron los deprimentes años diez del siglo XXI, y la música popular se volvió la mierda para bailarines que ya conocemos, en un buen día se le llenaban seis mesas y lo usual eran dos. Ciertos ortodoxos asistían al templo casi todos los días y se tomaban unas chelas allí, de pie, en la barra (mientras sus niños esperaban en el automóvil, en mitad de la puta calle, es de suponer), solo para darse el gusto de escuchar por cinco minutos a Judas Priest en vez de enlodarse el oído por culpa de algún cancionero adolescente con la voz más producida que un videojuego. Un bar, sin embargo, no vive de migajas y El Hangar, al final, fue un peso excesivo para el Porky, que traspasó el local. Y los clientes menos leales, es decir, aquellos que dejaban pasar más de cuatro meses sin darse una vuelta por el sitio, se toparon un día con que ya no había carteles históricos ni paredes pintadas de negro ni portada de La Armada en su marquito de foto navideña. Los muros fueron resanados y teñidos de marrón, se instalaron pantallas planas en los rincones del techo, se cubrió de aserrín el suelo y el nuevo barman usaba tejana y camisa con bordados de herradura y las bocinas escupían música regional. Me enteré de tamañas blasfemias por boca de los cuates y los conocidos, pero no dediqué mucho tiempo, entonces, a reflexionar en la caída de Roma. Estaba metido en mi guerra de divorcio y supe que El Hangar se había convertido en un puto local de música agropecuaria el mismo día en que se falló que la custodia de la Niña se la quedara mi exesposa. La abogada quería que presentáramos entre otras pruebas, para fortalecer la tesis de la irresponsabilidad materna, el video que mandó Lupita con su amante, pero me negué. Y no es que fuera yo un tipo admirable: más bien es que me jodía la vergüenza. Me parecía, y creo que algo de razón hay en ello, que el fallo iba a ser el mismo, porque nada tiene que ver el cuidado de una niña con coger con quien uno quiera, así le hayas arruinado la vida a quien debió ver el resultado grabado y depositado en los teléfonos de media ciudad sin otro motivo que joderte. Mi abogada sabía que era verdad y que al juez aquello le iba a valer madre, pero sus cuentas eran otras: que la humillación resultaría intolerable para Lupita, por ejemplo, y quizá así cedería. Podemos subirlo a un sitio de internet y te la acabas, sugirió la licenciada. Puta pesadilla, respondí. Cada vez que vea porno en la compu voy a tener miedo de que me brinque el video de mi exesposa trepada en aquel pendejo. Nos reímos, pero lo decía completamente en serio.

El rumor de que El Hangar había sido recobrado por un nuevo dueño para nuestra causa y abriría sus puertas muy pronto acababa de llegar a nuestros oídos. El Gordo Aceves lo comentó en una de las borracheras de los viernes en el Ricky's, entre platos de nachos con queso radioactivo y veinte botellas de cerveza vacías. Deberíamos darnos una vuelta y ver si ya se puede chupar en medio de las obras, propuso, pero acto seguido pidió más nachos y la cosa quedó almacenada en la gaveta de los planes futuros. Quizá nos daba miedo llegar y que El Hangar existiera, sí, pero como una parodia de sí mismo. O quizá es que nos habíamos acostumbrado al Ricky's, a los falsos totopos y las cervezas servidas puntualmente ante nuestra nariz, a los baños limpios y la tibieza que nos llevaba a entusiasmarnos cuando en la melopea sin fin del sonido ambiental llegaba a colarse alguna vieja canción de AC/DC, o, ya en el colmo del entreguismo, alguno de los hits de Queen. En el Ricky's no había mesas rayadas ni sillas de plástico, sino gabinetes acojinados. Y papas de gajo. Ya ni siquiera era capaz de recordar qué clase de botana purulenta nos había infligido el Porky durante años. ¿Rielitos de trigo inflado? ¿Palomitas rancias, con abundancia de ejemplares quemados y salados a la vez? Tuvo que ser Barry quien nos guiara de vuelta a la tierra prometida.

Llegamos a El Hangar justo después de las cuatro. El Gordo estacionó la camioneta sin problemas en los cajones vacíos y bien delimitados, pero, claro, eligió el lugar de los discapacitados y no tuve fuerzas para discutirle. El local de la primera planta parecía clausurado, tapiado el portón y los vidrios repintados de negro. Adiós a la puta farmacia homeopática, me dije. Y allí estaba la motocicleta gigante de Barry, pero él no esperaba nunca, si podía evitarse la molestia, y había subido ya. Debo reconocer que me agité al trepar los peldaños de la escalera volada: las cervezas ya consumidas me pesaban en las piernas y los pulmones, que de por sí no estaban en su mejor momento. Al Gordo, que venía detrás, casi le da un síncope como el que mató a su padre: tuvo que detenerse cuando logró coronar el ascenso, encorvado y con las manos en las rodillas. Resoplaba lento, un camión frenándose. No mames, Yulian. Ya no me acordaba de que esto fuera el pinche Nevado de Colima. No es tan alto, cabrón. Nomás que estás más puerco y viejo que antes, pinche Gordo, lo consolé y le di una palmada en el hombro. Cruzamos el umbral y, sin quererlo, saltamos al agujero del conejo.

Aparecimos de golpe en una escena muy diferente a la que esperábamos. Ay, cabrón, dijo el jefe de Laminados Aceves, poniendo en una nuez lo que sentíamos los dos. Habíamos brotado a un sitio inesperado: el cambio de El Hangar era absoluto. Encontramos lo de siempre, pero, a la vez, lo inesperado. La pintura negra estaba de vuelta en los muros, ahora brillante y de buena calidad. Una lona colosal, con el estampado de la portada del único disco de La Armada Invencible, ocupaba la pared del fondo, de donde la barra de bebidas y los refrigeradores se habían esfumado. El estómago me dio un vuelco: en el lugar había sido instalada una tarima con escalones en ambos costados y una tupida red de luces y bocinas montadas sobre una estructura de acero pulido muy profesional. No era solo un tablado: era el escenario perfecto. Tuve que caminar a él, magnetizado o hechizado por una repentina necesidad. Subí los escalones y me quedé allí, de pie, los brazos yertos colgándome a los costados. El escenario era profundo, sólido, ideal. Cinco cajas embaladas en madera estaban arrinconadas y yacían casi fuera de vista. El aliento se me escapó de la boca: los manifiestos de envío que les colgaban de la tapa aseguraban que se trataba de amplificadores Marshall de nueva generación. Pero fui arrebatado enseguida de allí. La lona con nuestra portada resplandecía al fondo y me acerqué a tocarla; la tinta olía a fresca aún. Le pasé la mano por encima para sentirla en las yemas de los dedos y estrujé el material entre el índice y el pulgar. Era un buen trabajo, la impresión gigante. No muchos *plotters* de los talleres en el centro de la ciudad hubieran podido sacarla con semejante calidad. Quizá la habían mandado de California. O era obra de alguno de esos pinches talleristas nuevos que se estaban quedando con el negocio, putos niños ricos con sus máquinas finlandesas, pensé. No mames, me dije en voz baja, porque no quería que nadie se percatara de mi arrobo, pero el Gordo me había oído y, además, lo comprendía todo. Qué pedo, ¿no? Solo eso pudo agregar. Parecíamos unos chamacos calientes que se hubieran colado al vestidor de las chicas en el gimnasio.

El bar está abajo, cabrones: no me tengan esperándolos aquí de pie. La voz de Barry nos sacó del ensueño. Había aparecido en lo alto de una escalera espiral que se hundía en el rincón y no habíamos notado, embebidos en la remodelación de El Hangar. Nuestro amigo volvió a evaporarse, escalones abajo, lo seguimos y dimos otro brinco más en la madriguera delirante. El local de la planta baja ahora fungía de bar. Las mesas de madera habían sido lijadas y estaban allí, con sillas nuevas, metálicas y acolchadas. El Gordo y yo nos sentamos, expectantes, en la mesa que presidía Barry al centro mismo del lugar. Los carteles históricos ocupaban sitios de honor en las paredes, apuntalados por refuerzos: Sabbath en el Orfeón; Metallica en el Madison Square Garden; Sepultura en la Arena López Mateos, de la Capital, en 1989. Pura crema, carajo. Barry se notaba cómodo. Llamó con un silbido al tipo de la barra, un chamaco moreno, barbón, de veintipocos años, con greñas trenzadas y gusanientas como el Depredador de la película, un metalero de los nuevos, vaya, y que llegó muy sonriente a tomar la orden.

¿Chelitas? ¿De barril? El tipo debía medir uno noventa, tenía los hombros del ancho de una camioneta de reparto. En los lóbulos de las orejas llevaba expansores mayas, aros negros que lo hacían parecer aún más alienígena que su peinado. Extrañé la sobriedad de los meseros del Sanborns o la indiferencia autista de las del Ricky's. Este güey se siente más simpático de lo que es, pensé, y me di cuenta de que detestaba a la gente joven desde hacía tiempo. Los muchachos, es decir, Brenda, Luisma y el mesero de El Hangar, me parecían repugnantemente confiados en sí mismos, y a los viejos como yo los encontraba sumisos, amputados sin remedio. El tipo nos puso ante las manos tres tarros helados y rebosantes y la cerveza era tan buena que perdoné al Depredador por existir. Ponte algo de música, indicó el Barry, y el mesero volvió a la barra y, con un control remoto, se puso a maniobrar en las pantallas atornilladas a las esquinas del local. ¿Habían conservado las de los bárbaros campiranos? No tenía idea. En los monitores, al fin, apareció una chica con el cabello negro echado en los ojos. Era hermosa. Se puso a entonar una vieja canción de Danzig, una pieza virulenta que, en su voz, sonaba melancólica y sensual. Barry levantó el pulgar, un emperador satisfecho, y el Depredador dejó el control remoto y se concentró en desplegar sobre la barra los tarros recién sacados de un lavavajillas. No mames, Barry, qué es esto, murmuré. ¿Esto? El puto paraíso terrenal, respondió nuestro amigo. Pero yo señalaba el monitor. La muchacha cantaba con una pista, lo suyo era una suerte de karaoke, aunque tenía gran voz. Lo hacía de maravilla, en realidad. ¿Ah, la chava? *Covers*, pinche Yulian. ¿Nunca has oído uno, pendejo? *Covers*. Fusiles. Versiones. Es lo único que nos queda en el mundo. Nuestras bandas están muertas o en retirada.

La música de la radio, de los clubes, del mundo entero, es una mierda. Nomás nos quedan nuestras viejas y pinches canciones, ¿no? El Gordo y yo guardamos un silencio respetuoso ante sus sentencias. El *cover* de Danzig terminó y, luego de segundos, en las pantallas brotó otra chica, hermosa también. Esta era rubia, jovencita, ojos brillantes y una guitarra acústica: el tipo de mujer que cualquiera en nuestra tribu hubiera querido para novia a los veinte años... O a los cuarenta y cinco. ¡No mames, está cantando a Venom! Nos quedamos con la boca abierta. Venom, sin duda: una dulce melodía de destripamientos. Y luego pasamos a una morena vestida de cuero, y labios más rojos que el pecado, que parecía devorarse el micrófono para entonar una pieza de King Diamond. El puto paraíso, repitió Barry, con la voz ebria ya. ¿La ven? Es turca. ¿Y cuántos la siguen? Allí está la cifra abajo del video. Unos pocos miles. Y no son chavitos. Solo las seguimos, estoy seguro, los pinches viejos puercos, es decir, nosotros, que pasamos las mañanas escuchándolas, a todas estas diosas. Ninguna es famosa de verdad. Porque, les digo, no las siguen los muchachitos pendejos de ahora, todos esos a los que les pusieron el pie encima desde que nacieron y crecieron así, bajo el reinado de la música de mierda de otros, sus canciones de amor, y bailando todos, putos gusanos, al son que les tocan. Las escuchamos los pinches ancianos a los que se nos para cuando esas bellezas ayudan a recordar a, no sé, Iron Maiden. Pero somos unos pobres cabrones que no van a poder acercárseles ni a los tacones de las botas. ¿Saben por qué? Porque ya no tenemos fuerza. Ya no podemos hacer que nuestros grupos dominen el mundo. Ya no podemos hacer estrellas a las chicas que nos gustan. Somos una mierda olvidada.

El Gordo se removió en su silla, incómodo. No estaba de acuerdo, desde luego. Y yo tampoco, o no demasiado: en Laminados Aceves nos iba bien. Nuestra isla resistía el oleaje. Estábamos carcomidos, pero enteros y prósperos, o al menos el Gordo lo era. Yo no, pero podría haber estado peor. El oficial del juzgado familiar había bromeado, al ver las diferencias entre las cuentas bancarias y los recibos de nómina de mi exmujer y los míos: ¿No quiere pasarle pensión usted al señor?, dijo, y ella soltó una risita compasiva. Y apreté los puños y me reí también, para que no pareciera que me habían pateado los güevos. O no tan fuerte como lo hicieron. En mi silla de Laminados Aceves, detrás del monitor, con mi salario decente y Brenda torturándome cada mañana, vegetaba tranquilo. Tenía dinero para la renta y para ofrecerle un poco a la Niña (y que me lo rechazara). Y si el Gordo pagaba las salidas de los viernes, mi presupuesto era pura salud. Mientras una y otra musas juveniles aparecían en pantalla, con desiguales talentos, pero firmes convicciones, llegaron las siguientes cervezas y tres tequilas blancos añadidos por Barry a la orden. Brindamos con tal frenesí que la mitad del alcohol se nos escurrió de los caballitos y remojó nuestros dedos. Allí dentro era imposible ver la luz del día (porque las ventanas estaban pintadas de negro) y el aire acondicionado se nos escupía a la cara. Frío, luces, electricidad. *Covers*, repitió Barry. Y era cierto. Nosotros mismos habíamos comenzado como una banda de *covers*, con aquellas diez canciones que nos hizo aprendernos de memoria, cuando aún éramos Paganos. Podía recitar la lista entera, todavía: «Jump in the fire», de Metallica; «Peace Sells», de Megadeth; «Belly of the Beast», de Anthrax; «Never Say Die», de Sabbath (no era su mejor canción pero sí la primera que logramos sacar y se pareció lo suficiente a la original); «Electric Eye», de Judas Priest; «Wasted Years», de Maiden (la más complicada, por la guitarra doble, que nos saltábamos); «I Want Out», de Helloween; «Orgasmatron», de Motörhead (que no tiene que ver con orgasmos sino con tiranías); «Black Wind, Fire and Steel», de los Manowar (unos locos feroces que solo le gustaban a Barry, realmente); y «Balls to the Wall», de Accept (que me ponía loco de felicidad tocar, más que ninguna de las otras, por razones incomprensibles incluso para mí). *Covers*, repitió Barry. ¿Vieron el escenario, arriba? ¿Las luces y los amplis? ¿La pinche estructura de acero? La próxima semana llega una consolita digital para el sonido y una tornamesa para las noches en que haya que poner discos. No sé si por inercia o porque el alcohol ya se nos acumulaba en los hígados, pedimos tres tequilas más para brindar de nuevo y casi reventamos los caballitos del golpe. Tenía más destilado escurriéndome por el dorso de la mano que metido en el estómago. Qué chingón, carajo, dijo el Gordo Aceves y extendió los brazotes peludos. Siempre manoteaba, el Gordo, tamborileaba siempre. Era un hombre de ritmo. Qué chingón, hermano. Preséntanos al dueño. Esto está mil pinches veces mejor que el viejo Hangar. Y puede ser negociazo. ¿Estará acá? Invítale un tequila. Barry se llevó el caballito a los labios. Era todo un montaje, pensé en ese momento. El Gordo y Barry seguro se habían visto y estaban de acuerdo, quise creer. Eso no podía ser natural. La resurrección del bar, la aparición de Barry en Laminados Aceves un viernes, como si supiera que aquel día nos íbamos al Ricky's. Barry. Barry Dávila. Barry y su puta bocota. El dueño soy yo, pinche Gordo, declaró, sonriente, mostrando los colmillos de un enorme babuino. Los locales son míos, los compré. Yo remodelé y puse el equipo y contraté a ese güey para la barra. Y señaló con el canto del caballito al Depredador, que chiflaba el cover de Diamond Head de una valquiria escandinava armada con una Fender del tamaño de un hacha de combate. El alcohol. Eso era. Porque me parecía un teatro, todo, armado para mí, una ratonera, un juguete de resorte que en cuanto lo pisas activas un pico que se te clava en el dedo. Comencé a reír y llamé al Depredador para pedirle más tequilas. Miré al Gordo, sin embargo, y de inmediato, para tramitar su permiso. Me cagaba tener que hacerlo, pero mis finanzas no daban para andarle invitando caballitos a mis compañeros de mesa ni participar en una hipotética cuenta a partes iguales (el azote del amigo pobre). Pero antes de que el dueño de Laminados Aceves tuviera a bien autorizar o no mi imprudente solicitud, Barry intervino. Yo invito todo, cabrones. Pidan, ustedes pidan. Es nuestro pinche bar, agregó, con ese tono tan común con el que uno dice «Mi casa es tu casa», para que te des cuenta de lo chingona que es esa residencia suya y de nadie más. Depredador, a la seña del amo, se trajo a la mesa la botella entera. Barry le dio una palmada entre la oreja y la mejilla cuando el tipo estuvo a su lado. Un gesto de gratitud a las monadas a un perro que me cagó la madre. Putos ricos, pensé. Pero mis amigos no eran ricos de verdad. Solo cuarentones acomodados, con vida tranquila y lana suficiente para quemársela en gustitos. Ser rico es cosa más seria, un millonario tendría una cadena de talleres o de bares y cientos de pobres diablos a su cargo, y jamás los sentarían a su mesa. En cambio, yo era un solovino, un callejero que tenía la fortuna de contar con un par de cuates entre los perros de raza… *Covers*, dijo Barry. Era su palabra favorita. Tenemos el local, tenemos el equipo. Y el Gordo y yo cumplimos cabalmente con lo que habrá esperado el pendejo y contuvimos la respiración para el siguiente anuncio, tan obvio y a la vez tan indispensable. Voy a juntar a La Armada, cabrones. Voy a revivir a la puta Armada Invencible. Vamos a resucitarla, ustedes y yo.

Siguió lo que no debió haber seguido: la euforia. Pero yo hubiera necesitado explicaciones, para empezar. Musicales, al menos. O, mejor, que el hijo de su puta madre de Barry me consultara. Porque La Armada no era solo él. Pero eso lo pensé después, cuando pasó todo lo que llegó a suceder. En aquel momento solo hice lo mismo que ellos, es decir, empinarme el tequila y golpearme el muslo con el puño, como si estuviera mirando la tele y las Chivas, mi equipo, hubieran metido un gol y yo lo celebrara al consabido grito de «¡Vamos!». Mi conciencia estaba apaciguada por el alcohol y, para rematar cualquier escrúpulo en nuestras almas, Barry se inclinó hacia nosotros en busca de que hiciéramos lo mismo y lo escucháramos. Había una confidencia más. Traigo una coca buenísima, cabrones, susurró, la mejor de la pinche ciudad. Rascada de la piedra amarilla de Jesucristo; de esta se meten el alcalde, el delegado federal, el cardenal en retiro, todos los que puedan pagar el cielo en polvo. Al Gordo le dio un ataque de risa y se le salió por la nariz el trago de cerveza que acababa de echarse al buche. A mí me hormiguearon las manos, hacía tantos años que no tenía dinero para comprar nada fuera de mi ración habitual de mota, que usaba para dormir en las noches o apaciguarme el espíritu los domingos por la tarde, si no había nada que ver en la televisión, y me cansaba de tocar o de escuchar las mismas canciones de siempre en la computadora o en mi viejo modular. La primera dosis, jalada del extremo de la llave de la motocicleta de Barry, entró en mi nariz por la fosa derecha, y dibujó una línea de color crema en mi pómulo, ojo y cerebro. Cerré los ojos, los abrí. Una chica enfundada en pantalones de cuero me miraba en las pantallas de cada rincón del bar, mostraba los dientes de loba. Argh. Argh. Teníamos fuerza, sí. La teníamos. Íbamos a tocar de nuevo, íbamos a barrer con toda la mierda que tuvimos que respirar por años, esa basura que nos metieron a fuerzas por los ojos y los oídos como si debiera gustarnos obligadamente. Pero no. Basta de pedirles perdón a todos. Basta de tragarse su música de cagada, basta de tragarnos nuestras vidas de porquería, y las ínfulas de todos esos chamacos pendejos con los tobillos al aire y las gorras de plato y toda esa gente que se reía por lo bajo de nosotros, esos clientes culeros y pendejos con sus ideas imbéciles que yo debía convertir en diseños maravillosos. Al carajo con los que nos querían joder o, de hecho, nos jodían. Las Lupitas, los Eddys, los tipos llenos de mierda como mi padre. Hijos de puta todos. Me ardía el cerebro y mis manos se empuñaban para golpear la nada. La coca estaba bravísima. Respiraba ya La Armada Invencible.

Desperté de golpe y con taquicardias, me sentía en mitad de una sesión de tortura policiaca. Me dominaron, de inmediato, dos sensaciones: la intranquilidad de haber cometido un error inmenso, aunque, de momento, poco claro. Y, junto con ella, el agudo dolor físico de la resaca. Porque no era una cruda simple la que me asaltaba esa mañana, sino una fiera masiva y peluda, una bestia parda, un monstruo que sumaba el poder de las cervezas y los tequilas, en cantidades que no había trasegado en años, a la culpa de haberme llenado la nariz con la cocaína de Barry, a quien unas horas antes no quería volver a toparme en la vida. Caí en las almohadas y, descorrido el velo que me lo impidiera en lo cotidiano, pude sentirme con plenitud tal y como era: cuarentón, achacoso, las uñas de los pies llenas de padrastros y picos desagradables, porque me dolía la espalda al agacharme y las arrancaba más que darles forma con el cortauñas. Apestaba a sudor y alcohol a medio digerir. Tenía pelos duros, cerdas de cepillo asomando de las orejas y las fosas nasales. Ojeroso, con el cabello aún entero (ni entradas ni coronilla pelada de cura) pero reseco y tapizado de canas. No necesitaba un espejo para saber que el tipo delgado y, según mis propios parámetros, bastante agraciado que fui en la juventud, ahora se parecía a una de esas frutas pálidas y arrugadas que se quedan al fondo de los mostradores del supermercado porque a nadie le apetecen. La resaca, en fin, lo vuelve a uno consciente de cosas que sería mejor negligir o, de plano, olvidar. Tosí y, al mecerme, sentí dos kilos de cacahuates y tacos dorados del Sanborns burbujear en mis tripas, aún indigestos. Mi cabeza parecía encontrarse bajo el asalto de una prensa cuyos extremos apretaban mis sienes. Los pensamientos llegaban desde una distancia sideral y desfilaban sin que realmente los sintiera míos. La náusea me obligó a ponerme de pie, con todo y un dolor nuevo, que me incordió la rodilla derecha, y caminar al baño. Tuve frío, solamente los calzoncillos me separaban de la desnudez. Mi ropa estaba enredada al pie de la cama. Era evidente que me la había quitado a tirones, con dificultad. ¿Cómo había vuelto desde El Hangar y a qué horas? Lo lógico era que el Gordo Aceves me hubiera llevado a casa en su camionetón, pero no estaba seguro.

Me agaché a revisar los bolsillos de mi pantalón. Quizá aquella inquietud espantosa que me estremecía sería solamente el miedo de haber olvidado o extraviado la cartera y el teléfono, me dije. Pero no: allí estaban. El teléfono aún encendido y con mil notificaciones de mensajes pendientes en la pantalla. La cartera intacta, la totalidad de mi paga lista, en billetes tersos y recién sacados de un cajero automático. Dejé mis pertenencias más cruciales en la mesita de noche y pensé: ¿en qué momento saqué la lana del banco y con qué fines? Tampoco lo recordaba. Lo que sí supe, porque la acidez y la tos no permitían que se disipara, era que la urgencia de vomitar seguía allí, paciente, arrinconada, pero sin salir de escena. Desaguarse no fue suficiente, aunque mis memorias de ese tipo de alivios fueran beneméritas. Cuántas veces, en la juventud, volver el estómago me hizo sentir mejor de inmediato y hasta recorrido por cierto calorcillo reconfortante y me permitió otra hora de sueño o, incluso, navegar sin más complicaciones por la rutina del día. Pero no esta vez. La pulpa de cacahuates, tacos y alcohol salió de mis entrañas con una violencia tal que mi esófago y laringe sintieron lo que experimenta alguien a quien le arrancan la curita de un solo tirón de su brazo velludo. A gatas volví a la cama y me encaramé a ella sin aliento y seguro de que iba a morir: mi corazón se debatía en medio de los pulmones, un esclavo encadenado y furioso. Me envolví en la manta y sufrí un malestar que me sitiaba desde todos los frentes. Apenas había conseguido serenarme cuando la vejiga, humilde, avisó que, aunque lo suyo fuera un problema menor, resultaba perentorio ponerse de pie otra vez y mear, a riesgo de convertir el lecho en un chiquero. Me erguí, no sin mareos y quebrantos, y volví al baño maldito. Oriné largamente y luego me lavé manos y cara. Mi piel parecía una puta lija, y eso que solo llevaba un día sin rasurarme alrededor de la barbita de chivo. Un inesperado ardor de uretra me hizo doblarme por mitad. ¿De dónde vino esa punzada que parecía la de un ganchito empeñado en unir mi meato a una cadena invisible? Nunca lo supe. Ya en el lecho, recordé, en un relámpago, mi necedad. El Gordo me llevó a casa. Yo le hablaba de la Niña. Esta vez me va a aceptar el dinero, carajo, soy su padre, ¿por qué no puedo ayudarle? Y el Gordo se detuvo en un cajero automático. Se estaba cagando de risa, claro. A él, bien casado y con niños pequeños y obedientes, esos problemas le parecían de otro universo. Se estacionó, desde luego, en el lugar de los discapacitados del cajero.

Debo de haber dormido luego de la remembranza. Cuando volví a abrir los ojos, la luz que entraba por la ventana era oblicua y el malestar se había transformado: menos agudo y más desesperante. Pesadez, dolor en las articulaciones, congestión nasal y de bronquios y un asco insobornable ante la sola idea del alimento, aunque la debilidad general advirtiera que comer sería una idea razonable. Me estiré lo que pude, pese al disgusto de seguir con vida, y conseguí fijar la vista. Descubrí el techo de mi recámara cuajado de sombras siniestras. Buitres que esperaban el último vahído para comer mi carroña. Pude, al fin, alargar la mano y tomar el teléfono al segundo intento (en el primero agarré la cartera). Eran las once con cuarenta y siete de la mañana del sábado. Saber la hora y el día me quitó un grado de angustia del pecho. Ni había despertado a las seis de la tarde del lunes ni había faltado, por tanto, al trabajo. Ya era algo. Cerré los ojos. La náusea cedía, lentamente, al apetito. Eso me consolaba. El hambre siempre triunfa, al final. Por eso hay revoluciones, y por eso se pervierten cuando la voracidad da paso a la hartura. Los mensajes de mi teléfono me esperaban aún, sus alertas de color rojo y su pretendida importancia. Eran seis. Ninguno de la Niña, a la que aparentemente le daba lo mismo que nuestra acostumbrada llamada del sábado en la mañana, para fijar la cita del domingo, no se hubiera llevado a cabo. Ay, la ingratitud. Había, sí, publicidad de un par de conciertos a los que no pensaba ir; también dos correos que promocionaban cursos de guitarra a distancia, impartidos por «expertos internacionales». Puta madre: lo único que hacía falta para ser un «experto internacional» era una conexión a red que te permitiera decir lo poco que sabías ante la audiencia equivocada. Si eras filipino, hablarías ante alemanes. Si eras alemán, ante ruandeses. Si eras ruandés, ante unos putos gringos. Nadie le creía una palabra al vecino que llevaba veinte años dedicado a aprender un arte, ciencia u oficio. No: necesitaban que un desconocido de las antípodas fuera y se los contara todo. En fin. Había un mensaje de Brenda, además: una fotografía de Brenda, mejor dicho: medio envuelta en una sábana, bajo la cual estaba desnuda, porque ni el pedazo de cadera ni el costado del torso que asomaban al retrato tenían trazas de ropa cercana. Se había colocado, además, una imagen sobrepuesta a la cara: unas orejas de perro y una lengua larga e impertinente. «¿Juegas?», decía la única línea de texto. Lo borré de inmediato, supongo que influido por el moralismo que nos atenaza cuando sentimos debilidad y pena. En aquel momento necesitaba una sopa y no una chica en cueros. El último mensaje era de Barry. «El lunes a primera hora nos vemos en el Parque Metropolitano. También va el Gordo. Están hechos mierda y necesitan parecer humanos antes de tocar», eso decía. Volví a ver el reloj. Doce menos tres. Aún no era el medio día y mi vida ya se había jodido.

Oye, Barry, ¿no fue una decisión muy ruda acabar con la banda?

Sí, pero se tomó sola. El Mustio se había largado a Vallarta, Isaías se deprimió de inmediato, lo extrañó o yo no sé… Pero el caso fue que ni siquiera pudimos ensayar de nuevo. Yo tenía mis ideas sobre a quién necesitábamos para sustituir al huido. Pero la cosa se complicó enseguida. Era, de por sí, un tiro muy difícil el que me planteé. Porque mi idea era sacar a la Pati de The Hammer y jalarla con nosotros. Y mi esperanza era que la cosa se diera naturalmente gracias al Yulian, pero en una tocada que se armó en El Hangar, con The Hammer y unas bandas de chavos que iban empezando, unos revoltosos, justo esos deathmetaleros que luego abundaron, valió madre todo. Vi al Yulian, primero, muy contentito, pegado a la Pati, llevándole cervezas, riéndose los dos sus propios chistes, embebidos en sus charlas clavadas de música. Pero entre que veía a las bandas y trataba de sondear a los güeyes de The Hammer, me volví a topar al Yulian y ya llevaba encima una cara de derrota impresionante, el cabrón. La Pati acababa de decirle que se iba a casar con el Eddy, allá en Chapala, a la vuelta de unos meses. Y al Yulian parecía que se le habían muerto a la vez la madre, el perro, la novia y el mundo. Siempre fue un tipo tristón, pero debiste verle la jeta esa vez. Estaba verde, los ojos llenos de venas, la boca apretada. Daba pena mirarlo. De plano se largó. El fracaso del Yulian arruinó la posibilidad de traernos a la Pati con naturalidad. Y la cosa se enredaba. Porque guitarristas capaces de tocar al nivel del Mustio había pocos en la ciudad. Y los que había eran todos igual de insoportables que él. No creas: todavía esa noche, la del concierto en El Hangar, hice mi luchita. Bromeé con el Eddy, que ya estaba muy pedo, pero no entendió lo que le decía y pensó que le estaba elogiando a la vieja. Pinche Eddy, siempre fue un pendejo, no comprendía ni madres de nada. Incluso me le planté a la Pati, al final. Estaba en la calle, fumaba, miraba la luna con el estuche de su guitarra a los pies. Nadie diría que estaba contenta por su compromiso: tenía una cara de cólico impresionante. Te nos casas, Pato, le dije. Y yo que pensaba jalarte a mi banda, porque eres la única que toca mejor que el Mustio en cinco estados a la redonda. La Pati se quedó con el cigarro en los labios, las manos en los bolsillos. Se miraba los pies. Murmuró no sé qué: yo supongo que estaba peda y por eso no le entendí. Aunque parte de mi cerebro siempre pensó que estaba llorando.

Entonces, la cosa se hundió en capítulos…

Pues en capítulos, sí, pero igual todos fueron madrazos. Primero, la huida del Mustio. Luego, la depresión general. El Isaías, que extrañaba al pinche fugado y se entregó religiosamente a beber y a fumar piedra con los vecinos, olvidándose de todo, de tocar, bañarse, trabajar. La familia se alarmó, pero no nos dijeron nada. Cuando le marcaba a la casa, la mamá o esa tía que luego conocí en el funeral y resultó estar muy buena, decían que no podía responder o había salido sin dejar recado. Que llamara después. Y bueno, el Yulian tampoco es que estuviera bien que digamos. Supongo que se había ilusionado demasiado con la Pati. Por supuesto que nos burlamos de él mil veces todos, hasta el Gordo Aceves se lo trajo en jabón con la güera. Y el Yulian cometió el error típico: para sacarse la espina, se metió con Lupita, que estaba mona, hay que aceptar, pero era una chica más realista que él, y nada que ver con que fuera la princesa de sus putos sueños. No creo ni siquiera que fuera metalera, hasta donde sé le gustaba la balada romántica, incluso, pero cuando el Yulian se hundió y empezó a emborracharse cada dos días, la Lupita vio el campo abierto y se lo ligó con un tronido de dedos. Y salieron un rato. Lupita lo llevaba al cine o a cenar. Supongo que eso lo alivianó, pero a la banda no. Porque, igualito que el Isaías, dejó de ensayar. Y yo no podía hacer nada. No tenía un suplente para el Mustio, mi baterista estaba entregado a la melancolía, y mi bajista, perdido en los brazos de una chica por pura conveniencia, para olvidarse de la que le gustaba. Y el único reemplazo a la vista, que era la Pati, se volvió inalcanzable por el compromiso con el Eddy. Ahí me di cuenta de que necesitaba buscar mi propia ruta de escape. No me deprimí, estaba ocupado recogiendo mis pedazos del suelo. No había nada que quisiera más que estar en esa banda, pero tampoco me iba a suicidar para mantenerla unida. Si los idiotas no querían seguir, para qué romperme: la música está ahí, siempre, al alcance de quien se atreva a buscarla. Eso fue lo que pensé, lo que me repetía cuando me daba cuenta de que otra vez no íbamos a ensayar. Mi jefe habló conmigo cuando le dije que la banda estaba en pausa, y a su estilo, regañándome y mentando madres, pero me hizo un favor: me convenció de que La Armada Invencible estaba muerta. Llórale lo que quieras, dijo, pero o te amarras los güevitos y consigues otros músicos, o decides qué hacer con tu vida, porque aquí en la casa no vas a estar de baquetón, sin dar golpe. Primero me emputé muchísimo, sentí que el pendejo del viejo se metía en asuntos que estaban por encima de él. Pero luego mi madre, también a su modo, con la voz bajita, dijo lo mismo: Ya sacúdete el polvo, tómate en serio la escuela, aprende a hacer dinero, y válete por ti mismo.

Si yo lo hubiera sabido, no me habría pasado la vida aquí, barriendo el suelo debajo de los pies de tu papá.

¿No sentiste culpa, tristeza, algo?

La decisión se tomó sola. No habíamos hablado, empecé a ir a la escuela, escuchaba música con audífonos en la casa, se me apagó incluso el placer de molestar a mis hermanas con el ruido. Mil veces quise cotorrear el tema con el Yulian, pero él seguía en lo suyo, perdido, metido en la chamba y en la Lupita, sin atreverse a decirme la verdad con unas chelas de por medio. Yo tuve que unir los puntos, Yulian jamás me dijo que el Patito lo había roto. Y al Isaías casi ni volví a verlo, me lo topé, muy pedo, un par de veces, en El Hangar o algún otro sitio, pero si le hablaba respondía con monosílabos, no sostenía la mirada, era claro que no íbamos a avanzar. Su familia sabía mi teléfono porque le dejé cien recados luego, pero él no estaba o se negaba a responder. Por eso, el día que lo encontraron tirado en su cuarto, a media tarde, sin pulso, y se lo llevaron a la Cruz Verde en ambulancia, al único que se les ocurrió llamar fue a mí. Cuando llegué a la Cruz todavía estaba vivo, me dijeron. Los papás se habían colado a la sala de urgencias en la que trataban de resucitarles al hijo. Había ahí un montón de parientes llorosos, enojados, rezando o abrazándose. A la media hora o menos salió un médico a decirnos que había valido madres todo. Ojalá así hubiera pasado con la banda, pero nadie dijo jamás hasta aquí llegamos, se acabó, nos hundimos igual que La Armada Invencible de verdad. Pero fue así, cabrón: nos llevó una tormenta por delante antes de darnos cuenta. El Mustio huyó, Isaías se fue para siempre, solo quedamos el Yulian y yo. Pero, en aquel momento, no había nada que hacer. Yo necesitaba y quería una vida que La Armada no iba a darme. Y me concentré en algo simple, le hice caso a mi madre: la seguridad de la lana. Seguía escuchando mis bandas, igual se me erizaba el vello de los brazos y la nuca con los riffs de Sabbath. Eso no cambió, no podía cambiar. Solo dejé de oír bandas nuevas. La última que me caló de verdad fue Pantera, esos carnales hicieron lo que todos hubiéramos querido, dieron el siguiente paso de la evolución. Pero entre mis discos había tal botín, tal riqueza, tal pasado, que nunca sentí que me faltara nada. En las noches comencé a pensar en lo que seguía y a dejar de lado lo que sucedió. Mi ambición se fue por otro lado y se olvidó de la escena. Me acostumbré, me acomodé. ¿Sabes cuándo me di cuenta de que en mi boda no sonó una sola canción de metal? Una semana después de que pasó. Era de noche, en plena luna de miel, yo estaba al lado de la alberca, rodeado de gringos del color de camarones. Mónica se había dormido en el cuarto, acabamos de coger como cerdos, así se coge solo en la luna de miel. Y me bajé a nadar y me llegó, de un cuchillazo, el recuerdo de la boda: un mariachi, un conjunto tropical, y en el templo un coro, porque a Mónica le pareció muy elegante. Pero no hubo una sola nota, un segundo de metal. Y supe que había perdido algo básico. Y sí: con el tiempo, dejé de soñar por las noches. Y no te digo que sufría. Estaba chido. Nacieron mis hijos y la pasé a todo dar con ellos. Mi relación con Mónica se jodió al final, pero por muchos años fue buena. Ella es un mujerón. Pero el cabrón de aquella boda, el que tuvo y educó a sus hijos, el que trabajó con lana propia y ajena por años y años, y vistió esos suéteres horribles de color mamey que Mónica elegía, era otro distinto que yo. Aquel era Alberto Dávila, el administrador. Y yo soy el Barry. Y el Barry va de botas, con esta puta chamarra de mierda, con estos Ray Ban de patrullero. Es lo que es: soy lo que soy.

El Gordo Aceves fue el primero en agotarse y dejar de correr, pero no tardé en acalambrarme y unirme a su danza del sofoco: nos mecíamos en cuclillas y jalábamos aire por la boca, las barbillas hundidas en el pecho, las manos en las rodillas y los corazones convertidos en platillos arrítmicos que recibían demasiados golpes y se resignaban a contraerse y distenderse al compás de la hipertensión. Habíamos sido vencidos por veintidós minutos de estiramientos, calistenia y trote (correspondían diez de cada uno, en la teoría, pero para cuando hubo que trotar ya estábamos hechos mierda), y nuestra apariencia resultaba lamentable: unos pellejos de mediana edad, las canas visibles incluso con el cabello casi al rape, en mi caso, o a modo de corola de calva, en el del Gordo; pelos hirsutos asomándonos de orejas y nariz; extremidades temblonas; torsos sudorosos. Yo solía salirme a correr con unas bermudas viejas, medio guangas a fuerza de uso, y esa mañana las acompañé con una playera que fue negra y ya era gris y con un boquete delator de la decrepitud en la costura del sobaco izquierdo. Llevaba puestos, además, unos calcetines azules, porque me sentí ridículo cuando me miré puestas las calcetas blancas de ejercicio en el espejo antes de salir a la cita en la que Barry nos había enredado: encontrarnos a las nueve de la mañana en el Parque Metropolitano para iniciar nuestra campaña de acondicionamiento físico. Si queríamos ser capaces de tocar en vivo, enamorar a todas esas cuarentonas (y cuarentones) que serían, según Barry, nuestro público natural, no podíamos quedarnos así, tan fofos y erosionados, postulaba él. La gente no va a los conciertos de los Stones a oírlos, hace decenios que suenan igual que una orquesta que tocara *covers* de los Stones, dijo Barry. La gente va a ver a Mick Jagger correr y contonearse en escena a sus cien años, va a ver a Keith Richards levantar la pierna al monitor y doblarse para requintear como si no le temiera a la osteoporosis. Hay que vernos bien para interesarle a alguien, cabrones. Así que buscamos en el cajón las ropas de deporte y madrugamos para ejercitarnos. Mi facha no era la apropiada, debo aceptar: podría haber salido en esas mismas bermudas y playera a la tienda, un sábado por la mañana, a comprar el suero con el que combatía el exceso de nachos y cerveza del viernes. Peor: podría haber dormido con esas ropas y quizá lo había hecho ya. El Gordo, sin embargo, era un hombre de recursos y usaba zapatillas con suelas de goma diseñadas para amortiguar el machaqueo de cartílagos, ropa con microventilación y una sudadera traída a modo de *souvenir* de su peregrinación al festival de Wacken del 2015, que se le convirtió rápidamente en una condena, pues en cinco minutos el movimiento y el solazo ya nos asaban vivos y tuvo que atársela a la cintura, al estilo de un chamaco de escuela primaria, para no colapsar. No sean güevones, pendejos, a ver, síganle, reconvino Barry al mirarnos derrumbados y humeantes, dos colillas de cigarro. Él, claro, iba impecable: mallas y camiseta negras ajustadas y sin mácula. Se nos había adelantado cincuenta metros antes de darse cuenta de que iba solo en la carrera. Así que volvió sobre sus pasos, con aires de instructor militar, para pegarnos de gritos. Les faltan ocho, pinches piltrafas, les dije media hora y apenas van veintidós putos minutos. No mamen. Agárrense los güevitos y a darle. Yo quería morir: ocho minutos es lo que dura una canción larga de *thrash*, con puentes instrumentales y cambios de ritmo, calculé. Interpretarla requiere concentración y esfuerzo, y hacerlo debajo de los reflectores de un escenario es un desgaste que no cualquiera puede enfrentar. Una hora y media así, canción tras canción, es toda una prueba de resistencia. Pero hacía años, incluso antes de que me casara y naciera la Niña, que no tocaba más que rolitas simples en la guitarra de palo, sentado a la orilla de la cama o en una silla, y ahora resultaba dolorosamente obvio que ni eso, ni mis trotecitos dominicales, me habían proporcionado unas reservas de energía muy abundantes. Barry, por su parte, parecía más afilado que un cuchillo, era la liebre del cuento y lo veíamos, apenas, una figurita en la distancia pocos segundos después de cada arrancón, y antes de que, cada vez, notara que no le seguíamos el paso y volviera a nosotros, se riera de nuestros resoplidos, se alejara de nuevo. Hacía *sprints* como si acabara de levantarse de la cama (y eso que ya venía, dijo, de dos horas de gimnasio matinal), y nosotros, cuando al fin pudimos movernos, solo arrastramos los tenis por la pista de tierra apisonada; el aliento se nos volvía polvo en la boca. El resto de los corredores pasaba a nuestro lado sin hacernos el menor caso, sumergidos en sus propios afanes, empapados en sus propios sudores: tipos olorosos a loción; mujeres deslumbrantes; algún panzón poderoso, en plena reconversión a la salud; algunos enjutos corredores de tiempo completo, músculos fibrosos y apretadas nalgas de caballo. Y la pista era lo suficientemente ancha para que eludieran sin parpadear al par de cuarentones fuera de forma que resollaban en el kilómetro cero. Nos rebasaban incluso las ancianas con el culo del tamaño de un equipal, las manos empuñadas en el extremo de unos brazos escurridos y el cabello blanco y tan bien peinado que parecía esculpido en merengue. Y también nos rebasaban, socarrones, sus *french poodle* con moñitos en las orejas.

Ahora sí me va a dar el puto infarto, chillaba el Gordo cuando el plazo de trotar y enterregarnos finalmente se cumplió; bueno, en realidad paramos quince segundos antes, aprovechando que Barry estaba allá, a treinta metros, luciéndose ante un par de jóvenes madres que recorrían el circuito empujando las carriolas de sus herederos con chupete. Me duele el pecho, cabrón, explicó el Gordo, poniéndose la mano abierta sobre el esternón como si estuviera a punto de dar un juramento. Y entonces soltó un eructo en dos tiempos y casi involuntario: el croar de un sapo primigenio, incontenible. Las madres jóvenes (y guapas, no en balde Barry las rondaba) estaban ya a dos metros de distancia y al oír el puto eructo nos miraron con pena y asco, pero igual se rieron. Las saludé con la mano y una risa exhausta, y ellas me ignoraron. Habrán pensado que gente decente era el cara de chango que corría a su alrededor, y no nosotros, balones ponchados, con el cuero desteñido a fuerza de patadas. ¿Jodiditos, cabrones? Barry no sacaba el dedo de la llaga y se detuvo, al fin, y comenzó a estirarse. Pues esto es lo que vamos a hacer las próximas semanas, porque tienen que estar en condición antes de ensayar una sola pinche nota. El Gordo y yo cambiamos una mirada de desaliento de esas que duele dar, en las que conviven incredulidad y dudas sobre uno mismo.

Acabamos en un puesto de agua de coco los tres, Barry sorbiendo con elegancia y nosotros atragantándonos, abrevando, animales que bajan a las charcas en la noche aunque corran el riesgo de que se los coman los cocodrilos. ¿Cómo es que llegué a ser un costal blando, ni gordo ni flaco, con panza de anciano y menos fuerza en los brazos y las piernas que un moribundo? ¿Cómo es que a los veinte años podía beber tres noche seguidas y en alguna de ellas, generalmente la primera, brincar en un escenario durante hora y media sin detenerme, agitando la cabeza o haciéndola girar igual que la hélice de un ventilador industrial? ¿En qué momento la vida de casado me hizo tan suave, lento y resignado, tan atrapado en ese cuerpo que se pudría, y dejé de estar tenso, de ser la cuerda de una guitarra? ¿Y si aquello que había encontrado era el paraíso del bienestar; si trabajar de ilustrador en el periódico y criar a la Niña bastaba; si salir con mi esposa uno de cada dos viernes, cuando mi suegra se quedaba con la pequeña, y algunos de esos viernes, o ya en sábado, porque la medianoche quedaba detrás en algún momento, y terminábamos por coger, sudados y trémulos en una casa toda nuestra, era lo debido; si pasar en compañía los cumpleaños, las navidades, los domingos era el punto más alto de la vida, si todo era así y resultaba suficiente, en qué momento lo dejé perderse; en qué momento mi mujer pasó a ganar el triple que yo y trabajaba tanto que ya no salíamos ni cada dos viernes sino quizá cada diez o doce y se encontró con el tipo aquel? ¿En qué momento la ofendí de tal modo o la decepcioné a tal grado que, luego de que comenzaron los pleitos más o menos frecuentes y la Niña se encerraba en su cuarto para no escucharnos disputar, mi mujer decidió cogerse al tipo o, más aún, meterse con él de tiempo completo, con la coartada de reuniones de trabajo imposibles de domingo en la mañana? ¿Y qué pude haber hecho tan mal que a los cuarenta años, en vez de pastel, tuve una fiesta aburrida con un par de amigos, el Gordo Aceves y el Intestino Tovar, el Barry ni siquiera respondió el email y al Pato, la Pati, no me atreví a escribirle, y al volver a casa no estaban ni la Niña, que se fue a dormir con una compañera de preparatoria, ni mi esposa y, sincronizado por el mismo Satanás, en ese momento, serían quizá las tres de la mañana, porque la fiesta fue tan aburrida que ni agotamos el horario del bar, en ese instante malsano sonó un mensaje en mi teléfono y era de ella, la que dijo que mejor festejara con mis amigos, pues no se pararía ahí porque odiaba al Gordo Aceves y su familia... en qué mala hora mi esposa, la que se casó conmigo diciendo que era yo un tipo bueno, decente, y eso quería para padre de sus hijos, mi esposa, el día de mi cumpleaños cuarenta me mandó un video al teléfono en el que ni siquiera miraba a la cámara, aunque su rostro quedaba clarísimo, sino cerraba los ojos, montaba a otro y luego se la mamaba? Barry, claro, había recibido el video. También el Gordo, que estaba tan consternado que no abrió la boca en toda mi fiesta para advertirme. Hasta el pinche Intestino calló y se pasó la velada dedicado a su nuevo negocio: repartir grapas de coca en el bar sin la menor discreción. Miré el video hasta el final y a cada segundo se me estrellaba en la jeta la seguridad de que aquello no tendría remedio, que era el final de la relación. Luego hice lo que todo cabrón en el universo hubiera hecho en mi lugar: me la jalé mirándolo por segunda vez.

Tuve que correr para alcanzar al Gordo antes de que se me fuera el raid de regreso del parque. El jefe me dejó en mi edificio a eso de las diez de la mañana y se largó a la suya a pegarse un duchazo. Por mi lado, apenas y tuve fuerzas para subir los dos tramos de escalera y, cuando abrí el departamento, me temblaba la mano con la que sujetaba la llave. Dejé que el agua caliente se ocupara de mis músculos machacados, y a punto estuve de sentarme en un rincón de la ducha a hundir la cabeza entre las rodillas, pero me contuve: tampoco era cosa de llorar. Serían ya cerca de las once cuando pasé por los tacos de don Bon Jovi para desayunarme antes de arrancar la jornada laborable. Hoy tiene menos gente, don Bon, le dije al taquero. Él ni siquiera volteó, siguió dándole con el hacha al filete de asada y murmuró nomás: Es que a qué hora llegaste, Yuliancito, vienes muy tarde. Brenda me esperaba cruzada de brazos en la oficina, casi diría que ofendida por mi tardanza. El Gordo ya remolineaba por allí, en su privado, al teléfono, intentando manotear, aunque era obvio que los bíceps le dolían demasiado para hacerlo. Qué chingados les pasó ahora, que llegaron tarde y tan bañados, par de pollitos. Brenda era capaz de convertir la sesión de ejercicio de dos cuarentones en la sugerencia de una tormentosa relación homosexual. Fuimos a correr, atajé de inmediato. Era evidente que la respuesta no la había dejado satisfecha, porque para qué carajos unos viejitos, que así debía vernos, querrían irse a trotar, y a dónde, en lugar de presentarse a la oficina a la hora de siempre y hacer lo que se esperaba de ellos. Mi tío va a bajar la panzota o qué pedo, insistió ella, y yo no quise entrar en detalles: Algo así, le dije. ¿Te acuerdas del Sargento Pedraza, el que vino el otro día? Pues él es nuestro entrenador. Yo creo que tu tío piensa que ya le va a dar el infarto. Brenda, desde luego, no se creyó nada. Si el dichoso Pedraza de verdad era un *coach* personal, ¿por qué nos estaba entrenando a los dos, cuando era más que evidente que solo el Gordo podría pagar por un servicio así? Y, más aún, ¿cómo era que se había presentado el primer día a emborracharse con sus pupilos? La expresión de Brenda dejaba clarísimo que las inconsistencias de mi versión le resultaban evidentes. Pero supongo que no habrá querido alegar más: lo suyo era joder. ¿Te vas a poner buenísimo para cogerme,

Yulian? A lo mejor, le dije, para intentar desquitarme de su asedio. Fue un error. A Brenda se le subió a la boca la sonrisa que le sustituía a veces la mueca asquerosa instalada por default en ella. Ay, ¿por fin se me va a hacer, pinche viejito? Ya estaba, seguro, a punto de hilvanar otros sarcasmos, pero a mí me había bastado con el fin de semana, mi mejor borrachera en siglos, mi peor cruda de la vida (que aún no se desvanecía de la cabeza y extremidades y que, a pesar de las dos noches de sueño, seguía doliendo). Y me bastaba volver a una banda, después de años de entregarme a tocar la guitarra de palo solo y en mi apartamento de divorciado, patético como un chamaco de quince que suspira en la soledad y la miseria mientras piensa que algún día llegará algo mejor. Me bastaba la sola promesa de la resurrección de La Armada para hacerme un tipo distinto de aquel que Brenda mangoneaba y asustaba con tanta facilidad. No dije que te voy a coger, solo que no pierdas la esperanza. Y saqué del bolsillo los audífonos y los conecté a la computadora y, por primera vez desde el día en que llegué a Laminados Aceves, me atreví a escuchar una música distinta a la que el Gordo ponía en las bocinas. Distinta, dije. Pero no demasiado. También era metal.

Más tarde, en cuanto envié a los clientes que los esperaban los bocetos de unas alas y el logotipo de una tienda de mosaicos, bajé a los talleres. Respondí con inclinaciones de cabeza las caravanas que me hacían los pintores y lamineros y salí por la puerta del fondo, metálica y rotunda, para fumarme un cigarro. Y ahí estaba Luisma, de nuevo, como si no se hubiera movido en días de la rampa que bajaba al estacionamiento: las piernas colgando, el overol color pollito dándole la apariencia de un promotor de rosticerías y el chongo que le coronaba la cabeza un poco más despeinado que de costumbre. Si traes tabacos, dóname uno, Yulian. Hoy ando en blanco. Eso dijo, con esa vocecita de rico que hasta cuando pedía un favor parecía estar dándote una orden. No tenía ganas de regalarle cigarros, desde luego, pero la última vez él me había ofrecido de los suyos y fumar es corresponder. Así que le extendí cajetilla y encendedor sin decir una palabra y me senté lejos, a un par de metros de él, en el límite justo de distancia para no parecer descortés. Acá te pasas la mañana de güevón, ¿no?, le dije, sin pensarlo, pero era probable que estuviera en lo cierto. Me pareció imposible que los pintores, lamineros y tapiceros, esos mismos tipos a los que Luisma había intentado evangelizar para más tarde desesperarse, maldecirlos, y llamarlos salvajes, hubieran hecho el menor esfuerzo para iluminar con la enseñanza de sus respectivas artes al sobrino del patrón. Más o menos, dijo él, y se encogió de hombros. Normalmente, me ponen a descargar el material de los camiones que llegan. Ya sabes: los rollos de tapiz, las cajas de refacciones, las latas de pintura, esas cosas. Por eso me gusta sentarme aquí, veo si llega algún proveedor y tengo que trabajar. Y si no, pues fumo, o me subo por un café, o me hago pendejo. Total, es cosa de que den las cinco para irme. Noté un punto de amargura en sus palabras, le tuve lástima y ofrecí otro cigarro. Luisma lo aceptó, pero se lo resguardó en la oreja. Mejor para el rato, se justificó. Hoy ya llevo doce o quince, o no sé. El padre de familia cuarentón que vivía agazapado en mí tuvo la mala idea de asomar en aquel momento: Igual podrías hacer otra cosa. Eres muy fresa para los pintores, ya viste, pero a la mera en las oficinas, o en ventas, te acomodas mejor. Lo dije por reflejo: el futuro de Luisma, que a fin de cuentas era un chavo un poco mayor que la Niña, y mucho menos sensato que ella, me valía madre. Pero a la Niña era imposible darle consejos, ella veía las cosas con más claridad que yo, era pragmática, tenía claro que al terminar la carrera presentaría solicitud para hacer la maestría, sabía todo de las universidades a las que pensaba postularse, sus programas, sus filosofías, las oportunidades que cada una de ellas podría ofrecerle. Y qué iba a decirle yo, que ni siquiera pude acabar la escuela de arte porque preferí unos trabajos pinches en imprentas y luego en un periódico que, después de los años, me corrió un día sin mayor explicación, o con la mejor explicación de todos los tiempos, que es «ya no hay dinero». Luisma me escuchaba, pero parecía más interesado en mirar la sábana de grava del estacionamiento, como si fuera de pronto a crecer el árbol de las habichuelas mágicas de entre las piedras y justo delante de nuestra nariz. No sé, dijo. Acá no me quieren, seguro, ya sabes, pero esta, al menos, es gente chida, gente real, en la oficina son otra cosa. ¿Ya viste a los mamoncitos de traje del área de ventas? A los dos días de que estaba mi carnala trabajando arriba ya se la habían querido ligar, los hijos de puta. No les quedó claro que era sobrina del dueño. Sonreí. Para estar tan preocupado por la moral de la humanidad, Luisma era muy consciente del lugar que ocupaban él y su hermana en la cadena alimenticia de Laminados Aceves. Supongo que uno de esos güeyes fue al que tu hermana llamó «Pitochico», especulé. Luisma soltó una risita. ¿Ya te lo contó ella? Sacudí la cabeza: No, nomás me enteré. Tu hermana está muy ocupada chingándome para dar explicaciones. Me guardé los cigarros y el encendedor y me puse en pie apoyándome en el barandal herrumbroso, que me provocó de inmediato la sensación de que, si me raspaba siquiera, tendría que correr a vacunarme contra el tétanos. La puta vejez es solo miedo que se te va inyectando en las arterias hasta que se te tapona el corazón. Me dolía la espalda, me latían las pantorrillas y se me dormían los antebrazos. Si el ejercicio iba a servirme para tener más fuerzas y darme ese barniz atractivo que Barry deseaba para sus compañeros de grupo, era evidente que no iba a suceder ese día. De hecho, me corroía la sospecha de que me vería incluso peor que de costumbre, las ojeras más pronunciadas, el cabello canoso y diseminado, la piel pálida. Estaba ya a punto de abrir la puerta de la bóveda cuando Luisma hizo la pregunta. ¿Tú también eres metalero, igual que mi tío? Traigo ganas de hacer un documental sobre bandas, sobre esa escena. Una cosa loca. ¿Te dije que estudié video, no? Por toda respuesta, le hice la señal internacional del metal, es decir unos cuernitos articulados con los dedos. Y luego crucé los brazos sobre el pecho. Luisma devolvió el gesto y paró la trompa, festejándome. Hijo de puta hipócrita, pensé. A este chamaco baboso qué le va a interesar el metal. Seguro baila mamadas electrónicas y se mete pastillas de ácido en el culo, me dije. Entré al taller, porque no tenía más que agregar. Cuando regresé a mi escritorio, claro, Brenda estaba sentada en mi silla. Quizá había intentado usar mi máquina, pero desde que su cacería había iniciado, yo había tenido a bien instalarle un bloqueo automático. Al verme aparecer, y sin mostrarse sorprendida o asustada, se puso en pie, muy digna, se dirigió a su lugar y se concentró en sus propios asuntos durante quizá quince segundos antes de decir: te dejé caliente la silla, Yulian. Aprovecha.

Era de temerse: Barry tardó cinco segundos en mutar de *coach* a dictador bananero. Jamás permitió que nos pusiéramos cómodos en las sesiones de ejercicio: siempre deslizaba un cambio de rutina, exigía un esfuerzo extraordinario, pegaba un grito de más. Nos hizo pasar de la calistenia al trote, del trote al *sprint*, del estiramiento a la cabriola. Se complacía en mirarnos dar de jeta contra el zacate, en el intento de hacer lagartijas, o sacudirnos durante las sentadillas, aquejados por un súbito dolor, indistinguible de la apendicitis; se divertía al sabernos incapaces de levantar el lomo más de cinco centímetros del suelo en una abdominal. A moverse, pinches costales, decía, o peor: A ver, putitos aguados, demuestren algo, chínguenle con ganas, los pellejones no tocan metal. Y no respondíamos, en realidad, porque estábamos demasiado ocupados en sostener los restos de nuestro aliento. Barry, claro, recalcaba una y otra vez que para el momento en que comenzábamos con nuestras evoluciones matutinas, él llevaba recorridos no sé cuántos kilómetros, levantadas quién sabe cuántos miles de pesas, y cruzadas, a dorso y mariposa, incontables o quizá infinitas albercas. La única concesión que nos hacía el culero era disparar el reglamentario litro de agua de coco al final de las sesiones. Aprendí a amar al vendedor ambulante que expendía esas aguas milagrosas: estar de pie junto a su carrito, a la sombra de las palmeras plantadas a orillas del Parque Metropolitano, era el momento estelar del día. A partir del instante en que el líquido bajaba por mi gañote, el sofoco y el agotamiento palidecían y Barry dejaba de gritar. Y pasarían otras veinticuatro horas antes del siguiente episodio de tortura, y entretanto podía ir a casa, meterme bajo el agua caliente y gemir. Y luego asomarme de nuevo a la calle, al trabajo, y nutrirme con el desayuno ofrecido por el chef don Bon Jovi, y plantarme ante esa esfinge guarra que era Brenda. Digo que el Gordo y yo nunca nos acomodamos, pero ahora pienso que eso era justo lo que Barry buscaba: un vuelco de timón, una ruptura completa, un salto de pértiga sobre el barranco de la decadencia. Y le funcionó. O casi: el Gordo Aceves siguió gordo, pero se le endurecieron los brazos y las piernas, dejó de resoplar al subir las escaleras de la oficina y sus eternos tamborileos en el escritorio se hicieron más coordinados y decididos. En cuanto a mí, puedo decir que recorrí también ese peculiar camino que ciertos cuarentones transitan: recobrar el cuerpo, redescubrir que brazos, pectorales, pantorrillas o abdomen pueden ser lozanos, que no están condenados a las estrías, la fofería, la dejadez. Esa vía curiosa que, por medio del agotamiento, los conduce a la resurrección. Pues es cierto que cada mañana de gimnasia cuesta menos levantarse de la cama y colocarse encima los harapos sudados, y que, de golpe, en el espejo te notas más delgado o mejor definido y reconsideras la necesidad de, ahora sí, comprar ropas deportivas de verdad, aunque sean baratitas. Porque ya le sacas cinco metros en la carrera al Gordo Aceves, y luego diez, y eso que el Gordo, ahora, corre dos o tres veces más rápido de lo que tú mismo eras capaz en un principio. Porque llega el día en que marcas una lagartija adicional por mero gusto, un día en que los demás corredores dejan de mirar al payaso que acabará agotado y vencido, y una mañana, aún mejor, en la que dejan de mirarte por completo, puesto que ya eres uno de ellos. Y también un día en que te sobra la mitad del agua de coco que antes deglutías vuelto un camello y, ya en casa, pruebas a ducharte con agua tibia, o incluso fresca, en vez de buscar el consuelo del agua hirviente. Porque Brenda te dice, sacándote la lengua y con mirada de boa: Oye, esa playera te queda pintada, Yulian. ¿Te vas a poner tan bueno igual que tu entrenador? Y queda claro que Barry le gusta más, pero igual, por vez primera desde que la conoces, te halaga. Porque el Gordo y tú se topan al pie de la escalera de la oficina, y, sin ponerse de acuerdo, suben corriendo y no resoplan al llegar arriba, otra vez los pendejitos de la prepa que eran capaces de tocar o beber o trabajar por horas y horas sin agonizar. Porque, incluso, un pinche domingo la Niña te suelta: Oye, pá, ¿estás bebiendo menos? Te ves descansado. ¿O duermes más? ¿Qué haces? Y quizá sea lo primero bueno que te ha dicho desde que creció, porque de pequeña te adoraba y te daba tarjetas hechas a mano el Día del Padre, tarjetas que revisas, cada tanto, en la soledad de tu departamento, porque las añoras, y siempre guardas de nuevo en la gaveta cuando tienes que ir a sonarte los mocos y enjugarte las lágrimas. Y un día en que, por fin, al terminar la sesión en el parque, y reunidos todos al pie del carrito de agua de coco, Barry establece: El próximo lunes, cabrones, empezamos a ensayar. Ya no parecen tan costales de papas, pero ni crean que voy a aflojarles la prensa, ¿eh? Ahora vamos a entrenar por las mañanas y a practicar por las noches, que mucha pinche falta nos hace, pendejos. Pero está chido, esto: había que ganárselo y nos lo ganamos. Mírense, cabrones. Ya son ustedes. Volvieron.

Así, sin fanfarrias ni multitudes, regresó La Armada a la música. Era lunes, según lo dispuesto por Barry, y el Gordo y yo aparecimos por El Hangar a eso de las siete de la noche. Salimos antes de lo necesario del taller, pero nos detuvimos a comprarle cuerdas a mi bajo en una tiendita del centro, y luego dimos una vuelta por un establecimiento más fino para que el Gordo eligiera entre las cuarenta y cinco marcas de baquetas que había rebuscado previamente por Internet. Mi amigo parecía un niño a punto de presentar examen: se lamía los labios y tamborileaba en sus muslos. Pinche Yulian: no sé si debería llevarme una batería completa de una vez, me repetía, angustiado. No quiero que me pase lo que al Intestino, que lo corrieron por no comprarse el equipo. O igual podemos ir por el que tengo en la casa. ¿De qué chingados te ríes? Y claro que me burlaba de él. Pobre Gordo: estaba a los gritos en mitad de la tienda y tuve que tranquilizarlo. Calma, cabrón, Barry dice que en el Hangar tiene de todo. Ni te preocupes. Vas a ver que hay un set nuevo. El pinche Barry es más mamón que tú, va a ser más grande que la batería de tu casa y tendrá parches nuevos y habrá puesto al Depredador a afinarla. Ese güey, el barman, a güevo es de una banda. Míralo, con esos expansores de esclavo maya en las orejas y el peinadito de trenzas. En una de esas y Barry lo contrató más de *roadie* que de cantinero. El Gordo decía que sí con la cabeza, pero era claro que en su corazón no estaba convencido. Y cómo culparlo: también yo batallaba con la ansiedad, porque había pasado veinte años sin subir a un escenario, aunque jamás dejara de tocar en la intimidad. De hecho, al principio de mi matrimonio reuníamos amigos en casa los viernes por la noche, y, luego de las primeras chelas, yo sacaba la guitarra y tocaba unas baladas o algunas cancioncitas serenas que las amigas de mi esposa pudieran soportar sin espantarse. Incluso aprendí un repertorio de las rolas que preferían ellas, mamadas de rock en español que nunca me gustaron, pero a ellas las emocionaban. Creo que una de las primeras y peores humillaciones que me infringió Lupita, quiero decir mi ex, fue confesarme que estaba harta de que sacara la guitarrita y me pusiera a cantar frente a sus amistades. Ya párale, neta, me da miedo que acabes tocando trova: eso me escupió una noche. Y yo estaba convencido de que a sus amigas les fascinaba mi voz y hasta tenía la fantasía de que las excitaba al cantarles... La declaración cortó de tajo el espejismo y mis interpretaciones. A partir de entonces, cuando mi ex invitaba a su gente a casa, yo salía de la recámara solo a dar las buenas noches, me cocinaba una quesadilla y me zambutía de regreso a la cama para ver la televisión hasta quedarme dormido. Así aparecen las grietas en las relaciones, por vilezas de esa clase, porque quieres complacer, pero te pegan con una pala en la nuca y para esos dolores no hay remedio ni perdón. El Gordo estacionó su camionetota en el espacio para discapacitados de El Hangar y esta vez sí le rechisté: No mames, puto Gordo, si todos los lugares están vacíos para qué te quedas aquí. Nomás por culero, respondió con alma gélida, mientras rescataba el estuche de mi bajo de su cajuela y me lo entregaba. Desde la escalera exterior del bar se escuchaba la guitarra de Barry empeñada en sacar un riff de Sabbath que, muy obviamente, se le resistía. Nunca fue un virtuoso, Barry, ni mucho menos: estaba a un universo de llegarle a los talones al Mustaine, y, desde mi punto de vista, a dos o tres de acercarse a la Pati. Pero era un tipo empeñoso y nada se le negaba. Antes de que pisáramos el último escalón, el riff de «Paranoid» resonó, completo y correcto. Así mero, patrón, a güevo, lo animaba el Depredador, con los brazos en jarras y de pie frente al escenario, admirándolo. Barry se había atildado para nuestro ensayo: playera negra sin mangas para lucir en plenitud los bíceps venosos, sus tradicionales pantalones untados y unas botas vaqueras. El Gordo no tardó en avergonzarse de su propia facha, porque él iba de mezclilla y tenis, sí, pero también usaba el espantoso polo institucional de Laminados Aceves, y se encasquetó la cachucha de Motörhead para reafirmar su dignidad de metalero. Por mi lado, jamás usé el polo oficial, ni el Gordo me exigió hacerlo, y vestía una de mis playeras de siempre, no recuerdo si con el logotipo de alguna banda: mi economía era modesta y no siempre tenía dinero para conseguir las prendas oficiales de las bandas; en realidad, nunca disponía de él, y de cuando en cuando yo mismo las diseñaba e imprimía con alguno de mis contactos en el centro de la ciudad. O, más comúnmente, usaba alguna de las muchas playeras que los imprenteros regalaban, con logotipos que no eran metaleros, sino que rezaban «Rotoimprenta Martínez» o «Diseños 3D Castillo» pero al menos brillaban. Las preocupaciones del Gordo sobre la ausencia de batería eran infundadas, por supuesto. Al fondo del escenario relucía un set enorme y dotado de tantos platillos y aditamentos (una barra de cascabeles, un cencerro, una campana) que al jefe le regresó la cara de angustia, a pesar de estar armado con cinco juegos de baquetas de toda clase y hasta unas escobillas de jazz: ¿cómo operar un monstruo así, a menos que tuviera uno, de menos, ocho pares de tentáculos? Por mi lado, no me quejaré de lo que me tocó: mi lado del escenario era perfecto, con un par de amplificadores recién desembalados a disposición y todo el cableado necesario; solo debí conectarme a la corriente para sonar profesional. Barry me radiografió con la vista cuando saqué el teléfono del bolsillo, lo coloqué junto al cuello del bajo y apreté la pantalla para que me dictara las notas de referencia. ¿Usas el celular de afinador? Eso preguntó, impresionado. En ese momento me di cuenta de que, tecnológicamente, nuestro líder vivía aún en 1995. Sí, respondí, es una aplicación. ¿Te la rolo? Pero Barry, gruñón, la descartó, porque le resultaba impensable que nadie pudiera enseñarle algo, lo que fuera, que no tuviera ya ubicado en el radar. Yo ya estoy afinado, cabrón, tú arréglate. Claro: a él nunca se le perdía detalle, y a los dos minutos lo descubrí colocándose con discreción las gafas de aumento y manipulando su propio teléfono. Y una pinche semana después se pondría a hablarnos de las aplicaciones de afinador, seguro. Me resigné: jamás aceptaría que las descubrió gracias a mí. Así era Barry. Comenzamos a rasguear torpemente, un poco tímidos y otro poco tiesos, adolescentes que tocan a la primera novia dispuesta a sus caricias y la desean tanto que no saben por dónde empezarla a palpar. El Gordo declaró que los pedales del doble bombo estaban demasiado sueltos y los pies se le iban, pero luego del segundo o tercer intento de atornillarlos apropiadamente, los dominó. Eso sí: a pesar de sus esfuerzos, creo que no llegó a utilizar ni la mitad de los platillos instalados. Pero, con todo, dio una demostración de que las tres décadas de tomar clases y los veinte años de practicar en el sótano de su casa (que Marifé, su mujer, le obligó a recubrir con espuma aislante, para no oír tamborazos mientras les daba de cenar a los niños, platicaba con sus amigas por teléfono o veía la televisión) habían dado resultados. El Gordo era un baterista bravo y de buena técnica y cuando un músico sabe lo que hace, tarde o temprano se entiende con sus compañeros, aun si nunca antes ha palomeado con ellos. La cosa fue más cuesta arriba para Barry: todo el empeño puesto en mantenerse en esplendor físico se lo había hurtado a la dedicación musical; alcanzaba las notas, sí, y sabía cómo hacer sonar la guitarra, pero no tenía el menor *feeling* ni se entendía con la sección rítmica. Porque al tocar hay una suerte de intimidad, una pasión o una amistad que se alimenta o muere. Barry y yo no habíamos tocado juntos por años, y al oírnos resultaba obvio. Peor aún: el perfeccionismo de Barry lo llevaba a recomenzar la canción al equivocarse, lo que sucedió todo el tiempo en ese primer ensayo. El Gordo y yo nos dedicamos a mantener el ritmo apropiado y tendíamos esa cadencia a manera de una alfombra en la que Barry tropezaba una y otra vez. Y lo seguimos haciendo sin detenernos, para gran desesperación del cantante. Es decir, le dábamos a lo nuestro, aunque él fallara en la parte melódica y volviera al principio en cada ocasión, una polilla necia que regresara a darse de topes con un foco. Párense, hijos de puta, déjenme acoplarme. Párense, pendejos. Eso repetía Barry, con la cara púrpura de frustración. No tendría por qué haberse molestado tanto, simplemente debía ajustarse a nuestros compases. Pero no: Barry era el rey y esperaba que nos detuviéramos a buscarlo, si se perdía, o que hiciéramos un silencio si fallaba, un minúsculo luto ante su error, y reanudáramos luego la pieza junto a él. Así, pues, como podadora que no arranca y solo tose en falso fue que sonamos aquel día. Pero vaya: quizá los últimos cinco minutos, y a lo mejor solo los tres finales de esos cinco, llegamos a parecer una auténtica banda de rock 'n' roll. Pero esos tres minutos, esos pinches tres minutos en que, por fin, pudimos hacer sonar una melodía y un ritmo que se sostuvieran, valieron la pena todos y cada uno de los putos años de demora.

Terminamos tan sudados y adoloridos como el primer día en que salimos a correr y, sin embargo, y por supuesto, tocar era infinitamente mejor que ejercitarse. Y a pesar de que el ensayo resultó una mierda, bajamos del escenario eufóricos, y recibimos los hipócritas aplausos del Depredador como un tributo bien merecido, y nos sentamos a emborracharnos en la mesa central del club vacío, que por lo pronto solo servía para sala de ensayos y guarida, y en el que aún no había otros parroquianos. Depredador arrimó a la mesa una bandeja repleta con tarros helados y desbordantes de chela, una botella de tequila y tres caballitos. Y en los monitores y las bocinas del local, hizo girar, otra vez, el carrusel de videos de doncellas que interpretaban fusiles de nuestras canciones preferidas. Y antes de que pudiéramos recobrar el aliento, Barry, a quien ya se le había pasado su atufe por no dar la talla con la guitarra rítmica durante hora y pico, susurró con voz de serpiente en el edén: Acá traigo coca, y es la misma de la otra vez, por si se antoja.

Era lunes y la semana ya estaba destruida.

5. *Electric Eye*

No habían pasado ni siquiera un par de meses desde la resurrección de La Armada Invencible, o, mejor dicho, del nacimiento de la nueva y lustrosa Armada, cuando Barry decidió que los ensayos iban lo suficientemente bien para que nos buscáramos un guitarrista. Y sí, era verdad que habíamos mejorado, al menos en el sentido en que uno consigue perfeccionar su desempeño en cualquier actividad que repite cinco días por semana, incluyendo cocinar tacos de lengua en salsa verde o recortarse las uñas. El Gordo Aceves ganó condición física y eso se reflejaba en su fuerza de golpeo: de sofocarse al cuarto o quinto redoble, pasó a manejar la batería con la misma destreza y terquedad con que conducía su estorbosa camioneta negra. Había que reconocerle al Gordo el sentido del ritmo: tanto tamborileo, tanto revuelo de manos, tanto cabalgar los dedos en las mesas o en sus rodillas lo convirtieron, con trabajo y sudor, en un percusionista más que decente. Incluso, para ser sinceros, había que reconocer que tardó menos de un minuto en hacernos olvidar a Isaías. La huella del camarada caído seguía allí, en nuestro disco, claro, pero en aquella grabación metió mano Johnny Boy, el productor gringo, y la batería quedó tan correcta y apropiada que, muchas veces, llegué a pensar que la había interpretado alguien más, a escondidas, tras desechar las sesiones de Jonadab... La grabación de nuestro único disco, años y años atrás, fue un proceso insípido y veloz. Llegamos tan ensayados y bien preparados, gracias a la brillantez del Mustaine y a la compulsión por el orden de Barry, que grabamos las bases en dos días, como unos músicos de sesión en estado de gracia. Johnny Boy montó las maquetas en otro par de jornadas y entonces hicimos las tomas principales sobre unas referencias muy bien acopladas. El Mustaine era un puto dios y no se equivocó ni una vez. Claro, Johnny lo hizo repetir en dos o tres ocasiones cada toma para protegerse, o porque los productores creen que es obligación llevar a los músicos más allá de sí mismos. Pero la perfección del Mustio era excesiva, y, por contrato, Johnny Boy no podía cobrarnos un suplemento extra si se tardaba, así que declaró cerrado el asunto. Por su lado, Barry tuvo problemas con la guitarra rítmica el primer día de grabación; supongo que el hecho de que tanta arrogancia, tanta altanería, tantas ganas de tragarse al mundo tuvieran que ser ratificadas ante un micrófono lo jodieron. Pero el segundo día hizo todo según lo debido, cada nota en orden a lo largo de las diez canciones, y un resentimiento en la voz que no se le había oído ni siquiera en nuestras mejores tocadas. Así era él: podía equivocarse, pero se reponía. Y caía de pie. Era un puto gato. Sin ser un genio, tampoco tuve mayor problema para grabar mis líneas de bajo. Llevaba todo bien machacado y solo le pedí a Johnny Boy una hora libre para practicar y aflojar los dedos antes de comparecer ante sus micrófonos y su consola. Me sacudí la tensión que aún sobraba en el baño del estudio, masturbándome rabiosamente mientras pensaba en la sonrisa del Pato y los labios de la actriz Mónica Bellucci y las piernas de la bajista de White Zombie, y a la hora que el gringo apretó el botón de play cumplí sin broncas, con soltura, y en el tiempo exacto. Mi secreto final fue simple: al tocar, cerré los ojos, e imaginé que la guitarra que llenaba mis audífonos con la referencia la estaba pulsando la Pati. Si, efectivamente, tocar era como coger, a aquellas canciones me las tumbé victoriosamente, carajo. Las tomas de Isaías, en cambio, nos sonaron mal hasta a nosotros, que los oímos en crudo, afuera de la cabina, y no teníamos puestos los audífonos de base. El pinche Natanael parecía distraído y torpe, o quizá no tenía ganas de grabar. O entendía, de algún modo oscuro, que, a la vuelta de unos meses, y a pesar de esa grabación que mereció mejor suerte, La Armada Invencible dejaría de existir. En fin: Johnny Boy, sonriendo, dijo que ni nos apuráramos, que todo bien, que les sacaría filo a aquellas grabaciones, y que nos pusiéramos en sus manos porque él sabría cómo darnos gusto. Pinche gringo de mierda. Seguro sabía que las tomas de Jeremías-Belcebú no servirían para un carajo y se consiguió algún músico de sesión barato o que le debiera un favor. Siempre sospeché de Ramoncito, el mamonazo baterista de los Hammer, pero quizá exagero, quizá fue Johnny Boy mismo quien lo hizo, siempre presumía de ser capaz de tocar cualquier instrumento y juraba haber palomeado en sus tiempos, allá en Detroit, con MC5 y con Iggy. O incluso puede ser que yo estuviera sordo y también Barry, porque los dos torcimos la jeta y levantamos las cejas mientras Isaías grababa y nunca terminamos por creernos que el sonido limpio y preciso que quedó en el disco fuera de verdad el suyo. Para muchas bandas, grabar es la culminación y el éxtasis, la suma de sus deseos y el verdadero inicio de la aventura. Para nosotros, en cambio, fue algo parecido a entrar a un hospital para que te hicieran una cirugía y que la operación se complicara y quedaras tocado, y unas semanas después, sin levantar cabeza, murieras. Hasta he llegado a pensar, en el insomnio de la noche o el fastidio de la mañana, mientras dibujo un león, una cebra, o una chica con los pezones más levantados que antenas de televisión para saciar los apetitos de los clientes de Laminados Aceves, que también el Isaías estaba seguro de que quien sonaba en el disco no era él, que se avergonzaba de haber fracasado ante el micrófono y ser un farsante en los tambores. Y a veces, en esas noches sofocadas y esas mañanas desesperantes, también he llegado a creer que se suicidó por el bochorno de haberse hundido antes que el resto de La Armada Invencible.

Barry parecía satisfecho con nuestros avances e incluso con los suyos, que, por cierto, nos demostraron una verdad incómoda: si le habían bastado unas semanas para recuperar el nivel de su juventud, luego de veinte años sin agarrar una lira, quizá ese nivel no era precisamente el mejor. Pero, bueno, siempre fue un tipo práctico. No tocaba una nota más de las necesarias, pero tampoco se le iba una. No se excedía jamás, pero sabía jugar con el tiempo de las canciones para imprimirles personalidad, eso que la gente de la trova y los tríos de balada llaman «sentimiento». Y no quiero adornarme, tampoco, pero ya lo dije, no había dejado de tocar, y recordaba las canciones de La Armada y nuestra lista de covers igual que si acabara de salir de la prepa y dedicara tres horas diarias a repasarlas. Nuestros ensayos se convirtieron en una mezcla de las tardes de Ricky's con aquellas viejas borracheras primarias, magníficas y desaforadas en El Hangar. No, Barry aún no permitía que bebiéramos un trago antes de desahogar el programa del día, que pasó de dos o tres a cinco y siete o diez canciones, nunca más de diez, eso sí. Pero cuando todas las piezas eran interpretadas, mandaba subir a la segunda planta al Depredador y nos invitaba unos wiskis, luego de unas rápidas chelas para compensarnos el calor del esfuerzo. Las tardes de Ricky's se esfumaron, desde luego, sustituidas por los ensayos y, de cualquier modo, yo estaba destruido los sábados por la mañana. Porque, en vez de una borrachera de viernes, lo que lleva encima eran cinco mañanas de ejercicio, cinco jornadas de trabajo, cinco minuciosas sesiones de avances por parte de Brenda, una o dos conversaciones desalentadoras con Luisma, y cinco ensayos nocturnos salpimentados por las recriminaciones de Barry. Échenle güevos, cabrones, denle duro, le falta poder a ese bajo, le faltan tripas a tu puta batería, Gorda de mierda, tocamos metal, pendejos, no marimba. Métanle, cabroncitos. Y el Gordo y yo, claro, vivíamos aterrados por Barry, y éramos grupis deseosos de ganar su aprobación, pero también disfrutábamos del momento, porque no todos los cuarentones fofos tienen la oportunidad de renacer una hora de día y otra de noche, y durante ese par de horas ser unos vikingos, unos guerreros míticos, unos reales adoradores de Satán. Y, al fin, Barry suspiró al final del ensayo, quizá era la cuarta o quinta vez consecutiva en que no teníamos fallas ni le dábamos oportunidad de lanzarnos insultos y reconvenciones. Debieron ser cinco, sí, y estoy seguro de que era viernes, porque todo lo importante de la vida ocurre en viernes. Suspiró Barry, les decía, se secó el sudor de la frente con el dorso de la mano y la mano en el trasero de los pantalones, la guitarra colgada del cuello, y nos miró con satisfacción de capataz al final de la jornada. Ya sonamos más o menos como los pinches Paganos: estamos justo en ese punto, dijo. Nuestras cancioncitas y nuestros fusiles ya medio embonan, todavía hay que mejorar, todavía se les va el pedo a veces, o hasta a mí, pero ya salen. Pero tú sabes, pinche Yulian, lo que falta ahora, ¿no? Y me miró para que continuara su razonamiento, porque nada le agradaba más a Barry que creer que uno estaba impaciente por leer los pensamientos que le hervían en la cabeza. Pues un pinche guitarrista de verdad, respondí, adivinándoselo. Un güey que le saque filo a esto. Barry asintió con la cabeza. Así mero, se entusiasmó. A eso vamos. El Gordo, pese a su recién ganada mejoría física, estaba derrumbado entre las tarolas y los toms de aire de la batería, una humeante carne al vapor en el puesto de don Bon Jovi, pero, al oírnos, se incorporó: se le había ocurrido una idea. Hay que poner un anuncio, tengo mil y tantos amigos en Facebook y todos son pinches metaleros, menos mis parientes directos. Y algunos son guitarristas y viven aquí. No me pareció mal: así se juntaron Sabbath y Metallica, pensé, con pinches anuncios. Pero Barry, siempre Barry, tenía otros planes, más ambiciosos y arriesgados que cualquiera que pudiera manar de nuestros cerebros. No, no pongas nada en tu Facebook, Gordita. La Armada tenía un guitarrista y sería justo que le preguntáramos a él primero, ¿no? Y se sonrió a la manera de una cabra negra a punto de montarse a la bruja en un aquelarre. Puto Barry, siempre con sus frasecitas calculadas. Pero debo confesar que jamás habría podido suponer, a pesar de las dos décadas transcurridas, que nuestro líder estuviera pensando en llamar a filas de nuevo al Mustaine, y el Gordo, me parece, compartía el azoro: se removió en la batería, levantó las cejas, y se rascó la nuca con una de las baquetas. ¿Ustedes tienen contacto con el Mustio todavía? Eso preguntó Barry, haciéndose el inocente. Y me miró a mí, cediéndome la palabra otra vez, y yo vacilé. No, hace años me lo encontré un día en una tienda, una Navidad. Estaba bofo, con el pelo teñido, los dedos se le habían hecho de jardinero, dedos de rana, todos reventados. No sé si por la biología o qué pedo. Pero ya no lo vi después. No se me ocurrió buscarlo, ni nada. Yo sí le pedí amistad en la red, acotó el Gordo, pero el güey nunca respondió. Ya hace cinco o seis años, creo: ha de tener de amigos a puro muchachito sudado, se burló inmisericorde el dueño de Laminados Aceves, quien siempre gozaba al desmarcarse, aun por un segundo, de su habitual papel de víctima. O sea que no saben nada de nada, puntualizó Barry, cortante. El Gordo y yo sacudimos la cabeza. No, claro, qué van a pinches saber, se mofó el cantante. Le encantaba crear aquellas atmósferas de incertidumbre antes de permitirnos compartir sus conocimientos supremos. Pues yo acabo de buscar al Mustio hace unos días, informó Barry con lentitud, feliz de dejarnos con la boca abierta. Tampoco lo tengo en el Face, pero le mandé un mensaje directo y esta mañana respondió. Y qué pedo, preguntó el Gordo, con el ansia esperada de su público por cualquier narrador. Era lógico: si su sueño húmedo de juventud fue tocar con nosotros y sentarse en el puesto del baterista en lugar de Isaías, el hipotético regreso del Mustaine solo podría darle más vuelo a esa ilusión. Va a caerle el lunes al ensayo, deslizó Barry, poniendo ahora una sonrisita chueca de sabelotodo. Le conté de El Hangar, del equipo que metí, de cómo está el bar. No dijo gran cosa, ni siquiera respondió el saludo, ya ven cómo es de mamoncito. Pero aseguró que vendría. Nomás que hasta el lunes, porque parece que el fin de semana le encargan a los sobrinos. Tuvimos que reírnos: imaginar a un Mustaine avejentado, con el cabello teñido de rubio, y haciéndole de nana a sus hermanas, nos resultaba por algún motivo una actividad más rara, para un cuarentón, que la nuestra, es decir, jugar a los rockstars. No creo que sea niñera de planta, aclaró Barry, parece que ya había quedado o algo, me dijo que podía cancelar, pero prefería el lunes si nos parecía bien. Y le dije que claro, porque se trata de ser amables, ¿no? Tampoco queremos espantarlo. A pesar de sus buenas intenciones expresas, la actitud de Barry distaba de ser comprensiva: nunca fue fácil entender su juego, pero el hecho de que hubiera decidido buscar al Mustaine, luego de años de alejamiento, y, es más, de haberlo echado del grupo literalmente a golpes, rebasaba mis posibilidades de comprensión. El Gordo tenía dudas, como habría sucedido con cualquiera que no fuera un pendejo. Y tú, preguntó a Barry, ¿crees que se anime? El capitán de La Armada torció la boca escépticamente y levantó las manos al cielo, igual que hacen esos futbolistas mentirosos que meten la patada y luego niegan ante el árbitro el leñazo. Mira, no sé. Lo lógico era hablarle, parte de estas canciones son suyas, los solos, los puentes, todo eso es del Mustio. En la foto del Face se ve hecho un puerco, así que a lo mejor tenemos que sumarlo a las sesiones de ejercicio. Pero creo que le late la idea de volver. Y si se anima, y no sale con una de sus mamadas, estaría pocamadre. Era nuestro guitarrista. Grabó el disco. Tocó en todos los conciertos.

Barry sonaba convincente y, sin embargo, yo seguía sin creerle media puta palabra. Por eso me refugié en el silencio después de que Depredador me acercara un wiski con su sonrisita de suficiencia. No se me antoja, le repliqué al bartender, mejor súbeme otra chelita. Depredador ni siquiera volteó, afirmó con la cabeza y se perdió por la escalera de caracol. Me odiaba, era de suponerse: los jóvenes odian a los mayores, con una mezcla de envidia y desprecio que es, en el fondo, absolutamente injusta, pero el amigo de su patrón era yo, así que se jodía, el pendejazo. Cómo ves este pedo, deslizó el Gordo ya en la camioneta y de camino a mi edificio. Barry había pretextado una cena con sus hijos para marcharse temprano y el panzón, siempre chismoso, se apresuró a ofrecerme el aventón rutinario para discutir el punto. Decidí ser sincero y me abrí de capa: A mí, la verdad, se me haría raro que el Mustaine quisiera volver a una banda sin Isaías. Y peor aún, con el Barry. Pero a ver: cosas más impensables han pasado. El Gordo sorbió ruidosamente y pulsó el botón de la puerta para que la ventanilla de su lado bajara. Escupió un gargajo enorme a la calle, que por la velocidad de la camioneta salió proyectado hacia atrás: un cometa con todo y estela. Así de rápido, pensé, se va a ir el Mustio de la banda.

El lunes, el Gordo y yo salimos otra vez antes de hora de las oficinas de Laminados Aceves. Yo había pasado el día sumido en la inquietud, sin atinar a hacerle avances decisivos al diseño de telaraña que íbamos a colocar en el vidrio posterior de la Volvo importada de un chamaco imbécil que admiraba demasiado a Spiderman. Admiré en silencio, incluso, el par de fotos de piernas que Brenda me envió al teléfono, en tiempo real, desde su escritorio al otro lado del pasillo. ¿Te gustan? ¿O prefieres verme los calzones? Eso dijo, con su vocecita de maniática, cuando abrí la segunda foto. Durante las últimas semanas me había contenido tanto en responderle que llegué a mantener la esperanza de aburrirla y que dejara de fastidiarme. Pero parecía que la tibieza que sustituyó a la turbación e indignación que le mostré en los primeros días le dio entender a Brenda que mi resistencia estaba más cerca de caer y, segura de su triunfo, recrudeció sus ataques. No pocas noches, mientras estaba tirado en la cama, mirando el televisor, mi teléfono vibraba solo para mostrarme la imagen de alguna parte del cuerpo de Brenda, vientre, cuello, tetas, culo, retratados en su propia cama, ante su propio televisor. Nunca atendí esos mensajes, ni mucho menos correspondí con fotos mías, según me solicitaba a veces entre jajajás y pequeñas agrupaciones de letras que para ella tendrían algún significado y para mí carecían de cualquiera: «lmao», «lol», cosas así. Pero aquel día, en la oficina, la inminencia del reencuentro con el Mustio ocupaba mi mente y no me quedaban nervios disponibles. La próxima vez mándame los pinches calzones, respondí, cosa que nunca debería uno decirle a la sobrina del jefe ni a una muchachita de veintipocos años si, según mi caso, uno era un tipo de cuarenta y cinco que podría ser tomado por un miserable, un cerdo y un pervertido. Fue una idiotez, francamente, aquel diálogo, a medias pronunciado y a medias leído en los teléfonos. Cuando solté mi frase, Brenda tecleó una hilera interminable de signos de admiración. Y, a la vez, lanzó a los aires una risita distinta a las que le había oído hasta ese momento. Te estás ablandando, pinche Yulian: al fin vas a jugar, declaró. Por fortuna, en aquel momento el Gordo terminó la llamada en la que llevaba empeñado no sé cuánto tiempo, tamborileando en su mesa, se puso en pie, se metió a su chamarra de cuero y apagó la luz del despacho. Brenda se enderezó de un salto, un gato empeñado en comerse al canario y al que hubiera descubierto el amo. Vámonos, cabrón, dijo el Gordo. ¿Salen temprano?, preguntó la sobrina, haciéndose la cándida. Su tío ni respondió, se fue directo a la escalera y comenzó a bajarla a saltitos. Yo me encogí de hombros, tomé mi propia chamarra, apagué la computadora y lo seguí. No solo existes tú, chiquita, le dije al pasar. No sería capaz de encontrar los términos ideales para describir su risita, o quizá baste con decir que fue pérfida y cachonda.

Llegamos media hora antes de lo requerido a El Hangar. El bar no se inauguraría sino hasta que la nueva Armada Invencible se montara, así que nunca había clientes por allí. Y, sin embargo, el Gordo insistía en utilizar el estacionamiento de los discapacitados. Ya ni le reclamaba: si no había clientes comunes, tampoco los habría con broncas para moverse. Subimos la escalera al trote, sin sofocarnos, y a llegar arriba cambiamos una mirada de satisfacción. Neta que está sirviendo el puto ejercicio, se envaneció mi amigo. Tampoco es gran cosa subir dos tramos de escalera, maticé. La verdad es que Barry debería abrir una puerta allá abajo, dijo el jefe, o al menos poner un tubo de bombero en lugar de esa puta escalera de caracol, porque uno la pisa y siente que va a matarse. Las luces del escenario se encontraban apagadas, salvo por un par de reflectores laterales que estaban ahí calculadamente, para que pudiera admirarse a plenitud la enorme versión de nuestra portada, mi dibujo, que ocupaba la pared del fondo y que, a esa escala grandiosa, resultaba inquietante: era un cachorro convertido en un mastín inmenso, colérico. Recordaba el día que tracé esas líneas, recordaba la sonrisa de Pati, el Pato, cuando le mostré el dibujo terminado y le dije que sería la portada del disco y ella sonrió:

Perdón si sueno pendeja, Yulian, pero si tuviera un disco, quisiera una portada tuya. Siempre fue una tortura estar a su lado y no poder abrazarla: puta y jodida vida de mierda, la mía. Bajamos por la escalera de caracol, el Gordo pasito a pasito, porque se mareaba y tenía miedo de caer y romperse la cadera. Barry nos esperaba en la mesa habitual, al mero centro del bar, enfundado en su uniforme de metalero, chamarra, playera, mezclilla, hebilla de águila romana y botas de cowboy. Revisaba unas facturas con sus espejuelos de aumento, redondos y profesionales, los de un administrador titulado. Me está saliendo en una lana toda esta mierda. Eso dijo y se quitó los lentes y los guardó en el bolsillo interior de la chamarra. Chocamos las manos estruendosamente, ese estallido pensado para lastimar y que termina en un apretón con el que buscas romperle un dedo al amigo. Y luego nos abrazamos, dándonos palmadas recias para intentar quebrarle las costillas al otro. Era obvio que Barry también era presa de los nervios: en unos minutos, se develaría el misterio de si el Mustio iba a convertirse en un hijo pródigo y volvería a ocupar el lugar que fue suyo o si, en cambio, optaría por mandarnos a su lugar favorito del universo conocido: la verga. Yo digo que no ensayemos a menos que Mustaine quiera, opino el Gordo Aceves, sentándose a la mesa. Esperaba una réplica inmediata de Barry desautorizándolo, o de plano burlándose de su flojera, pero esta no llegó. Sí, filosofó Barry, hoy no toca ensayo: hay mucho que hablar. De todos modos, el Mustio se va a dar su quemón cuando mire el escenario, los instrumentos, los amplis, la pinche lona con la portada. Eso tiene que gustarle para saber que lo tomamos en serio. Y bueno: ya que no íbamos a tocar nada, al menos de momento, Barry hizo una seña, y Depredador saltó de atrás de su barra con sus eternas cervezas y unos tequilas. Pero no, aquello no era una fiesta y nos empujamos los tragos y las chelas bajaron raudas, a sorbos, mientras comentábamos banalidades y mirábamos a una ninfa juvenil interpretar, con ukelele, gemidos y pestañeos, algunas canciones de Suicidal Tendencies.

El Mustio había dicho que a las seis, pero era ya más cerca de la media cuando escuchamos sus pasos aturdidos en la escalera de caracol. Bajaba al estilo del Gordo, alcanzándose a sí mismo en cada peldaño para no correr el riesgo de desbocarse y, cuando finalmente llegó al piso de abajo y las luces lo iluminaron a plenitud, pudimos ver un híbrido extraordinario: el Mustaine alto, de manos largas y cabello más abajo de los hombros, estaba allí, pero también el de talla extragrande, con el pelo teñido y el cuero impregnado de crema para intentar darle frescura, un Mustaine mofletudo, con barriga de bebedor y pectorales puntiagudos que parecían los senos del Monumento a la Madre. Se había embutido en unos pantalones de piel que, si le había robado alguna de sus hermanas, indicaría que esa hermana habría parido ya varias veces. Llevaba una camisa fajada y con tres botones abiertos para dejar a la vista la pelambrera del pecho, que era gris y tirándole a blanca. Los labios, desde luego, le brillaban. Se puso la pinche crema de coco, susurró Barry, y me tuve que tragar la risa porque habíamos decidido ser amables. Neta se vino de puta sanjuanera, agregó el Gordo, poco discreto. Por suerte, el Mustio parecía ajeno a nuestros murmullos y se encontraba reconociendo el paisaje, fascinado. Después de todo, aquellos monitores, aquellos muebles reconstruidos y la colección de carteles que Barry había sumado a la vieja reliquias de las paredes eran un espectáculo notable en sí mismo. Qué pasó, mi Mustaine, dijo el Barry, acercándose al objetivo con los brazos más abiertos que el anfitrión de un crucero. Mustaine lo miró abalanzársele, y me atrevo a apostar que se horrorizó ante el estado sobrenaturalmente bien conservado de Barry, su risa sin caries, su abdomen liso, su ropa bien ajustada. En lugar de corresponder el abrazo le extendió una mano larga, temblorosa y, sobre todo, lacia, que Barry estrechó con sus dedos poderosos. Y estoy seguro de que la mueca del Mustio, que quiso ser una sonrisa, fue puro dolor. Aquí nomás, Barry, mirando tu local, dijo con un rechinido en la voz. Tuve la mínima satisfacción de que el Mustaine me estrechara la mano con más confianza que a nuestro vocalista, e, incluso, de que me dedicara una sonrisa cadavérica. Perdonen la hora, dijo, el tráfico estaba cabrón, tuve que pasar a la casa después de la escuela porque iba todo sudado, hoy tuvimos práctica en el laboratorio y está jodido el clima… Ni te apures, sonrió Barry, aquí anduvimos cotorreando y echando chelas, dijo, y señaló la mesa para invitar a Mustaine a que tomara asiento junto a nosotros. El Gordo se había quedado unos pasos atrás, pero al final acudió al corrillo y le dio una palmada en la espalda al guitarrista con la suficiente fuerza para hacerlo toser. Qué onda, mi güero, bienvenido a tu casa. El Hangar sería de Barry, sí, pero el Gordo siempre tuvo complejo de patrón y hacía los honores hasta en lugares que no eran suyos. Que pasó, Chancha, lo contraatacó Mustaine, para hacerle notar que los años habían pasado, pero en la jerarquía del grupo, el guitarrista principal todavía estaba por encima de los fans. Mi jefe debió haberlo notado, desde luego, porque lo siguiente que hizo fue una cagada: Ya te dijo Barry que ahora soy el baterista, ¿no?, dejó caer tan campante, como si el pendejo no hubiera sabido que el puesto del Isaías y la situación del baterista podrían ser un tema espinoso para el recién aparecido. Ándale, andas con todo, se limitó a replicar el Mustio, y luego ocupó la silla designada y se empujó el primer buche de la cerveza que el Depredador había dejado allí para él. Y lo siguiente que hizo, mientras nos reubicábamos a su alrededor, fue concentrarse en el mismísimo Depredador, quien, allá en su barra, le bajaba con el control remoto al volumen de los monitores para que se pudiera platicar en paz, o quizá para enterarse mejor del chisme. ¿Y ese chacalón de dónde lo sacaron?, espetó, sin despeinarse, el Mustaine. Nos quedamos todos helados. Claro, no éramos pendejos, los tres sabíamos que «chacal» era la palabra con la que los putos denominaban a los hombres de aspecto peligroso y atractivo, pero que el Mustio profanara El Hangar con un lenguaje evidentemente ajeno a él nos excedía. Es el empleado de la barra, cortó Barry, compungido y tembloroso, y tiene novia. El Gordo y yo asentimos, atarantados, para darle validez a la declaración. Yo, en realidad, no tenía idea de si el Depredador de verdad estaba emparejado, ni con quién, y era cuestión que no me importaba. Sin embargo, aquella mínima y prematura discusión dejó en claro que Mustaine no había venido a pactar sino a curiosear, que era quien era y nuestras ideas sobre el mundo le valían una reverenda chingada. ¿Entonces no me lo vas a presentar?, sonrió el Mustio, vieja dama coqueta, y Barry no supo qué responder. El Gordo se tragó otra risa y yo, contra mi costumbre, decidí intervenir en la charla antes de que terminara de despeñarse todo a la mierda.

En unas pocas frases atropelladas le expliqué a Mustaine que La Armada Invencible navegaba de nuevo, que llevábamos semanas ensayando y habíamos hecho grandes progresos, y que, ahora que ya estábamos en condiciones de sonar más o menos decentes, habíamos llegado al mismo punto en el que, más de veinte años atrás, lo buscamos. Queremos un guitarrista de verdad, remarqué, y Barry aprovechó para meter cuchara: No, no queremos un guitarrista, Mustaine, te queremos a ti. Estas también son tus canciones, tú escribiste los solos y los puentes, y tocabas genial. Y, bueno, aquí estamos, estos locales son míos, el equipo también, hasta lo que nos estamos bebiendo lo compré. Y puedes usar lo que sea, pinche Mustaine, fuera del barman. O llégale al precio primero, mamó el Gordo, que llevaba dos tequilas encima y se sentía ingenioso. El guitarrista, desde luego, no tardó en torcer la boca y mirarnos con desprecio. ¿Ese chavito? No, yo paso, dijo, estoy muy harto de los pinches desconocidos. Bueno, a ver, traté de reconducir el asunto, pero a nosotros nos conoces, Mustaine. Sabes lo que tocamos y sabes que con nosotros puedes lucirte. Barry y el Gordo apoyaron mis palabras con sus caras de niños ansiosos, afanándose porque sus gestos fueran cálidos y decisivos. Pero el guitarrista no pareció registrar lo que acababa de decirle. No veo precisamente mucha clientela por aquí, deslizó, malicioso, pasando por alto lo que ya era una oferta formal. No, se excusó Barry, todavía no abrimos, ahora mismo solo usamos esto para ensayar, y a veces nos ponemos una peda tranquila, esto es nuestra casa, es plan familiar. ¿Y ven esos videos de putas todo el tiempo?, escupió el Mustio, apuntando el dedo hacia los monitores porque, en las pantallas, una rubia con apariencia de porrista se contoneaba al ritmo de una canción de AC/DC. No sé por qué, pero los tres nos miramos y pusimos nuestras mejores caras de culpabilidad. Sí, dijo Barry, supongo que tú no ves estos videos, claro, pero las morras hacen fusiles de las canciones que nos gustan… Y las oímos. Y mejor ¿no? En vez de poner las mismas rolas todo el tiempo. Nuestro colega ensayó un gesto de indiferencia, se acarició la papada, reflexivo, y le pegó otro sorbo a la cerveza. Sí, nos hacía evidente que no pertenecía al público de las ninfetas, que eso estaba reservado para viejos puercos: nosotros. Depredador trajo una nueva ronda de bebidas y se mostró, a mi parecer, demasiado simpático con el visitante. Incluso se presentó con él, cosa que jamás hizo ante el Gordo o ante mí. Hola, soy Hugo. Tú eres Luis Alberto, ¿verdad? Y tocaste la guitarra en el disco de La Armada. Por un segundo, al Mustio le asomó al rostro una sonrisa ilusionada a los labios brillosos, pero Depredador, que en realidad habría sido instruido por Barry para portarse hospitalario, no esperó respuesta y se retiró, dejando a Mustaine con la posible anécdota que se le estaría viniendo a la mente ahogada en el tintero. La pinche mascota anda desatada, reclamó el Gordo a Barry, con poco tacto. Y el Mustio sonrió trágicamente. Ya me acordé que era empleado y no un fan, comentó, contoneándose y tocando la parte expuesta de su pecho con una de sus manotas. Sus dedos parecían salchichas alemanas luego de una hora de hervir en caldo de pollo: este pendejo no ha tocado una guitarra en dos decenios, pensé.

El siguiente trago, en su mayor parte, se bebió en silencio. Ahora, en la pantalla, una chica con aspecto de diva sudamericana, morena y con labios plenos cual frutas, entonaba una versión cursi de un clásico de Anthrax. Barry tomó aliento para proponer algo e incluso llegó empuñar la mano izquierda y levantar el dedo índice, igual que los héroes en las películas; seguro tenía un discurso preparado, algún argumento seductor y convincente que haría que el Mustaine cediera, olvidara las ofensas pasadas y el madrazo que le rompió el hocico y hasta su expulsión vergonzosa, y volviera al redil. Pero antes de que nuestro líder pudiera explicar nada, el visitante se adelantó, bajó de un trago la segunda cerveza, que llevaba a la mitad, y habló con una voz, nasal y sarcástica, que se llevó todo por delante. Y dijo así: Pues gracias, chicos, por acordarse de mí. No me lo esperaba, de veras. Nomás que miren: hace muchos, muchos años, que no agarro una pinche guitarra, y ya lo notó el Yulian, que no deja de mirarme las manos. Y años también que no me interesan ni el rock ni el metal, ni siquiera la música. Ya ni veo películas: ahora leo, platico con mis sobrinos, doy mil horas de clase para sobrevivir. Ya veo la guitarra como el cubo de rubik, ¿se acuerdan del pinche cubito ese, formado por otros cubos de colores? Pues era un chingón para armarlo, pero ya no me acuerdo ni cómo le hacía. Así, igualito. E igualito me vale madre. Barry, desde luego, no estaba preparado para contrarrestar ese argumento y resopló, en un intento final por retener a nuestro viejo socio: No jodas, Mustio. Tú eres un pinche virtuoso, no creo que hayas dejado de practicar ni creo que hayas dejado de oír música. Si quieres una disculpa, nos arrodillamos, cabrón. Acá no te vamos a exigir nada. Nos vale madre quién seas, no te vamos a joder, o no más que de costumbre. Acá se trata de tocar, de pasarla bien, de juntar a los amigos. El Gordo, lo sabemos, no es el Isaías. Pero es el Gordo y es un carnal: por eso lo jalamos a la familia.

Yo no estaba muy seguro de que Mustaine buscara explicaciones sobre el nuevo baterista; en realidad, Barry se desviaba del tema, y quise detenerlo con un carraspeo, pero Mustaine podía valerse por sí mismo, desde luego, y dio un leve golpe en la mesa para indicar que no toleraría ninguna otra interrupción. Pérate, cabrón, dijo. Estoy hablando, carajo: ¿te callas? Por favor. Nos quedamos de piedra ante la vocecita chillona e indignada del visitante, y él aprovechó para proseguir la alegata. Neta, a mí me vale madre lo que creas, Barry. Qué chido tu local, qué chido que juntes a tus cuates, qué chido que te sobre la lana. Yo tengo que chambear, tengo familia y otros intereses. Olvídate de que no me imagine tocando con ustedes todos los días: no quisiera verlos ni un día, ni una hora, ni un pinche minuto. Vine por curiosidad, para ver qué iban a decirme. Pero la verdad es que ni cuates éramos ¿o no? Tocamos juntos un rato y ya. A ti te vale madre lo que yo sea, y a mí me vale madres lo que seas tú. Y del Isaías, francamente, ni me acordaba. No éramos tan amigos. Todas esas son imaginaciones suyas, de pinches machitos asustados. Era evidente que Mustaine disfrutaba infligirnos aquel sermón y gozaba al soltar aquellos reclamos que jamás alcanzó a presentarnos cuando fue expulsado y nos olvidamos de él. Y se relamió los labios brillantes para rematar: La verdad, desde que me escribiste, sabía lo que me ibas a proponer. Y sabía que iba decir que no. Solo quise venir para decirte en la cara que ni madres, pendejo. Que nunca en mi vida vuelvo. Y que puedes irte a chingar a tu puta madre, machito de mierda. ¿Sí? Gracias.

Y así, con melodrama, y sin esperar a mayores comentarios o aclaraciones, Mustaine se puso en pie, lentamente, dejándose ver más abotagado y rendido que nunca, hizo una reverencia para nadie en concreto, le sopló un beso al Depredador, que lo miraba aterrado en su barra, se dio la media vuelta y emprendió el camino a la escalera de caracol. Nos quedamos en silencio mientras, pasito a pasito, el pinche Mustio ascendía la espiral y se perdía en las oscuridades de la planta superior para siempre jamás. Creo que permanecimos una o dos canciones más en aquel silencio que cayó sobre El Hangar, cruzando algunas miradas indecisas. Depredador trajo más cervezas, pero Barry lo despidió con la mano en cuanto las depositó ante nosotros. El Gordo se tronaba la mandíbula con una mano y empuñaba la otra, incapaz, por una vez, del menor tamboreo. No sé decir si estaba indignado o qué. Barry se empinó la chela y, al terminar, ya recobrado, y en los usuales zapatos de rey o general ante sus tropas, le pidió a Depredador que nos trajera los tequilitas. Había encajado el golpe muy bien, pensé, o incluso lo tenía previsto ya, porque él siempre vio más lejos que cualquiera de nosotros, y sin titubear agarró el micrófono. Pues sí. Ya vieron, cabrones. Se le buscó, a la muchacha, y volvió a salir rezongona. ¿Vieron que hasta se arregló para vernos? Al menos tuvo los güevos de venir acá a escupirnos a la pinche jeta, ¿no? Hay que reconocerle eso. Igual ni debimos llamarlo, opuse yo, que me sentía avergonzado y triste. Igual y no, se colgó Barry, tienes razón. Pero yo sé que los dos pensaban que había que hacer esto. Yo no quería, por nada del puto mundo, no quería volver a tocar con Mustaine, pero ustedes sí, aunque no lo dijeran, nos reclamó, barriéndonos con la mirada, consiguiendo de un plumazo responsabilizarnos por aquella ola de insultos y el fracaso de la misión. Pero ni hablar: yo registré las canciones cuando las grabamos, entonces este pendejito no puede echarnos ni un pedo, por tocarlas sin permiso: que se chingue. Lo llamamos, le dimos su lugar. Yo sabía que no iba a querer. Si hubiera tenido dudas, no lo hubiera invitado jamás. Barry parecía haber crecido un metro y su sombra, inmensa, ocupaba el techo del lugar. A mí me vale madre, de verdad, si el Mustaine es puto. Siempre me valió. Era un güey que tocaba la guitarra con güevos, pero eso era todo. Que se vaya a donde le gusta. Nos bajamos los tequilas, nos bajamos las cervezas y Depredador tuvo el buen criterio de hacer sonar alguna canción del verdadero Mustaine, el genio pelirrojo de Megadeth, pero luego, repentino, y no sé con qué intención, viró a Judas Priest. Todos lo pensamos, de golpe: Rob Halford, el cantante de Judas, era el gay más notorio del mundo del metal y el líder y símbolo de una de sus principales bandas. Esos sí que son putos de verdad, dijo el Gordo, siempre imbécil, de esos que haya mil. Y nos reímos, pero era evidente que habíamos fallado y que La Armada no sería lo mismo sin un guitarrista de las dimensiones del Mustio. Siguieron las canciones y los tragos y llegamos al momento, pasada la medianoche, en que Barry sacó de su chamarra la bolsa maldita con la megacoca, el polvo amarillento y profesional que le proporcionaba un proveedor cuyo nombre se reservaba siempre, pero que parecía ser capaz de entregar joyas cada vez. Y cada uno sacó sus llaves y la bolsa giró, y giró, y giró, hasta que nuestras narices se llenaron de polvo y nuestro corazón de adrenalina y volvimos a respirar. Y entonces, ya que era su obligación perpetua en nuestra historia, Barry decidió que había llegado el momento de centellear. No: no le bastaba haberme puesto hacer ejercicio cada mañana y dejarme casi infartado. No le bastaba haber hurtado mi tranquila vida de diseñador de taller, ni haber vuelto a despertar la estúpida esperanza que nos mete la música en el alma. No le bastaba darme polvo, y aquellos litros y litros de tequila que me aniquilarían. Era lunes, no viernes. Yo tendría que levantarme en unas pocas horas para hacer ejercicio y, aunque lo eludiera, para trabajar. Y aunque mi jefe estuviera allí, al lado, metiéndose lo mismo que yo y bebiendo codo a codo conmigo, igual me descontaría el día sin pestañear si no me presentaba en Laminados Aceves por la mañana. Pero eso a Barry, igual que todo lo que no fuera Barry, le valía un chingada. Ni se apuren, pendejos, dijo. Tengo el reemplazo ideal, el reemplazo soñado, lo tengo en la mano, y lo tenía desde antes de llamar a este pendejo: de verdad. El Gordo y yo nos miramos con escepticismo. Y el jefe fue el encargado de decirle a Barry lo que pensábamos ambos. ¿Alguien mejor que el Mustaine? ¿Neta? Barry hundió la mirada en su trago. Quizá no sabía qué hacer, igual que no lo supo veinte años antes. Qué pendejos son, escupió, al final. Están viendo y no ven. Y se negó a decir otra palabra más.

Gracias, Lupita, por la entrevista...

No, no hay de qué. Si te sirve para tu documental ese, pues adelante.

Bueno, lo primero es preguntar quién eres, dónde naciste, de dónde vienes.

Soy de acá de Guadalajara, del barrio Santa Tere. Mis papás tuvieron siempre una tienda de abarrotes. Yo quería estudiar administración de empresas, pero no salí en listas y al final estudié contabilidad. Estuvo bien, me ha servido bastante.

¿A tu familia le gustaba la música?

Diría que lo normal. Mi papá era más de oír noticias, tenía una radio muy vieja, de largo alcance, le gustaba sintonizar el canal en español de la BBC, esas cosas. A mi mamá sí le gustaban las canciones románticas. Y yo crecí con Juan Gabriel, Rocío Durcal, Vicente Fernández. Y con la música de la tele, ya sabes: cantantes, grupitos.

Pero nada de metal.

No, bueno: me tocó el rock en español, pero no es lo mismo, ¿verdad? Llegué a ver a Soda Stereo en la plaza de toros, fui con una amiga hasta mero arriba, yo creo que teníamos los boletos más baratos de todos. Esa música nos encantaba. Y también los músicos. Uf. Argentinos guapotes. Pero el ruido que oía Julián... La verdad, no. No era lo mío.

¿Cómo fue que entraste a trabajar a Laminados Aceves?

Por una amiga, que era la cajera en el turno de la mañana. La habían promovido a recepcionista, y me avisó que se quedaba disponible el puesto en la caja. Yo acababa de terminar la escuela, pero debía un par de materias y quería un trabajo para que mis papás no me regañaran mientras sacaba los pendientes. Entonces, pues me pareció algo sencillo. Se trataba de contar el dinero, encintarlo, y meterlo a una caja de seguridad. Todas las tardes pasaba una camioneta blindada para llevarse el efectivo. El dueño, el Gordo Aceves padre, era muy desconfiado. En sus tiempos, hasta guardia armado había en la puerta. Nunca asaltaron, que yo supiera, pero él tomaba sus precauciones.

¿Y cuánto tiempo estuviste ahí?

Un año, a lo mucho. La verdad, el trabajo era muy aburrido. De repente, te coqueteaba algún mecánico, o alguno de los vendedores, que en realidad eran unos chamacos y se hacían bolas para ofrecerles a los clientes tapicerías, cubrevolantes de cuero, cinturones de seguridad reforzados o guardapolvos cromados. Más bien, me ponía a leer y me olvidaba del mundo mientras llegaba alguien a pagar...

¿Conociste al Gordo Aceves chico, al hijo del dueño?

No solo lo conocí: el dueño lo llevaba pegado a las nalgas y lo paseaba por el taller todo el día, dándole lecciones, explicándole los puntos finos del negocio. El Gordo viejo era muy tradicional y nunca se le ocurrió que su hija pudiera ocuparse. El hijo siempre estuvo destinado a ser el heredero. A la hija le resolvieron la vida, pero jamás le dieron un milímetro de voz en el asunto.

¿Llegaste a platicar con el Gordo chico, a tener amistad con él?

Él estudió administración en no sé qué escuela privada, pinche detalle para darme en las muelas, ¿verdad? El Gordo viejo, sin duda, quería cuidar el negocio. Pero el júnior no era comunicativo, le daba vergüenza acercarse a las mujeres. Además, el viejo lo regañaba si lo veía conversando con los empleados. «Yo te doy tu lugar, tú date el tuyo». Así le repetía. No quería que se hiciera amigo de los mecánicos, o los tapiceros, o los pintores, o los tipos de ventas. «Si te haces su cuate, les vas a deber favores y te van a acabar chingando». Eso decía el viejo para que todos oyéramos. Y por eso el hijo saludaba a todo el mundo, pero no se le acercaba a nadie.

Entonces, no hubo relación cercana.

No. De ningún modo. Era un conocido y nada más. El hijo del patrón.

¿Y cómo fue el incidente que llevó a tu despido?

Uy, ya me vas a sacar el tapón. Ese tema es complicado. Porque mi exmarido, Julián, es uno de los mejores amigos del Gordo. Se conocieron cuando estaban en la prepa: Julián estudiaba en una pública y el Gordo en una privada, pero se ubicaron en las fiestas del ambiente metalero. Les gustaba la misma música. Lo mismo que al tal Barry y los demás. El padre detestaba a los amigos roqueros de su hijo, jamás lo dejó llevar el pelo largo, jamás lo dejó ir al taller con la playera de un grupo. No: él tenía que usar el polo de Laminados Aceves. Y el Gordo joven se rebelaba, a su manera: se ponía alguna pulsera de cuero con estoperoles o se compraba aquellos jeans de los que se usaban entonces, con la rodilla rota. Pero, en general, fingía ante el viejo, y solo se desataba en la calle. Cuando el Gordo viejo se distraía, el joven se iba del taller con cualquier pretexto. Y al día siguiente, veíamos la consecuencia: silencio, carotas... Pero preguntaste sobre cómo me echaron. Desde mi punto de vista, la cosa fue muy sencilla. Cayeron en el taller unos pagos muy grandes, por una serie de trabajos que se le hicieron a una empresa que quería logotipos para su flotilla de camionetas. Resultó mucho, mucho dinero. Quedaron de liquidar un fin de mes. El mensajero llegó con el efectivo la noche de un miércoles, más allá del horario de los camiones de valores. Metí todo a la caja de seguridad, hice mi corte, entregué el reporte y me fui. Y al día siguiente, cuando llegué al taller, parecían hormigas pisoteadas: justo acababa de comenzar el desmadre. El Gordo viejo se quedó ese día a punto del infarto. Estaba tirado en un sofá, con la camisa abierta, y dándose aire con la gorra, porque una ayudante había abierto la caja y el dinero no estaba ahí. Cuando llegué, de inmediato me metieron a empujones a una oficina, me trataron de delincuente. Revisamos y repasamos y reconstruimos la ruta del dinero entre que me lo pusieron en las manos y lo metí a la caja de seguridad. Yo no tenía llave ni combinación ni la menor idea de cómo abrirla, pero de todos modos preguntaron si no lo había apartado y luego me lo había metido a la bolsa o algo así. Pero no tenían para dónde hacerse. Una de las labores de la administradora del taller era registrar mi bolso (y a mí) antes de salir del negocio, porque el Gordo Aceves padre, ya lo dije, era muy receloso. Y ella, la noche anterior, revisó mi arqueo y estaba presente cuando metí el dinero a la caja. Así que el dueño, claro, estaba que se lo lleva el diablo. Y curiosamente, el hijo se quedó calladito y en el rincón. Aunque no pudieron comprobar nada, el Gordo viejo no olvidaba una ofensa y necesitaba algún culpable o, al menos, un chivito expiatorio. A la media hora fue una chica de recursos humanos a avisarme que pasara por mi finiquito. Y me echaron, pero nunca supieron qué pasó con el dinero, y hasta siguieron haciendo el mismo procedimiento para la cobranza, solo que, ahora, el guardia armado se sentaba al lado de la caja para que a nadie se le ocurriera llevarse un centavo.

¿No había cámaras de seguridad?

Esto pasó hace muchos años. No eran comunes.

¿Y de ahí qué...?

Me enojé y entristecí mucho. Laminados Aceves no me denunció con la policía porque no tenían pruebas, aunque sí tuve que presentarme de nuevo, dos o tres veces, a la misma oficina en donde me habían encerrado para que me hicieran unas preguntas un par de policías aburridos. Tampoco sacaron nada de ahí y me dejaron ir. Pero la última vez sucedió algo extraño cuando estaba por largarme ya para siempre. Se me acercó el Gordo chico, que básicamente nunca me había hablado en la vida. «Perdona a mi papá», dijo, «le preocupa mucho el tema del dinero, ¿sabes?». Me estrechó la mano y todo y me fui con la idea de que quizá el joven no sería tan hijo de puta como el padre. Pero luego, con el paso del tiempo, siempre me pregunté cómo fue que se portó así de buena onda con alguien que, desde el punto de vista de ellos, los había robado, aunque no hubieran logrado probárselo. Suena raro, ¿no? Pasaron años antes de que me enterara de que él se robó el dinero y de que Julián ya lo sabía. Pero eso es agua pasada. Ya ni me importa.

¿Le guardaste coraje al Gordo chico?

Sí, por mucho tiempo, desde luego. Tardé unos meses en resolver lo de mi titulación, y un buen tiempo en encontrar un trabajo porque los de Laminados Aceves hablaron mal de mí, y al menos en el sector de automotrices, refaccionarias, talleres, ya nadie me hubiera contratado.

¿Y cómo fue que conociste a Yulian?

Para mí es Julián. Lo de «Yulian» era más bien cosa del Barry y sus amiguitos. Lo conocí como se conoce toda la gente, por casualidad. El Gordo joven era amiguito de unos metaleros. Incluso, una de esas veces que se salía del taller, cuando el padre estaba ocupado, lo vi cambiarse el polo de Laminado Aceves y ponerse una playera que decía La Armada Invencible. Entonces, el nombre me sonaba. Al paso del tiempo, entré a trabajar a una papelera, una compañía que se dedicaba a la distribución a diferentes negocios, y uno de ellos era un periódico. No perdón, me estoy adelantando, no era un periódico donde trabajaba Julián, al principio: era una imprenta. Hubo una posada y el dueño de la papelera invitó a muchos imprenteros. Ya sabes cómo son esas fiestas: cumbias, cubalibres, cerveza, gente bailando. Yo no era mucho de cumbias, y me andaba paseando nomás cuando vi a Julián, en un rincón, cruzado de brazos. Lo ubicaba de haberlo visto por ahí, en la papelera, y me parecía interesante, con su cabello largo, su barbita de chivo, el bigote bien recortado, tan pálido él y con esas manos blancas y largas. Me dio curiosidad: yo no salía con nadie desde la escuela. Tuve un novio mucho tiempo, sí, pero se fue a estudiar a otra parte. Y no era que conociera gente en la empresa... De hecho, empecé la fiesta en una mesa, aburrida, rodeada por tres o cuatro administrativos borrachos que trataban de tocarme las piernas. Así que me fui a caminar. Y cuando vi a Julián me hice de valor, fui a la mesa en donde estaba abandonado, porque su jefe y el resto de sus compañeros estaban bailando con las secretarias, y me senté a su lado a sacarle plática. Lo primero que me dijo fue que tocaba en una banda. ¿No eres imprentero?, le dije, por joderlo. «No, soy músico. Ando en las imprentas nada más por lana». Eso me respondió, todo mamón.

Y la cosa fluyó.

Pues un poco lento, al principio. Julián, lo sabes, estuvo siempre muy clavado con la tal Pati, la gringa esa de Chapala, que también tocaba. Y por esos días, en especial, estaba hipnotizado, mirando a la nada, con esos aires de melancolía que luego le pegan. Pero a mí me valió madre, porque todos, en algún momento, andamos así de chillones.

¿Y cómo fue que empezaron a salir?

En realidad, porque a mí me dio la gana. Aunque de entrada no nos entendíamos más que para coger, al menos es obvio que le dejé la espinita clavada, porque se dio cuenta de que no era tonta, y que, aunque no pudiera hablarle de metal, si podía hacerlo de otras cosas. Hablamos de dibujo, de arte, hasta de política. Julián tenía ideas firmes, aunque un poco infantiles, de chamaco rebelde: odiaba a la policía, a los políticos, a los ricos, así en rama, sin matices. Pero dibujaba muy bien, en una servilleta me hizo una caricatura mía muy padre, que conservé muchos años. Ya divorciados, claro, la tiré a la basura. Entonces me gustó, lo llamaba por teléfono a la imprenta. Y le decía que cuándo íbamos por unos tacos. La primera vez que hablamos, dio la casualidad de que terminamos confesando nuestro amor por los de don Bon Jovi, los que se ponen a la vuelta de Laminados Aceves. Con ese pretexto le hablé. Él podía salirse de la imprenta más o menos a la hora que quisiera, y yo no tenía trabajo pesado por las mañanas, podía hacerme mensa un rato, y la oficina estaría unas diez cuadras de los tacos. Así que desayunamos con el buen don Bon Jovi tres o cuatro veces, y a la quinta le dije que mejor me llevara a cenar.

Y ahí sí se engancharon.

Al salir del trabajo, a veces, me pasaba por su imprenta, llegaba a su silla, le tapaba los ojos, y lo besaba. Y luego le pedía que me invitara a cenar o una copa. Terminábamos cogiendo en su departamento. Julián no era lo que se dice un gran amante, era más bien normal, pero entonces, al menos, se portaba muy empeñoso. Una mañana me habló para decirme que su baterista se había muerto por drogas o algo así. Duró unas semanas de luto, casi ni nos vimos, pero después se le pasó y comenzamos a formalizar. Eso duró varios meses. Fue nuestra mejor etapa.

Y se casaron.

Sí. Ya llevábamos un rato estables, en pareja, cuando a Julián le ofrecieron trabajo de ilustrador en un periódico y una mejor paga que en la imprenta, y más o menos a la vez a mí me dieron el contrato de planta en la papelera y un buen aumento. En aquella época nos iba bien en la cama. Y bueno, no nos cuidamos y el resultado fue ese.

Luego quedaste embarazada.

Pero ya estábamos comprometidos. Todo marchó muy bien, pero le armé un berrinche enorme a Julián, porque les pidió el jardín al Gordo Aceves chico y a la mediocre de Marifé, su entonces novia, y luego esposa. Pero no me avisó, supongo que para que no se lo prohibiera. Entonces, allí los vi, de pronto, en una mesa, muy contentos. Yo no sabía nada. Al menos no estuvo el tal Barry. Creo que para entonces ni se hablaban.

¿Y el matrimonio, cómo fue?

Con altas y bajas. Julián se entendió con el trabajo del periódico y no ganaba mal. Y bueno, seguía haciendo chambas para las imprentas y los talleres del centro, o para su padre, y de ahí sacaba más dinero. Yo iba a todo dar en la papelera, y aunque lentamente, mi futuro profesional comenzó a mejorar. Y Lupita, nuestra hija, por fortuna, tuvo unos padres que se ocuparon de estar con ella y de cuidarla.

Pero los problemas comenzaron en algún momento.

Nuestro matrimonio no fue nada fuera de lo normal. Julián tenía talento y es un buen tipo, pero, sobre todo, alguien común, con broncas. Lo mismo yo, supongo. Él debe pensar que soy el diablo ahora. Pero tampoco. Los problemas comenzaron por varios frentes. Julián es un melancólico. Cuesta relacionarse con él. Se la pasa ensoñando y la vida diaria le camina por encima. Entonces, no faltaba nada en la casa, pero él no tenía proyectos ni visión. El carro que tuvimos lo compré yo y yo organicé las vacaciones, incluso los pequeños ahorros que llegamos a tener fueron por mi trabajo. Él se limitaba a hacer su chamba y ya. A veces, pocas, se salía con sus amigos a beber, aunque para esas fechas, ya casi el único al que veía era al Gordo. Otras veces, le compraba juguetitos a la Niña, o se conseguía discos para él. Lo de la música nunca se le quitó, al menos no del todo. Lo recuerdo todavía con la guitarra de palo, queriéndose lucir con los invitados a la casa, que eran, por lo general, mis amigas del trabajo, y mugiendo las canciones menos gritonas de su repertorio. Y se las arreglaba para hacerse de dos o tres discos nuevos al mes. A mí, en realidad, no me molestaba, mientras no pusiera la música alta, pero nunca comprendí, realmente, por qué le importaba tanto. Cuando le pedí que dejara de tocar en las fiestas, porque estábamos hartas de oírlo, se lo tomó como insulto.

Y, luego de varios años, vino la ruptura.

Quizá por mi culpa. Para entonces la Niña estaba grande, a punto de entrar a la carrera. Eligió estudiar sociología y solo hay sociología en la universidad pública, que es gratris, nuestros gastos se liberaron de colegiaturas. Claro, le dábamos para los camiones y libros, pero no es lo mismo ni de lejos que pagar una mensualidad. A mí me ascendieron a coordinadora de administración en la empresa. Y eso fue otro buen dinero, aunque también representó la necesidad de ir a más eventos, tratar con más gente. A Julián, en cambio, las cosas ya le daban lo mismo. Le frustraba que la Niña, su niña, con la que siempre cantaba y jugaba, ahora fuera una adolescente metida en los estudios. Y le enfurecía que no tuviera el menor interés en la música. Es decir, le gusta, pero lo pop, como a todos los que no estamos locos… Recuerdo el berrinche de Julián cuando la Niña le pidió un disco una Navidad. Resultó que lo que ella quería era el disco de unos chicos orientales. La cara de Julián era un poema, pero era buen padre y la llevó a la tienda. Pero ese día, harta de sus dramas, fue cuando me di cuenta de que habían pasado demasiados años, las cosas habían cambiado, y quería algo que no me iba a dar. Soñaba con una vida de viajes, de crecer... Y él seguía aferrado de aquel modo obsesivo a su ruido, sus gritos. En fin: en una reunión, a la que acompañé a mi jefe, conocí a Paco, que era uno de nuestros principales clientes. Su empresa hace cuadernos y libretas y agendas. Me gustó porque era guapo, alto, y, sobre todo, de esas personas de sangre ligera que hacen chistes de todo. Y también muy inteligente… Y su padre era dueño de tres restoranes, un tipo muy viajado. Y yo con tantas ganas de salir… Con Julián nunca pasamos de la playa, o de algún pueblito aquí cerca. Yo tenía ánimos de conocer mundo, o no sé, de tomar aviones al menos, carajo. Julián hubiera podido quedarse toda la vida en el mismo departamento y salirse de cuando en cuando a tomar unas cervezas con el Gordo Aceves y ya. Quise hablar con él, de verdad que quise, pero no me escuchaba. Cualquier cosa que le dijera lo aplastaba, se quedaba callado y corría a su rincón y pasaba días sin hablar, con los audífonos puestos. Perdido o no sé... metido en el paraíso o infierno al que lo lleve el ruido ese. Fue mucho tiempo muerto, sin comunicación. Me desesperé. Cuando la Niña entró a la facultad, nos anunció que se había ganado una beca de esos que dan las fundaciones de las megaempresas a los buenos alumnos, y se iría sola a vivir a un departamento que le rentaba una amiga. La cosa estalló. Julián quiso prohibirlo de todos los modos posibles; le decía que, si se salía de la casa fuera solo para casarse o estudiar en el extranjero, no podía entender que la Niña quisiera su espacio propio. Y la Niña se fue de todos modos, y la cosa empeoró. Julián y yo apenas si hablábamos, nos veíamos un momento en la mañana y otro por la noche, si es que yo no tenía evento o me quedaba trabajando tarde. Comencé a verme con Paco, quizá más por desesperación que por verdadero gusto. Pero el gusto llegó pronto, de verdad teníamos sintonía, me agradaba. Intenté hablar con Julián una última vez, una noche, cuando regresé de un coctel. Bueno, ese coctel particular había terminado en un motel... Quería decirle que todo se había acabado, que se buscara su camino y dejara que yo tomara el mío. Pero no quiso escuchar. Otra vez se fue del cuarto donde dormíamos y se encerró en su estudio a tocar la guitarra, se puso a rasguear, serían las dos de la mañana. Ese día supe que no podía más.

Por eso pasó lo del video.

Sí. La verdad, visto a la distancia, me arrepiento. Comenzó de broma, con Paco: nos habíamos estado viendo, te digo, y las cosas iban bien. En la cama, sobre todo. Con Paco me hallé de un modo que jamás había podido hallarme con Julián. Julián era, no sé, rudo, tímido, y en la cama parecía hacer sacrificios humanos, se le abrían los ojos, se le aceleraba la respiración, ponía cara del lobo. Paco, en cambio, estaba siempre de buenas y coger con él era botanear, disfrutar una copa. Mucho menos drama y más risas, y así, riéndonos, un día nos grabamos con su teléfono al coger. Una sesión particularmente rica. Habíamos bebido mucho más que unos tragos y se nos ocurrió que grabarnos era jugar, algo normal, de pareja, o al menos de una pareja que no fuera un problema, como la mía. No lo reflexioné, pasó a prisa, fue un relámpago. Se me ocurrió que ese video podía liberarme si se lo mandaba a algunos de los amigos de Julián y a Julián mismo. Ellos, obviamente, terminarían por reenviárselo también. A él y a todos. Y por la pura vergüenza, por la afrenta de ser engañado, él me dejaría ir. Pero bueno, me equivoqué, y terminé mandándoselo a demasiada gente y se armó el infierno. Porque además era su cumpleaños... Parecía buena idea en aquel momento, o quizá era que estaba yo muy tomada. Me arrepentí cuando lo vi al día siguiente, a Julián, así de desencajado, sin dormir, con cara de haber llorado por horas. Y me acordé del pasado y aunque nunca estuve rendida por él, había sido buen compañero, un buen padre para la Niña y me dio un poco de pena. Pero, en el fondo, esas cosas son culpa de dos. Si él me hubiera escuchado, nos hubiéramos separado amistosamente, y no así.

¿Y después?

Después, nada. Sigo con Paco, vamos bien. He podido viajar, comer en buenos restoranes, la Niña está perfecta.

No soy una renegada de la música ¿eh? A veces pongo el radio para oír una canción. En Nueva York fuimos con Paco a ver un par de musicales, son una cosa muy linda, ¿no? Pero nunca, nunca, entenderé lo que la música hace en el cerebro de Julián, lo que hace en su vida, jamás comprenderé cómo rayos ve el mundo, ni por qué ese ruido suyo le importa tanto. Yo… Yo no sé. Yo no sé si es solo el ruido o esa sombra eterna con la que vive, la de la Pati.

Lado B

Tempestad y zozobra

1. *Wasted Years*

Fuera de nosotros, a nadie en el puto mundo le importa el metal, gruñó Barry, con la voz infectada de tequila y más crujiente que las bisagras de una puerta vieja. El Gordo Aceves y yo lo escuchábamos disimulando el bostezo con el puño frente a la boca y los últimos tragos de la noche mareándose en la otra mano. No teníamos fuerza para más: asomaba el alba, una línea de luz blanquísima bajo el portón repintado de negro de El Hangar, nuestra madriguera. ¿Se acuerdan que nos miraban por la calle? ¿Cuántas veces nos escupieron o nos dijeron maricas, esos hijos de puta, por llevar greñas largas y tatuajes? ¿Cuántas veces nos detuvieron las patrullas y los policías nos registraron hasta el culo para chingarnos un dinero, unos cigarros, un gallito de mota? Barry detuvo el monólogo y guardó unos instantes de silencio teatral. Tocábamos por joder, ¿se acuerdan? Y para distinguirnos del ganado obediente que bailaba cumbias y pop y la música agropecuaria de los microbuses. Éramos una milicia, cabrones. Un pinche ejército de gente avivada, despierta, que pensaba otras cosas. Nos tenían miedo en la escuela, el trabajo y la calle. Pero algo se pudrió o nomás es que nos trabajó el pinche tiempo y nos fuimos a criar hijos y pasaron chingos de años y nada se mantuvo de pie. Porque después de nosotros nadie vino a las trincheras. ¿Cuándo fue la última vez que vieron a un morro con la playera negra de una banda? El pendejo de la tienda de música de Horizontes me contó que nada más exhiben tallas grandes y extragrandes, porque solo las piden cuarentones con panza de yegua: mírense ustedes. Todo está de la verga. Barry se empujó otro tequila al buche y aún tuvo ánimos de servirse el siguiente y dejarlo al alcance de su garra potentísima. Imagínense que para recuperar esto, El Hangar, tuve que rescatar a los cabrones agropecuarios que usurparon nuestro mismísimo pinche bar: ¡nuestra puta casa! La tenían de chiquero: aserrín en el piso, las paredes cubiertas de madera cruda, sin lijar, para que parecieran las de un corralito de gallinas. Había meseras con botas y tejanas y shorts de mezclilla en miniatura, del tamaño de pinches tangas. No mamen: todo lo que hacen esos cabrones o los otros, los pendejos de los ritmitos tropicales, parecen la decoración y la música de un puto burdel. Lo bueno es que los agarré ahorcados con la renta y dos o tres deudas más. Tampoco ellos están en auge ¿eh? Barry se había exaltado de tal modo que ya estaba en pie y, para enfatizar sus frases matonas, golpeaba la mesa con la mano, levantando un centímetro en el aire, cada vez, los ceniceros y los vasos abandonados, que se entrechocaban en un rosario de brindis inútiles. También se los está llevando la verga, a los pinches agropecuarios. Los morritos de ahora ya solo quieren mover el culo: por eso van ganando los tropicales, de momento. Los güeyes que administraban aquí ya le debían al banco hasta los güevos y me traspasaron el local felices de la vida. Una sonrisa añorante se dibujó en los belfos primates de nuestro amigo. ¿Se acuerdan que apenas nos alcanzaba para las pinches chelas y los cigarros y andábamos siempre de perros y gorrones? Tú no, pinche Gordo, porque eres fresa y tenías lana, pero nosotros pasamos chingo de penurias... Y levanté las cejas, porque la familia de Barry siempre fue propietaria de una licorería y su patrimonio rebosaba de bodegas y locales, y dinero, lo que se dice dinero, nunca le hizo falta: el único pobre diablo allí era yo. Nuestro amigo, claro, se había entusiasmado demasiado para reparar en que se estaba apoderando de mis desventajas para lucirlas de medallitas por la heroicidad en una batalla que no peleó. Y lo hacía sin parpadear siquiera. Nomás berreaba. Pero miren: ya agarré el volante y ahora tengo el bar. O tenemos. Porque el que se empede aquí conmigo es mi hermano. Y todos esos pinches metaleros que se rindieron y le dieron las nalgas al cansancio, los pendejos que acabaron vistiendo camisitas de cuadros de color violeta y bailando toda esa basura de charangas para que no se enojaran sus viejas, se sentirán unos vendidos y se les va a apretar el culo de vergüenza cuando nos escuchen hablar a cualquiera de nosotros, cuando subamos al pinche escenario y tiemblen porque regresó La Armada Invencible. La voz de Barry ya era un puro grito. El único que temblaba, por cierto, era yo.

Una vez, y créanme que no era lo usual, porque solíamos estar arracimados en aquel localito, me quedé solo en la imprenta. Hablo del tiempo en que La Armada Invencible dejó de existir y yo seguía de luto aún, reconcentrado en el trabajo, a la espera de que un golpe de suerte me rescatara del tedio y la nulidad que sofocaban mi vida. Estaba solo, pues, y promediaba el mediodía, las moscas zumbaban, jodían, reinaban al sol, y ni el dueño, ni el otro imprentero, ni el chavito del mostrador respiraban o interponían sombra alguna por allí: habían salido en busca de un desayuno tardío, una cocacola o cigarros. Aproveché el abandono del puesto y, en chinga, a la velocidad de quien saquea o mata y no quiere que lo agarren, me diseñé e imprimí quinientas tarjetas de presentación, robándome unas láminas de cartoncillo de color marfil que habían quedado postergadas o nomás olvidadas en las estanterías. Aunque mi salario era una mierda (me pagaban por proyecto, cuando deberían haberme agradecido de rodillas jalar con ellos, porque como diseñador estaba a un nivel muy superior al suyo), cometer lo que cualquiera tomaría por un abuso y hasta un delito me estremecía: era yo un chamaco, y el cinismo y la dejadez no me habían erosionado aún hasta el punto en que lo han hecho hoy. La patada de adrenalina la sentí desde que la idea de hacerme unas tarjetas de presentación sin pagar por ellas me revoloteó en el cerebro. No hubo mucho que diseñar, la neta, porque al modelo solo le puse mi nombre, Julián Ortega, y mi profesión, ilustrador, aunque sufrí la tentación de embellecer mis talentos y autocoronarme todo un artista gráfico. Y, bueno, le agregué además en una esquina mis datos de por entonces, un teléfono, me parece, y nada más, porque vivía en un departamento de tercer piso en un barrio purulento del Oriente, que siempre fue el lado jodido de la ciudad, y presumirlo podría espantar a los clientes del lado más próspero y fresa. Nervios o no, dio lo mismo: ni el jefe, ni el otro imprentero, ni el dichoso chavito del mostrador regresaron a tiempo para detener mi robo-hormiga. El medio millar de tarjetas impresas en cartoncillo color marfil pasaron de ser un dibujo en el monitor a corporeizarse en la máquina, y de ahí a la recortadora, y acabaron empaquetadas en plástico y ocultas en mi mochila antes de que nadie volviera al localito y descubriera mis innobles empeños. ¿Avanzaste con las lonas, cabrón? Eso preguntó el Cuco, mi colega, cuando apareció, al fin, después de haberse refinado un lonche en algún figón cercano, relamiéndose los bigotes y chupándose los dedos. Yo solía trabajar muy por delante de lo que preveía el calendario de obligaciones y me anticipaba a los pendientes en la compu de la casa durante las horas muertas, que eran muchas desde que no tenía una banda de metal que atender. Le entregué al Cuco tres opciones de diseño ya preparadas y él las aceptó sin mirarlas casi, y mandó una, me parece que al azar, a imprimir al rodillo de grandes formatos y se quedó tan contento: era yo una pistola, entonces, resolvía las cosas hasta sin pensarlas.

En otro día similar, de espera y ocio, encontré, al hojear un periódico, el anuncio en que solicitaban un ilustrador para las páginas de opinión y cultura y, luego de dar vueltas, acuclillarme y volverme a poner de pie, y sentirme indigno y después convencido y capaz de intentarlo, me decidí a responder y marqué el número telefónico que ofrecían de contacto. Me citaron a la entrevista de reclutamiento la misma tarde de la llamada y, tras una vuelta frenética por mi depa, me lancé al diario con una carpeta de dibujos metida bajo la axila, los más vistosos que encontré en mis libretas, arrancados con esmero de sus espirales, y los que mejor mostraran mi dominio exquisito de todo un abanico de técnicas: lápiz, carbón, bolígrafo, estilógrafo, resaltador, pastel, crayones, aerógrafo. La redacción del periódico, al primer vistazo, estaba sobrepoblada de chicas muy activas y tipos riquillos, con pinta de que se creían más brillantes que el resto de los mortales. Para anunciar mi llegada, abrí uno de los paquetes de tarjetas de presentación que llevaba zambutidos al fondo de la mochila, y le entregué una, la primera de la historia, a la recepcionista. Julián Ortega, ilustrador, leyó ella. Dame un minutito, en lo que veo si está libre el licenciado, y me mostró una dentadura llena de frenos: era muy joven y aspiraba a corregirse la sonrisa antes de que unos colmillos chuecos le arruinaran el porvenir sentimental. Me senté en una sillita de fibra de vidrio, incómoda y crujiente, atornillada a una base de hierro, y estuve quince minutos allí, aplastado, expectante, a punto de no respirar. Repasé mi carpeta de trabajo hoja a hoja, preocupado ante la evidencia de mis limitaciones de estilo: ningún crítico es tan feroz como el miedo al ridículo. Por fin, el dichoso licenciado tuvo a bien desocuparse y asomó por una puertita lateral. ¿Julián?, preguntó, y yo incliné la cabeza con toda cortesía. Pásate, buenas tardes. Era un tipo larguirucho, pecoso, de porte aristócrata. Usaba camisa, pero no corbata, y estaba metido en uno de esos pantalones de pinzas que se estilaban por entonces, fabricados en una tela de paño gris, con diminutas motitas blancas entreveradas, que recordaba un pijama elegante. De inmediato noté que trataba a los empleados con la compasión que le habrían enseñado en alguna gran universidad privada, pero no dejaba de considerarlos inferiores: me dirigía la palabra con la misma condescendencia que habría destinado a una mascota: perro, gato, canario, lagartija. Le dejé caer en la mano la segunda tarjeta de presentación y él tuvo el buen gusto de revisarla al trasluz y observar: ¿La diseñaste tú? Porque está genial. Y el papel se ve fino. A fin de cuentas, que el tipo fuera fresa y alivianado ayudó. Otro jefe más tradicional se habría espantado, quizá, de mi melena, aunque la llevara anudada en una coleta aquella tarde, de mis barbas mal delineadas o de la playera de AC/DC que traía encima, que para mí era una vestimenta formal y, para el resto del mundo, una cochinada. Pero el tipo no solo era el director adjunto del periódico, sino que había cursado un máster en psicología laboral, y debió haber discurrido que un metalero le vendría bien a la diversidad del ecosistema de su redacción, del mismo modo que el director de un zoológico acoge con simpatía un león albino o un tigre sin rayas. La Lupita, con quien ya llevaba un tiempo emparejado, se puso tan feliz de que me dieran el empleo en el periódico que entendí que no me consideraba capacitado para ejercerlo y tomaba por un milagro de los cielos mi contratación. Sin embargo, decidió premiarme por el arrojo de dar un brinco profesional de ese tamaño, y por la noche, cuando nos pusimos cómodos en la recámara, me obsequió una larga y profunda mamada antes de lavarse los dientes y echarse encima sus cremas faciales. Las tarjetas de presentación, por cierto, las cuatrocientas noventa y ocho que sobraron, se quedaron guardadas a partir de aquel día en una gaveta del comedor, junto a una caja negra de imitación roble que contenía unos cubiertos de fiesta que nos obsequió mi madre y jamás llegamos a utilizar. Mi instinto (sería un poco idiota responsabilizar a mi conciencia, a la que mantenía a raya con un ocasional gallito de mota) me proponía, cada tantos meses, que repartiera alguna de las tarjetas a cualquiera que pareciera un cliente potencial. Pero nunca sobraron las oportunidades de colocarlas: trabajaba más que nada con periodistas y es bien sabido que, en el gremio, la gente anda en quiebra perpetua y quiere todo gratis. Alguna noche, un par de años después, cenamos unos cortes magníficos que Lupita compró para que festejáramos uno de sus primeros aumentos de sueldo. Al mascar, se me atoró una fibra de carne entre los dientes y tenerla allí, injertada, llegó a irritarme hasta la obsesión. Demasiado perezoso para levantarme de la mesa, ir al baño y cepillarme a fondo, o para robarle una hebra de hilo dental a mi esposa, saqué con disimulo una de las tarjetas del cajoncito e intenté escarbarme las encías. Fracasé. La orilla de la cartulina se abrió como un pequeño abanico y se ablandó enseguida, hasta desmoronarse: aquel papel marfileño, tan bonito, no estaba plastificado y resultaba inservible a manera de implemento bucal. Cuando Lupita me divorció, mucho tiempo después, aún quedaban más de cuatrocientas noventa y cinco tarjetas en el cajón. El paso del tiempo las volvió todavía más inútiles de lo que fueron desde el principio, pues cambié de teléfono y la mayor parte de las personas me decía Yulian y no Julián: se volvieron las tarjetas de un desconocido. Pero tirarlas habría sido capitular, una vez más, y reconocer otra derrota, y ya tenía demasiadas a cuestas. Por eso las conservé, y las guardo aún. Aunque sigo sin encontrarles uso.

El Gordo Aceves hubiera querido acompañar nuestra expedición en busca de guitarrista, por supuesto, y no lo hizo nada más porque a última hora de la tarde cayó de visita al despacho su proveedor preferido, el supervisor de una agencia que se había especializado en mandar a Laminados Aceves a todos aquellos clientes embobecidos, de tejana o gorra de plato, que dieran la impresión de que deseaban comprar un automóvil solo para darse el gusto de hacerle modificaciones. Yo no sé si el dichoso supervisor instruía a sus vendedores o si se las arreglaba él mismo para detectar y abordar a esa clase específica de sujeto que, mientras acaricia la lámina del vehículo que está a punto de pagar, se pregunta cómo se vería si se le pintara de color uva chillante, se le cromaran los espejos o se le instalaran unas micas decoradas con unos cristos rubios y macilentos en las portezuelas. Tampoco tengo idea de cuál oscura cañería habría sacado el Gordo a ese personaje de pellejo cacarizo, trajeado, sudoroso y con las sienes rasuradas un dedo por encima de las orejas, parecía un paciente del psiquiátrico, ni tampoco del soborno o iguala que le entregaría en recompensa por sus servicios de encaminador de almas. El caso es que, cada cierto tiempo, el fulano se daba una vuelta por nuestra oficina antes de la hora de cierre y el Gordo se veía obligado a esperarlo, darle un abrazo y sacar del cajoncito la botella de wiski del bueno para compartir dos o tres tragos con él, charlar y celebrarle los chistes. Quizá también le deslizaría a las manos un sobre lleno de billetes, al tipo, o quizá solamente lo convencería de que se ayudaban entre sí porque eran amigos, aunque los amigos de verdad, claro, jamás te hacen ganar dinero y solo dan pérdidas; si hay lana de por medio no cabe hablar de cariño, sino de colaboración, y el afecto está siempre manchado de conveniencia. Jamás me quedé a presenciar el transcurso de sus reuniones y mucho menos aquel día, pues estaba comprometido con Barry a escoltarlo en la visita a su candidato para hacerse cargo de la guitarra principal de La Armada, cuya identidad había decidido reservarse hasta ese momento. Así, mientras el desalentado Gordo recibía a su proveedor de clientela y le liquidaba sus rituales tributos de atención y licor, apagué la máquina, me enciimé la chamarra y me alisté para largarme a la calle. Solo que había que sortear el obstáculo eterno: Brenda estaba allí, en su escritorio, una araña en lo alto de la tela, desentendida pero ponzoñosa. Se mordía un mechón de su cabello pastoso de tinte rubio y hojeaba un libro, supongo que harta de todas las horas que se pasaba en su silla con rueditas, en lo que repiqueteaba alguna llamada en la línea privada. El volumen que tenía en las manos era de aspecto profesional, lindando con lo académico, y un título en inglés de significado evidente: *The Joy of Sex*. Preferí tragarme mis comentarios, aunque no podía dejar de ver en su lectura una nueva provocación, el siguiente episodio de su campaña de derribo. Ah, ¿ya te vas?, vocalizó ella, mansamente, sin levantar la vista, cuando pasé frente a su medio muro de tablarroca. Sí, es hora, la corté. No sentía obligación de justificarme y, sin embargo, me recorrió la espina un escalofrío. Se produjo otro resoplido: Sigues entrenando, ¿no? Detuve mi camino y me volví; Brenda mantenía los ojos de vacaciones en las páginas de su manual de porquería. Claro, por las mañanas: ya viste que estamos llegando tarde. Sí, y por eso pensé que compensarías el tiempo a la salida. Y levantó la mirada, de golpe, y parecía seria y preocupada, aunque una espiritual sonrisa de Gioconda le habitara los labios. ¿Por qué te apura tanto a qué hora me vaya? Bueno, mi tío es el dueño: él no tiene horario, respondió. Y, a veces, se queda más tarde que todos. Pero tú eres nomás un empleado… Y solo en aquel momento, con la lengua soldada al paladar y la rabia de ser regañado por una muchachita sabihonda y cruel, me di cuenta de los esfuerzos que hacía para no carcajearse, la muy hija de perra. Tosí, retomé el camino, y su risa bajó la escalera detrás de mí. Brenda era peor que la peste negra.

Tuve que ir a la esquina del taller a esperar un microbús; sin el raid del Gordo, el camino a la avenida Chapultepec no resultaba veloz. Barry me había citado en el viejo edificio de la Academia Musical Lemus, que lucía opaco y extraviado entre las tiendas de vestidos para novia, las mercerías colosales y las bodegas de falsos tejidos hindúes que dominaban la zona. La idea de poner el pie en la academia, debo reconocer, me sacaba ronchas: Barry y yo éramos músicos de oído, más líricos que los organilleros de las plazas, y también el difunto Isaías y el Mustio se habían educado a sí mismos. Solo conocía a dos personas de nuestro círculo que hubieran tomado clases en forma: el Gordo Aceves, quien estudió batería por años, justo en la Lemus, y el Patito, la Pati, con los mil cursos gringos de guitarra por correspondencia de los que siempre hablaba. No me quedaba claro el motivo para que Barry hubiera fijado en la Academia Lemus el punto de reunión; imposible saber si su candidato para sustituir al Mustaine trabajaba allí o si, peor aún, era alumno del lugar. Yo detestaba a la Lemus porque el arte, me parecía y me parece, se puede aprender, pero no se enseña. La pedagogía solo es útil para los que no saben juntar dos notas, pero tienen dinero para pagarle a quien les retaque la cabeza de técnicas baratas (y acá, si fuéramos unos cabrones, podríamos colocar la cara sonriente del Gordo Aceves a modo de ilustración, aunque el Gordo siempre tuvo ritmo, hay que reconocer...). Mi «Método de guitarra fácil» y su hermano, el «Método de bajo fácil», me habían enseñado lo esencial: las pisadas, la postura de los dedos y la espalda, y los rudimentos de la notación. Quizá mi oído, el de Barry o el de casi cualquiera, no dieran para distinguir a la primera el re del do, el la del mi, o el fa del sol, pero los trastes de nuestros instrumentos ayudaban a que la distinción resultara categórica. Me inquietaba la posibilidad de que Barry fuera a desgraciar a La Armada con la incorporación de alguna especie de erudito, uno de esos niños prodigio del metal capaces de pulsar cien notas en diez segundos, con celeridad de jet, pero que hacían una música que solo les interesaba a mamonazos tarados como ellos. Tipitos que tomaban al metal de pretexto para emular las charangas pretenciosas del rock progresivo y que se pretendían rockeros, pero no rockeaban. En los viejos tiempos, Barry y yo, e incluso el Mustio, que había que ver que era hábil, nos habríamos reído hasta mearnos de un muchachito que tuviera las veleidades de un Steve Vai o un Yngwie Malmsteen... No: un auténtico virtuoso tenía que ser un Eddie Van Halen y lucirse con composiciones que lo destacaran, sí, pero no fueran simples masturbaciones de guitarra, sino canciones de verdad. Esas eran mis enérgicas ideas al respecto que, desde luego, me guardé.

El minibús me defraudó paradójicamente y me dejó con la desagradable impresión que nos dan las cosas que no funcionan nunca el día que, por fin, lo hacen: pasó en cuanto puse los pies en la esquina, encontré un asiento solitario de inmediato, ningún tullido se subió a cantar o a pedir cooperación, no hubo frenazos ni nos pasamos un semáforo rojo, nadie intentó robarme la cartera. Así, en menos de veinte minutos estaba ya en la avenida Chapultepec, bajo el atardecer mortecino, entre el graznido de los cláxones y la incordia de los vendedores ambulantes de papitas y aguas frescas. Barry aguardaba sentado en los escalones del estacionamiento de la Lemus, con su look institucional: Ray Ban, botas vaqueras, chamarra de cuero; en una mano llevaba un vasito de nieve de limón y en la otra una diminuta cuchara de plástico. Qué pues, Yulian, ¿dónde se quedó la pinche puerquita? Así de cálido me recibió. Expliqué el motivo de la ausencia del Gordo Aceves (la reunión con el proveedor sobornado, en fin), y Barry se encogió de hombros y se puso en pie, ágil. Déjame tirar el vasito, que no me gusta dejarlo botado, pidió. Iba a hacer un chiste sobre su repentina conciencia ecológica, pero preferí ahorrármelo, o quizá era que me preocupaba demasiado lo que estaba a punto de ocurrir para perder el tiempo en pendejadas. La Academia Musical Lemus era un galerón recubierto de falso mármol, desde el exterior se veía un aburrido prisma de concreto y vidrio, pero por dentro era un ordenado loft de marmolina y aluminio de triple altura. Los salones de ensayo habían sido erigidos como estructuras adosadas a los muros laterales, y parecían una serie de contenedores apilados al fondo de las bodegas de una sucursal de aduanas. El diseño anómalo había creado un vacío excesivo al centro del local, al que solo consolaban unos cables luminosos que pendían del techo, en patrón descendente, y daban la impresión de ser una lluvia de bengalas. Los seis metros de alambre de luz culminaban, abruptos, medio palmo arriba de la cabeza de la recepcionista, quien, sentada tras su escritorio, flaca y distraída, bebía una cocacola y devoraba, a la vez, una rebanada de panqué del tamaño de un volumen de enciclopedia. Buenas tardes, dijo Barry, sonriéndole, sin quitarse los Ray Ban, pero inclinándose ante el escritorio para que su chamarra se abriera y la recepcionista dominara el panorama de su pecho lanudo. La mujer tenía la boca llena de morusas y no supo responder. Soy el papá de Beto Dávila y vine a escuchar su audición, aclaró Barry, y volvió a sonreír.

La recepcionista hacía esfuerzos por deglutir el bocado y lo consiguió, aunque no sin desarticular un par de conatos de ahogo. Las audiciones son privadas, señor: en el salón nomás caben el alumno y el instructor de turno. Yo oía la alegata con la vista perdida en las ondas de luz que estilaban, cual goteras, de los cables: nunca una decoración de peor gusto me había fascinado de tal forma. ¿Por qué habrá lugares que nos desagradan, pero en los que, secretamente, deseamos estar? Con la Lemus me estaba sucediendo lo mismo que con el centro comercial Horizontes: si alguien me preguntaba por él, respondía que era un sitio de mierda en el que jamás pondría los pies por gusto. Pero, de repente, alguna tarde, y con buen ánimo, me escapaba a mirar sus escaparates y la sola idea de pulular allí, rodeado por los riquillos subnormales de Zapopan, me confortaba. Ya sé que son privadas las audiciones, insistió Barry, sin perder la paciencia. Solo vamos a escuchar, nos quedamos en la salita de espera. Ah, eso sí se puede, reconoció la mujer. Valientes prohibiciones las suyas, o las del reglamento que custodiaba, que admitían tan pronta refutación, pensé. Segundo piso, aula nueve, leyó de un listado, y lo ratificó levantando el dedo hacia la pared de salones ubicada a su derecha. Barry agradeció con una reverencia y nos encaminamos a la escalera. Las salitas estaban compuestas por dos sillones de imitación piel, del tipo de los que podrían encontrarse en la consulta de un dentista, y una mesa baja, a modo de revistero, tapizada con números atrasados de esos fósiles que eran las publicaciones musicales gratuitas. Una de ellas, llamada *102*, cuyo logotipo consistía en una mano cerrada en torno al cuello de una guitarra, en una posición bochornosamente similar a la de un tipo concentrado en masturbarse, le había dado su portada a La Armada Invencible más de veinte años atrás. Que la revista aún se editara y un ejemplar estuviera allí, en la mesa, frente a nosotros, me resultó un portento diminuto. ¿Cómo se las arregló *102* para sobrevivir en un mundo en el que el rock se había vuelto más o menos tan importante como la filatelia o las manualidades de papel maché? Pues defeccionando del campo, claro, y rellenando sus páginas con basura popular. La puerta del salón nueve ya había sido cerrada con seguro y Barry verificó el nombre de su hijo en la ficha colocada en un tablón de corcho. A unos centímetros estaba instalado el panel de un intercomunicador y mi amigo debía conocer sus funciones, porque pulsó un botón, se escuchó un chisporroteo parecido a la interferencia de un teléfono, y los ecos de unos rasgueos de guitarra comenzaron a brotar del aparato. La habitación contaba con una ventana, sí, pero desde nuestro punto de vista, su cristal era un espejo que impedía admirar el interior. La idea es que los chamacos no se pongan nerviosos con los padres jodones, explicó Barry, mientras yo pegaba la jeta y trataba de asomarme. Mis intentos por conseguir lo prohibido rara vez han dado resultados: una señorita alta y severa, con playera roja de la Academia Musical Lemus, apareció por el pasillo y me ordenó retirarme. Barry se burló con una risita de niño vanidoso. La dependiente se fue, muy satisfecha de mantener el orden, y yo, avergonzado, me refugié en el otro silloncito de espera. No me atreví a preguntarle a Barry si nuestro hipotético guitarrista estaría allí, dentro del aula, junto con su hijo, o si nomás me había llevado a esos putos sillones de piel imitación para escuchar los gorgoritos de su chamaco... Me aterraba la idea de que nuestro cantante, súbitamente aquejado de nepotismo, quisiera asociarnos con su heredero. Le dicen audición, pero en realidad es el examen del trimestre. Parten el año en cuatro y te cobran las cuatro putas veces. Esa fue la explicación de Barry al respecto de lo que estábamos a punto de oír. Sonaba despreocupado, y supuse que no se trataría de una prueba trascendental. Bostezó, tomó un ejemplar de la vieja y querida *102* de la orilla del revistero y se acomodó en el sofacito a hojearlo. En la portada aparecía un muchacho de unos veinte años, forzudo, bronceado de salón, con rasgos de güero caguengue. El tipo no usaba camiseta y sus brazos cruzados se encargaban de presumir unos pectorales lampiños y cubiertos de tatuajes. Llevaba sobre la cabeza una cachucha plana vuelta del revés y tenía la quijada y las mejillas oscurecidas por una capa gris que ni era barba ni dejaba de serlo. No mames, escupió Barry antes de los tres segundos de contemplación. Qué puto asco. A este pendejo lo vi, hace un tiempo, en la tienda de música, ¿sabes cuál? La grandota de Horizontes. Llevé a reparar mi guitarra, que tenía un falso en el enchufe, y allí estaba el güey, probando un micro. Y qué hace o qué, pregunté yo. Sepa la madre, reconoció Barry, con fastidio, y me arrojó la revista al regazo. Revísale, a ver si averiguas. Debí dejar que se ocupara de satisfacer su morbo por sí mismo, pero, por alguna causa ignota, estaba mentalizado a obedecerlo y hojeé la *102* hasta dar con otra foto del pendejo aquel. Barry, derrumbado en el sofá con las manos detrás de la cabeza, me miraba. Acá dicen que se llama Iñaki, el cabrón, informé. Parece que es un cantante de aquí. Entre nosotros, por cierto, ese último agregado resultaba infamante. Me refiero al «de aquí». Era una herencia de la peculiar cosmovisión de Barry, a quien siempre le pareció un insulto resignarse a ser local. Su sueño era que La Armada Invencible la rompiera en Estados Unidos y Europa, o ya de perdida en Japón, y nuestra ciudad, en el fondo, le valía una reverenda chingada. Se burlaba del Mustio, muchísimo, por su insistencia en tocar en Guadalajara, viajar a los estados vecinos o presentarse en la Capital. ¿Has visto esos carteles?, decía Barry, refiriéndose a los festivales en los que el Mustaine pensaba que deberíamos habernos presentado. Pura pinche banda de aquí. Y por eso valen madre. No era un gran argumento, pero para él siempre significó el final de la discusión. Por ello, al identificar a Iñaki como un músico «de aquí», se lo entregaba amarrado de manos para una ejecución sumaria. ¿Y qué canta? Barry parecía curioso. Pues la nota dice que su estilo es «pop urbano»... ¿Neta, «urbano»? Nos reímos los dos. Era una clasificación que solo servía para distinguir la música del tal Iñaki de aquella expresamente rural, la agropecuaria, esos corridos que ponían los sinaloenses cuando se metían demasiada coca en el alma, o las charangas de mierda de los tipos que usurparon durante una temporada El Hangar. Unos presumiéndose rurales y otros, urbanos: ya no hay donde pinches huir, reflexionó Barry. Pero nos callamos, porque del intercomunicador, luego de unos minutos de notas aisladas, acordes breves o lasquitas de melodías, comenzó a brotar una canción que reconocimos. Era de Megadeth: una de mis favoritas, una especie de testamento anticipado de Mustaine, el verdadero Dave Mustaine y no nuestro sucedáneo. Se llamaba «A Tout le Monde» y un guitarrista achicopalado trataba de recrearla. Me asusté muchísimo, desde luego. Si en aquella guitarra cobarde había fijado Barry sus esperanzas, haríamos bien en abandonarlas de inmediato. Pasaron largos minutos hasta que la canción, inepto pelícano en tierra, se arrastró a su final. Sobrevinieron una pausa y un silencio. Faltan dos rolas más, tiene que echarse tres, confesó Barry. Si quieres ir a mear o algo, adelante… Y señaló un punto indeterminado en los aires. ¿No se supone que vinimos a oír este güey?, repuse. Barry se bajó cinco centímetros los Ray Ban para fulminarme con ojos desaprobadores. No seas pendejo. Este que toca es mi hijo Alberto. Tenemos un trato: si aprende guitarra, le renuevo las consolas de sus jueguitos de video. Pero ya estoy perdiendo la esperanza. Y estiró la mano para que le devolviera el ejemplar de la *102*, y regodearse, otra vez, en la entrevista con Iñaki y las estupideces que soltaría. No supe qué reponer, nunca tuve idea de cómo pedirle aclaraciones a Barry. Me puse de pie, aún sin quererlo, y fui en busca del baño. Oriné sin excesivas ganas, un chorro indeciso que me hizo pensar que la prostatitis resultaba más simple de alcanzar que el éxito a esas alturas de la vida, y me lavé las manos. Por fortuna, perdí en esos empeños el tiempo suficiente para que la audición-examen hubiera terminado cuando volví. La puerta del aula estaba abierta y se escuchaba la voz de Beto, el hijo, que tendría dieciocho años por aquel entonces. Físicamente, era una versión edulcorada de Barry, al menos del que alguna vez tuvo su edad. Su nariz era grande, sí, pero menos deforme que la de su padre, y tenía la piel más lisa y el cabello mejor recortado. Llevaba una sudadera, jeans y tenis, todos carísimos y flamantes. Seguro su madre le seguía eligiendo la ropa. Pues sí, pá, yo me clavo en la pisada, veo que sea la correcta, y luego acelero. Barry estaba ante él, con la mirada escondida tras las gafas de sol, y la barbilla apuntando al piso. Si lo conocía bien, la torpeza de su hijo con la guitarra debía humillarlo. Pero quién era yo para refregarle nada en la jeta si la Niña, mi propia hija, era incapaz de escuchar una sola pieza de mi música por más de cinco minutos antes de pedirme que le bajara al volumen o salirse de la habitación.

Muy bien, chamaco, dijo Barry. Y Beto sonreía: era claro que la guitarra le valía una chingada, pero parecía feliz de darle gusto al viejo. ¿Oíste las canciones completas?, preguntó a su padre con incredulidad. A güevo, aquí estuvimos, respondió él. Y agregó, señalándome: ¿Ubicas al Yulian? Buenas tardes, saludó Beto, que no debía tener la menor idea de quién era yo. Pues va, dijo Barry, si quieres espérame un minuto y te llevo a tu casa. Nomás págale a la recepcionista lo del examen y me traes el cambio. Beto hizo una inclinación de cabeza, tomó los billetes que su padre ofrecía y bajó las escaleras a saltitos. Está bien guapo mi hijo, se envaneció Barry, aunque en su voz tintineara la tristeza, porque enseguida aceptó: nomás que toca de la verga, el cabrón, con la pura reata: es más malo que la chingada... Me quedé helado, sin saber si tendría que dirigirle un discurso alentador a mi amigo, pues me parecía de buen tono ofrecer mis simpatías a quien lo pasara mal y hasta había sido capaz de darle una palmada en la espalda al atorrante de Luisma. Por ello, quizá debí decirle a Barry que no se preocupara, y sugerirle que para algo sería bueno Beto en la vida, aunque fuera para hacerse pendejo con videojuegos. Pero no me dio tiempo, porque en aquel momento se abrió la puerta del aula y ella salió. La maestra. Guitarra al hombro, unos jeans viejos y la sudadera decorada con el pentagrama de Venom. Una rubia flaca de cabello corto y alborotado. La Pati. El Patito. Sus ojos, unos calidoscopios de colores.

La historia del metal puede recordar a la carrera armamentista. Pensemos, por favor, en ella y sus espirales: los hombres comenzaron por golpearse con los puños y pasaron de allí a las piedras, los garrotes, las lanzas, los arcos, las flechas. Domeñaron los elementos para forjar espadas y hachas, y cadenas que sostuvieran bolas con picos afilados. Inventaron las ballestas para hacer inútiles las armaduras. Gobernaron la pólvora para fabricar mosquetes y pistolas de chispa y, a través de los siglos, perfeccionaron sus técnicas hasta construir las metralletas, los lanzallamas, las granadas y bazucas, las minas antipersonales y los cohetes tierra-aire. Desentrañaron los átomos solo para dar con el arma final. Y una vez conseguida, fueron incluso más lejos, y perturbaron el sueño de los neutrones. Dejaron claro que el poder sobre la Tierra y el imperio de la violencia se alcanzan subiendo escalones, y haciéndolo antes que los demás.

La historia del metal es más breve que la de la guerra, pero su parábola resulta similar. Si fijamos el punto de partida en las notas destempladas, el tambor persistente y los gritos de apache de Paul McCartney en «Helter Skelter», es obvio que la cosa escaló rápido. Pete Towsend, el de The Who, aporreó la guitarra aún más reciamente y con mayores aspavientos, abriendo las piernas igual que un lanzador de jabalina y haciendo girar el brazo por los aires antes de rasguear. Black Sabbath ahogó las melodías en favor de esas frases profundas y violentas que llamamos *riffs*. Led Zeppelin les echó gasolina a las canciones, para prenderlas del mismo modo que encendía las entrañas de sus fans. Judas Priest puso en la mesa la estética del cuero, los estoperoles y las motocicletas (no en vano su cantante, el inmenso Rob Halford, es el gay fetichista más famoso del mundo del metal). Iron Maiden dobló el número de guitarras e inventó los tamborileos de cabalgata. Motörhead aceleró el ritmo, subió el volumen, demostró que una voz ronca como la de Lemmy, su líder, podía hacer sonar a coro de monjas a todos los demás, aunque entonaran mejor. Metallica y Megadeth convirtieron esos rasgueos punzantes en una *blitzkrieg*. Un ataque compacto, incesante, implacable. Slayer le agregó más violencia al sonido y las letras, y Pantera llevó todo a la locura. Y entonces, en Brasil, dándonos esperanzas a los que no éramos gringos o europeos, brotó Sepultura, que fue la bomba de neutrones del rock. Nos volaron la cabeza a todos. Su crudeza rítmica y su síncopa y su imagen de latinoamericanos comedores de sesos contribuyeron a que, a partir de entonces, nos tomaran, a los metaleros, por los seres del postapocalipsis que somos, unos cazadores de zombis con un curioso aire de zombis nosotros mismos. Y aún después vino el metal extremo, la guerra total, el final de la música y el de los tiempos. Recapitulemos, ahora: entre los Beatles y Pantera transcurrieron unos treinta años, pero suenan a treinta mil. Y no me malinterpreten: me encanta «Helter Skelter». Pero al lado de «Fucking Hostile» es tan inofensiva como una piedra junto a un misil.

Y del mismo modo que la distancia entre blandir los puños y alcanzar la destrucción mutua asegurada es enorme, con el paso de los años, la relación de la gente común con el rock se complicó. Los dinosaurios de los años sesenta y setenta llenaban estadios y vendían millones de álbumes, lo mismo que entusiasmaban a los intelectuales progresistas y entonaban las canciones que daban sentido a las vidas de los menores que se colaban a los bares. Led Zeppelin fue, por lustros, la música que uno le ponía a las muchachas para acostarse con ellas o mientras lo hacía: no tocaban pop y sin embargo sus melodías y carisma eran pura hospitalidad. Pero con el metal radical (y el punk, dirán los punks, pero no hablamos de ellos esta mañana), el rock duro salió de las listas de popularidad y se volvió la música de los disgustados, de la gente que no habla con los vecinos o visita los bares solo para beber y pelear, y no siempre en ese orden. Entre los fans del metal, ustedes lo saben, menudean las personalidades desorbitadas. Sus seguidores son lo mismo ñoños introvertidos, como mis amigos, que mocosos tatuados que se enrolan en el ejército o el crimen (si insistimos en separarlos) por no tener otra cosa mejor que hacer. Son los machitos belicosos de toda la vida y los cabrones que suscriben algo que podríamos llamar el realismo nihilista, esos tipos que no quieren casarse, ni formar familias, ni ser el vecino simpático de nadie. Los misántropos de hoy.

Pero, bueno, aún podemos explorar otra escala de semejanza más para medir la evolución del metal. La del porno. Mírenlo así: alguien, apenas hubo en el mundo una cámara que pudiera capturar esa luz en movimiento que es la fotografía (y el cine), supo instantáneamente que deseaba ver y mostrarnos cuerpos desnudos. Al principio, y así sucedió por decenios, tuvimos escenas sugerentes o subidas de tono: chicas retratadas en pelotas con frutas en las manos o rosas en el cabello y rodeadas por una niebla con dejos románticos; chicas velludas y corpulentas, según los gustos de la época. Y, desde luego, mayoritariamente clandestinas. Un día, todo eso brincó por los aires, cuando el porno comenzó a ser legal en Europa y Estados Unidos, o, al menos, a caer en lagunas jurídicas que permitieran su crecimiento. El blanco y negro se rindió al color, los desnudos pasaron a las penetraciones explícitas con pretextos pedagógicos o médicos. Pero se ganó tanto dinero y se sobornó a tanta gente por el camino que llegó el momento en que los tribunales dejaron de procesar a quien fuera, salvo por los casos más sangrantes, y el porno volvió a romper el techo. Las mujeres se operaron para tener medidas de caricatura y se depilaron hasta el último vello del pubis. Los hombres ingirieron medicamentos a puños para tener las vergas más enhiestas que una llave de tuercas. Llegaron las superestrellas y las superproducciones y toda clase de fetichismos reinaron: por los pies, las secreciones, los disfraces, por ciertas posturas, orificios o elencos (dos hombres y una mujer, dos mujeres y un hombre, dos o cinco o diez mujeres sin hombres: en fin) o excepcionalidades (mutilados, enanos, perforadas, tatuados). Pero podía irse más lejos aún y la dinámica del juego volvió a empujarlo a la estratosfera: luego de instruir a tres generaciones en el poder incontestable del porno, los productores encontraron la bomba H del sector en la privacidad del hogar. El porno casero, el que cada cual filmaba según podía, y en el que fornicaba con sus propias parejas, estables o de ocasión, lo devoró todo y se convirtió en la última frontera. El porno había erigido a una realeza y una farándula mundiales, sí, pero un día reventó aquello e invitó a todos a subir al escenario. Y nos enseñó que cualquiera podía ser estrella por un minuto, sin importar cuan bofo, peludo o abiertamente horrendo fuera, si resultaba lo suficientemente puerco. Porque no solo la belleza excita, o no nos habríamos reproducido de tal modo, hasta colmar el planeta. Porque los guapos, la verdad, siempre han sido minoría.

Justamente así opera el metal, criaturas: igual que la violencia y el sexo. Te da algo que nadie más puede. Por eso es diferente al resto de la música. No se pensó para amenizar un baile popular, ni socializar con la gente, ni entenderte con tu abuela, tu tío, o los compañeros del trabajo. Es lo brutal y lo amargo, es el arma que usas contra todos y para distinguirte de ellos: para pintar tu raya. Hasta aquí llegaste, le dices a alguien cuando pones a sonar a Gojira (o Baroness o Kvelertak o Lamb of God, por mencionar a las pocas bandas relativamente nuevas que disfruto). Pierde toda esperanza si das otro paso. Tan básico como la agresión y la lubricidad, igual de capaz de saltar a tu cerebro y gobernar tu vida entera. Por eso me gusta. Y por eso, mayoritariamente, a ustedes no. Porque a mí no me importa si me miran feo en la calle. Pero a ustedes, me parece, les preocupa demasiado no gustar.

No fue un infarto ni un derrame cerebral lo que sentí al ver a Pati, al Patito chulo, frente a mí. En su día, evité por todos los medios asistir a su boda, aunque, ahora que lo pienso, tampoco es que me llegara a invitar. Resultaba curioso darse cuenta de que, al final, nos casamos todos, pero también nos distanciamos, nos perdimos de vista, nos volvimos adultos a espaldas unos de los otros. El Pato y yo volvimos a encontrarnos varias veces a lo largo de los años, sin embargo. No fui a su matrimonio, ya lo dije, ni ella al mío, pero nos vimos en conciertos, de cuando en cuando, en la tienda de música de Horizontes o hasta en los tacos de don Bon Jovi. Seguro nos abrazamos en el concierto de Slayer de la Expo. Y también nos vimos en medio de ese maremágnum que fue el festival Hell and Heaven. Encontrársela era una felicidad: el Patito se me colgaba del cuello durante cinco segundos, los suficientes para olerla y tocarle la espalda de lince flaco que tenía, y hablábamos luego de cualquier pendejada mientras su marido, el bulto humano que era el Eddy, bostezaba o, ya que hubo celulares, se perdía en la pantalla del pinche teléfono. Justo unos meses antes de que Barry la invitara a unirse a La Armada, me topé al Patito en los tacos y sin el Eddy, pero supongo que la ausencia del esposo o la falta de costumbre de estar solos nos desconcertó lo suficiente ese día para no intimar demasiado y nada más hablamos de sus planes (efímeros) en el puesto de directora cultural de Ajijic. Las cosas, sin embargo, habían cambiado y mucho desde aquel encuentro taquero. Esta vez, afuera del saloncito de la clase de guitarra, y mientras Barry se entretenía dándole un zape y un beso en la frente a su hijo, que ya había subido con el cambio del pago trimestral, me vi ante el Pato, y me sentí impreparado, indefenso. La encontré pálida, sin ninguna clase de maquillaje encima, y muy sudada, la pobre, por el esfuerzo y el encierro del aula. Estaba diferente, a decir verdad. Se había cortado el pelo arriba de los hombros por primera vez en la historia, aunque el viejo fleco se formaba aún encima de esos ojos azules, verdes y grises, que cambiaban como las luces de un semáforo que nunca supe interpretar. Ella me estrechó con sus brazos de gringa correosa y me tronó las costillas. Todavía era fuerte, los dedos tan eléctricos de tanta guitarra. ¿Cómo ves, mi Yulian? De estas clasecitas ando viviendo desde que me separé y renuncié al trabajo. Es lo malo de no saber hacer otra pinche cosa en el mundo más que tocar música o ser la esposa de un ingeniero. No sé si lo había dicho con sorna o pena, pero yo, por supuesto, me apresuré a responderle que no, que cómo iba a ser, que ella valía más que todos los cultivos de bayas de los invernaderos alrededor del lago. Esos de los que había cosechado tanto dinero el Eddy, esos que le quitaron de la cabeza a The Hammer, y que, al casarse con él, enviaron al Pato sin escalas a la poco envidiable posición de ama de casa aburrida. Le pregunté por la salud de su padre para sacarla del barranco, porque ya tenía los labios en forma de puchero y yo no hubiera sabido qué hacer ante un amago de llanto. Ahí anda, el viejito, más achacoso y jodido y adolorido que nunca. Y muy mal, la verdad. Ya ni me reconoce. Se me va casi toda la pensión que le mandan los gringos en el tratamiento y en pagarle a la señora que lo cuida. Así que también en ese pinche frente había malas noticias, pensé. Carajo: hablar con la Pati era, siempre, trotar en un campo minado. Pues me lo saludas, le dije, en el tono de quien se estuviera despidiendo y tuviera una casa a la que volver, y familia que lo esperara en ella. No me trates como a la vecina que te encontraste en el súper, cabrón, reconvino Pati, de inmediato. ¿No estás feliz de verme? No mames, Yulian. Deberías estar feliz. Se sonrojó y a mí se me desbocó el corazón. El Barry intervino en ese momento y propuso que mejor nos fuéramos a charlar y echar unos tragos a El Hangar. Nomás que él tenía que ir primero a llevar al niño a casa de su mamá y nos alcanzaría, aclaró. Yo, que iba siempre de colado con el Gordo o quien terciara, volteé a mirar al Patito, suplicante. ¿Nos pido un taxi?, pregunté, hundido en cálculos mentales sobre si llevaba encima suficiente dinero para pagarlo o tendría que pasar por un cajero automático antes, y, en el camino, hacer más cuentas sobre el saldo disponible para salir airoso del trance. No, dijo ella, me quedé con mi camioneta de señora de Chapala, yo te llevo. Salimos de la Academia Lemus como una familia: Barry y su hijo por delante y el Pato y yo, más perezosos, cinco pasos atrás, que fueron volviéndose diez o doce porque ellos tenían prisa y nosotros dos, ganas de platicar. La camioneta famosa estaba estacionada ante la puerta y el Patito y yo nos trepamos con dificultades (parecía un enorme carro alegórico y había que escalar a los asientos) mientras Barry arrancaba el motor de lancha fueraborda de su Harley y su hijo se encaramaba tras él y se ajustaba el casco. Jamás había subido a un automóvil manejado por el Pato, caí en cuenta, y ni siquiera me pregunté si sabía conducir antes de aquel día. Pude comprobar que movía el volante con el mismo ritmo, exacto y nervioso, con que pulsaba las cuerdas de su lira, pero se concentraba tanto en las maniobras que resultaba imposible charlar con ella. O quizá lo que sucedió fue que, apenas giró la llave en el enchufe, tuve la mala idea de preguntarle sobre el final de su matrimonio, y el Pato carraspeó, le resultó imposible dar una respuesta simple y prefirió ignorarme. Serían las seis y media de la tarde y lo tupido del tráfico, filas y más filas de autos traqueteantes, contribuyó a estirar el silencio, que solo se cortó cuando, en un semáforo rojo, e inopinadamente, Pati me recargó la cabeza en el hombro. Neta, Yulian, va a estar perrísimo tocar juntos. Va a ser la pinche maravilla. Yo solo supe hacerle una mínima caricia en el pelo. La habría besado allí mismo, pero tuve miedo de apresurar las cosas y cagar el asunto, y darle mate a una ilusión que llevaba años de haber perdido y ahora reaparecía, y me quedé helado, adherido al asiento. El Patito, una vez eludida la agitación de la avenida Mariano Otero y la lentitud de procesión de López Mateos, giró en la calle Conchitas y, ya sin obstáculos, nos llevó a la meta. Suavemente, experta, se estacionó en el espacio para discapacitados afuera de El Hangar. Por qué chingados eligen este siempre, dije en voz alta, dejándole caer una reclamación que en realidad debió estar destinada al Gordo Aceves. Porque es el que está más cerca de la puerta, respondió ella, con lógica de hierro. El Depredador nos recibió en el bar con su sonrisita hipócrita: estaba oyendo canciones de ese pinche metal nuevo, melódico y medio rapeadito que les gusta a los de su generación, pero, al vernos, puso a sonar una lista de viejas ruinas gloriosas, con KISS y Deep Purple a la cabeza, y se acercó, solícito, a tomarnos la orden. Llamó el jefe, por cierto, y pide que lo aguanten un rato, porque su exmujer lo sentó a firmar unos papeles. Eso informó el cabrón, sin perder el aire de chingaquedito que lo caracterizaba. Yo ya soy bien borracha, me advirtió la Pati, para disculparse por adelantado si me resultaba demasiado ávida de alcohol. Pedimos una cubeta de Coronas heladas y, cuando Depredador aclaró que la cuenta la absorbería la casa, la Pati le agregó unos whiskitos a la comanda. Yo ando más en onda tequila, aclaré, para ver si se arrepentía, pero ella hizo un gesto de asco que hasta me ofendió. No estamos para tequila: chela y whiskito y ya, dijo. Pinche gringa, respondí, en un arranque muy poco estratégico. Al Patito le brillaron los ojos de regocijo. Sí, atajó, pero si fuera una gringa de verdad me estaría entequilando para que me cogiera ese pinche mastodonte de la barra, ¿no? Me reí, pero a la vez sentí un arañazo en el corazón. Aunque nunca había sido mía, ni por un ratito, yo quería a la Pati, la quería bien, y no era capaz de distinguir los chistes de las malas intenciones. Ella debe haberlo notado, o yo de plano me puse verde, porque de inmediato acotó: no soy tan gringa, nunca haría eso, no te me desmayes. Pues a mí qué, alcancé a justificarme. Depredador trajo un platón con papas fritas y lo dejó en el centro de la mesa. En el antebrazo, noté, llevaba tatuado un nombre: Eric. Del fondo de mi alma canalla subió un borbotón a mi cerebro. ¿Así se llama tu novio?, le dije, con un tono mamón que me permitía pocas veces. A la Pati se le atragantó la cerveza, pero el mesero nomás esbozó un gesto enigmático. Es mi hijo, aclaró, pero si tuviera un bato, qué: ¿te ardes? En mi cabeza apareció la respuesta que mi hígado quería darle. Algo así: «Lo que pasa es que no sé si Barry te trajo aquí de barman o de su chiquito». Pero discutir con Depredador significaría perder un tiempo precioso de charla con la Pati, así que gruñí y me disculpé: No, perdón, ni pedo. Muy tu onda, la neta. Perdón. Depredador volvió a sonreír para quitarle importancia al asunto, y se alejó sin decir más. Su inexplicable odio por mí tendría ahora un motivo para arder hasta el día del juicio. Pinche Yulian, jamás se insulta al mesero, a ver qué chingados nos echa en los siguientes tragos. Eso dijo la Pati, con la boca chueca, y le dio un sorbito al vaso, como si solo quisiera meter las puntas de los dedos a una alberca antes de decidirse a echar el clavado. Cerró los ojos. Buenísimo el wiski, exclamó en voz alta, para que Depredador la escuchara. El barman agradeció con la cabeza desde la barra: Para los amigos del patrón, lo mejor. Yo era un pendejo, y elegí ese momento para ponerme a hablar del nuevo disco de Judas Priest, que era magnífico, desde luego. Y para demostrar que era más pendejo aún, reflexioné largamente sobre lo chingón que era Rob Halford, y lo gay que era Rob Halford, y cómo yo era muy capaz de reconocer a un metalero que fuera, a la vez, gay y chingón: a san Rob me encomendaba, igual que el resto de los metaleros del planeta. Una exhibición lamentable, y todo para hacerme perdonar por Depredador. Pinches jóvenes: les decías cualquier cosa y te miraban como si fueras un cavernario. El Pato se debe haber dado cuenta de mis trastabilleos, porque cambió el tema y se puso a esbozar apuntes sobre los riffs y las melodías dobles de las guitarras de Judas, antes de pegarle un sorbo de pirata al wiski, limpiarse la boca con el dorso de la mano y encararme. Pues míranos, Yulian: ya estamos divorciados los dos, me dijo, a bote-pronto, y a mí se me desató otra vez la taquicardia. Tardé un rato en entender que la Pati no estaba echándoseme a los brazos, sino trazando un paralelo. Mi matrimonio había terminado desastrosamente, y el suyo, en realidad, de modo discreto, pero sí, era cierto que estábamos solos. Y qué pasó contigo, repetí, sosteniéndole la mirada por vez primera en la tarde. Quizá la elección del wiski había sido ideal, mi ansiedad se esfumaba y era capaz, o me sentía, de hablar así de directo sin que me temblaran las rodillas. Pati, no sé si por coqueta o porque le faltaba un trago para soltarse el pelo, aún se hizo pendeja un momento. ¿Con qué? ¿Con Eddy? Tuve que remachar la mirada antes de que diera otro sorbo y exhalara un resoplido de rendición. No sé si pasó algo, dijo, al fin, y se quedó callada. Miraba el final de un video de Type O Negative en los monitores, uno de esos llenos de chicas góticas y mal gusto, pero que acompañaba una canción lapidaria y bella. De hacer, no me hizo nada, reanudó. Nada nuevo, al menos. Estábamos bastante mal, desde siempre. Si te puso la mano encima el güey, lo mato, intervine, con una rabia que indicaba mi incapacidad para contener la lengua en medio de las tensiones. Ella me miró como si quisiera escarbar las raíces de la frase, y entender por qué un viejo conocido, al que sería generoso calificar de amigo, y que si fue cercano había dejado de serlo veinte años atrás, decía algo tan categórico. Debe haberse conmovido, porque sonrió con dulzura. No, no. Eddy nunca hizo nada. Nada de golpes. Solo gritos y malestar, ya te la sabes. Estar con él me hacía sentir una guitarra vieja, de colección.

Ahí me tenía, colgada de la pared, para que me vieran. Yo nunca estuve en casa del Pato y ni siquiera era capaz de imaginármela. Sabía que el Eddy y su familia tenían dinero, bastante para ser de Chapala, e imaginaba su hogar una réplica exacta del castillo del Gordo Aceves, que era enorme. Conocerán alguna mansión así: muebles de catálogo, que cambian cada cinco o seis años; fotos familiares enmarcadas y firmadas por un retratista profesional; aparatos eléctricos de última generación; un saloncito para el señor de la casa, con cantina y mesa de billar; una terraza con sillas de ratán para la señora; esa clase de lugares. La diferencia consistía en que la casa del Gordo estaba poblada por un par de niños escandalosos, rechonchos y hasta simpáticos, y en la de Pati no hubo chiquillos jamás. Él quería, claro que quería. Toni, el hermano, ya tiene tres, y con dos esposas distintas. Los papás se vuelven locos con los niños. Pero yo no puedo ni con la idea, pinche Yulian. No quise intentarlo. Y el Patito levantó el vaso por los aires para que Depredador se lo rellenara. Barry aún no aparecía, por fortuna, y la conversación ya era la más profunda que habíamos tenido en dos decenios. Pero, con todo, mi sensación física era de pura extrañeza. Me sentía como quien asoma por la borda de un barco y ve sirenas en lugar de oleaje. Depredador colmó el vaso de Pati, y yo le indiqué con un gesto que no hiciera lo mismo con el mío. Mejor tráeme un tequila, le rogué, ese terreno sí lo conozco. El barman soltó un bufido, no sé si de desprecio o complicidad, pero obedeció, me proporcionó un caballito y dejó a mi alcance la botella de tequila blanco: Barry lo tenía bien adiestrado para atender a las visitas con la liberalidad de la madrota de un bule. No mames, euforizó la Pati, mirando a su alrededor y alargando los brazos en el esfuerzo de abrazar el bar entero. Si así hubiera sido El Hangar cuando éramos chavos, no hubiera dejado de tocar nunca. Pero era necesario aceptar que el tiempo nos había sometido y ya éramos un par de señores. Nos gustaban los sitios limpios y bien equipados. Las madrigueras con tufo a orines están muy bien si tienes veinte años, le concedí. Pero ya no. Ya no, asintió ella, con un suspiro. Se lo dije a una amiga, una de mis gringas, en Facebook, hace poco. Cuando tenía veinte, me gustaban los cabrones güeros y greñudos. Ahora me conformo con que estén limpios, como el pinche mesero. Eso dijo, y volvió a reírse, y otra vez sentí sus uñas clavándose en mi pecho. Pinche Yulian, se lamentó. Vas a pensar lo peor de mí. Yo me fingí muy interesado en abrir la botella de tequila y rellenar mi primer caballito y no respondí nada. Pero claro que no pensaba mal. Habría sido quejarse de la nieve, el océano o la luz del sol. Y qué vas a hacer ahora, acabé por preguntar, poniéndome solito en la posición del amigo bobo y comprensivo. Pati le dio un sorbo al nuevo wiski, para asegurarse de que fuera el mismo que le habían servido antes. Pues no estoy tan mal. Me renté un depa cerca de la Academia cuando empecé a dar clases. Llevo poquito, unas semanas apenas. Antes pasé unos días en casa de mi papá. Pero ya está muy mal, el pobre. Ni se puede hablar con él. Se le va el día dormido. Por eso no quise quedarme en Chapala. Nomás le doy vueltas de vez en cuando. Su voz mostraba el daño que le causaba aquello. ¿Alzheimer o algo?, pregunté. El Patito asintió, bajándole un dedo al wiski de un trago. Sí, está perdido, pero ya hace rato. Años. Pobrecito. Pues yo te veo bien, la alabé, volviendo a mi plática de señora de súper. Pati hizo una mueca, pero se guardó el reproche correspondiente. Sí. Tengo dinero para pagar la atención de mi pá. Y la renta. Y el carro y unos ahorritos. Pero no van a durar siempre. No creas: me puse a buscar chamba desde el principio. Y no está fácil, porque de verdad, de verdad, no sé hacer nada. Puedo llevar una casa y tocar la guitarra y ya. Hablé con amigas, gringas que conocí en Chapala y que se regresaron allá, a los Estates, pero no está fácil irse, con todo y que tengo la ciudadanía. Y tampoco me sobran ganas de casarme de nuevo en Chapala o en Ajijic, igual que si fuera mi pinche madre, que eso hizo… Así que nomás quedó la guitarrita. Y vaciló por un instante, pero acabó por soltar una nueva confesión: Me ofrecieron una cosa bien loca, ¿sabes? Con los gringos. Mandé un video de audición a Missouri para un espectáculo de circo. No te rías: es un circo sin animales, de puros contorsionistas, equilibristas y trapecistas. Quieren numeritos de música en vivo de acompañamiento y buscan intérpretes, así que les mandé covers, una lista de canciones que te proponen, cosas de Queen y Zeppelin y hasta de Michael Jackson. Cosas viejitas y fáciles de dominar. Pero apenas van a empezar a producir y quién sabe para cuándo, y eso si es que consiguen el dinero. No podía sentarme a esperar las semanas, los meses o años hasta que se decidan. Por eso busqué a Barry... Ya no sentí uñas en el pecho sino un puño en mitad de la cara, ante la evidencia de que el Patito, a quien adoré durante toda mi vida adulta, había recurrido al pendejo del cantante antes que a mí cuando se vio en apuros. Al puto Barry de mierda, que jamás se fue su amigo, y cuyo único interés en ella fue intentar llevársela de The Hammer veinte años atrás, e incluirla en La Armada veinte después. Ya te ofendiste, pinche Yulian, qué transparente eres. Pati seguía sonriendo, como lo haría ante la evidencia de que un perro fodongo no iba a memorizar más trucos que los de costumbre. Buscaba chamba, cabrón, no un abrazo. Barry siempre fue bueno para la lana, ha tenido negocios, ha manejado inversiones. Es un chingón con el dinero. Ya sé, ya sé, nomás digo... Eso traté de oponer, pero me detuve. Nomás dices qué, insistió ella. Nada, acepté. La neta es que no podría haberte ayudado: a lo mejor pude imprimirte unas tarjetas, a lo más, o diseñarte unas calcomanías para tu camioneta o algo. Yo tampoco sé hacer nada productivo... Ya cállate, Yulian. Tú eres otra pinche cosa para mí y ya lo sabes. Pati me tocó el brazo: sus ojos eran de seis colores a la vez y las puntas de sus dedos me arrebataron. Ese fue el momento que eligió el hijo de puta de Barry para asomarse al bar.

¿Cómo fue el regreso de La Armada, Barry? ¿Y cómo se dio la llegada del Pato?

Por pura y pinche casualidad. Ya llevaba un rato poniendo en orden mis bisnes luego del divorcio. No era tan fácil, porque estaba de por medio la herencia de mis jefes: locales, negocios, lana invertida... El tema era dejar contentas a mis carnalas y lo logré. La lana se dividió en partes exactas. Ellas conservaron las bodegas, que estaban bien rentadas, y con eso quedaron felices. Yo, aparentemente, le perdí, por guardarme solo la licorería. Pero no: yo levanté ese pinche negocio, mi jefe comenzó con una puertita negra y con eso le armé un supermercado de alcoholes. Mis hermanas solo veían en la licorería el putero de chamba que cuesta mantenerla y se perdían lo que puede uno sacarle. Y, para que veas: la licorería me dio para comprar El Hangar y el local de abajo, y eso en chinga, nomás de meterme a fondo unos meses en la operación. Cuando estabilicé la cosa para bien, dejé al frente a un administrador muy cabrón, y a un tipo de seguridad más cabrón todavía, cuidándolo a él y a los empleados, y ahí fue que me pude desentender. En ese momento no había buscado nada de nada con la banda. Se me ocurrió la idea de El Hangar más por capricho que por sacarle algo. La licorería me iba dar para vivir bien y aparte tenía mis inversiones. Mónica, mi ex, no me quitó ni un pelo y los niños ya están grandecitos. El más chico en la prepa, todos con seguro universitario. Lo hicimos bien, la neta, ella y yo. Nos refaccionamos. Fuimos previsores. Así que me compré esos localitos por hobby, y pasé unos meses poniéndolos a punto. Remozándolos, dejándolos al tiro. En esas estaba, sin un plan claro todavía, más allá de abrir el bar y ver qué pasaba, cuando me llamó el Pato. Y la onda se aceleró.

¿El Pato y tú habían mantenido el contacto?

No, nunca fuimos tan cercanos. El Yulian y ella son los que tenían sus ondas, ya ves. Yo era más cuate del Eddy y hasta del Toni, aunque estaban bien pinches pendejos. Veían la música como un tema de sonidos y objetos. Se clavaban más en los instrumentos y en imitar a tal o cual grupo que en hacer algo chingón de verdad. Eran güeros y grandotes y creían que eso bastaba, moverse igual que los gringos en los videos, sacudir la melena y dar pasitos de Frankenstein en el escenario. La neta, si su banda medio la libraba era por el Pato, que pulsaba las cuerdas chido, con un estilazo. Pero no, yo no la cotorreaba demasiado. No sé si para no aguarle la fiesta al Yulian, o porque, la neta, tampoco se me hacía tan guapa, toda flaca. A mí me laten las morras con más carnita. No niego que maquillada, con los jeans deslavados y las botas del ejército que se compraba en los catálogos gringos, la morra no se viera bien. Pero era el sueño húmedo del Yulian, no mío. Aun así, la respetaba un chingo como músico, y cuando me llamó fue una sorpresa chida, una de esas casualidades afortunadas.

¿Qué te dijo?

El pinche Pato siempre fue directo. No sé si porque su jefe es gringo, o porque en su pueblo son menos remilgosos que en Guadalajara, pero en vez de preguntarme por mi divorcio, mi exmujer y mis hijos, me contó su propia separación y me dijo que necesitaba un jale. Pero no la iba poner a trabajar de cajera en la licorería y el bar aún no estaba en marcha para buscarle algo ahí. En El Hangar tenía ya al Hugo, este güey que viste por aquí, el metalero con dreadlocks y expansores. Me lo había jalado de la bodega de la licorería, porque era simpático y servicial. Pero en fin: no me imaginaba al Pato haciéndola de bartender. A lo mejor de DJ, pero la neta es que el Hugo se bastaba para servir los tragos y poner la música. Y somos metaleros: no creemos en los putos DJ. Armar unas listas de música o poner unos discos era suficiente, no necesitábamos a nadie cortando las canciones a la mitad. La única idea que se me ocurrió, cuando llamó el Patito, fue recomendarla en la Academia Lemus, donde mi chavo estudiaba guitarra. Desde morro me empeñé en hacer rockero a mi hijo y más o menos lo logré. No es tan metalero como hubiera querido, pero al menos no escucha mamadas puertorriqueñas. Y yo cotorreo bien a los dueños de la Lemus, así que la Pati llegó arropada. Tanto que, de entrada, le dieron un sueldo base, en vez de las migas que solían pagarles por hora a los profesores. Y, además, la morra era de verdad chingona. Muy pronto se empezó hacer famita y hasta le salieron alumnos particulares. Así se defendía.

En esa primera llamada no se habló de la banda...

No, para nada. Y, de hecho, en cierta manera, podríamos decir que fue su llamada la que me clavó la espinita y volví a pensar en La Armada. Pero ya le había estado dando vueltas al tema. Una noche, en El Hangar, probando el sistema de pantallas con Hugo, y echándome una chela, pensé: este escenario del segundo piso, estas luces, este tablado, estos instrumentos, tienen que servir para algo mejor que recibir banditas de morros que toquen covers. Y tuve la iluminación un día, a medio pasillo, en Horizontes: me vino la idea de juntar a La Armada y se me encogieron las tripas. Decidí llamar a Yulian después de tanto tiempo sin cotorrearlo. Él y yo nunca tuvimos pedos serios, la neta. Nos alejamos porque cada uno agarró su ruta y se metió en sus ondas. A los veinticinco años había que decidirse a tener una familia y sostenerla y crecer con ella. Y a los treinta y cinco seguíamos allí, en la trinchera, chingándole. Pero ya pasados los cuarenta de largo, separados de las esposas, con los morros grandes, era más posible volver a conectar.

¿Fue difícil la decisión?

Yo no me pierdo en pedos mentales: si quiero una cosa y es posible, la hago, porque de querer, querría irme de vacaciones con Salma Hayek. Pero eso no se puede y no voy a perder el tiempo dándole vueltas, como no voy a perder el tiempo soñando con ganarme la lotería. Pero si quiero algo y puedo tenerlo, le chingo. Sabía que el camino para llegar a Yulian pasaba por el Gordo Aceves. Y el Gordo, tengo que decir, se volvió una de esas personas que son un puente entre las demás. No nos frecuentábamos, pero nos topamos mucho: en el supermercado, en el aeropuerto, en Horizontes, en un restorán. Por él tenía noticias del Yulian, porque por el Facebook era imposible enterarse de nada de lo que le pasaba al cabrón. Yulian nomás enlazaba canciones que ya me sabía. No ponía nada personal, ni fotos ni opiniones. A lo mejor ya ni opiniones tenía, el muy pendejo. Era el Gordo quien me mantenía al tanto de su destino. Y, ya pensándole, a lo mejor Yulian quedó resentido o enchilado conmigo desde la noche aquella en que nos echamos unas chelas y comentamos el pinche video de la Lupita, su ex vieja. Yo sabía que era una tragedia y no me puedo ni imaginar cómo me habría sentido si Mónica hubiera hecho circular un video suyo cogiendo con otro... Pero el pinche diablo sabe a quién se le aparece. Cuando quedó claro que Mónica tenía sus ondas y yo las mías, aunque antes intentamos de todo, pues mejor nos abrimos, en buen plan, pensando en los niños. Y en el caso de ellos… Hasta la fecha, creo que algo muy cabrón debió hacer Yulian para que Lupita se lo chingara de aquel modo. A lo mejor seguir tan pendejo por el Patito, luego de miles de años… Pero, en fin: el pedo es que en vez de ser solidario y respetuoso, me porté igual que un amigo de verdad. Es decir, me estuve riendo del pinche Yulian hora tras hora mientras chupábamos tequila. Y no me cabe duda de que eso le cagó la madre. Así que no volvimos a vernos en un rato. Y al poco tiempo lo chisparon del periódico. Mucho me temo que Yulian hubiera naufragado en serio de no ser por el Gordo. Pinche marrano, fue su tabla de salvación. Por eso lo primero que hice fue buscarlo. Le hablé a la oficina y le pregunté, sin rodeos, si creía que Yulian querría revivir La Armada. El Gordo se alborotó muchísimo, siempre supo ser nuestro fan más ultra. Y bueno, imagínate: casi se viene encima cuando lo invité a ser el baterista. Que era la decisión lógica, además, porque Isaías nunca tuvo sucesor. Y, bueno, porque al baterista puedes sacarlo hasta de la tienda de la esquina. Con que no la cague, basta. No tiene que ser Dave Lombardo. El Gordo me dijo que él hablaba mucho con Yulian, que se empedaban todas las semanas, y se ofreció a plantearle el tema.

Y lo detuve, porque tenía que ser yo quien lo invitara, en persona. Ahí fue que se nos ocurrió que me hiciera el aparecido en Laminados Aceves y me los llevara a pistear y a arreglar el pedo como señores.

Ya tenías un plan, entonces.

Yo sabía que había un problema o dos de por medio. Uno era el respeto mitológico que estos güeyes mantenían por el pinche Mustaine. Hubiera sido impensable para ellos reunir a la banda y no invitarlo. Y supongo que yo mismo tenía ese escrúpulo también. Aunque las noticias que circulaban sobre el Mustio y las averiguaciones que empecé me dejaron claro que nos iba mandar al chorizo. Pero, aun así, hice el esfuercito de buscarlo e invitarlo a El Hangar. Y pasó lo que ya temía. Nos aventó a la verga. Pero algo también le sé a este negocio, aunque llevara años fuera de él. El problema del rock es que lo hacen artistas individuales que se ven obligados a trabajar en sociedad. Todo mundo tiene su ego, sus ideas, sus pinches ambicioncitas. Y todo el mundo termina pisándose los callos. Así que con una mano les llevé al Mustio, mientras con la otra ponía en la recámara de la pistola a la Pati.

¿Fue complicado convencerla?

Facilísimo. La busqué un día, en la Academia. Que había comprado el bar, le dije, y había levantado y equipado un escenario. Y la quería de guitarrista. The Hammer llevaban disueltos casi tantos años como La Armada. En realidad, no volvieron a tocar fuera de Chapala después de la boda del Pato y el Eddy. Y a los pocos meses ya no se presentaban ni en Ajijic. Y bueno, con la güera divorciada la cosa era sencilla. Por suerte, el Pato no era una chava de Guadalajara, que se habría puesto sus moños o se habría hecho del rogar como si la estuvieran invitando a salir. Y también supongo que tenía el gusanito de tocar con el Yulian, porque mucho se lo prometieron los dos, pero ni siquiera habían palomeado una vez en la vida. Le dije que si se sentía en forma para involucrarse con una banda y ella mamó y respondió que había nacido lista. No le pregunté si en todos esos años de devota esposa chapalera se dio tiempo para practicar de cuando en cuando. Pero cuando la vi agarrar una guitarra en la Academia para impartirle a mi hijo su sesión, sonaba más chingona que nunca. Ya tenía su promesa de entrarle incluso antes de que me reuniera con Yulian y el Gordo. Nomás le pedí que me diera un tiempo para convencerlos, ponerlos en forma y manejarles la idea, y a ella le pareció bien. Menos mal que el pinche Mustaine cumplió mis expectativas y se negó a volver a la banda, o habría tenido que matarlo para abrirle cancha al Pato.

2. *I Want Out*

Ya sé lo que están haciendo, aventuró Brenda mientras se miraba las uñas pintadas con laca negra y resplandeciente. Yo había dedicado la mañana a reinventar el logotipo de la frutería Hermanos Mesa, que debía ser rotulado en las portezuelas de tres camionetas con redilas de madera, y el problema básico era que el original consistía en una serie de letras armadas con la forma de las frutas y verduras más fálicas posibles: plátanos, pepinos, zanahorias. Parecía el chiste de un preparatoriano y, por si fuera poco, la o de «hermanos» era una papaya cortada en dos: ahí se terminó la imaginación sexual del dibujante primario, por cierto, porque las eses habían sido esbozadas a modo de racimos de uvas. Quién pensó esta mamada, le reclamé al Gordo cuando el encarguito apareció en mi correo. El jefe salió muy risueño de su despacho, sobresaltando a Brenda, que se estiraba el sostén por duodécima vez para ver si volteaba a espiarle el escote. Ese garabato culero lo tienen de toda la vida, informó el Gordo, pero la frutería ya es de los hijos del fundador y a ellos les vale madre: si les hacemos uno más presentable hasta nos lo van a agradecer, así que dale. Obedecí, pues, y me empeñé en desaparecer toda huella de albures frutales o vegetales, y el logotipo quedó tan profesional que los Hermanos Mesa bien pudieron haberse dedicado a partir de ese momento a vender libros antiguos o subastar mapas virreinales: pura elegancia. Me permití un segundo café para festejar mi triunfo y dediqué un rato a saborearlo y paladear el regreso a mi historia de Pati, el Patito: mi vida, mi pecado, el fuego de mi corazón. Allí fue que Brenda irrumpió a su manera de pedrada en ventana: Mi tío contó en la comida del domingo que va a tocar la batería con ustedes, con su bandita, soltó de improviso. Para eso andan yendo a correr, ¿verdad?, para que se les baje lo pinches bofos. Solo entonces me clavó sus pupilas de cobra: tenía el gesto de un interrogador policiaco. Sí, acepté. Pero apenas andamos en eso, nada serio, solo calándole. Quería quitarle importancia al tema, me incomodaba que Brenda fuera a interesarse por La Armada Invencible. Uno necesita espacios de privacidad, entrar al baño, por ejemplo, sin que nadie deje una tanga a la vista, colgada en las llaves de la regadera. Tener una computadora a la que no se asomen o un teléfono que nadie pretenda explorar. Pero ya llevan rato, ¿no?, machacó ella. Aparte del ejercicio, a mi tío ya se le nota la condición por andar toque y toque la batería. Yo creo que le está cumpliendo de nuevo a mi tía, en la cama, porque la veo contenta. Tuve que reír del chismorreo, lo que fue un error, porque Brenda consideró un éxito la broma y vio confirmadas sus sospechas. Lo peor es que era verdad: en alguna de las charlas que tuvimos al terminar los ensayos con Barry, mientras echábamos unas chelas en El Hangar, el Gordo nos contó, pavoneándose, que estaba hecho un tigre del querer, que después de no sé cuánto tiempo de sexo tibio e infrecuente al fin lograba dejar exhausta a Marifé en las noches.

Por supuesto que jamás debí tener esa charla con Brenda. Que el jefe estuviera tan orgulloso de su desempeño para que su esposa hiciera chistes en el asado dominical de los Aceves era muy su asunto. Pero que su amigo (y empleado) hiciera comentarios con la sobrina sobre el tema ya era una crueldad. Si la disciplina puso así al panzón de mi tío, ¿qué te habrá hecho a ti, Yuliancito?, incordió Brenda, implacable. Seguro más que hacerte ver rico en tu playerita pegada... Una parte de mí quería presumir bíceps y pectorales y la desaparición casi total de la pancita endémica de los cuarentones. Pero me obligué a la sensatez y nada más solté un gruñido: a ti no te queda bien el chingo de años que te llevo, opuse. Decir esto tampoco era brillante, pero no quedaba más. Qué tienes, ¿veintitrés? Yo, cuarenta y cinco, y una hija casi de tu edad. Pero Brenda solo se encogió de hombros: mis obviedades nunca le resultaron convincentes. Pues ni que fuéramos a casarnos, dijo con desprecio, como si le explicara la tabla del cinco a un idiota. Suspiré con cansancio y ella aprovechó para embestir en otro sentido. Y cuándo van a tocar, para ir a verte, preguntó, tan quitada de la pena. Acodada en su bardita de tablarroca, con la cara entre las manos, me miraba. Apenas vamos a ensayar con el guitarrista, insistí, batiéndome en retirada. No solo no le mencioné al Patito, sino que ni siquiera confesé el género del nuevo integrante. Brenda me provocaba eso: la sensación de que cualquier dato que pusiera a su alcance representaba un riesgo potencial. Pues mi tío dijo que ya hay fecha, que van a inaugurar el bar del Sargento ese Nosequé, el viejito mamado que vino la otra vez. Estaba consciente de ello, pero aun así me hice pendejo. Bueno, no hay fecha. Al bar le están haciendo arreglos, y nosotros, te digo, apenas vamos a tocar con el guitarrista nuevo. Igual pasan meses, no sé. Brenda dejó de discutir con el gesto evidente de incredulidad de la persona que se da cuenta de que quieres tomarle el pelo. No me creía un carajo. Pues da lo mismo, dijo al final, igual voy a ir a verte el día que toques. Y ofendida por mis balbuceos, se metió detrás del monitor y cerró la boca.

Aún revuelto por el intercambio con la cazadora de cabezas, bajé a fumar un cigarro al estacionamiento, más allá del taller de repintado automotriz, y me topé con Luisma, el hermanito, quien parecía llevar la mañana entera recostado en la rampa de descarga habitual. Se le veía sereno, lentes oscuros, las manos detrás de la cabeza, las piernas estiradas, y una botellita de agua rellenable en la sombra, al alcance de los dedos. Quiobo, ¿un cigarrito?, le ofrecí por compromiso. Luisma tardó unos segundos en reaccionar, y cuando lo hizo fue de forma perezosa, doblándose sobre sí mismo con apuro. Pinche dolorón de cabeza que traigo, mi Yulian. ¿Crudito?, pregunté, porque en mi concepción del mundo a un hombre la cabeza solo podía dolerle por dos motivos: un tumor cerebral o una resaca. Un hombre que no hubiera sido golpeado, quiero decir, aunque resultara difícil pensar que el alfeñique sacatón del sobrinísimo se hubiera metido en un pleito. Misterio, dijo Luisma, no he chupado desde la semana pasada. Sabe qué me agarró. Aceptó mi cajetilla, lánguido como Madame Butterfly, y hasta se dejó prender el cigarro, un gesto que cualquier tipo de mi edad habría considerado ofensivo. Porque uno pedía el encendedor: dejarse prender el tabaco era para chicas. Se lo dije así, tal cual, y Luisma se rio. Es que yo soy muy vieja, Yuliancito. Eso dicen los pintores, ¿no? Hasta El Putito me llaman. Y para qué los contradigo, si para ellos no valgo verga. Le expliqué entonces que, a mi entender, la expresión funcionaba al revés: lo jodido era lo que valía verga. Y no había por qué agregarle el «no». No valer verga, siquiera por oposición, tendría que ser algo positivo. Hoy andas bien pinche *señoro*, Yulian, gruñó Luisma, aburrido, y volvió a estirarse en la rampa, una salamandra al sol. No quise sentarme a su lado y me apoyé en la pared. Fastidiaban la vida, el par de hermanitos, pero en el fondo agradecía que su cháchara me impidiera obsesionarme con lo evidente: que unas horas después estaría ensayando con la Pati, el Patito, y las piernas se me estaban saliendo de control. Oye, güey, y qué onda, ¿ya pensaste en lo que te dije? La frase de Luisma me tomó fuera de lugar: no sabía de qué chingados hablaba. Él se dio cuenta, así que añadió: el documental, Yulian, el de los metaleros que quiero grabar. ¿Te acuerdas? Yo, desde luego, no recordaba nada. De hecho, más que tenerlo o no en mente, la cuestión me valía madre. Y qué con eso, le dije, cada vez más ardido porque el güey seguía recostado a dos metros de donde estaba yo de pie. Este pinche morro no es ni para mirarme a la cara mientras habla, pensé. Luisma no se levantó y siguió escrutando al cielo detrás de los lentes oscuros. Pues me gustaría cotorrear con mi tío, contigo y los otros güeyes con los que vayan a tocar. Hacerles entrevistas serias. A ustedes y a cierta banda que haya estado cerca... El rollo del metal se me hace muy loco, aquí en Guadalajara. Son unos marcianos, ¿no? Bien pinches raros. Pura banda orate, banda que es otra onda. Y mi tío dice que van a tocar pronto en un bar que arreglaron. Pensé que le puedo meter al docu un pedo así familiar, ¿ubicas? Uno de esos docus con voces. Empiezo con la historia de mi tío, el metalero del taller, y de ahí me descuelgo a ustedes. ¿Cómo ves? ¿Te late? Yo no sabía ni qué decirle: unas semanas antes, la historia de La Armada Invencible me habría parecido imposible de narrar. Era un cuento informe, de broncas que no llegaron a nada, una historia sin sentido claro ni final. Aunque los últimos acontecimientos, la reaparición de Barry, la negativa del Mustio a volver y la llegada de la Pati a nuestras huestes, lo cambiaban todo. Pero siempre fui un tímido y preferí no comprometerme. Si a tu tío le late y da chance, pues yo jalo. Eso acoté. Y volví a equivocarme, porque fui más lejos y ofrecí: Ahí tengo material, fotos, volantes, posters, el dibujo original de la portada del disco y esas madres. Si te interesa, me dices nomás. Claro que Luisma no se precipitó a agradecer mi generosidad. Echó al aire una bocanada de humo y se rascó la cabeza justo al lado del pinche chonguito que la coronaba. Chido, carnal, deja le doy su pensada, aterrizo el pedo y te aviso. La neta es que puede quedar divertido. ¿Sabes? En la escuela hice un docu breve, chido, sobre los tastoanes, los güeyes que bailan danzas para el apóstol Santiago en sus fiestas. Me gusta ese rollo antropológico. Así que voy a ir a grabarlos a ustedes a sus tocadas... El hijo de puta había vuelto a enfurecerme. Los tastoanes, para quien no los conozca, son unos tipos de Zapopan y Tonalá que un día de julio salen a las calles, disfrazados de artesanías, a bailar y ponerse hasta la madre con alcohol barato. El hecho de que Luisma nos equiparara con esos cabrones me pareció tan insultante que estuve a nada de agarrar vuelo y meterle una patada en la cabeza, como si fuera un balón de futbol. Pinche chamaco de mierda, pensé. Pero no hice nada porque seguía siendo el sobrinísimo del Gordo y yo necesitaba la chamba igual que la comida y el aire. Solté un último «chido, pues» y me fui. Aún no era mediodía, pero mi alma acampaba en la noche por venir.

¿Cómo es que una chica de Chapala se mete a la música, Pati, y por qué al metal, que, de entrada, es el estilo macho por excelencia?

Piensas lo que mi mamá: que es música de vatos, dice hasta hoy. Pero yo crecí con los discos de mi papá. Como estaba tan jodido de la espalda, pedía lo que fuera por correo y así salía menos a la calle. Tenía sobornados a los carteros de Chapala para que sus paquetes llegaran sin extraviarse o desaparecer, aunque alguno se esfumaba de cuando en cuando, porque así es México: las cosas nunca terminan donde deberían. Recuerdo a mi pá sentado en la mesita de madera del comedor, mugrosa por años de mal limpiarse, con sus planillas de timbres, los sobres color manila que me mandaba comprar a la papelería, y una pila de catálogos que se pedía a Estados Unidos. Se carteaba con amigos y ellos le mandaban los catálogos. Recibía por correo sus clases de yoga, sus revistas gringas sobre meditación o cultivos caseros, en fin. Mi papá estaba mariguano todo el tiempo, desde que me acuerdo. Creo que fue una de las razones por las que mi má lo dejó. Bob, su segundo marido, nomás era alcohólico, y eso estaba muy por debajo en su escala de maldad de los vicios. La mariguana la asustaba más. Mi papá decía que fumaba por los dolores de espalda. Y debía ser verdad, le costaba caminar. Estaba chueco en serio. A veces, cuando se quedaba dormido en un sillón, más o menos sereno, me parecía un tipo muy guapo. Larguirucho, de rasgos lindos. A veces se recortaba el pelo y la barba y le quedaban bien. Cuando estaba muy pacheco, se le suavizaba el gesto, lo abandonaba el dolor. Pero, en general, mi papá era una especie de Cuasimodo buena onda. Tenía muchos discos, de verdad, discos viejos de rock y folk y blues, las cosas que escuchaba cuando joven. No era nada metalero, ni mucho menos. Lo más fuertecito que le gustaba sería Iron Butterfly. Pero todo cambió, porque uno de esos discos arrinconados, que nunca ponía, era de Black Sabbath. El «Paranoid». Y yo lo oí un día, por aburrimiento, la verdad. Las canciones que le gustaban a él eran chidas, claro, pero melosas, nostálgicas, ese era el *mood* de mi papá. Sabbath fue otra cosa. Como pegarte con un martillo en la mano y que al gritar se te cayera al pie. Oí ese disco y me volví loca.

¿Qué edad tendrías?

Ponle que unos trece años. La pura edad de la punzada, estaba insoportable. La primera vez que me bajó la regla fue en su casa y mi papá no supo qué hacer ni qué decir. Me mandó con mi madre y ella tuvo que explicarme todo. Nunca me hallé con mi mamá. Ella quería que yo fuera una señorita y yo me sentía otra cosa. Un pato. De verdad. Un pato de caricatura, furioso. Mis compañeras del colegio de Chapala eran señoritas bilingües y de buena cuna. Algunas simpáticas, otras muy listas. Pero las familias las secaban. Les elegían la ropa, les imponían los gustos. No podías hablar de música con ninguna. Algunas tocaban el piano. Otras cantaban con voces de angelitos. Pero puras baladas de amor. O canciones moviditas del pop de la época. De mediados de los ochenta, qué pesadilla. A las más rudas les gustaba el rock en español. Que era igual que el pop movidito: más y más canciones de amor. Lo llamaban rock porque los músicos se veían sucios. Pero no sonaba a rock. No al rock que a mí me gustaba, el que tenía en la cabeza.

¿Y cómo pasaste de Sabbath al mundo del metal?

Porque a tres puertas de mi casa, en Chapala, vivían el Eddy y el Toni, su hermano. La familia estaba metida en el Club de Yates, que era un nombre que resulta muy chistoso, porque aquellos no eran verdaderos yates, sino lanchitas. Pero también tenían negocios, invernaderos, un restorán, y los parientes mexicanos eran todos políticos. Eddy y el Toni eran los clásicos adolescentes payasos. Sus risas y sus desmadres se escuchaban hasta mi jardín, que estaba a cincuenta metros del suyo. Y bueno, los descendientes de gringos hacíamos bandita, éramos, en teoría, los riquillos de Chapala. Aunque mi papá no tenía un quinto, más que su pensión, y la casa. Pero yo era güera y era la vecina, y me aceptaron sin pedos. Comenzamos a juntarnos porque les vi unas playeras de Quiet Riot, unos metaleros de mierda, pero divertidos. Un día hablamos, me invitaron a su casa a cotorrear y les llevé mi disquito de Sabbath. Los habían oído nombrar, o eso dijeron, pero no conocían la música. Se los puse y quedaron alucinados, como si les hubiera mostrado la Biblia. Ellos tenían más lana que yo, por supuesto, iban mucho a Guadalajara, a las tiendas, y la mamá les compraba lo que quisieran, tenis, playeras, discos, lo que se les ocurriera a los niños. En unos meses se hicieron de una colección increíble de música y revistas. Nos llamamos The Hammer, de hecho, por la revista Metal Hammer, que compraban en el Sanborns. Metal Hammer era alemana, creo, pero la leíamos en inglés. Otra era española y se llamaba Heavy Rock. Así fue que aprendimos la historia de nuestra nueva familia. Llegamos a Zeppelin, a Judas Priest, a Maiden. Y a lo que entonces era novedad, que era el *thrash* metal. Para el año siguiente, ya éramos todos fans ultra de Metallica. Fueron nuestros putos Beatles, partieron el mundo en dos.

¿Y la guitarra?

Mi papá tenía un par. De palo, acústicas. Recuerdo haberlo oído tocar y cantar cuando era muy pequeña.

Después del divorcio casi dejó de hacerlo. Pero todavía me conmuevo, si cierro los ojos, y lo veo en la mente así: barbón, sin camisa, con los ojos cerrados, tarareando «A Horse With No Name» alguna noche. Él me mostró las pisadas básicas, las notas, lo esencial. Y me enseñó cositas sencillas, el «Yellow Submarine» de los Beatles, o las canciones de Dylan que hasta en la iglesia tocaban, transformadas. Los domingos venía mi mamá. Pasaba a buscarme y me llevaba a misa. Bob era el único gringo católico que conocí en Chapala. Quizá por eso acabaron juntos. Mi papá, en realidad, sostenía que Dios era mujer y que probablemente tuviera muchos brazos. Se reía al decirlo, pero creo que lo pensaba de verdad. En la iglesia cantaban piececitas horribles, te digo, adaptadas de las de Dylan. Un día le aposté a mi mamá que podía tocar esas canciones en la guitarra. Ella se emocionó mucho y me preguntó si quería ser parte del coro. Pretexté la timidez para decir que no, pero Bob, que generalmente ni me hablaba, dijo que le parecía una idea buenísima. Y se ofreció a comprarme una guitarra. Ya tengo una, la de mi papá, le dije. Pero una buena, nueva, tuya, repeló él. Quizás se sentía culpable porque a David lo cubrían de regalos y a mí solo me daban un vestido en mi cumpleaños y unos zapatos en Navidad. Terminé aceptando la guitarra y acabé enrolada en el coro aquel. No estuvo tan mal, aunque tuve que ir a las misas, y oír sobre Cristo una y otra vez. Y Cristo, perdón, es aburridísimo. Mi papá, pero sin la gracia. Un señor barbón que sufre mucho y suelta frases lindas. Mi papá era más interesante. Incluso se entusiasmó cuando le dije que entraría al coro y, aunque tuve miedo de que se disgustara, celebró cuando me dieron la guitarra nueva. Y volvió a tocar, algunas veces, para mostrarme cómo se hacía, cuando tenía dudas sobre una nota o así. Y cuando pensó que no podía enseñarme más, comenzó a comprarme cursos de guitarra por correo. Mi madre y Bob pensaban que vivía como niña pobre, pero mi papá me daba muchas cosas. Y, sobre todo, fue el único que no se enojó cuando me salí del coro, y me junté a tocar con Eddy y el Toni.

Tu madre se emputó, entonces.

Se sintió mucho conmigo, más bien. Al salir del coro estaba rompiendo, aunque fuera de alguna forma light, con la religión y con ella. Había hecho primera comunión y eso, pero mi madre temía, con razón, que la misa y Cristo comenzaran a valerme madre. Y así fue. Seguí viéndolos los domingos, acompañándolos a misa, y comiendo con ellos, en su casa o en un restorán, pero ella se alejó todavía más. No le gustaban las ropas negras que empecé a usar. No le gustaba que me juntara con el Eddy y el Toni, que tenían fama de revoltosos, aunque eran bastante tranquilos. A lo mucho, serían un poco borrachos y gritones, pero estaban metidos en su casa todo el tiempo, oyendo música, jugando a darse de empellones en el jardín. Nunca rompieron un vidrio. Y su familia era bastante fresa. Nomás que liberal, los papás andaban en sus ondas, de políticas y negocios, y a los chamacos no los controlaban.

En el divorcio te fuiste con tu madre, ¿no?

Mi mamá ya estaba viéndose con Bob para ese entonces. Acababa de cumplir diez años cuando se separaron. Al principio, Bob llegaba a la casita donde vivíamos solo en fin de semana. Aparecía el viernes por la tarde, con vino y bolsas del supermercado. Mi má le hacía muchas fiestas. Tiempo después me di cuenta de que comíamos el resto de la semana los alimentos que Bob compraba el viernes. Era obvio que así nos ayudaba. Porque además del vino, llevaba sopa de sobre, huevos, pan de caja, jamón, frutas y carne y congelados. Me iba a acostar antes que ellos, pero ya tenía edad para suponer que dormían juntos el viernes, el sábado y el domingo. El lunes, Bob desayunaba con nosotras, caminaba conmigo al colegio, que estaba a tres calles, y no volvía sino hasta el viernes. Pero después de un tiempo, dejó de irse los lunes. Pasaba la semana en la casa. Era muy dulce con mi má, todo el tiempo le decía lo bella que era, lo bien que bailaba, lo sexy que se vestía. Mi mamá era joven, por entonces, más que yo ahora. Estaría a mitad de sus treinta. Y Bob era un viudo cincuentón. Había estado casado allá, en Minnesota. No tuvo hijos, y su esposa murió de cáncer. Pero para su suerte, decía él, había sido dueña de varias tierras y Bob fue su heredero. Estaba harto del frío y un amigo le habló de Ajijic, un pueblito en México, a la orilla de un lago, en donde vivían otros americanos. Vino de visita y le gustó el calor, la gente, hasta la comida. Y se compró una casa. En alguna de las eternas fiestas en los jardines de los gringos de Ajijic se conocieron él y mi má. Mi papá casi no iba, siempre le dolía la espalda. Más bien que le daba lo mismo, o incluso lo molestaba. A veces iba y se divertía contándoles a los niños cómo lo habían herido en Vietnam. Los gringos se escandalizaban y repetían: «Omaigad, omaigad». Claro, todo falso. Un juego suyo, pero lo jugaba muy de cuando en cuando. Por lo general no salía de casa.

¿Y por qué regresaste con tu papá?

Bob y mi má eran unos alcohólicos. Bebían vino blanco en la comida, un par de tequilas en la tarde, tinto con la cena. Cenaban al estilo gringo, a eso de las seis, con carne guisada o pescado. Y luego se quedaban en el jardín, Bob acababa bebiendo un wiski y a veces preparaba cocteles dulces para mi má. Yo no hacía nada, caminaba de la casa al colegio y del colegio a la casa. Y por la tarde mi tarea, a lo mucho. Al principio ayudaba a barrer, a tender mi cama. Luego, Bob contrató una señora para que hiciera el aseo. La misma que limpiaba su casa. Venía dos veces por semana, pero aquella era una casa chica, no la del lago, se limpiaba enseguida. No sé por qué Bob se quedaba con nosotras, aunque tenía su propiedad. Quizá esperaba que mi madre se sintiera más cómoda en su propio territorio. La casa de Bob, a la que íbamos a veces, estaba a la mera orilla del lago, afuera del pueblo. Tenía una enorme barda de piedra y un jardín del tamaño de un campo de futbol, pero lleno de árboles. Era muy bonita. Incluso más que la de Eddy y Toni. Un fin de semana nos fuimos a casa de Bob. Él estaba muy animado, tenía un asador y ofreció hacer lo que llamaba una barbacoa, que es una especie de asado, pero con salsas gringas. Yo no tenía ganas, pero mi má me engatusó prometiéndome que podría pasarme el día en la alberca y nadie me molestaría. Luego entendí que Bob pensaba utilizar ese fin de semana para presentarse como pareja de mi mamá ante la sociedad de gringos de Chapala. A media mañana comenzaron a llegar matrimonios de güeros, o de mexicana y gringo, o de gringa y mexicano, que son los más frecuentes. Y sus hijitos y sobrinos. Bob se instaló al lado del asador y pasó horas echando carne, filetes, hamburguesas, salchichas. Todos los gringos llegaban con botellas de vino y papitas. Las señoras mexicanas traían refractarios de vidrio con guacamole, frijoles refritos, nopalitos con tomate, arroz rojo, hasta tostadas de ceviche. Fue una especie de fiesta interminable que duró el mediodía y la tarde y la noche y la madrugada del sábado, y se extendió hasta el domingo. Los gringos iban y venían. La alberca se llenó de niños y dejó de ser divertida. A lo mejor hasta Eddy y Toni pasaron por ahí, pero no lo recuerdo. Solo sé que el domingo en la tarde, finalmente, se fueron los últimos. Bob se veía agotado, parecía borracho y crudo a la vez. Mi mamá también estaba derrengada y se fue directamente a acostar. Serían... no sé, las siete, quizá las ocho de la noche. No recuerdo el atardecer, y eso que en el lago suelen ser hermosos, pero sí tengo memoria de la noche, los grillos, las luciérnagas. Bob se quedó echado en una tumbona. Miraba las estrellas. El jardín quedó hecho un desastre. Algunas señoras, las mexicanas, habían echado los platos y vasos y cubiertos desechables a unas bolsas negras enormes que se quedaron allí, en un rincón, amarradas, pero desbordándose. De cualquier forma, era evidente la catástrofe. Había sillas por todas partes, una mezcla de tumbonas, bancos de madera, incluso las butacas tapizadas de cuero del comedor. En la alberca flotaban un par de tenedores, una pelota, algún salvavidas olvidado por los niños. Había colillas de cigarro tiradas en los caminos de ladrillo, en el pasto. El aire olía a carroña y el asador estaba lleno de tizne. Bob se puso a canturrear no sé qué cosas en inglés. Algo de los Doors, quizá. Había sido un largo fin de semana. Intenté aprovechar el último rato de alberca. Pero no me sentí cómoda al nadar con Bob ahí, mirándome, así que acabé por salirme. Pero en vez de ir a mi cuarto, que es lo que debí hacer, opté por cambiarme en el vestidor del jardín. Creo que fue para no agregar al desastre general un rastro de agua, que se volvería lodo, entre la alberca y la entrada de la cocina. Estaba a punto de meterme a bañar cuando la puerta del vestidor se abrió. Era una habitación de cierto tamaño, con regadera, un sanitario doble, y un espacio abierto con entrepaños donde uno podía dejar la ropa húmeda y colocarse la seca. Supongo que Bob no quería espiarme, de entrada. Quizá solo fue a mear. Creo que no se dio cuenta cabal de que yo estaba ahí al principio, mientras su chorro de orines caía, porque se rascó una nalga y soltó un eructo de gorila. Pero yo estaba allí, carajo: desnuda y sin atreverme a hacer ruido. Bob terminó de orinar y, un poco torpemente y salpicando agua por toda su camiseta, se lavó las manos. Apenas en ese momento, creo, me vio. Yo estaba temblando. No vino hacia mí. Se quedó quieto, sin expresión en la cara, con los ojos entornados, pero mirándome. Me pareció altísimo, demasiado fornido, con la piel colorada y requemada por las horas de sol junto al asador. No recuerdo haber llorado, aunque estaba muy asustada. Bob no me atacó ni nada, se quedó quieto, con la verga parada, visible bajo las bermudas, y al final se sonrió. Creo que eso fue lo que me hizo enfurecer. Debería haberse ido de inmediato y no quedarse allí. Yo tenía los dientes apretados y los ojos hirviendo de pánico. No dejé de revolverme hasta que logré dar un grito, un grito pequeño, que desató mi llanto. Él, entonces, pareció reaccionar. Se jaló el cuello de la camisa como si luchara contra sí mismo. Un gesto muy absurdo. No sé ni para qué lo hizo. Luego se dio unos golpes en la cara con las palmas abiertas, sobre las sienes y las mejillas, parecía que quisiera despertarse de un sueño. Y al final, sin decir nada, salió del vestidor. Al final, claro, no me bañé. Me vestí y tardé muchísimo, porque temblaba, y salí al jardín. Bob había vuelto a la tumbona y estaba inconsciente o fingía dormir. Se escuchaba un ronquido regular, no sé si legítimo. Crucé la terraza y parte del jardín, me lastimé las plantas de los pies, había olvidado los zapatos en el vestidor, pero no quería regresar por ellos. Fue difícil despertar a mi madre, igual se había tomado una pastilla, quizá solo estaba agotada. Cuando al fin abrió los ojos, me eché a sus brazos, llorando. Intenté explicarle, aunque no sabía qué decir. ¿Cómo le explicaba que su novio se metió a donde iba a bañarme y se detuvo a mirarme desnuda? Ella me escuchó en silencio, abrazándome. No un abrazo cálido, sino lánguido más bien. Como si yo solo hubiera tenido un mal sueño. No te apures, güera, no te apures, repetía. Yo me encargo de todo, yo me encargo, hablo con él mañana, ahorita está borracho. Dormí con ella esa noche, en su cama. Ni siquiera supe cuántas horas. Cuando desperté, mi madre estaba ahí, sentada a mi lado, con la vista perdida en la ventana. Me acarició un poco la cabeza, sin hablar. Luego me dio el desayuno y me acompañó a la escuela. No vi ni rastro de Bob, por cierto. Ni en la cocina, ni en la sala, ni en el recibidor, la terraza o el jardín. Mi madre pasó al colegio a mediodía. Caminamos a la casa. A la nuestra. Comimos una sopa. Ella preguntó si tenía tareas pendientes y le dije que no, aunque era falso. Sencillamente no quería hacer nada. Esa tarde, mi madre metió mi ropa a una maleta, y me llevo a casa de mi pá. Me mandaron a mi cuarto mientras hablaban los dos. No sé qué se dijeron o qué se contaron. Solo sé que, cuando salí del cuarto, luego de una hora o más, mi madre estaba despidiéndose. Me hizo otra caricia en la cabeza, me dio un abrazo. Luego se fue. Mi pá estaba pálido, con la mirada en el suelo. Apretaba los puños. A partir de ese día, viví con él. Después de un tiempo, ya casados, mi má y Bob volvieron a buscarme. Acordaron que podían verme los domingos. Pasaban por mí en la mañana, a tiempo de llevarme a misa y a comer. Quisieron acercarme más cuando nació David, pero nunca nos gustamos, él y yo. Y el día que decidí dejar de ir a misa, la relación con mi madre acabó por morirse.

¿Y tu padre no sospechó nada, nunca hablaron?

Obviamente no le dijeron la verdad. Yo tampoco lo hice. Nomás le contaron que me asusté por ver a Bob borracho. Bob estaba arrepentido, según mi má, y reconocía que había dado un espectáculo poco edificante. Y mi madre le dijo a mi padre que lo mejor sería que él me criara, al menos por un tiempo. Mi padre se quedó lívido. Y no porque estuviera apenado por mí o mi situación. Estaba, más bien, me temo, preocupado por él mismo, por el hecho de tener que criar a una niña, así: tan chueco, tan jubilado, tan gringo en el extranjero. Pero, en muchos sentidos, lo mejor que pudo pasarme fue estar a su lado. Mi padre siempre pensó que no servía para nada. Pero sirvió para cuidarme.

¿Y Bob?

Nada. Según él, nada pasó. Dijo que se durmió y no recordaba más. Siguió siendo el mismo, siempre cordial, con sus chistes malos que yo no le reía. Nunca me levantó la voz, nunca me habló en otro tono que no fuera una broma. No sé cómo habrá amueblado su mente, y no me importa. No creo que se sintiera culpable. Yo no supe ni qué pensar por años. Solo sé que un día decidí que no quería verlo más. Le dije a mi madre que ni misa ni comida dominical, no quería nada de relación con Bob, o David, ni, dado el caso, con ella. A mi papá le pareció que era uno de mis arranques adolescentes. Me veía como una metalera de botas puercas y dientes trabados y pelo por ningún lado, y no le extrañó. Esas comidas deben ser de muerte, fue lo único que dijo. Mi madre tampoco se resistió mucho. Sacudió la cabeza, aceptó mi decisión. Y se mantuvo en la suya, que fue confiar en su marido. Y por eso, al final, se fueron los dos detrás de David, cuando creció y se mudó a Oregon, hace unos años. Vendieron la casa en Chapala y se perdieron de vista.

¿Y te reconciliaste con esa parte de tu vida?

Ni pensaba ni pienso en eso. No hice terapia, no me volví loca. Empecé a andar con el Eddy antes de cumplir quince. Nunca le tuve miedo. Fracasamos por otras cosas. Y no dejaron de gustarme los güeyes, ni mucho menos. Si me soplé toda la prueba de sonido de los Paganos, cuando los conocí, fue porque Yulian me pareció muy lindo. Tengo broncas, muchas broncas, pero culpar a ese gringo de mierda de mi vida no es uno de mis deportes. Ya estaba loquita antes. Al menos, me gusta pensarlo.

Dejen de hacerse pendejos, escupió Barry con irritación. Las reglas son las mismas, pero ya que tienen las chelas abiertas, pues acábenselas. Nomás que nadie bebe otra hasta que toquemos diez rolas completas. El Patito, que daba la espalda a nuestro cantante y líder, hizo un gesto de cómico desprecio ante las instrucciones recibidas y nos reímos. Barry, por suerte, no se dio cuenta de nada. Su genio estaba más agrio que de costumbre: se notaba podrido de nervios. Nos atragantamos el resto de las cervezas mientras el Gordo, que no llegó casi a probar la suya, seguía echando tamborazos arbitrarios que pensaría cercanos al jazz. Y entonces la Pati, de la nada, se despachó un capricho bluesero impresionante, que el jefe y yo acompañamos, luego de unos momentos de desconcierto, marcando el viejo y confiable ritmo base de cuatro por cuatro tiempos. El guitarreo terminó por evolucionar a un alarde de maña y velocidad digno de BB King: el Patito era una reina. No estábamos solos en nuestra primera noche de ensayo en El Hangar, y la improvisación, al terminar, fue festejada con aplausos, chiflidos, vítores y los consabidos gritos de «iuuuuuuuu». Barry había conseguido el milagro de que el inesperado público disperso en las mesas, y apresuradamente servido por el Depredador, quien corría de la atención de una comanda a la otra con una bandeja repleta de chelas, margaritas, tequilas, rones, o cubas libres, fuera aún más extraño que nosotros mismos.

La primera sorpresa de la noche la tuve apenas bajamos el Gordo y yo de su camioneta. El jefe se fastidió porque el lugar de los discapacitados había sido ocupado por el Pato. La doña me chingó desde el primer día, dijo, queriendo marcar un chiste que sonó más rencoroso que resignado. Es que todavía hay clases en el mundo, pinche marrano: eso oímos decir. El autor de la sentencia estaba de pie frente a la puerta clausurada de la planta baja. Era un tipo canoso, flaco, con botas picudas, jeans flojos y una sudadera gastada en los puños. No mames, pinche Intestino, qué chingados haces aquí. Yo no estaba menos desconcertado que el Gordo, pero tampoco supe expresarlo mejor. Nos abrazamos cariñosamente con nuestro viejo amigo, el efímero percusionista original de los Paganos, que nunca tuvo batería pero se empeñaba tanto con aquellos botes que golpeaba. Vine a oírlos ensayar, cabroncitos. Si con el pinche Mustio a veces eran una aplanadora, con el Patito Kay van a sonar a nave espacial, ¿no? Subimos los tres por la escalera exterior y encontramos la planta alta de El Hangar transfigurada. El escenario espléndido, los reflectores reducidos al mínimo y unos focos de colores titilando en los rieles. La pista, desierta durante las semanas de ensayo, se presentaba ahora repleta de mesas y sillas, y, peor aún, de visitantes que no reconocí. Hombres y mujeres de nuestra rodada, unos años más o menos a cuestas, aunque a fin de cuentas el envejecimiento nos igualara. Los unía un aire común y peculiar: eran gente bronceada y demasiado bien parecida para sumarse al ensayo, a media semana, de una banda que nunca antes había tocado con su guitarrista, en un bar que aún no se reinauguraba. Los hombres parecían forzudos, toscos, mantenidos a fuerzas dentro de un peso presentable, y ninguna de las mujeres era una jovencita, pero todas enseñaban muslos y escotes de vértigo. Jamás vi, antes de esa velada, tantas tetas, nalgas y labios operados, inyectados o inventados, ni siquiera en Horizontes. Parecían los prófugos de un gimnasio o, mejor dicho, de una sala de masajes. El Gordo y yo nos quedamos pasmados ante nuestra repentina audiencia. El Intestino, claro, lo advirtió, y no pudo contener sus chillidos de hiena eufórica. A que no esperaban tener lleno de fans tan pronto, afirmó, orgulloso. No respondimos de inmediato, azorados por la horda y su parloteo repelente: era como si todos los cuarentones que pululaban por los pasillos de Horizontes hubieran sido abducidos, convertidos en versiones locales de viejos actores porno, y depositados así, al gusto, con un salero, en las mesas de El Hangar. Estar a su lado era pararse junto a una arboleda a la hora en que los pájaros se recogen en los nidos: puro gorjeo. Abundaban las risas destempladas, la exhibición de dentaduras reconstruidas y blanqueadas por un profesional, y esos meneos y desplantes que solo hacen los que se sienten atractivos y quieren demostrarlo. Y quiénes chingados son estos, preguntó al fin el Gordo, rascándose la sien por debajo de la cachucha. El Intestino entornó los ojos melodramáticamente y se cruzó de brazos. ¿El Barry no les ha contado? Maldije a su madre al interior de mi mente; sus airecitos de suficiencia llegaban a ser nauseabundos.

No dijo un carajo, refunfuñó el Gordo, a quien la idea de ensayar frente a extraños parecía haber tensado al límite. Era evidente que el flaco sinaloense aquel disfrutaba de nuestro desconcierto. Barry apareció al fondo del local, brotado de la escalera de caracol que conectaba el salón de música con la planta baja. Este cabrón y yo nos reencontramos, contó el Intestino con la mirada fija en el cantante. Él todavía estaba casado con Mónica y nos topamos en las reuniones del grupo, que apenas se andaba juntando. Hará sus buenos tres años o así. ¿Grupo de qué? ¿A qué chingados se dedican?, preguntó el Gordo. ¿Compran y venden esteroides, lecitina, bótox? Al Intestino le disgustó el comentario y torció la boca. Nada de eso, puerquito. Somos un club: nos llamamos los Swingers Metaleros de Zapopan, confió, altanero. Tampoco le agradó la carcajada a la que nos incitó la revelación de la nomenclatura. ¿Eso existe en el mundo?, deslicé. ¿Metaleros que intercambian parejas? Yo una de estas no la cambiaba ni por el disco más pinche de Bon Jovi, completó el Gordo. ¿Ah, no?, refutó el Intestino, furibundo. ¿Porque no son unas viejas aguadas y dejadas como la tuya? Aguada la cola de tu puta madre, respondió el jefe, colérico. La cosa hubiera podido degenerar en golpes ahí mismo, pero el Intestino supo encajar el insulto, palmoteó la espalda del Gordo y quiso darle un abrazo que mi amigo no devolvió. No te pongas histérico, marranito, seguro tocas de güevos, vas a ver, dijo, dulcificando la voz. Para terminar de desvanecer el entuerto, o distraerlos a los dos y evitar que corriera la sangre, pedí al Intestino que esclareciera la vinculación de Barry con su sociedad. El cabrón me miró sin nada parecido a la simpatía: supongo que se le terminaba la paciencia. Somos un grupo único, pinche Yulian. Barry y Mónica se nos acercaron cuando ya traían sus broncas, a ver si salvaban algo. Y no se pudo, pero al menos creo que la pasaron bien. Porque somos una familia. Una familia que coge... Para recalcar sus palabras, se acercó a los parroquianos de la mesa más cercana, un par de matrimonios de tipos barbones y esposas despechugadas, y se abrazaron por turnos los cinco, con una felicidad que no dejó de parecernos sospechosa. En realidad, daban un poco de miedo esos swingers de mediana edad y tan prósperos todos, si es que había que juzgarlos por sus relojes, zapatos, bolsos, chamarras de cuero, joyería y demás. ¿Por qué tanta alegría, fraternidad y amistad entre gente que lo único que estaría haciendo sería contagiándose las verrugas, y no digo algún virus, porque seguro estaban obligados y mentalizados a llenar sus noches de condones? Pero no: los celos, la rabia, el odio mutuo que obviamente experimentaban los habían sepultado debajo de capas y más capas de maquillaje, cremas faciales, bronceados de salón, y un júbilo que colindaba con la neurosis. La llegada del Intestino también desató un alud de saludos, abrazos y entrechocar de palmas en las mesas laterales. Cómo les gustaba tocarse a los swingers entre sí, cómo les excitaba el tacto de sus propias pieles. El Gordo se encogió de hombros y nos abrimos paso entre las mesas pobladas por la chusma de lujuriosos hasta alcanzar el escenario. Un artista jamás debe avergonzarse de su público, por supuesto, ¿pero qué decía de nosotros el hecho de que nuestros únicos oyentes a esas alturas fueran aquella fauna afectuosa y alarmante? Barry, acuclillado entre amplificadores, se afanaba por ajustar sus cables y el micrófono principal a una base, desentendido de los ronroneos y pujidos de la concurrencia. Pero sabía bien que aquel no era un ensayo común y se había enfundado en unos pantalones de cuero y usaba botas de víbora, y una camisa azul marino abierta en el pecho y arremangada: su mejor atuendo de galán. El Gordo le dio un zape al cruzar rumbo a la batería y yo musité nomás un apagado buenas noches antes de dedicarme a alistar los botones de mi amplificador y corroborar que el cable en espiral del bajo estuviera enchufado. Y esos cabrones qué, reclamé a nuestro cantante apenas instalado en el puesto de batalla. ¿Van a tener una orgía? ¿Ahora musicalizamos porno? Barry recurrió a un gesto de impaciencia y mugió como adolescente al que su madre mandara a lavar los platos. No sean pinches persignados, gruñó. Muy asustados me salieron. Seguro que no cogen hace doscientos años, pendejos. Dejen a la banda que sí en paz. Ya bájale, ya sabemos que es tu bar y tus reglas y la verga de Cristo, lo tranquilizó el Gordo. Nomás se nos hizo raro que trajeras gente el mero día del primer ensayo con la Pati. Ni sabemos cómo vamos a sonar y a lo mejor los espantamos gacho...

La aludida asomó por los escaloncitos que subían al escenario, sonriente, el cabello recogido, oliendo a jabón y piel recién bañada: una reina luminosa y sabia. De dónde sacaste tantos maniquíes, le preguntó a Barry mientras se descolgaba la mochila del hombro y le extraía su propio cable de conexión. Barry puso los ojos en blanco y levantó la cabeza, un pobre romano rindiéndose ante los bárbaros. Ni le digas nada, advertí, que estos pinches operados son su club social. Había querido hacer un chiste, pero la voz me salió más dura de lo deseable. Y seguí mamando: Tienen el mejor nombre del universo. Se llaman los Swingers Metaleros de Zapopan. ¿Sí? Estos se han de haber hecho swingers porque nadie más se los coge, concluyó la Pati, y se acuclilló ante los amplificadores para ecualizarlos. Pues todos los pinches tragos que se están tomando son pagados, opuso Barry, al fin, con la voz deliberadamente serena de quien está emputado pero quiere mostrarse tranquilo. Y ya no tengo nada que ver con ellos, esas fueron ondas de Mónica: tenía tantas ganas de verga ajena que terminó enredada con otro cabrón. No, pues nosotros qué, muy tu gusto, le dije. Nomás espero, de verdad, que no te hayas culeado al Intestino. O él a ti. Nomás digo... El Patito y el Gordo rieron la gracia, pero Barry solo se lamió los colmillos. Igual estaba consciente de que, luego de la noche de burlas que me endilgó, en la época en que el video de Lupita circulaba por los celulares de la escena local, le correspondía aguantar vara y cerrar el hocico. La hora de probarse ante el pueblo metalero había llegado, y eso era lo fundamental.

El Depredador subió al trote al tablado y nos entregó una botella de cerveza a cada uno, menos a Barry, que declinó la suya y despachó al mesero con la mano, como si echara de su vecindad a una mosca que estorbara su concentración. Ahí fue que comenzamos a intentar improvisaciones y a beber, hasta que nuestro líder lanzó la consabida advertencia de que la siguiente chela no llegaría sino hasta después de diez rolas. El Pato se lanzó al solo lucidor y la seguimos, y ella me miró, pulsó las cuerdas y sonrió al mover los dedos a lo largo del mástil de la guitarra y al bailar suavemente mientras acertaba notas, una tras otra, la electricidad le daba descargas en el pecho y ella me las contagiaba con sus ojos brillantes y la punta de la lengua asomada por la comisura. Repasamos el listado de fusiles con que rellenábamos los shows de los Paganos y, desde el primer momento fue claro que Pati, el

Patito chulo, había nacido para estar en escena con nosotros, a la izquierda de Barry, pero con el torso, la cadera y el cuello girados: tocaba para mí, y yo para ella. Transitamos por arranques de motocicleta, riffs exuberantes e implacables que Barry seguía con dificultad, pero sin falla, con su propia guitarra de apoyo, y al final, las rolas pasaron sin sentir, una tras otra, descarga rotunda y devastadora. El Gordo me dijo, después, que los Swingers Metaleros de Zapopan se elevaron al éxtasis desde la primera, cada uno convertido en Santa Teresa tocada por el ángel, y bailaron un lento *slam dance* que empezó en sus mesas y se trasladó al frente del escenario y hubo entre ellos caballazos, empujones, alguna chica rodó por los suelos y sus amigas tuvieron que dejar la danza para ayudarla a ponerse en pie, y la hipotética orgía casi tuvo lugar frente al escenario, ante los gritos, lamentaciones y gruñidos de un Barry exasperado y sudoroso, que condujo a su pueblo sin descanso a través del desierto del ensayo hasta la tierra prometida del *break*. Pero no advertí nada, y no me di cuenta de lo que sucedía hasta que el Depredador subió de vuelta con nuevas cervezas y me dio una palmada en el hombro ante lo que acababa de escuchar, su primer gesto amistoso de la historia. Yo solo tenía ojos para el Pato y oídos para la guitarra que tripulaba, un avión caza lanzando metralla a seiscientos kilómetros por hora. Una aclamación nos saludó mientras bebíamos y eructábamos después: unos disimuladamente, el Pato, por ejemplo, que se tapó la boca; otros sin inhibiciones, como el Gordo Aceves, quien lanzó un hervor batracio desde el pecho que nos granjeó una segunda ovación. Nosotros somos La Armada Invencible, informó Barry, al micrófono, para concluir, y desde el próximo viernes tocaremos aquí cada semana. Así que vengan, por favor, y traigan a sus amigos. ¡Puro metal, cabrones, metal puro! Y nos cubrió una tercera o cuarta ola de aplausos. Fue una de esas noches, oh sí: una de esas putas y maravillosas noches.

Es una música sencilla, el rock. No hay que ser Paganini para interpretarlo ni Susan Sontag para entenderlo a cabalidad. El rockero suele utilizar patrones melódicos y armónicos modestos y ritmos enérgicos y directos que no entrañan una complejidad particular. A estas alturas, su sonido se ha mestizado y desdibujado tanto que cualquier cosa puede ser tomada por rock... Si es lo suficientemente vieja. Porque la nueva música, en general, ya no encaja en la definición, por más que esta abarque, ahora, la mitad del Universo. Y ni hablemos del metal, el hermano violento y extremo del rock, el tipo que grita en casa y tumba las puertas a patadas. Sus adeptos hemos sido los más perseguidos de esta historia. Hace decenios nos dicen que nuestra música está muerta, que no interesa, que son nada más berridos y estática. Pero nada nos deprime: en el fondo, adoramos que nos odien. Uno se vuelve metalero, siempre, por venganza.

Hoy día parece que estamos, y lo sabemos bien, al final del camino. Igual que los *hómoioi* espartanos tomaron lanza y escudo un día (el honor exigía que volvieran vivos con el escudo, o muertos y tendidos sobre él) y marcharon para que los romanos los barrieran del campo. Igual que la última legión romana, rodeada y rota, embistió a los bárbaros alguna vez. O tal como los bárbaros paganos, una mañana, fueron sometidos a mandobles por los cruzados, y los caballeros armados fueron cosidos a tiros cuando sus caparazones de metal ya eran pura antigualla. Hoy somos nosotros quienes marchamos al campo, listos para morir.

Entiendo que no te guste el metal. Si solo oyes ruido ahí donde, fuera de toda duda, hay música, notas, melodía, ritmo, armonía, es tu pinche decisión. No importa. Pero cuando leas esto, si es que lo lees, no habrá ruido o el ruido será, apenas, el de tu voz en la cabeza, si eres de esos que se escuchan leer (y ojalá que de fondo no se escuche hueco). Tampoco importa si crees que el metal es ajeno a tu país, tu cultura, tu entorno, una música fuereña que no entendieron tu abuela o tus tíos. Salvo que seas gringo, sueco, o algo así, es probable que tengas razón. Pero quizá deberías darle una pensada al hecho de que oír la música de tu abuelo, tu padre y tus primas podría no resultar tan interesante, después de todo. ¿Eran personas particularmente brillantes? ¿No fue tu abuelo el que golpeó a tu padre hasta casi matarlo? ¿Y no fue tu padre el pendejo que te abandonó y jamás dio un peso de pensión? ¿Tus primas no son esas retardadas en chancletas que te tapan la cochera cada vez que arman una fiesta improvisada los miércoles, en la que bailan las peores canciones de la humanidad? Uno elige su música. O debería. Y nadie puede quitarte el pasaporte si te niegas a oír la más popular de tu barrio. Conocí a una española, en la escuela de arte, que en cada fiesta quería escuchar a los putos Tigres del Norte («Esa es música mexicana y ustedes mexicanos ¿no? Os corre por la sangre») pero se ponía enferma si, en cambio, alguien le respondía con una canción de Los Churumbeles. Yo soy catalana y no tengo que ver con esos andaluces, decía con vozarrón de jabalí peninsular. ¿Y nosotros te parecemos pinches norteños? Entre Sevilla y Barcelona hay mil kilómetros. Entre Guadalajara y San José, California, tres mil. No, esas cosas no son asunto de putos mapas y tradiciones de mierda. Uno elige lo que entra a sus oídos. O tendría qué. A muchos se los imponen y ellos lo permiten y acaban por lamer la correa. Nosotros no somos así.

Envejecer es dejar de ser el que vive y pasar a ser el que recuerda. Y, desde que tengo memoria, la música que escucha la mayoría de las personas me parece abominable. ¿Qué sonaba en el autobús del transporte público que me llevaba a la escuela? Los acordeones de diversos grupos agropecuarios, al gusto estentóreo de los choferes. Por eso ahora, cuando alguien pone canciones así a mi alrededor, siento que vuelvo a un camión de la ruta 258. Durante años viví en un multifamiliar, en lo que entonces era la salida de la ciudad, por avenida López Mateos. Junto a nosotros residía una familia que migró de la Capital: gente trabajadora y simpática. Su único defecto es que al *pater familias* le gustaba prepararse cubas libres las noches de los viernes y los sábados y deleitarse los oídos con cumbiones locos que cesaban solamente al amanecer. Era, sin embargo, un hombre sensible: un día que puse un disco de Iron Maiden en el modular, a la seis de la tarde, el tipo tocó la puerta para pedir que le bajara, porque a sus hijos los asustaba la música en inglés (debían ser cobardes en varias lenguas, porque también fueron a pedir que quitara un disco de los Barón Rojo unas semanas después). Desde luego que la preferencia por el volumen moderado no aplicaba a sus cumbiones: esos levantaban el ánimo general, sobre todo regados por brandy barato en las madrugadas. Desde los once años, cuando compré mi primera casetera portátil (los de mi camada las recuerdan por el nombre comercial de *walk-man*) he utilizado audífonos. Primero, porque la música que me gusta, el metal ruidoso y algo de punk, siempre ha sido minoritaria: apenas un par de programas de radio la pasaban, y jamás la tele de aquellos días. Y segundo, porque no quiero que nadie pase por mi culpa los episodios de rabia infinita que he padecido gracias a la generosidad imbécil de quienes deciden que su música debe retumbar en los oídos de todos los que tengan la mala suerte de pasar por allí.

Ser parte de una minoría forja el carácter. Los festivales de mi escuela solían utilizar piezas folclóricas para lo que la directora llamaba «paréntesis musicales», pero a veces eran la profesora misma o, peor aún, mis compañeros, quienes elegían las canciones y acabábamos oyendo a los jodidos Tigres del Norte. En alguna ocasión, las maestras anunciaron que cada cual podría llevar a la posada escolar decembrina la música de su preferencia y yo, muy contento, metí un casete de Deep Purple en la mochila. No solo no llegaron a ponerlo en el sistema de sonido (nos hicieron oír, desde luego, a los Tigres, en las sesenta versiones elegidas por el resto del salón), sino que me lo regresaron empacado en una bolsita sellada con cinta adhesiva, como si el mismísimo Satán pudiera salir de la cajita magnética para jalarnos los pies. Muchos de mis compañeros vivían aterrados por las historias familiares y urbanas sobre las apariciones del Diablo. Parecería que Satanás no tenía por aquellos días (*circa* 1985) mejor ocupación que acechar mocosos. Sus modos de colarse en la cotidianidad eran diversos: su pezuña de cabra y su pata de gallo (así se le representa tradicionalmente en la iconografía católica y también en el juego de Lotería) asomaban por donde fuera. Por ejemplo, en el casete de Deep Purple. Cándido, ignoraba que el Maligno fuera el mánager del grupo inglés de hard rock y por eso no tenía la menor idea de por qué fui llamado a la Dirección a los quince minutos de haber llegado a la posada. Allí, tuve que enfrentarme a un tribunal inquisidor que incluía a cinco profesoras y al tipo que impartía Educación Física. ¿No sabes que esta música es… para gente mayor?, comenzaron por preguntarme. Yo, que siempre fui insolentito, respondí que las viejas que conocía lo que escuchaban eran rancheras o, acaso, boleros, y no a Deep Purple. Lo que la maestra quiere decir, se inmiscuyó el profesor de deportes, es que es música satánica. La cosa no pasó a mayores: me regresaron el casete en la bolsita. Pero a partir de ese punto me di cuenta de que el Maligno era capaz de lo que fuera con tal de robar almas puras. Creo que fue aquel mismo año en el que a mis amigos les ordenaron que dejaran de hablarme, puesto que mis padres tuvieron a bien separarse y una señora de la escuela se enteró de que no me llevaban a misa. Al saberse aquello, y al unir los puntos, es decir, al recordar mi casete de Purple, todos llegaron a la conclusión ineludible de que era yo parte del bando infernal.

Hace unos años me crucé, en Horizontes, con uno de los examigos que me dejó de hablar en 1985. Caminaba cada cual por su cuenta, él con sus hijos y yo, en pleno *mood* paterno, con la Niña, que era aún muy pequeña. Una llamarada de rabia me dominó. Para dejarle en claro al pendejo que seguía sin parecerme a él, pasé a su lado y comencé a gruñir. El pobre imbécil salió disparado por los pasillos, jaloneando a su prole. Lo diabólico nunca se me quitó.

3. *Orgasmatron*

Nada prohíbe trabajar los días que tenemos la cabeza perdida, una bolsa de plástico por los aires, fuera de alcance, pero nada puede impedir, tampoco, que cuando llegan seamos incapaces de intentar nada productivo (al menos articulado) y desperdiciemos el tiempo en la espera de que transcurra, mientras la mente salta a una velocidad que las manecillas de un reloj jamás igualarán, y tropieza como alguien que tratara de pegar carrera con los pies metidos en cemento. Aquella noche, La Armada Invencible volvería al escenario de El Hangar, el único sitio del universo en que tendría sentido que reapareciera: me resigné a dar la jornada por perdida y pasé la primera hora en la relectura del correo en que un cliente me felicitaba por la imagen de la Virgen de Zapopan que acabábamos de imprimir en su camioneta de reparto de huevos puestos por gallinas «felices», es decir, aves que caminaban en libertad por una granjita en vez de pasar la vida en la jaula, con un foco sobre la cabeza, en parto continuo, mañana y noche, de huevos destinados a servirse de almuerzo, hasta morir. La verdadera puta gallina feliz aquí soy yo, pensé, tengo un trabajo agradable y el jefe es mi amigo, pero no soy libre si dependo del salario, y no podría saltar a una moto y perderme al atardecer, porque en algún momento me ganarían el hambre o la sed, y la cartera no daría para pensar en un viaje dilatado y romántico, sino para algo que solo podría ser descrito como un traslado. Ni siquiera contaría con dinero, de entrada, para comprar una motoneta: las cuerdas nuevas para el bajo y las púas metálicas (uno puede destrozarse los dedos con esas cuerdas y los necesitaba para trabajar, porque la gallina feliz dibujaba, y las púas eran indispensables) habían sido un gasto ya excesivo. Menos mal que Barry pagó de su bolsa amplificadores, pedales, cerebros y mezcladora, porque a mí no me hubiera alcanzado más que para algún cablecito espiral, que duran menos que los otros, pero dan mejor calidad de sonido. Lo cierto es que, en cualquier caso, en mi Harley-Davidson imaginaria no pasaría de Chapala antes de descapitalizarme en la gasolinera y, francamente, no había necesidad de ir allá, porque el único motivo para pisar la orilla del lago era la Pati, pero con el Patito en Guadalajara, Chapala podía irse a chingar a su perra y remojada madre. Habían transcurrido quince minutos desde el momento en que revisé el reloj por primera vez, y volví a abandonarme a la plataforma de divagaciones que era la silla. Esperar es una de las cosas más tediosas y malvadas que pueden sucedernos, porque uno muere muchas veces en la espera: no hay abismos tan negros o crisis tan imperiosas como las que concebimos mientras una hora fija, una llamada, un mensaje, se resisten a llegar. Estaba ansioso de que cayera la noche y lo temía; a partir de cierta edad las ilusiones desaparecen y, al modo de cicatrices que supuran, solo quedan tics, vicios, costumbres, apetitos. Tocar era uno de los míos, pero nada que recordara a las historias épicas que uno se cuenta en la juventud aparecía por mi cabeza. Me jodía el miedo al fracaso (que nadie fuera a oírnos, o asistieran a nuestro concierto menos espectadores que miembros de la banda, o me equivocara y desbarrancara en una canción y Barry me reprobara con ese odio atroz suyo, o el Patito me mirara desencantada), y ningún ensueño triunfal surgía. Antes de salir de casa había fumado lo que sobraba de yerba. No me inquietaba el desabasto; algo seguro en una tocada, aunque apenas fueran los amigos, era que te convidarían lo que llevaran encima. Claro: a nuestra edad, los ofrecimientos de mota y coca eran acompañados por una farmacia entera. Nuestra gente consumía ansiolíticos y analgésicos, y del espíritu rebelde y replicador de sus mocedades sobrevivía solo un eco en la aparición del prefijo anti en sus remedios: antidepresivos, antiinflamatorios, antiácidos, antigases.

Dos cafés de la máquina del pasillo me pusieron alerta y moderaron el efecto sedante de la mariguana, pero no ayudaron a que el tiempo se acelerara. Veintiséis minutos, apenas: la mañana estaba destinada a extenderse al infinito. Brenda me miraba retorcerme en la silla con la mórbida alegría de los niños que meten gusanos a una cajita y los pican con un palillo de dientes para que se les salga la baba, es decir, las secreciones que los hacen vivir. Se veía diferente a lo regular, el cabello despeinado, sujeto en coleta, y ni una traza de maquillaje en los pómulos; y en vez de ir zambutida en la ropa incitante de costumbre, llevaba sudadera, jeans rectos y los pies metidos en sandalias: parecía que un exorcismo hubiera extraído cada molécula del diablo de ese cuerpo que solía farolear en mi cara. ¿Andas con gripa?, dije, sin intención de irritarla, aventurando una deducción de su apariencia lánguida. Ella, entretenida en teclear sobre la pantalla de su teléfono con uñas de gavilán, irguió la cabeza. En sus pupilas ardía la maldad; no eran ojos de enfermo, su nariz no estaba enrojecida o mocosa. ¿Lo dices porque no me arreglé para ti, pinche Yulian?, dramatizó. No pasa nada. Iré a mi casa a bañarme. Tengo cita en el salón. Van a peinarme, a pintarme las uñas, a maquillarme. Mi perfume es de sándalo, pero suave, no voy a oler a tienda de esoterismo, no te vayas a asustar. Y se lamió los labios antes de informarme: ¿Sabes que el sándalo es afrodisiaco? Pues la Biblia no. Usaban la madera, los israelíes, pero en ningún lado dice que se perfumaran con sándalo. Yo no tenía ni idea de lo que la Biblia estableciera sobre asunto alguno, imaginaba a Dios como una sombra blanca y vaporosa que se oponía a Satán, sobre quien tampoco es que cavilara demasiado, más allá de mirarlo en las portadas y las camisetas y oír de él en las letras de las canciones. El Diablo ofrece esa ventaja sobre el Creador: no posee Iglesia o sacerdotes ni unos mandamientos que te imponga a gritos, y lo adoras sin saberlo, con acciones sencillas que realizarías de cualquier forma: emborracharte, fornicar, anhelar desgracias para los otros. Y todo esto, Yulian, dijo Brenda, porque esta noche voy a ser la grupi más desesperada que hayas visto y voy a cogerte arriba del escenario si puedo. A ti o al otro viejito, el Sargento Ese. O a los dos, mejor, si todavía se les paran las vergas, que es el riesgo que corremos, que no den batalla. Me di por vencido, reí y no por pesimismo sino por reconocimiento a su malicia. Nunca tuvimos una grupi, respondí, esto es Guadalajara, hasta cuando eres rockstar hay que perseguir a las chicas a la puerta de su casa y conocer a sus papás y nosotros ni siquiera fuimos rockstars, éramos fans con guitarras, Brenda, valimos verga antes de que nadie pudiera reverenciarnos. Ella dejó el teléfono y se arremangó la sudadera: sus antebrazos lucían unos tatuajes con patrón de garigoles escandinavos. Son de henna, explicó, los hace una amiga y se quitan en unos días. Me los puse para que te des cuenta que esta noche voy en serio. A menos que prefieras que me lance por el Sargento. La tiene más grande que tú, ¿verdad? No encontré en los recovecos de mi cerebro una respuesta a la altura de su reto, y me puse la soga al cuello. Vamos a ver cómo sale, dije, y sobre eso. Era una capitulación absoluta, pero Brenda no la festejó, puso en sus labios una mueca de incredulidad y pronunció un arrogante «uy», para dar a entender que era yo, nunca ella, quien debía celebrar con danzas y fuegos artificiales su oferta de cogerme después del concierto.

La única persona más angustiada que yo aquella mañana, en las oficinas de Laminados Aceves, era el Gordo. Ayudado por uno de los mecánicos, apareció acompañado de un set de batería sorda con la que intentaría quitarse los nervios. Llevaba, además, cinco juegos de baquetas en un estuche y unos audífonos del tamaño de panes de hamburguesa. Apenas emplazado en su despacho, el Gordo, en bermudas, playera y cachucha, se sentó en el banquito del simulador y se entretuvo en aporrear los falsos tambores. Al otro lado del ventanal no era posible oírlo, pero la danza rítmica del jefe resultaba un numerito asombroso: era obvio que se sabía protagonista de una jornada histórica en su vida adulta y quería llegar en forma al momento crucial. Te vas a cansar, pendejo, le advertí antes de que comenzara su práctica solitaria. Nomás voy a pegarle un par de vueltas a las canciones, se defendió, y luego me lanzo a casa a dormir la siesta y a que Marifé me dé un masaje de los suyos, que te dejan listo para la Olimpiada. Yo, que no tenía hogar propio, ni ducha a presión con temperatura regulable, ni una esposa devota que me exprimiera los músculos con manos untadas de menjunjes aceitosos, cerré la boca y volví a mi escritorio. Decidí que huiría en la pausa de la comida, me daría un largo baño y hasta pagaría un taxi con tal de llegar sin prisas a El Hangar. Envié un mensaje a la Pati, a eso de media mañana, preguntándole cómo iba, pero las horas pasaron y no obtuve respuesta: estaría ocupada en sus clases, desemburreciendo a un niño sin la capacidad para pulsar las cuerdas de una guitarra, pensé. O, peor, andaría relajándose con yerba y la guitarra acústica. Y sin mí. Años atrás, cuando The Hammer aún existía, la cosa era distinta. El Pato se ocupaba de supervisar la sonorización, la ecualización, cualquier bronca que surgiera en el local, mientras el Eddy y Toni paseaban sus carotas de gringos, se emborrachaban y dejaban que la guitarrista oficiara de roadie, ingeniero y cargadora. Pero en La Armada, el Patito era estrella y no sirvienta, me dije, a modo de consuelo. Al menos eso pudimos darle.

El Gordo, sudoroso y aliviado, acabó los tamborileos a eso de la una. Se dejó caer en su sillón con ruedas, enorme y abullonado, se entregó a la computadora y devolvió llamadas perdidas en el teléfono para sentir que no descuidaba las obligaciones empresariales. Luego, satisfecho con sus quince minutos de responsabilidad, empacó las baquetas en el estuche, volvió a llamar al mecánico, para que cargara otra vez la batería sorda y la metiera en su camionetón, y se largó. Brenda fue la siguiente: a eso de la una y media apagó el monitor, se estiró con pereza de leopardo, y se plantó ante mi medio muro de tablarroca. Voy a ir toda de negro, prometió. Botas, medias de red, falda, blusa, uñas y ojos y labios negros, y negro todo lo que te imaginas. Haz lo que quieras, respondí, hosco. Ella no se inmutó ante mi alarde de indiferencia. Pues yo creo que sí vas a querer, dijo con su sonrisita, y se marchó por el pasillo. Estoy seguro de que Robert Plant o Lemmy nunca tuvieron que pasar por algo así.

Barry nos reunió en el camerino una hora antes de subir a escena. Era un vil parche: lo habían levantado con madera barata y revestimientos plásticos una semana antes de la tocada y apestaba aún a pintura y solventes. Todas las instalaciones en el segundo piso de El Hangar eran de primera menos aquel espacio repentino, cuya existencia Barry justificó apenas nos colamos a sus sofocantes quince metros cuadrados. Nosotros podemos cambiarnos en el baño, pero creí que el Pato iba a estar más cómoda en este lugarcito, dijo. Sobre el muro habían instalado un tocador minúsculo, con el infaltable espejo rodeado por foquitos y un cajón en el que podían guardarse cosméticos, una secadora de pelo, horquillas e implementos similares. Yo vine lista, replicó la Pati, el Patito, encogiéndose de hombros. Era verdad. Llevaba una capa de maquillaje simple, para dar a entender que a lo mejor nomás se había lavado la cara, botas de plataforma, jeans que la hacían ver más alta y flaca de lo habitual y una playera de Motörhead que le quedaba floja. El Gordo, tras un bufido de res impaciente, salió sin chistar palabra, y el Pato y yo nos sentamos en el sofacito de dos plazas que completaba el mobiliario mientras Barry se aposentaba en la silla frente al tocador y extraía del cajón un estuche repleto de afeites. Saltó lo evidente: el camerino era para él. Nuestro cantante se repintó las uñas, se aplicó crema rellenadora de arrugas en las patas de gallo y sobre las líneas de expresión de frente y mejillas, se coloreó los párpados con sombra azul marino, y recortó los necios pelos que asomaban de sus orejas y nariz. Ya en esas, podó sus cejas negras y rotundas. El toque final va a ser crema de coco en los labios, dije por joder. Habíamos mirado, fascinados, el show de su vanidad, pero aún no terminábamos de creérnoslo. Crema de labios no, replicó el cantante, sin gota de ironía: esas mariconadas nomás el Mustio. Se miró largamente, torciéndose y meneándose para espiar el efecto que produciría su apariencia desde ángulos distintos. Cuando estuvo conforme, secó su frente de sudor con un pañuelito que sacó del bolsillo trasero de los pantalones. Voy a ver si ya está todo, me gustaría que empezáramos puntuales, mañana es sábado y muchos trabajan. Con la playera sin mangas, el cinto de balitas, los pantalones de cuero con una costura que enmarcaba y resaltaba sus pinches güevotes y una media erección autoprovocada por mirarse al espejo, Barry parecía un metalero de 1982 o, en su defecto, una instructora de aerobics de la época. Podrías bailar en el ballet de Milton Ghio, advertí. Pero el ego del cantante era inquebrantable y no prestó atención a las risotadas del Pato. Voy a mandarles un whiskito para que se entretengan, pero el siguiente hasta que acabemos. Salió del minicamerino, más altivo que gallina recién comprada, y nos dejó solos. El Pato había enlazado su brazo con el mío y recostó la cabeza en mi hombro. ¿Quieres tocar con esta camisa de franela?, preguntó. Porque va a ponerte a sudar a la primera canción. Preferí ocultarle la verdad, es decir, que al calor de las luces la camisa me era innecesaria, pero una vez abajo del escenario convenía usarla, pues me había vuelto alérgico a la brisa fresca con la edad, se me tapaba la nariz y comenzaba a moquear si venía la noche y no me echaba encima una chamarrita o suéter, algo cálido. Mucho había dudado entre elegir aquella franela a cuadros negros y azules o mi habitual chamarra de cuero. Pero Pati me había visto con chamarra todas y cada una de las veces en que nos encontramos para ensayar y, en cambio, la camisa llevaba años metida en un cajón, porque me había quedado justa en los hombros cuando la compró mi exesposa y no volví a medírmela hasta ese día y descubrí, con placer, que la rutina de ejercicios y ensayos había conseguido que me quedara estupenda a manera de casaca. Fui a una lavandería y logré que le quitaran el olor a polvo de lo guardado y la plancharan decentemente. También dediqué media hora a rasurarme el cuello y las mejillas, y a delinear y recortar mi barba de chivo y las patillas. En el fondo, supongo, era tan engreído como Barry, aunque mis motivos resultaran más elevados que los suyos, porque él quería verse guapo ante los amigos y la caterva de Swingers Metaleros de Zapopan, mientras yo me había adecentado con el noble objetivo de gustarle al Pato. Mis planes tardaron poco en irse al carajo. ¿Usas colonia Old Spice?, preguntó ella levantando sus ojos, azules, verdes y grises, con la cara pegada a mi hombro, olfateándome. Yo había dejado de utilizar colonia luego del divorcio: me daba lo mismo apestar a lo que fuera, era Lupita quien insistía en que me echara brebajes encima. Pero esa tarde había sacado del fondo de un gabinete unos viejos regalos: un estuche, por ejemplo, con desodorante en aerosol ya seco y un frasco de colonia que seguía tan campante. De colonia, sí, Old Spice. Esa es la que le pone a mi papá la señora que lo baña, dijo Pati. La neta, preferiría que olieras a sudor. No supe contestar nada, bueno o malo, porque en aquel momento entró

Depredador, muy obsequioso, con los whiskitos que nos habían prometido. Este es del mero bueno, explicó, mientras nos entregaba los vasos. Un veinticuatro años, ¿eh? Ha de andar feliz el patrón. El Pato se enderezó en el sofacito para paladear su trago y no me dejó más remedio que hacer lo mismo. El wiski sería carísimo, pero nada espectacular, y tuve el mal gusto de decirlo en voz alta. El tequila ya te quemó las pinches papilas, pendejo, me vapuleó el Pato. Depredador se había ido a cubrir sus comandas y volvíamos a estar solos. Si no te gusta, me lo donas sin bronca, declaró ella, al darse cuenta de que nomás le pegaba sorbitos de colibrí. Y a mí, qué quieren, me excitó la posibilidad de que mi vaso acabara en sus labios y se lo entregué. El Pato no era una bebedora sensual, y lo que hizo fue empujarse el alcohol al gañote y levantar la barbilla para engullirlo con presteza. No le vayas a decir a Barry que violé la Constitución, dijo, entornando los ojos. Ya me pasé un trago de sus leyes. Como si el wiski hubiera sido el combustible que requería, se puso en pie y me tendió la mano para que la siguiera. Ya es hora, estableció, aunque nadie había venido a buscarnos, y yo trastabillé a la puerta. Justo al salir, el Pato volvió a tomarme del brazo y me obligó a dar la vuelta. Te quiero un chingo, pinche Yulian, y esta noche vamos a partir madres, dijo en un cuchicheo. Me hubiera derretido ahí mismo, un hielo en un vaso de té, pero, en el fondo, esa declaración hubiera podido hacerla cualquier compañero de banda. Era el tipo de cosas que uno se decía antes de salir a escena, y más si habías bebido. El valor me alcanzó para darle al Pato un abrazo asfixiante, un gato aferrado a la rama de un árbol, que ella devolvió con energía maravillosa. Vamos a matarlos, prometió. Vamos a arrancarles la puta piel de la cara.

En un bar normal, hacías la prueba unas horas antes de subir a escena, si llegabas a hacerla, pero cuando tu cantante es el dueño del local puedes dejar las cosas listas el día que prefieras con la seguridad de que nadie va a mover un botón, desconectar un cable o llevarse un aparato sin permiso. Enchufé el bajo a los amplificadores y volví a abandonarlo en el soporte metálico. Sentía el ahogo del miedo: me retiré la camisa de franela y la arrojé a uno de los monitores laterales, sobre el que se colgó como en perchero. Mientras Depredador nos repartía botellitas de agua, saqué la púa del bolsillo, tomé el bajo y rasgué una cuerda y otra y otra más: el sonido era irreprochable. El Gordo resoplaba y tamborileaba en sus muslos, se le quemaban los átomos por ponerse a golpear platos y parches, pero Barry había ordenado que no lo hiciera, y dejara charlar a la audiencia, porque los asistentes se olvidarían de pedir alcohol en cuanto percibieran cualquier sonidito. Pati corroboró que su afinación siguiera en orden, pero sabía más de música que todos, detectó unas minúsculas variaciones y se puso a apretar clavijas. Me gustaba verla así, larguirucha, concentrada en dejar a punto para el combate la lujosa Telecaster color madera. Barry no había asomado aún y lo descubrí, lejos, perdido en mitad de las mesas entre las que Depredador se debatía surtiendo copas, vasos y platitos rebosantes de palomitas de maíz. Cual anfitriona de restorán, Barry iba de manada en manada y repartía palmadas y recibía abrazos, bromeaba con los asistentes y posaba para las fotografías en todos los teléfonos. Por ahí estaba también Marifé, la esposa del Gordo, con su carita redonda y su aire de inocencia perpetuo, incluso después de veinte años casada y de haber parido dos hijos al mundo. La acompañaban un par de amigas que bebían lo suficiente para haberse pedido ya una segunda cubeta de chelas, mientras la primera yacía a un lado, esqueleto de una vaca en el desierto. El Intestino presidía las cinco o seis mesas que ocupaba su tropilla de swingers bronceados y se encargó de que Barry fuera recibido entre ellos con una aclamación. Este pinche idiota de mierda piensa que es solista, ¿verdad?, musitó el Pato sin levantar la mirada del afinador. ¿A qué putas horas se va a trepar? Qué te digo, respondí, se porta siempre así. Es una quinceañera. Mejor te vas acostumbrando. Así mero era el Eddy: por algo se hicieron cuates, repuso ella.

En ese momento, con velocidad de guillotina, se abatieron sobre mi cabeza el destino y el riesgo supremo de que la noche se saliera de madre: Brenda apareció por la puerta principal. Una mano fría arañó mi estómago y el repiqueteo de un pálpito descendió a mis testículos: iba hermosa, la muy hija de Satán. Le despuntaban las tetas bajo una playerita aderezada con el logotipo de una banda de metal extremo, en una de esas tipografías que los hacen parecer bacterias apisonadas por un tractor. Se había deslizado a los pantalones de cuero elásticos más parecidos a la pintura corporal que había visto en la vida y sus pies estaban sumergidos en unas botas de tacones puntiagudos. Llevaba los párpados pintados de oscuro, la boca brillante, y una melena ondulada le cubría los hombros, las luces del tinte rubio anunciándola como torreta de ambulancia. La acompañaba una amiga, también muy arreglada, para la que no tuve ojos ni por un momento. Brenda, pues, había cumplido la amenaza de presentarse hecha una princesa infernal en la tocada. Para desesperación mía, ella y la amiguita cruzaron el salón, eludiendo con garbo a los asistentes, y se colocaron junto al muro lateral izquierdo, de mi lado del escenario.

No había asientos disponibles en las mesas frente a la tarima: allí estaban los viejos amigos de la escuela, gordos, calvos y mal rasurados, pero a ellas no les importaron sus miradas puercas ni sus risitas, y se instalaron. Brenda, claro, notó el terror en mis ojos y sin dejar de conversar con su acompañante me dedicó una sonrisa festiva: se había preparado para deslumbrarme, y lo había conseguido. Como maldición que se cumple, en ese momento me di cuenta de que Luisma también estaba allí, al otro lado del salón, metro y medio por debajo del Pato, con una camarita de video situada en un tripié de aspecto muy profesional. Este pendejo va a empezar su documental de mierda justo esta pinche noche, pensé, y a ver cómo nos lo quitamos de encima ahora. El Hangar ya estaba repleto. Beto, el hijo de Barry, había terminado sabrá el Diablo cómo en la mesa de Marifé, y el par de amigas cuarentonas se concentraban en sonreírle y coquetearle. Pero Depredador debía estar muy al tanto de la identidad del chamaco, porque le sirvió nada más una cocacola de lata y, hasta donde vi, ninguna clase de alcohol. La Niña no apareció por El Hangar: tenía examen a la mañana siguiente y se había excusado desde el momento en que anuncié que tocaríamos en el viejo bar del que tantas veces le hablé. El Gordo no convocó a ninguna multitud, tampoco, además de su mujer y los sobrinazos malditos, pero sí que observamos por ahí a su proveedor, el tipo sin patillas que le mandaba tantos clientes y que, ahora, al fondo del local, charlaba con el Intestino, le palmeaba la espalda y le reía las gracias. Ya que la actividad de nuestro amigo sinaloense, además de organizar un grupo de intercambios eróticos, era distribuir cocaína en bares selectos, imaginé que el jefe le habría pintado el concierto a su oscuro socio automotriz como una suerte de Babilonia, un averno magnífico donde incluso un monstruo podría encontrar sustancias y diversión. No reconocí a ningún invitado del Pato aunque, luego del divorcio, era claro que los güeros de The Hammer no tendrían ganas de acercársele. La mayor parte de los asistentes, pues, había sido convocada por Barry y se encontraba allí solo por él y su gloria. Por ejemplo, todo un ramillete de figuras de la escena metalera local: Pocho Márquez, ya muy avejentado, y con un bastoncito; el Tito Higuera, que habría subido diez kilos, pero se veía orgulloso, las cejas más hirsutas que el lomo de un puerco espín; o los hermanitos Arana, quienes fueron tan corteses que se situaron con todo y señoras en torno a la mesa principal. Aquella era una señal de aprecio notable por parte de los patriarcas del metal «de aquí» y, quizá, un indicio de reconciliación, porque nunca nos habían tolerado: toda la vida pensaron que éramos unos chavitos arribistas de Zapopan que iban a sacarlos del bisnes. Y ojalá hubiéramos podido hacerlo. Pero el negocio se terminó sin que nadie se coronara rey. El Pato y yo cruzamos miradas. Estos güeyes lo que quieren es que Barry les suelte el bar para sus conciertos, me dijo al oído. Y tenía razón.

Comenzamos tarde, porque hubo que esperar a que nuestro líder terminara de recibir apropiadamente al centenar de espectadores. Nos aburrirnos, y ya que no podíamos pedir tragos al Depredador, optamos por desafiar la segunda prohibición, la de no hacer ruido, y rasgueamos los instrumentos mientras el Gordo estiraba las piernas en el doble bombo y hacía bailar sus platos. Barry nos acuchilló con ojos de reproche desde mitad del salón, rodeado de amigos y admiradores, pero entendió el mensaje, y, al fin, se abrió paso y se encaramó al tablado con agilidad de mono. Ándale, pinche Tarzán, apúrate.

Primero nos jodes con que empezamos a tiempo y luego te vas de puta a saludar clientes, reclamé. El cantante estaba de buenas y en vez de mentarme la madre echó una risita. Perdón, queridos: para mí esto no es solo tocar, tengo que aclientar este pedo para que aguante. Pero ya quedó. Vamos a darle o qué.

Qué desesperantes resultan esas películas de lucha libre en que los gladiadores luchan contra monstruos espaciales, vampiros, científicos locos o rateros comunes, pero pierden minutos infinitos cuando llega el momento de un combate vulgar, celebrado en un cuadrilátero. ¿Qué necesidad tenemos de contemplar una pelea fuera de contexto y cuyo resultado nada tiene que ver con la trama, y la salvación de la ciudad, el país o el planeta? En honor a la molestia que me causa ese desperdicio, no me extenderé en recontar lo que hicimos aquella noche. Si nunca han tocado en una banda es imposible que comprendan lo que se experimenta estar allí, bajo las luces, con los hermanos. Diré, sí, que el Gordo rozó la perfección en su tamborileo, que golpeó los toms, la tarola, el bombo y los platos como si pudiera asestar hachazos en el cráneo de su intolerante y remilgado padre (ya muerto) cada vez: en vez del errático y sobrio Isaías, teníamos ahora un león de las percusiones, un maniaco que se había preparado veinte años para la velada. Creo que no desentoné, rasgué mi bajo con criterio y decisión, y evité que el Gordo se desbordara, obligándolo a mantener a la sección rítmica en su sitio. A la vez, disfruté ceder el protagonismo a la guitarra de Pati. Me clavé tanto en la elegancia y furia con que interpretó sus partes que apenas recuerdo el desempeño de Barry en la guitarra rítmica; no debe haber sido malo, claro, porque ni se salió de madre ni nos obligó a cubrirle las espaldas tras algún fallo espectacular. Pero lo crucial fue que el Pato se creció y superó al Mustaine en todos los renglones, que hizo sonar simple la complejidad de los solos y aderezó los puentes con un rasgueo más deliberado y, a la vez, sutil que el original. Para mí, se llevó la noche, y el público la festejó en grande, y en especial los conocedores, las glorias del metal del municipio y nuestros viejos compañeros de escuela, que eran el núcleo de nuestros fans. Vaya: incluso Brenda la miró con una mescolanza de desconcierto y admiración. El Pato debía parecerle una señora güera y flaca, sin relevancia, pero era lo más parecido a Mozart que iba a conocer. Otro que se dio cuenta del nivel descomunal de nuestra guitarrista fue Barry, quien se vio empujado a dar la actuación de su vida para no quedarse atrás. Nuestro líder bailó como una de esas virtuosas rumberas que acompañaban a los luchadores en las dichosas películas de mamporros: se contoneó, berreó y, también, todo un showman, entre canciones se dedicó a enviar saludos a los presentes, y a pedir unas palmas para nosotros, los músicos, que terminaron siempre por ser aplausos para él. Y al final se comió el espectáculo, según su costumbre. A Barry le encantaba decir que su banda tenía que ser un Ferrari, pero él era la gasolina, y porfiaba en demostrarlo. La voz se le resintió después de tantos bramidos y cambios de tono, pero tuvo el buen sentido de bajarle de güevos y llegó al último acorde afónico, pero sin que se notara. Echamos diez piezas, porque los bares no son estadios y la gente disfruta la música, pero también se cansa y llega el momento en que prefiere beber y charlar. Y cerramos con el único cover de la noche, uno de nuestros fusiles de Metallica. El Pato hizo los énfasis adecuados antes de abordar los riffs, antecedidos por diminutos silencios con los que resaltaba la importancia de las notas por venir. Los asistentes, la mayoría borrachos, enloquecieron y siguieron vitoreándonos dos o tres minutos después de terminada la canción, mientras las luces giraban epilépticas por los aires, Barry chocaba manos, acuclillado en la orilla del escenario, Pati jugaba con la distorsión de un pedal y el Gordo daba platillazos y levantaba las manos como si hubiera ganado la maratón. Me sentí eufórico, una sensación inusual de tan olvidada, y apenas lograba mover los músculos de la cara cuando me descolgué el bajo. Brenda me contemplaba con una especie de aprobación, y puedo jurar que se metió al fondo de la boca el cuello de botella de cerveza para darle un trago sin separarme las pupilas de encima. Aquello, más que insinuante, era una declaración de guerra. Barry había contratado a un par de *roadies* para que se encargaran de apagar y guardar lo que fuera necesario, y pudimos dejar libremente la escena, y recibir los abrazos que nos ofrendaban. El primero que se me acercó fue el tarado de Luisma, cámara en mano, la lente en mi oreja. Debía seguir ensordecido de música, porque gritó: ¡Estuvieron vaciadísimos, maestro! Qué chido. De verlos, uno no imagina que armen esta escandalera. Más que lanzándonos elogios, parecía describir un video de gatitos que hacen monadas, o peor aún, el de algún chango cochino que se rascara el trasero y oliera luego su garra. Alguien me abrazó por la espalda con fuerzas hercúleas: era el Gordo, más arrogante y satisfecho que nadie. Es el mejor día del año, Yuliancito. Ya me urgía sentir esto. Todo el tiempo quise algo así. Esto es vida y no la del taller. Logré salir de su prensa de boa a tiempo para que Marifé, que había saltado hecha un torbellino desde su mesa, se le colgara al jefe del pescuezo y lo besara con efusión reverdecida. Debo reconocer que sentí una punzada de envidia: el Gordo llevaba dos decenios casado con esa mujer que lo adoraba, y a la que le parecía un logro gigantesco que su marido tocara la batería, con otros viejitos, en un bar. Qué suerte absoluta, pensé. Y resolví que quizá Lupita, mi exmujer, pudo ser así, solo que nunca le di motivos de festejo. O quizá ella era una hija de la verga que no me habría querido dar felicidad bajo ninguna circunstancia. En fin. Volteé al escenario para ver que Barry era llevado en hombros por una bolita variopinta, en la que alternaban los hermanos Arana, unos swingers y dos o tres viejos fans. Todo un pinche rockstar, me dije con amargura. Este cabrón se queda siempre con el plato entero. Al fin pude llegar al área del minúsculo camerino sin que nadie más me atajara. Ya en la puerta recibí un grito: ¡Oye, toma! Era Depredador, quien me estiró dos vasos de wiski antes de escapar. No puedo culparlo por la prisa, a Barry no se le había ocurrido contratar otro mesero y él debía atender en solitario a la multitud embravecida y fiera.

Sola, un iceberg en el mar, el Patito se había aposentado frente al tocador: se miraba al espejo. Los foquitos del marco la iluminaban y la hacían parecer más güera de lo que era natural. Se limpiaba con una toalla húmeda el discreto maquillaje de párpados y pómulos; dos ramilletes de arrugas se le formaron junto a los ojos y otro par al lado de las comisuras cuando sonrió. No aguanto mucho rato, se me pone la cara de momia: eso explicó mientras terminaba el ritual de limpieza. Le entregué uno de los wiskis. Hubiera dado una mano en aquel momento porque mi vaso estuviera lleno de tequila y no de aquella melaza escocesa de altísimo octanaje. La Pati echó la toalla a un bote y se puso en pie. Brindamos y bebimos. Salud. Salud, cabrón. Buen concierto. Apenas podía respirar, el vaso me temblaba en la mano, tuve miedo de que se me escurriera y lo dejé en el tocador. Ella me miraba con una media sonrisa, casi a través mío. Cerró los ojos para dar un trago y solo hizo un gesto cuando recibió la patada del alcohol. De nuevo vas a darme el tuyo, afirmó, más que preguntar, y se apoderó de él y lo liquidó. La segunda inyección debe haberle pegado más, porque torció la nariz y encogió la cabeza entre los hombros. Está tremendo, dictaminó, pero me hacía falta. Siempre tan hermosa, la Pati. Lo supe por años, toda la vida, y de tanto saberlo mi resistencia, por fin, colapsó. Había sido demasiado aguantar, hacerme pendejo por siglos sin atreverme a decir lo que deseaba. Así que estiré las manos, sostuve su cabeza y me incliné para besarla. Pero el destino que nos toca suele ser distinto al que querríamos y las mejores historias nunca le dan la victoria al que la merece. Pati, al sentirme cerca, pegó un brinco de gato acorralado. ¡No!, gritó, ¡no! Me quedé con los brazos a los costados, la boca abierta y la sensación terrible de haber destruido mi vida, nuestra amistad y la banda. Yo te amo, pinche Yulian, deslizó ella, aterrada, pero no. No puedes besarme hoy. Yo no. No. Hoy soy como un vato, güey. Un pinche vato. No sé ni qué hacer si te me acercas. Yo también quiero, pero no sé cómo. Se había cruzado de brazos y me contemplaba con pena. Perdón. Perdón. Perdón. No se me ocurría otra cosa que decir y lo repetía. Perdón. Perdón. El Patito estaba trémulo y se le agitaban los labios. Parecía a punto de llorar: hubiera querido abrazarla y reconfortarla, pero colocarle un dedo encima hubiera provocado que las cosas empeoraran. Perdón, repetí por última vez. Ella sacudía la cabeza sin parar. Sus ojos de seis colores se concentraban en el suelo. No te disculpes. Yo soy como tú, Yulian. Igualita. Todo este tiempo. Y no dijo más, porque debía tener la cabeza más revuelta que la mía. Mejor me voy, supo decir, y avanzó a la puerta. Debo haber tenido un aspecto deplorable, no podía moverme y mi boca seguía sin cerrar. Ella tomó la chapa, dejó caer otra mirada de angustia y se cubrió la cara con la mano como si la arcada de llanto volviera. Te quiero mucho, pinche Yulian, dijo. Y salió del camerino y no volví a verla esa noche. El alma se me quedó de piedra y mi cabeza se fue, sin contención posible, al concierto aquel, en el mismo puto Hangar, cuando la Pati confesó que se casaría con el Eddy, se le arrasaron los ojos y no pudo terminar la explicación. Y se fue por más de veinte años y ahora, cuando el mundo estaba roto, de su lado y el mío, y debimos bregar desesperados para coserlo de nuevo, había vuelto a marcharse. La desolación me dominó. Un dolor físico y del alma se me entrometió en las costillas, me campanilleó en la nariz y la boca, el pecho y la nuca, hasta golpearme en mitad del cerebro. Solo quedaba una cosa digna por hacer allí: salir a la noche y buscarme un tequila.

Nada importaba, y ya que Depredador estaba abrumado, rellenando al planeta entero de tragos a la velocidad de la liebre que huye de un incendio, caminé a la barra, tomé un vaso y lo llené del tequila blanco que solía gorrearle a Barry. Dos o tres sorbos no consiguieron adormecer la serpiente espinosa que me tañía en el pecho, y me empiné el alcohol. Debo haberle bajado un tercio antes de sentir que me ahogaba. ¿Te estás dando valor?, dijo una vocecita burlesca, aguda y familiar. Brenda estaba allí, los pulgares metidos en la cintura de sus pantalones ajustadísimos y tan elevada por sus botas con tacón de aguja que nos veíamos a los ojos a la misma altura. ¿Y tú ya te diste?, respondí para devolver la pelota a su cancha. Me obsequió una sonrisa encantadora, la más sincera que le había visto en la historia. Parecía muy joven y alegre, y era fácil olvidarse de que le llevaba al menos dos décadas de edad. La última vez que toqué en este sitio estabas naciendo, dije. O a lo mejor me estaban haciendo, replicó su mentecita rápida. Nunca has hablado de tu padre, la corté, estúpido, porque Brenda y yo en realidad no charlábamos de nada serio. Volvió a reír y se tapó la boca con la mano, quizá sus dientes perfectos la avergonzaban. Le resplandecían los ojos. Mi papá ya se murió y no era interesante. Creo que no hablaba ni con mi mamá. Pero no tengas miedo, pinche Yulian. Ustedes no se parecen en nada, si es lo que te preocupa. Estudié psicología y no soy un complejo de Electra andante. Alargué la mano, la apoyé en su cadera y Brenda se sobresaltó, pero se aproximó luego milimétricamente, lamiéndose las puntas de los colmillos. Ya veo que sí te diste valor, viejito. Sin pensarlo, volteé por encima del hombro, para ver si no tenía detrás de mí al Gordo Aceves, a Marifé, a Luisma, al mismísimo Pato, o a cualquiera que pudiera erguirse a manera de estorbo o conciencia moral que evitara lo que estaba a punto de intentar. Pero nadie miraba, concentrados en vitorear a Barry, en celebrarse ellos mismos por ser tan veteranos y aburridos y estar agotados, y aun así haber sido capaces de protagonizar aquella noche, levantar del sepulcro a una banda muerta y ponerla a actuar. Si vamos a irnos que sea ya, dijo Brenda, siempre funcional, antes de que nos vean. ¿Y tu amiga?, la contuve, con la débil esperanza de que una pausa nos hiciera mutar de idea. Ya se fue, dijo con mueca sardónica, hace una hora, tiene un niño pequeño, no se lo cuidan toda la noche. Asentí y, sin otro gesto que señalar la puerta con un movimiento de nariz, nos puse en marcha. Me sentía, debo decir, alucinado, en mitad de una farsa cruel: mi pasado era escenificado una vez más, episodio por episodio. El Hangar, el Pato, su rechazo, un dolor tan inconcebible que debía ahogarlo a toda prisa. Le pegué otro buche al tequila, caminé a la puerta como si solo fuera a salir del salón a tomar el aire, devolver una llamada telefónica, fumar un cigarro. El taconeo de Brenda me perseguía, pero esta vez, la asechanza era alentada. Ya no soy yo, se me ocurrió pensar. Porque el yo de media hora antes habría escapado de la sobrina del Gordo, considerado los veinte años que lo separaban de ella una muralla inabordable, y sus esfuerzos se habrían concentrado en mantenerse en calma después del episodio con el Patito. Pero el que me volví, el que salió del camerino después del madrazo universal, se parecía al tipo que acabó enredado con Lupita en una posada de imprenteros. Alcancé a ver a Barry y al Gordo a la distancia, fotografiándose, unas estrellas del metal los pendejos, mientras Luisma entrevistaba a los más parlanchines asistentes. Vi a Beto Dávila, el hijo de Barry, abrazado con una amiga de Marifé que le reía escandalosamente algún comentario bobo. Nomás falta que el chamaco termine metiéndose con una señora que le triplica la edad, me dije, dándome cuenta de que era un reproche dirigido a mí mismo. Bajé los tramos de escalera que llevaban al estacionamiento de El Hangar a saltitos, un niño escapándose de la escuela. El lugar para discapacitados estaba libre: la Pati y su camioneta se habían marchado: una ausencia cósmica, insondable. Notaba el cuerpo de Brenda, su rodilla tocando la mía, su cadera tallándose en mi muslo, su aliento en la oreja. Corría a mi lado. Tú no tienes carro, pero yo sí, presumió. Y me rebasó fácilmente hasta doblar la esquina. Se había estacionado a la vuelta de El Hangar, en el local de una peluquería infantil. Su pequeño auto compacto lucía traqueteado, y me sorprendió que una niña bien no anduviera en un vehículo más lustroso. No me gustan los pinches carros, justificó ella en cuanto hice la observación. Con que se mueva basta. Mi mamá me dio este para ir a la escuela de psicología, que está en el culo de la ciudad. Para qué llevaba uno más caro, ¿para que me lo robaran? Me di cuenta de que la habían educado como una zapopana común, pensaba que cualquier barrio del Oriente era un nido de rateros. Reí por lo bajo: yo vivía en el lado malo de la urbe, según su mapa, y mi peor crimen había sido imprimir unas tarjetas de presentación sin permiso. ¿Tienes casa?, preguntó Brenda, reinstalada en su grosería. Rento un depa, dije, pero lejos, en un barrio de putos ladrones que dan miedo. Sería la medianoche, los negocios habían cerrado, los escaparates y los anuncios espectaculares iluminaban más que la luna y las estrellas juntas. ¿Y en esa casa hay condones?, atacó, sin encajar la burla. No, acepté. Hay que comprarlos. Tampoco quise decirle que llevaba meses y meses sin acercarme a una mujer. Brenda suspiró melodramáticamente. Pinches pendejos, nunca están listos. Sostuvo el volante con la mano izquierda y con la derecha me entregó un bolso de piel negra. ¿Llevas condones encima?, me asombré. Compré, sí. Por si me hacías el milagrito. Qué prevenida, alcancé a decir, mientras ella aceleraba para pasarse una luz amarilla. Espero que no estés cansado, Yuliancito, me pinchó, manipulando la palanca de velocidades. Y me di cuenta de que mi expectativa era la contraria. Al tocarla, yo esperaba, más que nada en el mundo, descansar.

¿Cómo surgió la idea de formar The Hammer, Pati?

Puede que por el Eddy. Es inevitable que, si te clavas en el metal, en algún momento vas a dejar de ser un fan, no de la música, sino de los músicos. Es decir, vas a querer ser uno de ellos, y no solo el que les aplaude. Un día llevé la guitarra a casa del Eddy y su hermano, les mostré dos o tres canciones que había sacado. Cositas de Grim Reaper, o cositas de Nazareth, por ejemplo, que era una banda pegadora, pero tan vieja que le gustaba incluso a mi papá. Ellos se emocionaron, nunca habían puesto las manos en un instrumento, pero decidieron que querían tocar. Y allí mismo armaron la banda, conmigo como guitarrista principal. Eddy era distante pero amable. Toni me tomaba el pelo o me empujaba, pero Eddy no. Y con la pura mirada congelaba al Toni si se pasaba de lanza. Creo que desde los trece años supe que emocionaba a Eddy. Él no me gustaba demasiado, o no así, pero sí lo bastante para pasármela con él y su hermano. Tocas muy bien, tú vas a ser la guitarrista. Yo voy a tener la otra guitarra y este pendejo, el bajo. Eso dijo Eddy, nada más, y antes de dos meses, compraron instrumentos y amplificadores. La mamá los mandó al cuarto para invitados al fondo del jardín, que era el más grande de la manzana, y justo al lado del lago. Allí podríamos tocar sin que el ruido la molestara. Era una señora amable, una de esas flacas y muelonas de las que estaba llena Chapala. Me parecía una viejita, entonces, y debía tener dos o tres años más de los que tengo ahora. No sé si al verme, hoy, pensarás que soy una gringa flaca y muelona de Chapala...

Y bueno, luego te hiciste famosa en la escena de Guadalajara como una gran guitarrista.

Guitarristas había muchos, y muy buenos. Estaban los legendarios, claro. Los hermanos Arana, el Tito. Ellos fueron los pioneros, y, para nosotros, estaban a otro nivel. Pero en fiestas, en casas, en ensayitos de bandas sin nombre, llegué a oír a chavitos, de los dos lados de la ciudad, fresitas de Zapopan y metaleros greñudos del Oriente, que tocaban como dioses. Si ninguna banda de la escena triunfó, ni siquiera The Hammer, ni tampoco La Armada, no fue por falta de talento. Fue porque había poco público, poca convicción, pocos recursos. A los fresas, los papás les toleraban el chiste y la gracia un rato. Hasta que llegaba la hora de estudiar algo en serio, conseguir un trabajo, casarse. El Barry acabó por ser uno de esos, ¿no? Aunque no fuera tan fresa, pero la familia tenía lana, un negocio, propiedades. Lo mismo el Gordito Aceves. Él nunca tocó mucho porque el papá primero le cortaba las manos que dejarlo meterse en una banda. Y a los chavos del Oriente también se los chingaba la realidad. Un día tenían que conseguir trabajo, alejarse de los ensayos, de los amigos, se peleaban. O tenían hijos, y había que cuidarlos y trabajar y trabajar. Ninguna banda, ninguna, consiguió estar junta el tiempo suficiente para crear un público y mantenerlo y proyectarse afuera. La realidad nos jodió. La ciudad nos jodió. Nosotros vivíamos en la burbuja de Chapala, que está a cincuenta kilómetros, al lado de un lago. Y, al menos, la familia del Eddy y el Toni eran de lana, y eran personas pacientes. Pero, tarde o temprano, el aguante se les fue. Querían que sus hijos estudiaran, les parecía que lo de tocar estaba divertido y cool pero hasta ahí. Se enorgullecían de que hubiéramos ido a Puerto Vallarta, o a la Capital, sí. Imagínate: había un cartel de The Hammer enmarcado en el despacho del papá. Pero lo veían como pasatiempo. Y nada más. Entonces, sí, yo era buena guitarrista. Tan buena como el Mustio. O el

Tito. O sea, muy buena para Guadalajara, legendaria para Chapala, invisible para el resto del mundo.

Si comenzaron a juntarse a los doce años y a tocar cuando tendrían trece o catorce, ¿cómo es que tardaron tanto en darse a conocer?

No friegues: porque éramos unos niños. Y ellos dos ni siquiera sabían tocar, y yo no demasiado, tampoco. Me chuté cien cursos de guitarra y luego busqué y pedí libros de música, de teoría musical. A veces no entendía ni madres, pero poco a poco comencé a entrarle más. Estudié hasta a la prepa, que era lo más que se podía en Chapala entonces. Para una carrera había que irse a Guadalajara. Pero yo no quería ser dentista, ni antropóloga, ni maestra. Quería tocar, hacer música. En Guadalajara no hay conservatorio, solo un par de escuelas y algunas academias. Pero cuando llegó el momento, mi papá estaba mal de salud. Imposible dejarlo solo. Había una señora que limpiaba la casa y nos cocinaba. Hasta para eso alcanzaba la pensión. Pero la doña tenía sus obligaciones, no podía estar pendiente de comprar las medicinas o encargarse de los estudios que mi papá fue necesitando. Porque la cosa de la espalda le empeoró muchísimo. Llegó el momento en que la mota no le quitaba el dolor, nomás lo atontaba un poco. Henry, otro gringo, un vecino, que quizá era el único amigo de mi papá en Chapala, fue el que le dio las primeras gotitas, le dijo que eran un calmante, o eso me dijeron ambos a mí. Pero mi papá sabía que esa mierda estaba hecha a base de morfina. Y empezó con una gotita en la lengua, y mejoró, se reía de nuevo, comía mejor. Pero a la vuelta de unos meses ya eran dos gotitas y luego tres, ¿sabes? Así crecen en esas cosas. No teníamos dinero para andar en consultorios y tratamientos. Mi papá podría reclamar atención médica en Estados Unidos, pero tampoco tenía dinero para ir. Entonces, las cosas pasaron así. Me conformé con mis libros y mis cursos por correo; a veces eran cursos con casete incluido, hasta tuve uno con videos. En medio de esas cosas, Eddy y el Toni aprendieron a tocar. Nunca fueron muy hábiles, pero al menos entendieron lo esencial: sonar fuerte, correcto y rápido. Y consiguieron que se nos uniera el Ramón, un chico medio alzado que estudiaba con ellos en la prepa bilingüe para varones de Chapala. Ramón era un baterista muy bueno, bueno de verdad. Y presumido. Por alguna causa, se sentía inferior a Eddy y el Toni, a lo mejor por ser más bajito que ellos. O al menos eso pensaba yo, que a lo mejor soy una güera de mierda. Pero el hecho es que todos los años que tocamos, Ramón se esforzaba a cada instante para que lo valoráramos. Ramón no es que hablara mucho de él: solo hablaba de él. Si le mencionabas una canción, de inmediato saltaba a declarar lo que él habría hecho para grabarla o componerla o interpretarla mejor. Por lo tanto, no creo que hayamos cruzado más de cien palabras. Era insoportable. Pero sí, tocaba bien, más rápido y técnico que la mayoría. El Isaías o el Gordo Aceves, cuando lo conocieron, no se le despegaban. Le andaban haciendo preguntas todo el tiempo, y Ramón era feliz. Les daba conferencias. Entonces, seguimos. Y un día fuimos capaces de componer. Y de ensayar. Y pensar, incluso, en salir ante el público.

¿Hablamos de que tenían dieciséis o dieciocho años?

Más de dieciocho. Eddy y Toni, que son mellizos, pero no gemelos, terminaron la prepa. Agarraban el carro todos los días y recorrían la carretera a Chapala y la mitad del periférico de Guadalajara, para tomar clases en la universidad. Eddy estudió ingeniería y Toni, increíblemente, porque es un bruto, se metió a ciencias políticas. En una escuela fresa, hasta católica, y cara. Eso complicó mucho el que hiciéramos una vida de banda normal. Pero la condición de sus padres para que siguieran con The Hammer era que no dejaran sus estudios y sacaran por arriba de ocho en promedio cada semestre. Y hay que reconocerles que lo hicieron. Muy metaleros y todo, y muy borrachotes en las tocadas y las fiestas, pero también eran muchachos bien nacidos y bien portados, ja. El Eddy hasta beca académica tuvo. Al menos un par de semestres. Se le daba bien, la ingeniería. Por eso acabó con el negocio de los invernaderos y haciéndose rico. El Toni solo aguantó un semestre de ciencias políticas y se cambió a mercadotecnia. Y allí le fue decente. No demasiado, porque lo único que hizo fue trabajar con su papá, pero sacó el título. Así que ensayábamos solo cuando ellos podían. Yo, entretanto, estaba allí, en mi casa, cuidando a mi pá, con la guitarra, con la puta televisión. Según sus calendarios, ensayábamos dos o tres noches a la semana. Doce horas. O menos, si tenían tarea. Obviamente, mi nivel era muy superior. Y no es mamada. Yo tocaba todo el santo día, mi pá estaba durmiendo. Y ellos solo agarraban los instrumentos en los ensayos. No daban vergüenza, tampoco eran grandes músicos. Ramoncito sí, pero Ramón era otra historia. Tenía un conjunto que tocaba en fiestas en la ribera del lago. No un grupo de rock: uno de fiestas. Baladas, esas cosas. Y en una época le fue muy bien. Todos, pues, con sus vidas, menos yo. Yo solo tenía la banda.

En Guadalajara, sin embargo, The Hammer parecían muy activos…

Era ilusión óptica. Yo los presionaba, claro, para tocar más. Para ensayar más, al menos. Llegamos a movernos en un par de bares en Chapala en fines de semana, para gente que iba de Guadalajara a beber, o a coger en los hoteles de la ribera. No nos fue mal, pero acababan pidiéndonos cosas rarísimas, covers de Pink Floyd, o de plano «Hotel California». No entendían que no éramos una banda de fusiles. Chapala no iba a darnos ninguna clase de horizonte promisorio. Finalmente, se trata de dos o tres pueblos chiquitos, si contamos Ajijic y San Juan Cosalá, con una colonia de gringos, casi todos viejos y jubilados iguales a mi papá o Henry. Por eso tratábamos de venir a Guadalajara. Grabamos un demo con el Johnny Boy, un gringo que vivía en San Antonio, al lado Oriente de la laguna, un tipo dizque muy chinguetas, jubilado también, pero que había sido de la escena de Detroit. Este cuate tenía amigos por todas partes. Nos recomendó con bares en Guadalajara. Con la gente de El Clavo, de La Mancha y de El Hangar. Y él, indirectamente, nos presentó con La Armada. También los había grabado, o estaba por grabarlos, más bien. Todas las bandas acababan conociéndose, porque apenas había un puñito. Éramos un mismo círculo de gente que se conocía, trababa amistad, armaba proyectos, se peleaba, se disgregaba, y vuelta a empezar. Había una promiscuidad musical terrible. Todo el mundo andaba intercambiando vocalista, guitarristas, baterista. Swingers metaleros. Parece chiste, ¿verdad? Pero pocas bandas se mantenían fijas. La Armada fue una de ellas. Cuando nos conocimos se llamaban Paganos, todavía. Fuimos a tocar con ellos en El Hangar. Desde la prueba de sonido supe que tenían algo. Mustaine, el guitarrista, era bueno de verdad. Alguien tan clavado como yo. A mí me gustaba hablar con la gente, me venía en autobús, o con el Eddy y Toni, a todos los conciertos de metal en la ciudad. Y me volvía loca, la neta: bebía, y bailoteaba, incluso en el slam, rodeada de mastodontes. Aprendí a subirme al escenario y a saltar. Me hacía muy feliz saltar. Ser sostenida por un montón de manos en el aire, me sentía una diosa o al menos que importaba algo. Me fascinaba. Pero mejor que ver un concierto es tocarlo. Por eso me gustó La Armada, se notaban bien ensayados y sonaban parejitos. Yo era mucho mejor que el Eddy y el Toni, lo mismo que Ramón. En cambio, aunque el Mustio destacaba de plano, el Barry y Yulian eran muy buenos. Músicos que daba gusto oír. Los vi por primera vez sin el Mustaine. Y lo primero que les dije fue que necesitaban un guitarrista. Y, la verdad, estaba promoviéndome. No me habría importado que me invitaran.

Así se hicieron amigos.

Sí, de fiesta en fiesta. No sé por qué, Eddy, que en realidad era un tipo tranquilo y razonable, les infundía tanto miedo a todos. Supongo que, por güero y grandulón, y porque siempre fue muy fuerte. Más fuerte que el Toni, que tendía a engordar. Serían diez centímetros más altos que todos los demás de la escena: se daban a notar. Barry, que siempre fue un mamón, les vio cara de profesionales nomás por güeros. Y, desde la primera vez, se les pegó a platicar. Recuerdo, otra vez, ya en Chapala, lo extrañado que se quedó cuando le dije lo raro que me parecía que un cantante de su nivel, porque el Barry es chingón, un güey que sabía lo que hacía y tenía una banda en la ciudad, estuviera tan interesado en The Hammer, que veníamos de un pueblito. No quiero hablar de racismo, porque soy una pinche güera, pero para mí era extraño. La neta, con el que me caí bien fue con el Yulian. Barry era el más vistoso, pero a mí me daba risa. Bailaba como cumbiero, parecía un Mick Jagger con comezón. El Mustaine era raro y distante. No sé si por vanidoso o por inseguro. Daba lo mismo. No se acercaba. Isaías era un güey callado y sin conversación. Yulian, en cambio, era otra onda. Era guapo y gracioso, y le gustaba hablar. Eddy es de pocas palabras. Toni, de menos aún. Y Ramón, bueno, ya dije, un pendejazo. Fui conociendo gente en los conciertos y las tocadas, gente con la que me llevaba, y era simpática. Pero Yulian es uno de esos cuates con los que puedes hablar de verdad. Le contaba sobre mis horas de guitarra en mi casa, mis cursos por correo, y lo que decían mis libros de musicología. Le contaba sobre mi papá, sus gotas de morfina, sus crecientes problemas para respirar. Y él me contaba de sí mismo bailando en su casa, solo, cuando llegaba de la escuela y tenía doce años. Me contaba de su madre, siempre tan cansada por el trabajo que apenas hablaban. Me contaba de su padre, que era aburridísimo, y nunca decía nada relevante. Nuestras historias se parecían en algo que no podría explicar, había cosas que entendíamos de inmediato del otro. Yo le tuve mucha ley a Yulian desde el principio.

Nos dirigimos, pues, a mi casa: Brenda vivía con su madre y el inútil de Luisma, y no habría manera de colarse a su habitación sin ser notados. Mi lugar de estacionamiento en el edificio se encontraba vacío, por fortuna, pues era común que algún gandaya o culero lo utilizara sin autorización. Vecinos de mierda: sabían que no tenía automóvil ni lana para comprarlo, y se aprovechaban. Con solo un poco de dignidad, se habrían ofrecido a alquilarme el espacio en vez de agenciárselo a la mala: el dinero me habría venido de pocamadre. Abrí la marcha por las escaleras, sintiendo en la espalda el bamboleo de Brenda. Iba más ávido que preocupado, aunque mis memorias galantes no daban para libro ni para canción. Para empezar, porque La Armada Invencible no tocaba ese tipo de rolas sobre sexo, que eran dominio absoluto de las bandas glam o el refugio ocasional (una rareza, un lado B) de alguna banda de la vieja escuela. Pero me acostaba con chicas desde los catorce y me consideraba un amante al mismo nivel del bajista, el ilustrador y el amigo que era: empeñoso, confiable y con apuntes de talento. Cumplidor, vaya. Y no estaba nervioso. Mi autoestima no era inmensa, pero alcanzaba. De hecho, si me permiten la digresión, uno de mis problemas para engancharme con las bandas de grunge, ese estilo crujiente de música que arrasó con el metal en los años noventa, era la manía autodestructiva y el poco cariño que se tenían sus músicos. Por eso, imagino, acabaron suicidándose todos. Escribían sobre ellos mismos y se ponían en un papel francamente desolador. Su música era enérgica (Alice in Chains o Soundgarden eran bandas formidables), pero sus letras estaban construidas con melancolía y autoexecración. Les faltaba el humor y la dignidad de un Lemmy, ese viejo sabio que postulaba que perder no tendría por qué disuadirnos de seguir jugando. Vaya: suscribo la teoría de que los músicos tenemos algo de hipócritas y podemos cantar con toda convicción sobre algo que no nos afecta o ni siquiera existe en nuestras vidas. Pero los fans son otra cosa: botellas vacías que se rellenan con el agua que les damos. Y un pobre pendejo con la botella colmada de autoconmiseraciones va a ser, me temo, uno de esos amantes de güeva a los que se les para lento y tarde o se vienen enseguida y se dedican luego a mirar el horizonte. Hay más oportunidad de hacer algo si lo que nos habita es el fatalismo alegre, el contento fúnebre del metal. El nuestro, el de verdad. Las chicas que les hacen caso a los metaleros les deben más orgasmos a los desbordes de Manowar y Slayer que a los depresivos grungeros o a llorones profesionales del tipo de System of a Down (no me crucifiquen, sé que es una bandota) y el nuevo metal. En fin. Otros cuarentones habrían corrido a la farmacia para atiborrarse de píldoras si es que llegaban a ligarse a una chavita. Pero yo era el ligado allí, y mis expectativas consistían más en quitarme a Pati de la cabeza que en chiflar de pasión a Cleopatra. Brenda y yo comenzamos a besarnos en el sofá en que solía arranarme a ver televisión si es que amanecía resacoso. La boca le sabía cerveza y su lengua raspaba, como la de los gatos. Su cuerpo parecía estar llena de resortes y podía mostrar unas fuerzas sorprendentes cuando quería. Nuestro primer revolcón fue veloz, aparatoso y sucio, puro metal sureño, esa música lodosa y alarmante que parece interpretada por los malvados de una película de masacres. Nos desnudamos a jalones: ella se deshizo de sus botas y los pantalones ajustados con la agilidad de una gimnasta, mientras que a mí se me enredaron las manos con las agujetas de los tenis y se me atoraron los jeans en los tobillos. No pude quitarme la playera y, para mi vergüenza, tampoco los calcetines, que no tenían agujeros, al menos, porque tuve el buen sentido de usar unos enteros para la tocada. Brenda me obligó a recostarme en el sofá, empujándome el pecho con las rodillas, y serpenteó, de espaldas a mí, hasta alcanzar mi verga con la boca. Usaba demasiado los dientes para mi gusto. Apoyó sus propias rodillas a los lados de mis orejas y me puso el trasero en la cara. Considerado plásticamente, era perfecto: firme, delicado. Movió las caderas hasta que no me quedó más remedio que atragantarme con su entrepierna. En aquel momento no tuve cabeza para reflexionar. A la distancia puedo decir que si no me vine enseguida en su boca fue porque nuestro ajuste era imperfecto, y el ritmo de la mamada, veloz en exceso (iba a usar la palabra «desbocado» pero sería una paradoja). Brenda no sabía ocultar los dientes y podría decirse que me mascaba la verga, aplicando además la punta de la lengua al meato, lo que tampoco era la idea más placentera que se le había ocurrido a la humanidad. Hipersensibilizaba, por supuesto, pero no provocaba un orgasmo. La realidad es que el ajuste perfecto para la verga es el de la propia mano y por eso un cabrón cualquiera es capaz de venirse en menos de lo que se fuma un cigarro, incluso si solo está sentado en el retrete. Los orificios de las chicas no ajustan igual. El placer que se siente al penetrarlas es básicamente incontrolable, o difícil de dominar. Y uno prefiere coger a jalársela solamente si es capaz de que importe lo que hagan tu cerebro, ojos, nariz o boca, porque en términos de apretón, la madre naturaleza nos hizo autosuficientes. Supongo que por eso la inmensa mayoría de los cabrones somos amantes defectuosos. Si eres capaz de hacerte venir solo, a voluntad, el placer de los demás puede dar pereza. Lo que logré, por cierto, y porque no tenía repiqueteando en la mente ninguna de estas pendejadas en aquel instante, fue sacar los brazos de la presa de los muslos de Brenda. Gané, así, libertad suficiente para tomarla de las nalgas y abrirlas, permitiéndome respirar. Y concentré mis afanes en obedecer lo que su meneo de caderas parecía pedir, que era lamer su ano. Justo cuando al fin me vine (sentía la verga despellejada por sus colmillos y fuera del registro de mi cerebro, tanto que ni siquiera supe si mis emanaciones habían sido abundantes o ridículas) Brenda se irguió de golpe, sentándose en mi cara. Bailó allí una especie de danza circular hasta que mis dedos y lengua y la fricción cumplieron su cometido. No pretenderé reivindicar la gloria de haber hecho venirse a una chavita veinte años menor que yo: la realidad era que Brenda se había masturbado conmigo y se había venido, me pareció, porque le había dado la gana, igual que había decidido arrinconarme y perseguirme, sin que hubiera alguna clase de mérito mío de por medio.

Se levantó del sofá con parsimonia y fue a la cocina, a dos pasos. Bebió un vaso de agua en pocos sorbos, volvió a rellenarlo y a vaciarlo, se estiró y preguntó dónde estaba el baño; parecía otra: quieta, tímida. Le indiqué la dirección, caminó allí, dejó la puerta entreabierta y la escuché orinar. Yo, desde luego, no había conseguido cambiar de postura, derruido en el sofá, desnudo de cintura para abajo, la playera sudada y los calcetines arrugados. Estiré las piernas con ese cansancio peculiar que, de niños, sentimos en los grandes días, cuando nadamos por horas en la alberca, subimos la montaña, jugamos la tarde entera con los amigos, y que de adultos nos arrastra incluso si la tienda de la esquina está cerrada y hay que caminar dos calles a la que sigue. Apenas podía creer que unas horas antes hubiera compartido el escenario por primera vez con el Patito, la Pati, a quien llevaba la vida entera esperando. Pero aquella cima de alta montaña me había eludido y, al final, el camino me llevó a una escena antes inconcebible. Brenda sacó unas cervezas del refrigerador. Ya en el sofá, me levantó las piernas, se sentó bajo ellas y extendió una lata con aire compasivo. Pobre viejito, dijo, como si me mimara en vez de ofenderme. ¿Alcanzas a despertar o me voy? Su comentario resultó tan culero que le dio risa y se atragantó. Ya no estaba desnuda, se había vuelto al colocar encima la playera con el logotipo ilegible de metal extremo. Hacía tanto tiempo que no me acostaba con una chica que resultaba imposible saber si tendría cuerda para seguir, y decidí interrogarla, mejor, mientras me refrescaba y recobraba el resuello: ¿De verdad escuchas pinche death metal, o la playera es pose? Ella, reflexiva, le dio un buche a la cerveza y se encogió de hombros. No tanto ahora, la neta no. Pero sí oía. Esta, dijo jalándose la tela entre los pechos y alzando el logotipo ilegible a la manera de una fugaz tienda de campaña, la compré a la pasada, en el centro, para la tocada. Yo iba a mofarme y a darle el discurso del metalero viejo al chavito ignorante, pero Brenda volvió a reír. Claro que sé qué dice, pinche Yulian. ¿Crees que soy una poser, pendejo? Es el logo de Anal Squirt Massacre, de Canadá. Y eso qué chingados es, pregunté con candor. Una banda viejita, deberías conocerla. Tú no oyes death, ni black ni grindcore, Brenda, no mames. ¿O sí? Y ella se indignó. ¿Por qué no? No solo mi tío y tú oyen metal, pendejo. Es más: mi papá fue a ver a Obituary a la Arena Coliseo. Traté de unir algunas de las caras que recordaba de la época con la del difunto cuñado del Gordo y no fui capaz. ¿Neta le gustaba?, me asombré. Claro que sí. El pinche panzón de mi tío supo del metal por mi papá, eran compañeros de escuela, a mi papá le decían el Tanque. Nomás que era gente decente, y no cotorreaba con cabroncitos malvivientes del tipo de ustedes. Algo comenzó a tintinear en mi cabeza, había oído del dichoso Tanque años atrás. Era un güero sin más mérito que estar grandote. Quizá lo vi en una fiesta, una tocada o dos. Quizá el Gordo me dijo del cabrón aquel que salía con su hermana, y contó que era contador y trabajaba en un despacho de su familia. Y que se casó con la hermana, al final. Al Tanque le había dado cáncer, creí recordar, y llevaba años muerto. Pero era una historia lejana, de gente de la que el Gordo no hablaba gran cosa, y con quien nunca fui cercano. Brenda, descubrí, me miraba con extrañeza, parecía capaz de seguirme a través de los polvorientos recovecos de la memoria. Mi papá era fresón, y medio clasista. No le gustaban las bandas «de aquí» y por eso nunca fue a verlos a ustedes, agregó... Me quedé helado. Que nuestros propios prejuicios hubieran sido usados en contra nuestra era tan perturbador que decidí ignorar el comentario y volver al punto de salida. No puede gustarte una banda que se llame Anal Squirt Massacre, Brenda. No es cierto. Se lo dije con un sonsonete moralista que la sorprendió. Pero es que yo no tenía órganos en el cuerpo para relacionarme con el metal extremo: era incapaz de comprenderlo. Si la gente común escuchaba mi música con los oídos dolorosos con que atendía yo a esas bandas, y le parecía tan inverosímilmente bárbara como el metal extremo a mí, pues entendía el desdén, desprecio, y distancia con que éramos mirados. Vaya: me gustaban Venom y Bathory, incluso cositas de Death, Napalm Death o Carcass. Pero esas nuevas bandas escandinavas, gringas o sudamericanas de ruido radical me eran más enigmáticas que sus logotipos indescifrables. Y me resultaba extrañísima, también, la idea de que Brenda hubiera seguido los pasos de su padre en el metal. En especial, porque Luisma, su hermano, no tenía más conocimiento del tema que doña Soco, mi casera, mujer de setenta y tantos para quien la música había comenzado a decaer el día que Pedro Infante se mató en un avionazo. Me estás choreando, dije. Tu hermano no entiende nada de este bisnes, y ni modo que tu jefe no lo educara. Brenda sonrió. Pues piensa lo que quieras, Yuliancito. Mi carnal y yo somos diferentes. ¿O crees que el metal debió gustarle al hombrecito y no a mí? ¿Tan anciano pendejo de mierda eres que crees eso? Pero las cosas claras: a lo mejor nomás estoy tratando de asustarte, ¿o qué? Y a lo mejor no sé nada de metal. O sí. No puedes saberlo si no lo intentas, Yulian. Vamos a ver si te animas. Eso dijo. Y apartó la botella de cerveza, se quitó la playera y volvió a ponerme el culo en la cara.

4. *Black Wind, Fire and Steel*

Amanecí en el sofá, adolorido y con la verga desollada por los dientes de Brenda, pero arrogante y satisfecho. Ella marcó el teléfono de su madre, por la madrugada, e improvisó una historia según la cual se quedaría a dormir en casa de la amiga y volvería a media mañana. Mi madre sabe que es una pinche mentira, pero al menos se entera de que estoy bien, justificó. Ya ves que una tiene que cuidarse hasta de los conocidos en este puto país… Ahora, Brenda roncaba a la distancia y yo admiraba la llama azul de la estufa mientras una sopa instantánea alcanzaba el punto idóneo de cocción. Me había levantado temprano e hice en el supermercado la primera compra de suministros lujosa que recordaba desde el divorcio: me forré de vino tinto español y rasposo, de jamón curado y todo aquello que, en mi mundo, solamente se me permitía durante las fiestas de Navidad, si es que el Gordo decidía convidarme a la posada de los Aceves. Pero mis ánimos de guisar algo delicioso para Brenda se esfumaron en el camino de regreso del súper y, en una farmacia, adquirí mejor dos sopas de sobre y una cocacola. Total, pensé, el serrano podía comérselo a bocados la princesa, si se le antojaba, y no había necesidad de confeccionarle tapas con melón para dármelas de aspirante a chef. La sopa estuvo lista en diez minutos, pero me quemé la boca al dar la primera cucharada, así que rebajé el caldo con agua fría. Brenda salió de la recámara con la playera vuelta del revés, la etiqueta encima del esternón. Iba descalza y con las nalgas al aire. Hay sopa de sobre, informé, pero también jamón serrano y un quesito, si prefieres. Se retiró las lagañas y miró su reloj de pulsera. Serían las diez y media, y decidió que antes del desayuno necesitaba un regaderazo. Jaló la puerta del baño, pero no la cerró y me consideré autorizado, apenas escuché caer el agua de la ducha, a fisgonear. La regadera no tenía cortina hacía semanas, la antigua estaba tan mohosa y sarnienta que había decidido jubilarla en los cubos de basura del edificio. No soy teibolera para que me vengas a ver, escupió Brenda, espléndida en su desnudez, mientras se enjabonaba los brazos. Di media vuelta, aterrorizado, cuando me alcanzó su risita. Eres un pinche viejito, de todo te asustas. Ya llevamos como doce horas juntos, Yulian, cogiendo, durmiendo, neta no te claves. Cerró la regadera y jaló la toalla de baño deshilachada de la alcayata donde solía pender. No mames lo rasposo de tu toalla, parece que me estoy secando con periódicos. Y procedió a explicar que solo se lavaba el pelo en casa, pues necesitaba un champú especial para mantener el rubio del tinte. La seguí a la recámara: ya era adicto a mirarla sin ropa. Decidimos, horas antes, y luego de nuestros frotamientos, dormir por separado: mi cama era individual y más bien estrecha. Fui un caballero y se la cedí, reservándome el sofá, que sabía más cómodo. Pero Brenda era joven, y la dureza de aquel colchón, comprado después de la mudanza y que me seguía machacando la espalda, no pareció afectarle. Se puso los calzones y el sostén y se deslizó más grácil que un delfín a los pantalones ajustadísimos de cuero y las botas de aguja. Y volvimos al baño porque había dejado allá la playera con el logotipo ilegible. No debí dormirme con esta encima porque huele a sudor, reflexionó Brenda. Y a cogedera. Y eso le caga a mi mamá, que le embarre en la cara mis mentiras. Antes de que pudiera redargüir lo que fuera, me besó la mejilla como habría hecho con un conocido cruzado al azar en los pasillos de Horizontes. Ya tengo que irme, Yulian, me debes el desayuno. Contesté que no había problema, claro, pero el monstruo de decepción al que había adormecido a fuerza de besarla, tocarla, chuparla, despertó y comenzó a remorderme las tripas en cuanto salió por la puerta, silbando algo que, lo juro, sonó a canción de amor.

Decidí bañarme también y me pasé por el cuerpo, al salir, la dichosa toalla hirsuta. La olfateé pero su aroma era a humedad y no a la de Brenda, precisamente, que era la que buscaba. Eres un pinche cursi, pensé, o al menos un puerco, y deberías comprar toallas decorosas para el día que necesites una. Por fortuna, la vecina a la que le pagaba para limpiar la casa a fondo la había dejado perfecta un par de días antes, y los muebles de baño y el suelo estaban presentables: lo último que quería en el mundo era darle asco a Brenda cuando apenas íbamos agarrando vuelo. Encontré mi teléfono arrinconado en la cocina y ya muy cuajado de mensajes. El primero era de Luisma y me fastidió recibirlo, porque no le había dado mi número ni la autorización para buscarme fuera de las instalaciones de Laminados Aceves. Lo había visto grabando la noche anterior, por supuesto, pero eso no justificaba sus confiancitas. Ya puse en marcha el docu, mi Yulian, informaba. A ver si en la semana nos vemos para cotorrear unas ondas. Aunque fuera una acción inútil, borré el texto del taradito y decidí que no me daría por enterado de su petición. Me irritaba el puto documental, aunque apenas pensara en él: ser exhibido como una pieza de museo por un chamaco zonzo era el último escalón que me faltaba descender al sótano de la indignidad. Cómo se reirían de nosotros, apenas lo vieran, los metaleros «de aquí»… Había un audio de Barry en el que me reclamaba haber desaparecido del after antes de que se pusiera bueno de verdad. Además de sonar afectado por una cruda dientes de sable, era claro que el líder de La Armada no tenía idea de en qué momento había ocurrido mi fuga y eso me alivió. Te dio raid el Pato o qué pedo, pinche Yulian. Me debes unos tequilazos, cabrón, no pude ni darte un abrazo, concluyó con lentitud agonizante. Pero apuesto que el próximo viernes vamos a meter el doble de gente… El Gordo se limitó a enviar unas fotografías en que se nos veía más decrépitos que en la realidad; la mayoría, y era de esperarse, protagonizadas por él mismo; recordé a Marifé agazapada en las escaleritas de acceso al tablado, teléfono en mano, inmortalizando a su amado. ¡Gran noche, cabrón!, decía el jefe. Y también encontré, en fin, llamadas de un numero desconocido que, cuando devolví, resultaron ser del Intestino. Qué pasó, mi Yulian, dijo, al responder con voz repleta de ebriedad. Te nos escaseaste, quién te viera tan fresa: la noche se puso intensa y te perdiste. Me excusé diciendo que había aprovechado un raid, mi casa estaba lejos y necesitaba volver temprano, pero era evidente que el sinaloense había llamado bajo el influjo de la fiesta y el alcohol y ya no tenía ganas de charlas. Ahí nos vemos el otro viernes, dejó caer y colgó. Ya que tenía el celular en la mano aproveché para llamar a la Niña, cuya ausencia me había amargado los primeros minutos de la tocada, antes de que la huida del Patito barriera de mi cabeza cualquier crisis adicional. ¿Pá? ¿Cómo te fue anoche? Mi hija sonaba culposa, o eso quise decirme, y la tranquilicé diciéndole que no importaba, seguiríamos tocando y, ya que sus obligaciones universitarias lo permitieran, podría darse una vuelta a vernos. Seguro, respondió, aliviada por la ausencia de reclamos: no hay mejor escenario que aquel en que la persona de la que esperamos un reproche abra la puerta de salida y nos libere de responsabilidad. Finalmente, en el ancho mundo de la sociología no tenía importancia si a la Niña le repateaba el metal o se negaba a pasar la vergüenza de que su padre cuarentón anduviera metido en una banda de resucitados. Conversamos sobre sus exámenes, y sobre autores de su programa de lecturas que yo desconocía y que, francamente, tampoco me interesaron. Quedamos para comer el domingo, y nos despedimos más cálidamente que en las anteriores ochenta semanas. Pero la sensación de bienestar que me envolvió al cortar no tardó más que segundos en desvanecerse, porque el maldito teléfono mostró que la Pati había marcado mientras hablaba con la Niña y no lo noté, por supuesto. Fue una maravilla lo de anoche, decía el texto que el Pato envió mientras me debatía entre correr a buscarla y esconderme bajo las mantas, arrullado por el humo de la mariguana. Esta semana no ensayo con ustedes, tengo los exámenes de los niños en la Academia, nos vemos la siguiente. Te quiero un chingo, mi Yulian. Aquello era, mirándolo bien, una manera positiva de establecer que prefería no saber de nosotros por unos días, quizá hasta que se le amansaran las ideas y tuviera claro lo que mejor le convenía hacer... O sucediera lo irremediable, es decir, que su padre diera la boqueada. Ese tema era serio, aunque había procurado arrinconarlo en la mente, igual que solía hacer con las situaciones que me abrumaban. En el último ensayo, el Patito confesó que su padre no tenía esperanzas y el médico, sin eufemismos, había anunciado que en poco tiempo habría que despedirse de él. No quiero ni verlo, susurró ella, ya no me conoce, no parece mi papá. Ojalá pudiera inyectarle algo y dormirlo, que dejara de sufrir. Procuré tranquilizarla y le dije que todos los hijos, al menos la mayoría, acabaríamos por pasar algo así. Al menos tuviste muchos años buenos con él, lo cuidaste y lo acompañaste. El Patito se tapó la cara con las manos para contener el llanto, pero fracasó. Me casé con el Eddy para no irme de Chapala. Pero lo que quería era largarme. Nunca he viajado, no conozco nada. Nunca pasé de la capital. Aquel diálogo, que tomé por una prueba más de que ella y yo podríamos conectar apenas nos lo permitieran, volvió a mi cabeza y me abofeteó. Su pinche padre se está muriendo y tú te le echaste encima para besarla, hijo de la gran puta, pensé. Estás bien pendejo, Yuliancito.

Decidí quemar un gallito motero y sintonizar el primer juego que encontrara en el televisor, que resultó ser de las Chivas femeniles. En mi juventud, hubiera sido imposible que transmitieran partidos de mujeres: el mundo cambiaba, a veces, hacia lugares insospechados. Las chicas se movían en la cancha más parsimoniosamente que sus contrapartes masculinas; me parecieron también menos fársicas ante los golpes que ellos. Festejé un gol, que comencé a cantar desde que una mediocampista se sacudió la marca rival y metió el balón picadito y al centro del área. Su compañera lo empalmó con la izquierda y lo puso a media altura, besando el poste. Tumbarse a mirar la pantalla era un vicio nuevo en mi vida. Me había cansado de escuchar la misma música una y otra vez, y para conservar la ilusión por los viejos discos era necesario concederles respiro. Crecí mirando los programas metaleros de la vieja MTV, al menos cuando me invitaban a la casa de un amigo que pudiera pagarse el satélite, pero ahora no había un solo canal que diera nada parecido a la música de mi vida y me parecía grotesco meterme al internet a buscar videos de jovencitas haciendo esos *covers* mascados que tanto le gustaban a Barry. Eran hermosas, sin dudarlo, y geniales. Pero Brenda agotaba la tolerancia con la juventud del planeta que me sobraba en el organismo. Mi teléfono, mientras pensaba esto, repiqueteó para arrojarme uno de sus mensajes: ¿Tienes plan por la noche, Yulian? Puedo caerte a las ocho… La propuesta de la chica me concedía tiempo suficiente para dormitar lo que restaba de la mañana, comer aquel jamón serrano tan apetecible, yacer toda la tarde y reunir fuerzas con la contemplación de películas dobladas en las que algún gringo repartiera puñetazos y balas entre un grupo de indeseables. Y aún me daría oportunidad de volver al supermercado y comprar una toalla nueva, la más fina que vendieran, lo cual no sería gran cosa, pero mejoraría la porquería tiesa con que llevaba años de torturarme la espalda. Recibiría a Brenda con una botella de vino, y resistiría la tentación de sacar la guitarra y cantarle, porque ponerse cursi y amoroso con ella sería la mejor manera de garantizar una nueva catástrofe en mi vida. Al menos, el hecho de que ella fuera tan directa y gélida ayudaba a desvanecer mis ganas de iniciar un cortejo al viejo estilo. Me percaté, sin alegría, de que iba a pasar la tarde esperando a Brenda con el espíritu de quien se sienta a aguardar a que le traigan una pizza a la casa. Pero antes de que pudiera desprenderme de aquella sensación, la evidencia me saltó a los ojos: la pizza, si había una de por medio, era yo; el capricho era el suyo, y yo me limitaba a dejarlo suceder. Me educaron para pensar que las mujeres eran ciudades por las que uno paseaba y no estaba capacitado para aceptar que el paseo me lo estaban pegando a mí. Tampoco es que me doliera: Brenda estaba buenísima, sus tetas picudas y su culo respingado iban más allá de cualquier meditación, y yo no era nadie para decirle qué hacer o no a una chica acostumbrada a imponer su voluntad. Me sentía, de hecho, un estúpido, por debatirme y titubear. Si Brenda se anduviera cogiendo a un chamaquito de su edad, con los tobillos al aire y la gorra de plato en la cabeza, las cejas delineadas y el pecho más lampiño que la charola de una mesera del Ricky's, el tipo se limitaría a disfrutar de lo lindo sin preocuparse por su derecho de irse al catre, me dije. Y era evidente que en la cabeza de Brenda ninguna de esas contrariedades llegaba a anidar. No me quería para casarse, lo había dicho ya, y luego de tomar la resolución de que aquello no me afectaría en lo absoluto y me iría a la cama con ella cada vez que me buscara, supe que aún quedaba un camino para seguir siendo yo: es decir, un imbécil incapaz de evitarse problemas. Por eso le mandé un mensaje al Pato y pregunté si podía hacer algo por ella. La respuesta impuso un récord mundial de rapidez. Apenas lo había tecleado, el teléfono tembló con la respuesta: Hola, Yulian. No puedes hacer nada. Besos.

¿Está bien si hablamos aquí en el taller, tío? ¿No prefieres que te entreviste luego, en tu casa?

No, mejor de una vez, ahora que estoy contento. Dale.

Sale, pues. Ya me contó la banda cómo se conocieron en la escuela y esas ondas. Pero, para empezar con tu historia, dime por qué te gustó a ti esta pinche música. A mi abuelo seguro le cagaba la madre.

Le cagaba, sí, y estaba convencido de que todos los metaleros eran mariguanos, jotos, satanistas y cosas peores. Si alguien le hubiera dicho que tragaban bebés y se los bajaban con gasolina, lo hubiera creído.

Y obviamente se puso loco de que te gustara esa música.

Pues ya que se dio cuenta. Lo escondí mucho tiempo, y no fue tan difícil, porque tu abuelo se pasaba el día metido en el taller, era de esos patrones que son el primero en llegar y el último en irse. Decía que para que los lamineros, pintores, pulidores, tapiceros lo respetaran, tenía que chingarle más duro que ellos. Eso se lo reconozco, no era hipócrita, se partía el lomo. Claro que luego me di cuenta de que no era ningún pinche santito, y en el taller se las arreglaba para meter pisto, viejas, su dominó y sus cartas y un mundo de distracciones y pasatiempos pocamadre para un viejito. Bueno, digamos que un señor ya grande. Pero eso lo supe hasta que entré a trabajar con él, ya en la adolescencia. Tu abuela fue la que nos crio y nos enseñó todo lo importante: a usar los cubiertos, a pedir permiso y disculpas, a decir buenos días y gracias. Nos educó a la antigüita, pues. Si no hacíamos caso, nos daba de zapes. Todos esos años, tu abuelo nomás era un viejo rezongón que aparecía a la hora de la cena y esperaba vernos bañados y en pijama y que le diéramos un beso y lo dejáramos en paz. Tu mamá estudió con las adoratrices y yo con los maristas. Y allí empecé en esta onda. A tu papá le decíamos el Tanque, por entonces. Íbamos en el mismo salón. Él tenía unos parientes en Los Ángeles, y nos presumió un día, por allá del ochenta y siete u ochenta y ocho, un disco de Metallica que le habían mandado. Ya viejón, los discos a veces tardaban años en salir aquí o en que alguien los trajera. Yo oía entonces la misma música que tu mamá, que ponía la radio y se sabía los éxitos en inglés, cosas que no habrás oído nunca, Bananarama o Roxette, pop para niñas fresas. Oía eso yo también, lo acepto, pero en cuanto tuve oportunidad de algo mío, una música de güeyes mayores y cabrones, el heavy, pues me voló la cabeza. Entonces vendían discos hasta en el supermercado y mis padres nos daban domingo, después de ir a misa, así que compraba cualquier cosa que tuvieran ahí. Empecé con ondas viejitas, el Zeppelin, el Sabbath, o chafitas: Toto o Boston. No me interesaban las novedades por serlo, sentía que primero había que ponerme al corriente de un chingo de música. Pero el ruido fue lo que más me llamó. Y las portadas, claro. La mascota de Iron Maiden, el zombi ese, me encantaba. Me compré tres discos de Maiden de sopetón, sin haberlos oído antes, solo por el zombi. Y la apuesta me salió. Era una bandota. Pero uno se envicia y quiere oír ondas más rudas, más extremas, más radicales. Empecé a comprarme revistas en el Sanborns y a enterarme de la existencia de discos que no vendían en el súper. Me aficioné a asomarme a las tiendas de música, la Casa Wagner y eso, pero en la Academia Lemus tenían mejor surtido. Y luego supe, por tu papá, que, en el centro, cerca del taller de tu abuelo, había un par de tiendas que importaban discos. Uno los elegía de catálogos y los pagaba, y ellos los mandaban traer. Así, encargando a ciegas, por las portadas, por latidas o fotos de las bandas en las revistas y las declaraciones que daban, me hice de un montón de música. Conocí a Motörhead, a Accept, entre las cosas chingonas. Y me enamoré de AC/DC. También metí la pata a veces. De pronto, por caliente, me pedía un disco con una güerota bikinuda en portada. La onda glam siempre era una mierda. Lo dijo una vez Mustaine, el de verdad, no el de La Armada, esas bandas que se tiraban un pedo al micrófono y seguía sonando «Girls, Girls, Girls...». Lo malo de acumular discos y revistas fue que tu abuelo acabó por darse cuenta de que me había hecho metalero. Y esa era una de sus peores pesadillas. El viejo consideraba que un hombre de verdad era el que se sentaba al dominó con los amigos acompañado por un disco de tríos o mariachi. Estaba convencido de que el idioma inglés era del diablo, y lo mismo la música que se cantara en él. Muy pronto aprendí su letanía sobre mis bandas, esa de güeros greñudos, putitos y mariguanos. Un día, de plano, me llamó a la cocina cuando llegó del taller. Nunca antes lo había visto así de borracho, sudaba tanto que la camisa se le pegaba al cuerpo. No sé si lo recuerdas, pero estaba de mi rodada o más ancho, y parecía un tamal salido de la vaporera. Yo tendría unos catorce años, por ahí. Él se sentó en la cocina, y se puso a devorarse a mordiscos una panela que había sacado del refrigerador. Me dio risa verlo así: despeinado, tragando queso sin cubiertos. Respétame, pinche chamaco pendejo. Eso dijo. Y comenzó a despacharse. Que me acordara que yo era mexicano y no tenía por qué oír esas canciones de gringos. Que era católico y no un pinche satanista. Que era un hombre y no un mariquita con ropa de cuero o colorines o con playeras sin mangas. Que mi familia era decente y no de greñudos y tatuados. Que si me veía con mariguana un día, me echaba de la casa. Levantó tanto la voz que tu abuela se levantó de la cama y bajó a ver qué pasaba. Por suerte, mi mamá tenía un genio de los mil demonios y allí mismo lo mandó a la verga, le dijo que me dejara en paz, que la que había educado a los niños era ella y a él no le tocaba ni opinar. Pero nomás me amolé, porque cuando tu abuelo quiso encontrar una salida, terminó lanzando al aire lo primero que se le ocurrió: es decir, la decisión de que, para formarme el carácter, me mandaría al taller. Por las tardes, mientras estuviera en clases, y todo el día en las vacaciones. Mi madre era muy viva y, discutiéndole, hasta consiguió que me asignaran un pequeño salario. Tardé tiempo en entender que la idea en realidad había sido suya: así se libraba de mí durante el día y responsabilizaba a mi padre de uno de sus hijos por vez primera en la vida.

¿Llegaste a tener pedos serios por ser metalero?

Serios no, pero pedos muchos. Tu abuelo era de mecha corta y además un cabrón. Desde que llegué al taller me prohibió usar playeras de bandas. Jamás pude llevar el pelo largo y para cuando le dio el ataque y se murió, yo ya tenía entradas en la frente y me quedaba mejor raparme o usar estas cachuchitas que conoces. Lo peor es que los trabajadores del taller sabían que no podían meterse conmigo, porque era el hijo del patrón… a menos que me chingaran con el tema del metal. Tu abuelo los alentaba a que me jodieran con eso y a que despotricaran contra mí. Al primero que se le ocurrió la idea de que en el taller sonara música todo el día fue a él. Pero, en sus tiempos, eso significaba pasarse horas escuchando al Chente Fernández. Y cuando protesté, me mandó a usar audífonos. Con uno de mis primeros sueldos me compré un Walkman, de hecho, y me pasé a los casetes. La otra bronca la agarró contra mis amigos. Le tenía tirria al Tanque, quiero decir a tu papá, que fue mi compa más cercano con los maristas, y lo acusaba de haberme pervertido el gusto. Luego lo aceptó, pero porque tu mamá estaba enamoradísima. Pero el Tanque y yo no fuimos tan cercanos, al final. ¿Te acuerdas de lo serio que era tu jefe? Y cuando conocí al Yulian, al Isaías y al Intestino y nos hicimos carnales, no pasaron cinco minutos sin que le cayeran a tu abuelo en la punta del hígado. Estaba convencido de que por ser greñudos tenían que ser maricas y de que por ser maricas tenían que ser drogadictos. No sabes las broncas que me dio para dejarme salir a fiestas o sencillamente a cotorrear y pasar el rato. Sí, me regaló un carro cuando cumplí dieciséis, un Tsuru color verde, segunda mano y en buen estado. Pero el muy hijo de puta mandó quitarle el equipo de sonido y hasta hizo que le sellaran el tablero para que me costara un güevo ponerle. Ese tipo de ojetadas hacía tu abuelo.

¿Y no te la hizo de pedo cuando empezaste a andar con mi tía?

Curiosamente no. Supongo que era real su miedo de que le fuera a salir rarito. Lo angustiaba mucho que me reuniera con puro metalero greñudo y no anduviera detrás de las chavas de la escuela o tratando de colarme a las fiestas de las niñas adoratrices con las que se seguía juntando mi carnala, tu mamá, incluso cuando terminó el colegio y se metió a estudiar mercadotecnia. Mira: yo creo que tuve suerte, porque en un cumpleaños de tu mamá, cuando cumplió veintidós y ya era novia del Tanque, tu papá, que en paz descanse, le hicieron una fiestota en la casa. Fueron sus amigas y las amigas de ellas y las hermanas de todas. No sé por qué, pero tus abuelos echaron la casa por la ventana ese día. A lo mejor porque tu papá era güero y les parecía un partidazo. A mí me obligaron a ponerme un saco y a echarme gel en el pelo, y me sentaron en una mesa con un montón de chavitas de mi edad, como si echaran el zorro a un corral de pollos. A ti ya no te tocó, pero eso hacían las familias de esta ciudad. Un arreglo de matrimonios *light*. Ninguna de las chavitas me dirigió la palabra ni me peló, pero en la mesa de al lado estaba Marifé, que era un poco mayor que yo, bajita, de cara redonda y hermosa. Su hermana era amiga de tu mamá. Cuando las chavitas se pararon a bailar o, mejor dicho, se hartaron de mí y fueron a dar vueltas por el jardín, Marifé vino. Ya ni me acuerdo qué nos dijimos, pero recuerdo que era muy fan de Guns 'N' Roses y le habían dicho que yo tenía muchos discos de lo que ella llamó «rock pesado». A mí los Guns me valían una hectárea de verga, pero fingí que me encantaban, claro, y agarré valor para invitarla arriba, a mi cuarto. La neta, tuve mucha suerte. Ya pasaron casi treinta años desde esa fiesta y seguimos. Y todavía me la llevo a ver discos.

¿Y cómo le hiciste para aguantar al viejo?

Uy, pues día por día. Tu abuelo tenía la cabeza de piedra y no entendía otro modo que el suyo. Así que me acostumbré a llevármela suave con él. Usaba la greña corta, y en el taller y la casa solo me ponía ropa que sabía que él iba a aprobar. Aprendí a hacer todas las chambas del negocio para que los empleados no me vieran la cara de pendejo. Y crecí y me puse tamalón, y se les acabaron las ganas de echarme bronca. No solo era el hijo del patrón, sino que podía darles en su madre. Mi táctica era no enfrentarlo, a tu abuelo, no quejarme, aguantar vara. Solo me permitía hacer desmadres cuando salía. Me juntaba a beber con cabrones que él no hubiera querido que se me acercaran a menos de diez kilómetros. Pero él no veía nada, aunque sabía que me juntaba con ellos y, por ejemplo, se daba cuenta de que salía corriendo del taller para llegar a los ensayos de los Paganos y luego de La Armada.

Y hacía chile con el rabo, pero ni pedo. Aunque no le gustara mi rollo, me vio tan serio que acabó heredándome el bisnes y diciéndole a tu abuela que, al menos como trabajador, no tenía nada que reclamarme. Y cuando le dio el ataque y se murió, me sentí mal. A fin de cuentas, era mi padre, y me dio lo que tengo. Pero la neta, la neta, es que no lo extrañé, que no lo he extrañado un minuto y espero que mis hijos no piensen de mí lo que pensé yo de él todos estos años.

La semana previa a la catástrofe transcurrió en santa paz. Comí con la Niña el domingo y escuché sus detalladas elucidaciones en torno a algo llamado microsociología, que tenía que ver con la sociología común pero enfocada a individuos más o menos poco representativos de la humanidad, como yo mismo. Eres un espécimen raro, pá, me dijo la Niña, pareciéndose tanto a su madre que casi me sacó ronchas. Luego resultó que no estaba interesada en la materia, y solo la había sacado a relucir para refregarme lo peculiar que resultaba que un cuarentón de mi tipo anduviera en una banda de metal en vez de ahorrando para la vejez, o cultivando un huerto casero. Te sorprendería la cantidad de gente que siembra tomates en macetas, me dijo. Pinche mundo culero, en el que a más gente le importan las macetas que el rock, pensé, pero no dije nada, porque no quería iniciar una discusión en la que terminaría doblegado por sus argumentos. Me abrazó al despedirnos, pero me quedé con la desagradable impresión de que la Niña consideraba a su padre una suerte de excéntrico de baja intensidad; es decir, un payasito. El lunes, el ambiente de la oficina era de carnaval. Llegué a mi escritorio con el último bocado de un taco clásico de don Bon Jovi en la boca y encontré a Brenda al teléfono, narrándole a alguien, al otro lado de la línea, su fin de semana. Lo vi y creo que se ahora sí va a aventarse, decía, de espaldas a mí. Pero me di cuenta de que el objeto de sus entusiasmos no era yo cuando lanzó el siguiente dato: ¡No mames! ¡Me llevó al Máximo Bistró! El Máximo era un italiano en el tercer nivel de la plaza Horizontes, y del que no sabía más que lo que el Gordo había comentado en una de nuestras salidas al modesto Ricky's. Invité a Marifé a un sitio nuevo y la cena me salió en lo que vale uno de tus diseños, pinche Yulian. Lo que quería decir, en realidad, es que le costó lo que él les cobraba a los clientes por esos tigres, llamaradas y mujeres inauditas que salían de mis manos. Brenda se despidió con besitos de su llamada y prometió actualizaciones sobre su estado sentimental, pero al verme allí, a dos metros de su escritorio y con cara de acidez, dio un pequeño suspiro, como si las circunstancias la orillaran a una explicación fastidiosa que hubiera preferido evitarse. No creas que le ando contando al mundo sobre ti, Yulian, expuso con tono de reina madre. Cené con un amigo el domingo y se lo cuento a mi prima para que mi mamá está enterada y dejé de hacerse ideas. Respondí, huraño, que resolviera sus asuntos de la forma que le pareciera mejor. No hagas la mamada de ponerte celoso, advirtió ella. En silencio, me puse a revisar la lista de tareas pendientes: un pavo real con la cola extendida, una bola de billar con el número ocho resaltado, el arcoíris invertido de un gay orgulloso pero crítico. El Gordo ya estaba en su despacho, y parecía danzar mientras tecleaba en su enorme computadora de patrón. Las bocinas nos dejaban caer bluesecitos de Led Zeppelin, y eso significaba que el jefe estaba contento y su espíritu seguía exaltado. Brenda desapareció por cinco minutos para volver con dos vasos de café de la máquina del pasillo. Dejó uno en el medio muro de tablarroca de su lugar y me extendió el otro, aunque, justo antes de entregármelo, le dio un sorbo. Mira, un regalito, para que me perdones. Y sonrió y dio oficialmente por terminada nuestra primera discusión de pareja.

Barry llamó por teléfono a la casa la noche del miércoles. Sonaba acelerado y agresivo, aunque intentó ser amable y hasta diplomático: El Pato se borró de los ensayos de la semana, trae algo de chamba, pero dile al Gordo que nosotros sí vamos a pegarle un rato, mañana, para no llegar tan fríos al viernes. El Patito puede hacerlo bien hasta dormida, pero a nosotros nos hace falta ritmo. Era evidente que el cantante de La Armada había bebido unos tragos y se había metido a las narices unas líneas de esa coca tan exclusiva suya: podía escuchar música y alboroto al fondo, y supuse que algunos de sus dichosos Swingers Metaleros de Zapopan andaban por allí, en El Hangar y de fiesta con él. Para remarcarlo alguien empezó a gritar, exigiendo a Depredador que pusiera no sé qué canción de Saxon, y podría jurar que esa voz protestona era la del Intestino. Le di la seguridad a Barry de que llegaríamos puntuales al ensayo y colgué. Aún me sentía agotado por los excesos del fin de semana y no envidié su borrachera de miércoles. Ansioso y exhausto, cualquier clase de satisfacción parecía escapárseme. Cuando era niño, bastaba el primer acorde de una canción preferida para que una ola me recorriera la espina, estallara en mitad de mi cerebro y me pusiera a boxear en el aire y a sacudir la cabeza a la velocidad de la aguja de una máquina de coser. Y baloteaba y terminaba, a veces, por revolverme en la alfombra de pura felicidad. El sonido pulsaba y exprimía las glándulas encargadas de mi placer. Un goce parecido se manifestaba en mi sistema cuando estaba cerca del Pato, la oía contarme sobre su padre y sus dolencias, su insufrible medio hermano o su propia afición a las canciones rudas y rápidas y a la cerveza abundante y fría. Y no puedo negar que también encontraba una delicia suprema en el amor físico, que Lupita me volvió loco muchas veces cuando era joven, y me convertía en un animal plácido después de coger, y que Brenda, ahora, me tenía loco. Pero la edad me había resecado, y donde antes había expectativa, ambición, deleite, solo reinaban sombras. No podía estar sin música, pero la repetición de las viejas canciones no me arrancaba espasmos, no despertaba en mí la bendita furia ni me exprimía lágrimas. Los recuerdos aleteaban, eran unos buitres y yo, la carroña que los atraía: rememorar era un ejercicio de masoquismo sin fin. Había decidido seguirle el juego a Brenda y la había tocado y chupado y lamido y mordido, y ella lo había hecho conmigo y le metí por todos lados la lengua, la verga y los dedos, y me sacudí con las fuerzas maniacas de un automóvil guardado por demasiado tiempo, de un motor que arranca con sobrefuerza cuando alguien se asoma a ver si es que sirve aún. Pero el placer, que lo había, no era el de los viejos tiempos y lo formulé así, y no pude evitar reírme, porque llamar a algo «viejos tiempos» era la rendición. Meterme con Brenda no había aliviado mi desesperación por ser incapaz de acercarme a la Pati, no ofrecía ninguna clase de suelo bajo los pies ni una almohada para la cabeza. Yo no podría llevarla al Máximo Bistró o a cualquier lugar más costoso que los tacos de don Bon Jovi, a los que ella ni siquiera habría volteado alguna vez. Andar conmigo no sería algo que contaría para envanecerse ante su prima. Y tampoco teníamos aún combustible para grandes conversaciones.

Sin conocerla demasiado, presentía que Brenda sería lista y quizá culta, curiosa sin duda, y era seguro que tendría una opinión muy clara sobre la ciudad y sus habitantes, sobre el país y el planeta, pero no estaba seguro de ser capaz de interesarle más allá de la cama, e incluso eso, solo por una temporada. Aún resultaba un misterio para mí qué diablos quería al perseguirme del modo en que lo había hecho; si para ella era un pasatiempo, una gracia, o si al final resultaba yo muy viejo y estúpido para entender ese tipo de relaciones. Fue triste ensayar sin el Pato el jueves, pero nos permitió darnos cuenta de que la necesitábamos. Sin su guitarra reformulando las canciones del Mustaine, éramos una banda del montón, digna del bar que nos albergaba y de ese público de amigos, parientes, viejos conocidos y swingers más interesados en meterse tarjetazos de coca y brincar de hoyo en hoyo que en nuestras canciones.

Bueno, Barry, ya está de vuelta La Armada. ¿Ahora qué sigue?

Sacar otro disco, cabrón, a güevo. Con diez rolas, diez pinches soles. Pero un disco se construye, hace falta más que tocar bien y más que entrar todos a tiempo, hace falta concebirlo, componerlo, hacerlo real.

¿Eso le faltó al primer disco?

No hizo falta: lo tuvo. Lo trabajamos muchísimo. Fueron años de pegarle y componer con el Mustio, de ensayar cinco o seis veces por semana y de levantar las rolas ladrillo por ladrillo. Todas esas letras sobre matanzas, corrupción, genocidios o el puto efecto invernadero no se escribieron de la noche a la mañana. Se fueron armando a cachitos, palabra por palabra, ensayo por ensayo, ajustando las frases a los tiempos de la melodía cada vez, hasta que encajaban. Si no eres capaz de hacer eso, no puedes hacer canciones. Debería prohibirlo la pinche Constitución. ¿Sabes por qué vale verga el rock mexicano de la radio, por qué valió verga desde el primer día todo lo que no fuera metal? Por las pinches letras, que a nadie le importaron una chingada. La mayoría no sabe ni hacerlas, y otros nomás saben imitar a los letristas de las canciones que oían sus pinches padres. Güeyes que quieren escribir como Juan Gabriel, pero no le llegan a Juan Gabriel. Nada de eso es rock, son mamadas.

¿Una gira hubiera empujado el primer disco? Porque será un clásico, pero un éxito no fue...

Depende de a qué cosa le llames clásico, pendejo. Se prensaron mil acetatos de ese disco y todos se vendieron en chinga. El CD no salió por un error mío, que a la mera fue trágico. Me esperé a pagar la maquila hasta la gira europea y, cuando todo se cayó, ya no tuve dinero ni fuerzas para seguirle. Y bueno, casete oficial no hubo, pero sí circularon un chingo de piratas. Los compas de los tianguis y las tiendas de playeras siempre me dijeron que se les vendieron bien, pero no hay modo de contarlos. En Alemania sí salió el CD. Pero no fuimos a presentarlo, se les quedaron todas las cajas. Michael, el güero de la disquera, acabó vendiéndolos en paquete con otros CD de bandas sudamericanas o españolas; los metía casi de regalo. Cuando anduve en Alemania pregunté en dos tres lados y nadie nos ubicaba. El pinche Michael se hizo el desaparecido y ni pude conocerlo en persona. Pero tenía una oficina y la secretaria era una güera tatuada, una pinche valquiria enorme, con piernas como postes de luz. Le hablé bonito y me regaló una caja de nuestro CD y me fotocopió las poquitas críticas que salieron en los medios.

Las críticas estaban muy pendejas, la verdad, porque los alemanes solo se entienden ellos mismos. Un subnormal de Múnich se quejaba de que nuestras canciones no hablaran de los dioses aztecas o de los mayas. Otro criticaba nuestras letras, pero ni hablaba inglés; se las habría leído alguien, traducidas. Descubrí que la única crítica realmente buena la había escrito aquella secretaria rubia y que la había publicado con seudónimo en un fanzine. Estaba orgullosa: hasta me pidió que le autografiara una copia del disco y se emocionó un chingo cuando le regalé el acetato mexicano que me había llevado en la maleta para darle al Michael. Acabé tomando unas cervezas con la morra, en un barecito a la vuelta de las oficinas. No mames: era una pinche biblioteca ambulante del metal. Había visto en vivo a todas las bandas importantes del pinche mundo. Creció en conciertos de Helloween, Kreator, Sodom, Tankard, y todas esas bandas alemanas fundamentales. Esa noche me llevó a un club en el oriente de Berlín, ni me acuerdo cómo se llamaba, Sturm und Drang o algo así. Y me tocó ver una tocada solista de Alec Skolnick, el güey de Testament, ese que tiene el mechón blanco en la frente y parece hijo de Tongolele. Un chingón de la guitarra, un Dios. Me hubiera gustado quedarme más días en Berlín, pero la chamba a la que fui estaba en Nuremberg, más al sur, y se hacían cuatro horas en tren.

¿Y qué fue de esos CD que trajiste de Alemania?

Tampoco eran cien o mil. Eran una cajita pequeña con veinte. La neta es que no hice nada. Cuando volví de Alemania me casé con Mónica, que había sido mi compañera en la escuela de administración. Y a ella, lo sabes, el metal le valía completamente gorro. Me afané mucho tiempo en otras ondas, porque nacieron los niños, compramos la casa, nos metimos en nuestras chambas. La caja se quedó en un clóset, cerrada y todavía con el empaque de la disquera. Apenas la abrí, la neta, hace unas semanas. Le regalé uno de esos CD a cada uno en la banda. Al Yulian, el Pato y el Gordo. El Yulian se sacó de pedo, sin duda, pero no dijo nada. El Pato le rogó al Yulian que firmara el suyo y a mí no me pidió ni madres. Se veía para dónde jalaba la cabra, ¿no? El Gordo se ofreció a pagar de su cartera a un ingeniero para que lo digitalizara chingón, profesionalmente, para ver si lo relanzamos. La disquera alemana ya ni existe, el güero aquel se dedicó a otras cosas hace años. ¡Ahora es agente literario! No mames. La gente se sale del metal y hace las pinches cosas más raras del mundo. Pero la neta, no quiero volver a ese disco: mejor algo nuevo, distinto. Y ya que tengamos uno nuestro, a la mera regrabamos este. Porque, además, habría que pedirle permiso al Mustio. Y eso me da más güeva que nada.

Oye, ¿y qué fue de aquella alemana güera?

No supe nada. Cuando nos despedimos me dio su teléfono fijo, vivía con su madre en un departamento. Berlín todavía era una ciudad medio ruinosa; hacía poquito, relativamente, que habían tirado el pinche muro. La mitad de la ciudad eran unos baldíos enormes llenos de escombros y rodeados de grúas gigantescas. Ya no la busqué ni ella a mí. Tampoco es que hubiera un motivo. Ni me la intenté ligar, ni pasó nada esa noche. Bebimos nomás, de compas. Tampoco soy un cabrón Leonardo Di Caprio que vaya derritiendo morras por donde pasa, pinche Luisma.

La mañana previa al último concierto comenzó sospechosamente similar a la del primero. El Gordo y Brenda se retiraron de las oficinas lo más pronto que pudieron, cada cual por su lado, a reposar y atildarse. En mi posición de empleado de medio pelo, debí esperar a la pausa natural de la comida para hacer lo mismo: despaché, antes, el único pendiente del día, un pulpo tetratentacular que repartía hot-dogs y que el cliente había rogado que no tuviera ocho extremidades porque su cadena de fondas contaba solo con cuatro sucursales. Cuando no quedó más que hacer, una nueva y espantosa idea me cruzó el cerebro. Devolvería el golpe, pensé: fui a la silla de Brenda y encendí su computadora. Habíamos llegado a un punto de la civilización en que era posible descubrir más cosas sobre una persona revisando su historial de internet que conversando sinceramente por horas; la máquina era nueva y no tardó en activarse. Resultaba evidente la cantidad de tiempo libre del que Brenda disponía, porque los programas más utilizados, según el reporte automático, eran el solitario virtual y el navegador. Revisar su máquina fue una simple confirmación, pero también encerró ciertas sorpresas. Brenda veía porno, sí, y bastante (sus gustos abarcaban desde el «retro» de los años setenta hasta los filmes contemporáneos, y no excluían ni la tortura fingida ni los disfraces), pero al parecer leía muchos más artículos, ensayos y hasta libros en línea de lo que miraba cristianos coger. Lecturas de psicología, sobre todo. Encontré búsquedas sobre Jung y Lacan, y no al respecto de generalidades, sino en torno a conceptos bastante determinados, y artículos de una especialista argentina que teorizaba la necesidad de separar el sexo de lo que llamaba «el aparato sentimental humano». También había baratijas: es decir, articulitos de portales femeninos en los que las chicas eran instruidas sobre las cinco maneras de atraer a un tipo mayor y sobre los quince consejos para sobrevivir a uno de ellos. Abrí un par y me di cuenta de que, para las redactoras, y quizá para Brenda, tratar con un tipo de mi edad era un reto tan apasionante como adoptar y entrenar a un viejo perro desamparado. Se invitaba a las lectoras a ser pacientes con los miles de prejuicios y nostalgias de los cuarentones, a no irritarse y no ofenderse por su necesidad de reivindicar sus épocas, su música, y el cine con el que crecieron, y a no reírse de su ineptitud para comprender el mundo moderno e incluso cosas sencillas, las tecnologías cotidianas de teléfonos, tabletas y computadoras. El último descubrimiento fue el más conmovedor: Brenda había buscado videos de La Armada Invencible, dio con los cuatro o cinco disponibles en la totalidad de internet, y revisó también el par de artículos en los que se nos mencionaba. Sentí en el estómago una mezcla de simpatía y alarma. Y la cosa se puso peor, porque justo antes de desconectarme, descubrí que había bajado una foto de la banda y tenía en una carpeta, recortada y ampliada, mi foto, de más de veinte años atrás, con cabello largo, barbita en el mentón, chamarra de cuero y una expresión de seguridad en mí mismo del todo injustificada. Llegué a la conclusión de que mi teoría era falsa, y tampoco espiar el internet ajeno puede darnos respuestas, porque, en el fondo, nadie conoce a nadie. Jamás.

Fue el mejor concierto de la historia. De la nuestra, quiero decir. El mejor y el último, porque sabemos que las grandes bandas son organismos inestables, frágiles, tan llenos de material combustible que solo se puede aguardar el día en que revienten. Las normas tienen excepciones y algunas sobreviven a su propia destrucción, claro, igual que ciertos acuchillados son capaces de volver a meterse las tripas al abdomen y caminar a donde puedan coserlos y siguen luego con sus vidas. Otros apenas sabemos caer y desangrarnos. La promesa de Barry se cumplió y El Hangar estaba repleto de tal modo que las mesas habían sido retiradas y Depredador se instaló a manera de dependiente de una barra junto a los baños, en vez de oficiar de mesero. Habría doscientas personas allí, o quizá más, era igual a la mejor tocada de los días antiguos. Las bocinas del sonido local crujían con una selección heterodoxa, que iba del insinuante y genial Thin Lizzy a la ofensiva sónica de los Death. Tan variado como esa música que alguien, a lo largo del tiempo, había llamado metal, era la audiencia. Ni siquiera hice el esfuerzo de invitar a la Niña, porque sabía que encontraría algún pretexto académico para ahorrarse la vergüenza de ver a su padre vestido a la moda de tres decenios antes, en una especie de juegos de rol enloquecido. Pero fuera de ella, y de su madre, casi todos los personajes de mi vida adulta estaban reunidos allí. Barry había previsto que entráramos al bar por la escalera de caracol desde la primera planta, para evitarnos perder una hora en lo que saludábamos a los presentes y conseguíamos trepar al escenario. Solo el Gordo y yo obedecimos las instrucciones, nos encontramos en una sala desértica y nos servimos un tequila por mano propia, violando la regla número uno. Tres o cuatro no van a hacernos nada, ¿no? dijo el Gordo, y en una de esas hasta sonamos mejor. Uno de los roadies bajó a pedirnos paciencia: el patrón estaba recibiendo invitados, dijo, con solemnidad, y el Pato, quién sabe por qué razón, llevaba una hora en el escenario: recalibraba amplificadores en solitario. Me moría de ganas de verla y, sin embargo, me contuve, y mi jefe y yo completamos la tercia de caballitos antes de que volviera el roadie, un muchachito al que el metal no debería gustarle demasiado, porque llevaba puesta una playera de Maná, el grupo de pop más cumbianchero de Guadalajara. Ya todo listo, solo falta que suban, nos avisó. Nos empujamos el último sorbo de alcohol y emprendimos el ascenso. El escenario de El Hangar, esa noche, era la gran pirámide, y había que prepararse para sacar corazones. Nos recibió una ovación tachonada de aplausos, chiflidos y hasta amistosos abucheos: la coordinaba Barry, desde su puesto al frente del escenario, quien, además, hizo el chiste de mirarse la muñeca, en la que no llevaba reloj, para hacer notar nuestra tardanza. Al fin subieron las señoritas, dijo al micrófono, y fue celebrado por un corifeo de risotadas, en especial de los Swingers Metaleros de Zapopan, que se habían ubicado frente a él como la corte de radicales de una religión. Crucé el escenario para acercarme al Patito, que tenía la cabeza gacha y los brazos lacios. Cómo andas, pregunté en voz baja, mientras Barry comenzaba sus avisos parroquiales y sus sermones de cura diabólico. La Pati levantó la cabeza al notarme a su lado: no estaba maquillada, parecía anémica y arrugada. Se había recogido el cabello, que por la luz o el motivo que fuera, brillaba más blanco que rubio esa noche. Tenía los ojos hundidos y me miró con sonrisa débil, un pez dorado fuera del agua. Murió mi papá, se limitó a decir: Lo cremamos ayer. Me quedé helado, incapaz de darle una palabra de lamentación o consuelo. Supe, demasiado tarde, que el Pato no había perdido la semana de ensayos por culpa de los exámenes de sus alumnos de guitarra y que debí prestar mayor atención a lo que contaba sobre la salud de su viejo moribundo. Era obvio que la cosa estaba por acabar, y se había bajado de los ensayos para ir a Chapala a verlo extinguirse. Y tú cómo vas, alcancé a susurrar, a la vez que Barry volteaba sobre el hombro para ver por qué demonios no nos encontrábamos en posición y preparados. Aquí estoy: eso fue lo que dijo la Pati antes de someter la cabeza otra vez. Tembloroso, regresé a mi esquina. Las luces se apagaron y Barry arrancó el conteo previo a la primera canción. Hay una suerte de truco en la música que es inimitable para las demás artes, al menos las que soy capaz de entender: se puede ser, a la vez, un imbécil y un genio. Un escritor con la cabeza vacía podrá publicar libros, ganar premios y convencer a los legos de sus talentos, pero un lector de verdad sabrá reconocer la oquedad de su mente perezosa. Un pintor sin ideas podrá vender mil cuadros y decorar oficinas, hoteles o salas de espera, pero el conocedor jamás les dará una segunda mirada a sus emplastos. Con las canciones no ocurre igual. Se puede tocar ebrio, desesperado, devastado, y hacerlo maravillosamente, porque la música comienza en la cabeza, pero termina en pura física, y las manos son capaces de escapar a la tiranía de la inteligencia y hacer el trabajo ellas solas. Fuimos dioses esa noche, aunque la mitad de nosotros estábamos destruidos, y eso significa que nos equivocamos y nuestros errores resultaron más expresivos y emocionantes de lo que hubieran sido los aciertos. Recurrimos a nuestra discografía (de un solo álbum) mientras la gente bailaba, chocaba entre sí, levantaba los brazos y empuñaba las manos y estiraba los dedos para intentar tocarnos y mancharse y quemarse con nuestra electricidad, insectos ansiosos por frotarse en la lámpara. Allí estaban todos, de verdad. El primero al que reconocí fue al grotesco proveedor del Gordo, sudoroso, con aspecto de pabellón psiquiátrico, que se había conseguido una playera negra de Queen y destacaba, por feo, entre la legión de swingers. A su lado, el Intestino, enfundado en una chamarra de motociclista y con unos Ray Ban levantados a modo de diadema, era una caricatura del mismísimo Barry. Y, por allí, al fondo del local, descubrí al viejo Mustaine, cerveza en la mano y con una expresión desencajada, porque la maestría del Patito en la guitarra, me temo, habrá sido para él la humillación suprema y final. Pobre y añorado Mustio: había despreciado nuestra resurrección, pero la momia estaba de pie, ahora, y lo abofeteaba. Increíblemente, a unos metros de él, encontré con la vista a Eddy y Toni, enormes contenedores de basura, gordos y con camisas de botones los dos; se cruzaban de brazos, mirándonos, las bocas unas líneas rectas y apretadas de odio. La Armada Invencible era tan superior a The Hammer que estarían revisando a la baja su autoestima, los hijos de perra, pensé, envanecido. Tardé en dar con Marifé, hasta que la descubrí bajo la escalerilla del escenario, donde podría tomar las mejores fotos de su amado Gordo. Junto a ella vivaqueaban Beto, el hijo de Barry, y la amiga del primer concierto, quien se empujaba sobre los hombros del chamaco para brincar y dominar la escena. Volví a sospechar de la cercanía entre esos dos, pero olvidé el tema cuando descubrí que, a metro y medio del escenario, se había aposentado Brenda. ¿Sería la hora de decir «mi Brenda»? ¿Sería tan imbécil de pensarlo? Usaba una camisa sin mangas, negra y opaca, y sobre los pechos lucía el logotipo ilegible de otra banda de metal radical. Su peinado ondulado era una idealización del que usaba cada día, y me descubrí extasiado por el negro de sus párpados y el labial azabache. Soy un cursi de mierda; me conmovían la limpieza de sus clavículas y lo bien que encajaban con el nacimiento de su cuello, y traté de pensar en ellas en lugar de en sus nalgas enfundadas en los pantalones de cuero. Igual que en las pesadillas: no estaban todos y, a la vez, ninguno faltaba.

La cosa habrá durado una hora, o poco más, porque Barry estuvo muy parlanchín a lo largo de la noche, siempre con un comentario gracioso o malaleche dedicado a los rostros que identificaba en el auditorio. Cuando descargamos el cover final de «Jump in the Fire» la cosa se desbordó: Barry saltó sobre la audiencia y terminó llevándose por delante a diez o doce Swingers Metaleros de Zapopan y azotándolos contra el suelo. Serían muy atléticos todos, incluido nuestro cantante, pero nada evitó que se les doblaran brazos y piernas cuando el meteorito les cayó encima, y acabaron poniéndose todos un soberano madrazo. Barry se esforzó en mantener la dignidad: se puso en pie, alumbrado por los reflectores, y levantó los brazos en señal de estar a salvo. La multitud se cerró en torno a él, tocándolo y amándolo. Mientras las ovaciones seguían, las luces del local se encendieron y descubrí que el Pato ya había dejado su lugar. El Gordo, resollante, se enjugaba el sudor con una toallita tan blanca y revestida de encajes que seguro la había robado del armario de Marifé. Conteniéndome para no correr, me dirigí al pequeño camerino, el sitio en el que tendría que encarar, otra vez, al Patito. ¡Chingón, viejo!, bramó Luisma al pasar. Estiré la mano a los aires, agradeciéndole, antes de perderme entre las sombras. Hubiera querido decirle: Gracias por nada.

El Pato estaba allí, en el sitio esperado. Entré, y antes de que pudiera boquear palabra, me le planté enfrente y la abracé. Fue otra vez un gato arisco, pero segundos después devolvió el abrazo y el cariño y comenzó a llorar. La estreché con más fuerza, sentí sus tetas apretadas contra mi pecho y su respiración en mi cuello, pues ella había hundido la cara en el hueco entre mi hombro y mi cabeza. Nunca estuve tan cerca antes y no volví a estarlo. Pati lloró y acabé haciéndolo también, y sentí que el cansancio, la frustración, la decepción, el dolor, la incertidumbre, la vejez, el rencor, la derrota, eran drenados al fin de nuestros cuerpos. A veces siento que pasamos allí, en ese camerino de mierda con olor a pegamento, una vida entera. Muchas noches vuelvo al momento y acampo en él, porque fue uno de los mejores que tuve nunca, aunque ella, la Pati, el Patito, quizá lo considere entre los más bajos. Finalmente, el muerto era su padre y no el mío. Yo solo era el tipo que había conseguido abrazarla tras una espera inmortal. Lo realista, creo, sería decir que quizá hayan pasado así unos minutos, no sé cuántos, cómo no sé decir en qué momento la Pati se deshizo de mi presa y corrió a un rincón, en donde tenía la caja de kleenex, porque se estaba ahogando en saliva y mocos. Y cuando terminó de sonarse, cayó en la silla, se cruzó de brazos y miró al suelo: Voy a irme, informó. Igual dame raid, rogué intentaba colarme a su plan con la esperanza de prolongar mi tiempo junto a ella. No. No irme de aquí nomás, pinche Yulian. Acepté la chamba en el circo. Ayer. Después de lo de mi papá, necesito irme un rato. No sé. En medio de esto me buscaron de allá, del Gringo, y les dije que sí. ¿Te acuerdas lo que te conté del circo? Pues ya está: con ellos. Acercarse al Pato, descubrí, era meter los dedos a un enchufe cada vez. Podría tener la seguridad de que saldría despedido y achicharrado. Y ya le dijiste a Barry, opuse yo, muerto por dentro, un estúpido niño que creía necesario el permiso del padre en turno para tomar una decisión. El Pato lloraba aún más, la nariz se le había puesto roja, era quebradiza y hermosa fuera de toda medida, pero más fuerte de lo que daba a entender. No voy a decirles a los otros, solo a ti. Ahorita no puedo con esto, pero no quise dejarlos colgados hoy. Se desarmaba allí, era un montoncito de piedras desmoronándose. Me acuclillé a su lado y le tomé la mano. Esto no importa, le dije, es una tocada, Pato, vivimos veinte años sin esto. Pero lo único que conseguí fue enfurecerla. Cómo no va a importar, pinche Yulian. Esto es lo único que cuenta. La música. Y tú. Pero ahorita no puedo. Mi desesperación ante aquella nueva pérdida era tal que tuve la peor idea posible: me abrí de capa. La abracé y le dije lo que había querido siempre, lo que pensé desde que la vi la primera vez, en El Hangar, una vida entera antes: Tú eres un relámpago, Pati. Eres lo más brillante que ha pasado. Pero enseguida se me acabó el valor y agregué: Voy a traerte agua. No tardo. Ella se tapó la cara con las manos y, doblada sobre sí misma, al fondo del camerino, la dejé. De vuelta al gentío, me palmearon la espalda, me jalaron la playera y hablaron todos ellos, sin excepción, y ni uno solo de esos hijos de puta me abrió cancha ni me permitió el paso en el intento por llegar a la barra y conseguir la botella de agua prometida. Y perdí segundos o minutos o días preciosos y tuve que ponerme agresivo, de una manera que nunca fui, para quitar del medio a la gente, al inoportuno del Gordo, al desconcertado Mustaine (solo quería felicitarme), a Marifé (obsesionada en tomarse una foto conmigo), antes de llegar a la barra, y, sin el permiso de Depredador, robar el agua y emprender el regreso, otro ballet de empujones y rémoras. Cuando completé la ruta, desde luego, era tarde: la Pati no estaba más. Sentí una patada en los testículos, sentí el puñetazo que te hunde la nariz y muestra que vas a perder la pelea. Con la garganta seca, crucé el escenario y bajé por el otro lado, me lancé a los peldaños de la escalera de caracol y los bajé de dos en dos, con el riesgo de irme de cuernos, y terminar de romperme todo, con tal de salir pronto de allí. Abajo estaban los roadies, tonteaban con los cables y perdían el tiempo hasta que el jolgorio del piso superior menguara y les permitiera desconectar y encerrar el equipo. ¿Pasó el Pato?, pregunte al fan de Maná. ¿La señora güera?, se extrañó el muchachito pendejo. Ya hace rato, jefe... Claro: qué más habría podido hacer que largarse. Abrí la puerta de la calle y di de frente con la noche. Sonaban grillos y motores lejanos. El lugar para los discapacitados estaba vacío. El Pato había volado.

No regresé de inmediato a la planta alta. Me quedé quieto, más seco que un tronco hendido por el rayo y en su mitad podrido, y marqué el número de la Pati diez o quince veces y le envié mensajes en los que le preguntaba cómo estaba y le proponía o rogaba encontrarnos. Ella no tomó las llamadas y jamás dio respuesta a esos recados. Lancé una botella detrás de otra al océano, cartas destinadas a que no las leyera nadie y que no pudieron sacarme de mi isla desierta. El roadie tuvo la amabilidad de preguntar si podía hacer algo por mí y decidí irme para no llorar frente a él. Uno no se quiebra ante tipos que usan playeras de Maná: no son tus amigos, nunca lo fueron, y probablemente te matarían si les dieras la oportunidad. Al primero que encontré al subir fue al infaltable y pinche Gordo, pero que, ahora, en vez de eufórico, lucía preocupado. Marifé lo tomaba del brazo para consolarlo o contenerlo y él se revolvía, enrojecido, salivoso. ¿Dónde se metieron el Pato y tú, pendejo?, dijo. ¿Por qué siempre desaparecen después de las pinches tocadas? Qué antipático y altanero podía ser el Gordo a veces. Pati se fue, repliqué, sin entrar en detalles, y me encogí de hombros. Él hizo un ademán de fastidio, dio un manazo al aire para indicar su rabia y se concentró a rumiar palabras a medias. Es que tuvimos un incidente, tradujo Marifé, torciendo la boca como quien ve caerse un árbol sobre el auto del vecino. Solo entonces el Gordo logró salir de su privación sulfurada y explicar: Se agarraron a putazos el Barry y el Intestino. Y hubieras tenido que estar ahí para separarlos, porque tú eres cuate de los dos, reclamó, airado. Pero qué pasa, dije yo: Si llevan rato de la manita y parecen hermanos. Barry me habló el miércoles y estaba pisteando con ellos, y señalé en dirección de la caterva de operados para que entendieran que me refería a los Swingers Metaleros de Zapopan. Pues será, reconoció el Gordo, pero ya se les salió el tapón. Y Marifé volvió a tomar el micrófono para rematar el chisme: parece que Barry nunca le perdonó al Intestino algo que pasó con Mónica, del tiempo en que se unieron al grupo. Parece que en una reunión de esas, Mónica se metió al mismo tiempo con el Intestino y con otro tipo… y sin Barry. Y ahora salió a relucir, porque Barry y el barman, el grandote de los expansores, se andan metiendo con la novia del Intestino… La cosa sonaba tan anómala y mi rostro debe haber mostrado tal desconcierto, que Marifé y el Gordo volvieron a prodigarse en elucidaciones, cada una más compleja que la anterior. Los swingers, me dijeron, por definición se acuestan unos con otros, pero a veces lo hacen por parejas y en otras en plan orgiástico, tríos y cuartetos y demás. En uno de esos guateques, años antes, había participado Mónica, y la consecuencia, al menos en la mente de Barry, había sido el fin del matrimonio. Ahora, nuestro cantante había decidido aplicar el tradicional ojo por ojo y diente por diente. Parece que en la fiesta del miércoles el Intestino se los encontró en plena acción, aseveró el Gordo con gesto espantado. Yo seguía sin entender. ¿Y por qué se reclaman todo eso ahorita, en la tocada, si el miércoles pistearon juntos? Levanté la cara y me di cuenta de que los cambiaparejas seguían la discusión: manoteaban, se empujaban unos a otros y se señalaban con el dedo, hombres y mujeres por igual. Todo salió por el madrazo que se dieron, dijo Marifé. Barry les cayó y mandó a volar al Intestino. La gente corrió a ayudarlos, pero el Intestino se levantó emputadísimo y se le fue a golpes… La gritería ambiente, en El Hangar, dejaba de manifiesto que el pleito estaba lejos de zanjarse. Haz algo, suplicó Marifé al Gordo. Pon orden, a ti te respetan. Mi jefe esbozó un gesto ambivalente, quería mostrarse humilde, pero estaba convencido, en el fondo, de que era al patriarca a quien le correspondía imponer la paz. Pasé por alto el hecho de que el cachetón, que siempre fue la mascota del grupo, hubiera decidido que era el perro más grande ahora: ¿qué sentido tenían esas jerarquías cuando el mundo entero se estaba disolviendo? Mis amigos se internaron en la refriega, pero no me les uní, no tenía ninguna gana de meterme en idioteces. Vaya paradoja: Barry, que tanto se había burlado de mí cuando el video de Lupita amaneció en los teléfonos de toda la escena metalera… y ahora resultaba que su mujer había cogido en simultáneo con el Intestino y con otro cabrón, y le gustó tanto que acabó dejándolo por el tercero en discordia… Pensé que te me habías escapado, oí decir, a mi lado. Brenda estaba allí, acompañada de dos cervezas. Me extendió una y miró, fascinada, cómo me la bajaba con solo dos tragos. Yo estaba fatigado, en shock, y no tenía fuerzas para quedarme en El Hangar, rodeado por esos vejetes de comportamiento púber en que parecían haberse convertido mis amigos. Mejor nos vamos, dije, y le hice una mínima caricia en la mejilla. Claro que nos vamos, Yulian. Hoy tengo una idea genial, deslizó. El antiguo gesto repulsivo le había desaparecido de los labios para siempre. Su sonrisa era pura luz.

La idea fue, ni más ni menos, invocar el Apocalipsis. Bajamos la escalera de caracol y salimos sin toparnos algún conocido insistente. Los roadies nos vieron pasar con indolencia: ser ciego y sordo a los asuntos de los músicos era garantía de longevidad en el complicado oficio de servirles. Brenda había vuelto a estacionar el automóvil en la benemérita peluquería de la primera tocada y nos encontramos en camino, a los pocos minutos, por la noche llena de promesas. Abre mi bolso, ordenó ella, entregándomelo en el primer semáforo rojo: contenía una caja de condones y una botellita de lubricante del tamaño de un jarabe para la tos. Mi idea es maravillosa, Yulian. Vamos a volvernos legendarios. No sabía de qué carajos farfullaba hasta que la progresión de acelerones y frenazos nos depositó frente al apagado puesto de tacos de don Bon Jovi, en la esquina de las instalaciones de Laminados Aceves. Vamos a coger en la oficina de mi tío, dijo con los ojos llenos de unas chispas rarísimas que los hacían parecer lámparas de lava. Sentí una emoción insólita, un rayo de energía en la opaca niebla de la vida adulta. Maniobró con cuidado hasta dejar el auto paralelo al bordo, en perfecta posición. Bajamos y la ayudé a avanzar por la banqueta quebrada, porque con sus botas de tacón corríamos el riesgo de que se apalancara y terminara rompiéndose el tobillo. Hubo que golpear la puerta del estacionamiento, acompasados por los ladridos furibundos de Rito, el perro del taller, hasta que el velador escuchó y, en lo alto de la lámina del portón, se abrió una diminuta compuerta de metal. Buenas noches, dijo el vigilante, a quien habíamos levantado de un sueño milenario. Soy la sobrina del señor Aceves y venimos a buscar unos papeles a las oficinas, explicó Brenda, cuya voz demostraba lo habituada que estaba a dar órdenes. El tipo, intimidado, se apresuró a obedecer: lo escuchamos discutir con Rito, el aullante hombre-lobo, hasta que pudo amarrarlo y franquear el paso. Disculpe la hora, sedujo Brenda con voz melosa. Es una urgencia. No se apure, señorita, respondió el sujeto, yo estoy para servirlos, y nos acompañó al acceso lateral. Rito, encadenado al poste, protestaba con el hocico lleno de babas. Es bravo el animalito, comentó el velador, pero ahorita se le pasa, ya que lo suelte. No avanzamos sino hasta que el tipo cerró el portón que aislaba el patio y lo escuchamos alejarse. Cruzamos los pasillos de las oficinas durmientes y oscuras, y enfilamos a la escalera principal. Recordé el miedo que solía tenerle a Brenda, semanas antes, mientras escalábamos por esos mismos peldaños y ella me miraba el trasero. Pero ya no le temía más. La oficina del Gordo había sido cerrada a piedra y lodo, desde luego, pero Brenda guardaba copia de la llave en el cajoncito del escritorio y no tuvo dificultades para botar el seguro. La estancia se ahogó con el resplandor de los neones blancos. Sírveme un vaso del wiski que les da mi tío, dispuso, dejándose caer al sofá de piel que el Gordo tenía instalado junto al modular y las bocinas del sistema que llenaba de música los aires de Laminados Aceves. La cantinita estaba indefensa y no tuve problemas para extirparle la licorera de cristal cortado y llenarnos hasta el tope un par de vasitos con ese líquido ambarino que el Gordo consideraba delicioso, y a mí me recordaba el agua de colonia de un peluquero. Brenda debe de haber pensado lo mismo; al primer sorbo arrugó la nariz, estiró los labios y prefirió abandonar el wiski en una de las mesas laterales. Intenté apagar la luz y ella lo prohibió. No seas miedoso, pinche Yulian. El velador no tiene permiso de entrar hasta acá y quiero que nos reflejemos en el ventanal. ¿Te fijaste que es una pantalla? Hay que proyectarnos. Era verdad: uno miraba aquellos vidrios como monitores de televisión. Abre las persianas, instruyó ella, para que veamos bien. Su plan, entendí, era que utilizáramos el despacho de su tío igual que el cuarto lleno de espejos de un motel. Cuando terminé de acomodar las celosías y volteé al sofá, Brenda ya se humedecía con las manos llenas de lubricante. La desolación provocada por la huida del Pato se había extraviado al fondo de mi cerebro. Debía reconocerlo: Pati había convertido mi amor en una pelota de beisbol y lo había bateado tan lejos que ya estaba fuera del parque, al menos por esa noche. Acabé el wiski y, sin prisa, me despojé de los tenis, los calcetines y pantalones, el bóxer. Solo me dejé la playera, porque un metalero tiene principios irrenunciables. Brenda indicó que me colocara frente a ella y, arrodillada en el sofá del Gordo, sin perderse detalle en el ventanal, se aplicó a chupármela. Unas pocas sesiones nos habían bastado para conocernos bien, tardó apenas minutos en llevarme al borde del éxtasis y la aparté para evitar un desborde prematuro. Ella reía: ¿Tácticas de viejito?, dijo. Y se contorsionó para alcanzar el bote de lubricante y embadurnarse de nuevo. No puedo creer que tardara todo el verano en convencerte de esto, pinche Yulian. Se dobló, con la cara pegada al asiento del sofá, para elevar el trasero y resaltar las nalgas. Me coloqué uno de los condones con lentitud: no recordaba haber estado tan entusiasmado por una mujer con la que estuviera a punto de coger desde mucho tiempo atrás, quizá desde Lupita, pero ella no importaba, ni siquiera el Pato existía en mi cerebro en aquel instante, o significaba apenas un eco, un residuo. Sería un hada, pero resultaba más irreal que una, y al volver a su reino me había dejado solo. Brenda no era ruidosa, y enmudecía al coger: apenas dio un quejido cuando me metí a su cuerpo. Había sido su idea, debí repetirme una vez más. Desde el principio lo fue. Mi cabeza daba respuestas a un tribunal imaginario que me culpaba de todo lo que podría ser acusado alguien en mi situación. Fui incapaz de encontrarme culpable: Brenda me había procurado y yo acepté la invitación. Esa era la verdad. Ella me buscó, explícitamente. Y tanto que ya estaba sucediendo, resoplábamos y entrechocábamos. Advertí, con satisfacción, que ella mojaba con saliva el asiento de piel, incapaz de cerrar la boca, y ya había dejado de mirar su imagen en el vidrio. Llegué al éxtasis y me dejé caer en ella, que me contenía difícilmente, pues no dejaba de ser una chica joven y delgadita. Dio un largo quejido: el que uno sueña provocar. Se venía. Con campanas, con la gloria de los amaneceres y las batallas y las olas que rompían en los acantilados, pensé, aunque quizá sería solo un orgasmo más en su vida. Cómo carajos saberlo si ella no lo calificaba aún. Entonces la puerta de la oficina se abrió y por ella entraron los ángeles de la venganza: el Gordo Aceves, Marifé y el Judas hijo de puta del velador.

Se desató el caos. Brenda dio un brinco hacia adelante, escurrió y terminó por caer al suelo mientras se cubría pubis y pechos con los brazos, sin conseguir taparse a plenitud. Yo quedé en una posición ridícula, sentado en el sofá, la verga a medio bajar y el preservativo aun puesto y lleno de esperma. ¡Qué putas madres haces!, clamó el Gordo, fuera de sí, pero lo suficientemente intimidado por mi condición desamparada para no acercarse. Enrojecido hasta la apoplejía, las venas del cuello inflamadas y los nudillos blanqueándole de tan encogidos, mi amigo era un globo a punto de tronar. Marifé, prudente, jaloneó al velador del brazo para evitar que siguiera mirando a Brenda, quien se remetía a sus calzones a la desesperada. A mí me dio por ser cínico, no sé bien por qué: el Gordo fue un amigo inmenso desde el día en que nos conocimos y solo debería haber sentido gratitud por él, pero las crisis, se ha dicho siempre, descubren el tipo de persona que somos, y yo era un cerdo rencoroso que envidiaba su negocio, su fortuna, incluso a su extraña y desesperante familia. Pasa lo que viste, respondí, aunque fui un poco cobarde y evité la frase que revoloteó un instante en mi boca: pasa que me estaba cogiendo por el culo a tu sobrina, chanchito. Marifé volvió al despacho y se apresuró a asistir a Brenda, que ya terminaba de cubrirse. ¿Estás bien, chiquita?, preguntó, como si la hubiera rescatado, en lo alto de un edificio, de las garras del propio King Kong. Y quiso abrazarla, pero Brenda se sacudió para evitarlo. Nadie había contado con su carácter de apisonadora y ese era un error de cálculo fundamental. Estoy perfecta, tía. Te lo juro. Estuvo todo riquísimo. Marifé abrió los ojos: la frase había bastado para demostrar que la chica estaba allí por su propia voluntad, pero el Gordo no lo había entendido, claramente. ¡Qué te hizo este pendejo!, gritaba aún, con indignaciones de obispo. Brenda, recobrada de la sorpresa, estaba soberbia: las manos en la cadera, la ropa en su lugar, y descalza, eso sí, porque no era fácil meter los pies a las botas de agujas en esas condiciones. Yulian hizo lo que yo quise, tío. Y no es tu asunto. Ya estoy bastante mayorcita: no mames. El Gordo la fulminó con la mirada. Pues este pendejo también, bramó: Tan grandecito que no debería ni acercarse a ti. El velador, que había vuelto a colarse al despacho, aprovechó el silencio que sobrevino para ponerse una estrellita en la frente: Por eso lo llamé, patrón, se me hizo raro que la muchacha trajera a este señor tan tarde. La declaración imbécil pareció devolverle la superioridad moral al jefe. ¡Exacto!, dijo el Gordo. ¡Esta es mi oficina! No pueden meterse así nomás, a su gusto, para coger en mi sillón. La frase, con todo y la fe ciega en la tradición de las buenas familias tapatías que contenía, era una capitulación. A Marifé se le escapó una risa y el Gordo volteó a mirarla, frenético. Perdón, dijo la esposa, y se tapó la boca para no reírse más. El Gordo sacudió la cabeza: aquello lo superaba. Vamos a llevarte a tu casa, le dijo a Brenda, y cuando ella trató de protestar, la atajó: ¡Y me vale lo que pienses! ¡Enfrente de mí le vas a contar a tu madre todo! El jefe, al fin, había dado con la tecla correcta. El gesto azorado de Brenda reveló que la amenaza, con lo absurda que fuera, había surtido efecto: el susto le coloreó los pómulos y puso una sombra de lágrimas en sus ojos. Y allí fue que el victorioso Gordo Aceves volteó su índice de fuego a mi cara: Y tú te me largas, pendejo, dijo, tronando los dedos. Agarra tus cosas y te vas ahorita mismo, antes de que llame a la patrulla y te saquemos a vergazos. Cómo saber que el precio de caer en las redes preciosas de Brenda sería romper con mi mejor amigo y quedarme desempleado.

5. *Balls to the Wall*

Igual, Barry, si te calmas se entiende mejor.

No mames, pinche Luisma. Es que son chingaderas. Me mataron a la pinche Armada Invencible en la cuna, cabrón, me le pusieron una almohada en la cara.

¿Cuándo supiste lo del Pato, que se iba?

Apenas ayer, no mames. Para cuando me habló ya había tomado el avión. Y estaba en San Luis, Missouri. O bueno, algún lado así, la muy hija de su rechingada madre.

Entonces no te había dado ningún aviso previo.

Qué aviso me iba a dar. Nadie me dijo una chingada. Yo sabía que su jefe estaba mal, lo hablamos desde la primera vez que me marcó por teléfono. Por eso quería salirse de Chapala y conseguir una chamba acá. Si me hubiera dicho que estaba tan jodido el viejito, le habríamos hecho algún paro. Una tocada de beneficencia en El Hangar, algo así. Pero se lo guardó. Y me voy enterando que se murió su jefe, que hasta lo cremó y se fue a San Luis, Missouri, para tocar en un pinche circo de acróbatas y malabaristas. No mames. Esta morra salió más culera que el Mustaine, que ya es decir. Yo tengo planes pocamadre para la banda, para crecer. Y me mandan a la verga y me dejan colgado. No sé si el Pato se encabronó conmigo porque invité a la última tocada al Eddy y al Toni. Pero todos sabíamos que el divorcio fue en buenos términos, no se odiaban ni nada. Y los pinches gringos siempre fueron cuates, ni modo que no les dijéramos que habíamos vuelto a juntar la banda. Ya no podría haber de por medio celos ni mamadas. Al Eddy le va muy bien con sus invernaderos y el Toni heredó el negocio del papá. De qué van a estar enojados, si se pudren en lana. Es más, el Eddy tiene novia y todo. Y está chistosa, es una señora de Chapala bien operada, pero con papada. El pinche Pato debió sentirse soñado de tocar en frente del exmarido y demostrarle que la que rifaba era ella. Punto.

Pero también hay más broncas, ¿no?

Además, eso. El pedo con el pendejo de tu tío y el Yulian. Pero es que han sido días de puras pendejadas. La noche de la tocada me agarré a putazos con el reverendo hijo de perra del Intestino, por ondas que tenemos desde siempre, y que regresan cada vez que nos vemos. El güey piensa que se la debo por echarlo de la banda hace mil años. Pero ni sabía tocar ni sabe todavía, no sé qué tanto reclama. Él dice que comenzamos a frecuentarnos de nuevo por el club de parejas, pero que no se haga pendejo, le compraba coca desde antes, y tan le gustaba que lo buscara que nunca quiso pasarme a su contacto, quería seguir vendiéndomela él. Luego, sí, nos lo encontramos Mónica y yo en un bar y le compré un papel y nos lo echamos entre los tres. Y el Intestino nos engatusó con su club. Y le encontró el modito a Mónica, porque le metió el gusanito y fue ella la que acabó pidiéndome que viéramos qué onda, que experimentáramos en el club, al cabo era entre cuates. A mí me vale madre si el Intestino cree que lo odio porque él y el otro cabrón se cogieron a mi mujer: yo me cogí a todas las morras del club, sin excepción. Salí ganando.

¿Lo del Intestino afectó a la banda?

No, pendejo, nada. Es un pedo que reaparece y ya. Últimamente, con el bar, volví a juntarme con los del club, porque no ando con nadie fijo y todavía me buscan. Fue mía la idea de invitarlos a El Hangar, y que lo sintieran su casa. Si tienes treinta o cuarenta clientes cautivos te salen los gastos de planta. Los servicios y el sueldo del Hugo, el de la barra, al menos. Ese era el plan. Para lo único que quería yo al Intestino era para que tuviera cubierto el bar y le pudiéramos vender a los clientes una coquita, un toque, una pastilla de calidad, sin meter a un narquillo con gorra de plato que se ponga loco y saque la pistola al primer reclamo. O que no le guste la música y te encañone para que le pongas alguna de sus mierdas agropecuarias. Tan creí que la bronca con el Intestino estaba superada, que el Hugo y yo nos dimos a su señora tranquilamente en una reunión acá, en la planta baja. Y la señora estaba prendidísima, no creas que le eché algo al trago. El güey ni hizo nada, aunque el pendejo de la automotriz, el pelón ese, el amigo de tu tío, le fue con el chisme, y hasta lo trajo a donde estábamos. Porque no creas que la echamos a una mesa o al suelo o algo, me la llevé a la oficinita que tengo para las cuentas, toda discreta, en un rincón.

¿Y te agarró de sorpresa la bronca del Gordo con Yulian?

Es que ni me han contado bien qué pasó ahí. El Gordo se metió en mi pleito con el Intestino, la noche de la tocada, y nos separó. Y calmó la cosa, pero le hablaron por teléfono y se fue. Me buscó al día siguiente y solo dijo que había tenido un pedo muy fuerte con Yulian, y lo había corrido del empleo. Me agarró de malas, y le dije que se arreglara con Yulian o se olvidara de La Armada Invencible, porque Yulian estuvo desde el principio, desde que éramos los Paganos, y siempre iba a ser mi bajista. La neta, tu tío toca chido, pero un baterista te lo sacas de la manga. Hay jerarquías. No puedes pasar de fan a decidir qué pasa con el grupo en seis meses.

Y qué piensas hacer.

Y es que yo no sé si lo de ellos tiene arreglo. Pero ya estoy grande para andar metido en pleitos pendejos. Es más: al rato vienen al bar el Intestino y su esposa para hablar y arreglar las cosas. Que se vaya el Pato nos abre una brecha enorme y tenemos que aplicarnos a arreglarla, no sacarnos los ojos solos. Si la chava esa, tu hermana, fuera mi sobrina, estaría emputado a madres con el Yulian, seguro. Yo sé que es tu hermana y espero que esto no te ofenda, pinche Luisma, pero la morra está grandecita y se ve que hace lo que quiere. No es que el Yulian la hubiera ido a sacar de la secundaria. Tiene qué: ¿veinte?

Veintitrés. Y va para veinticuatro.

¿Ya ves? Solo al Gordo se le ocurre que la va a tener controlada como si la hubiera invitado a comprar unos tenis a Horizontes en su cumpleaños. Ese pendejo cree que seguimos en 1997. Y tengo que tratar con pendejos y estoy hasta la madre…

Cuando era pequeño, un cuento que oí en boca de mi abuelo se convirtió en mi preferido: quería escucharlo una y otra vez, pedía que me fuera repetido con tal ahínco que el viejo se hastió y comenzó a resistirse. Pero mi ansia no menguaba y yo suplicaba, ordenaba y disponía, con la tirana necedad de un niño, y él se resignó y volvió a contarlo, de nuevo y de nuevo. Y aunque un día fue el último, porque mi abuelo enfermó y murió, jamás olvidé aquel cuento favorito que me hacía pensar en el viejo y los años suaves y despreocupados en que lo visitaba. Porque el cuento hablaba de mí y para mí, incluso antes de que comprendiera por qué.

Había, en el norte de Alemania, una granja en la que vivía una familia. El patriarca salió una noche al aire libre, después de la cena. Miró a los animales y se dio cuenta de que uno sobraba: un burro flaco que le había servido por años. El burro cargó en el lomo los costales de grano y los botijos de agua del pozo, transportó al propietario, a su esposa y sus hijos, cada día y cada noche sin chistar. Pero ahora, con el pelaje ralo y las rodillas crujientes, se había vuelto perezoso, a juicio del hombre: era lento y duro de oído y, por tanto, en lugar de la ayuda que acostumbraba ser, se había convertido en un problema. Y tomó la resolución de echarlo mientras tenía la barriga llena y el espíritu reconfortado por la sopa. Sin esperar más, abrió la puerta del pajar, se plantó frente al animal y le dijo: «Ya fue suficiente. Llegó el momento de que te busques la vida». El burro estaba medio dormido y al oír la fría voz de quien hasta ese momento había sido el amo, no supo qué hacer. Se vio expulsado del único hogar que conocía. Solo cuando el tipo esgrimió un fuete de cuero, amenazando con golpearlo, entendió que la cosa iba en serio. Y aunque estaba aterrado y sentía que le habían clavado un alfiler en mitad del pecho, no le quedó más que obedecer. Caminó a la puerta, luego al cercado y antes de salir se volvió. El propietario, impasible, agitó de nuevo el fuete sobre la cabeza, animándolo a marcharse. El burro apenas podía creer que tanta mala suerte se hubiera abatido sobre él. Hacía frío, el cansancio de la jornada era considerable y el camino lucía enredado y oscuro, aunque algún rayo de luna le permitiera saber por dónde iba. Reflexionaba, al andar, sobre la ingratitud del amo, que había usado y abusado de sus servicios por años, y ahora le volvía la espalda y lo expulsaba cuando más necesitaba un sitio donde dormir y un lugar en el que estar a salvo, porque venía el invierno, se sentía viejo y las fuerzas le faltaban.

No se había alejado demasiado de la que fuera su casa, quizá una legua o menos, cuando en un recodo del camino alcanzaron sus oídos unos lamentos. Vio que sobre un túmulo de piedra se encontraba un perro de pelaje entrecano y bigotes ralos. Y el asno le dijo: «Amigo: ¿qué pasa?». El interpelado recobró el resuello y suspiró antes de responder: «Pasa que me puse viejo y ya no despierto a tiempo. Pasa que el zorro dejó de tenerme miedo y anoche se robó un par de gallinas del corral del amo. Y el amo, enojado porque no corro lo suficiente para alcanzar al invasor, decidió echarme. Pero estoy viejo. Hace frío y no sé a dónde ir». El burro se sintió identificado con la pena de su colega. Aún abatido por su propia desgracia, lo alegró la posibilidad de encontrar un compañero. Y le dijo: «Mira, estoy en las mismas que tú. Acaban de echarme de casa y quiero buscarme la vida. ¿Por qué no vienes conmigo?». El can replicó: «¿Pero qué vamos a hacer tú y yo, unos abuelos sacados a rastras de la cama porque ya no pueden cumplir con el trabajo que los hombres les asignan?». La luna pareció brillar más y al burro le repiqueteó una idea en el cerebro. «Sé lo que haremos, mi amigo. Iremos a la ciudad de Bremen, donde la gente es alegre y generosa, según oí, y ama la música. Y si hacemos música podremos ganarnos un buen dinero y vivir allí por siempre». El perro guardó silencio. Consideró el asunto durante unos minutos. Al fin respondió: «Ya que no se me ocurre de momento algo mejor, caminemos». Y bajando de las piedras, echó a andar.

No habrían avanzado más que otro par de leguas cuando llegó de la arboleda un sonido que no supieron interpretar como el lloriqueo de un niño o los lamentos de un gato. Al perro se le erizó el lomo y gruñó: «Si es un estúpido gato, me encargaré de él». Menos agresivo, el asno se acercó a la enramada y metió el hocico y las orejas en ella. El gemido se sostuvo. Provenía de una gata de pelaje opaco y ojos amarillos, que estaba sentada en el tocón de un árbol caído. Al verlos, la minina se lamió una pata y se restregó la cara con ella. «¿Quiénes son ustedes? No tengo por qué hablarles», rezongó. «Y no los necesito. Me las arreglo sola». El burro suspiró: «Hasta hace unas horas pensaba lo mismo, pero mi amo me echó de casa, tuve que salir al camino y me encontré con este perro, al que expulsaron también. Y ahora andamos juntos para buscar una solución». «Bien se ve que los hombres son todos injustos», aseveró la gata. «Yo serví en la parroquia de estos parajes durante toda mi vida para cazar a los ratones y las ratas, para que no royeran el tabernáculo, el crucifijo y las bancas del coro. Pero ahora engordé y el párroco cree que ya no puedo cazar. Solo porque vio un ratón al fondo de la sacristía hace un mes y otro en la canasta de las limosnas la semana pasada y vio, o creyó ver, uno más esta tarde, mientras las beatas rezaban el rosario. ¿Qué son tres ratones, digo, cuándo podrían ser trescientos si no estuviera yo ahí? Pero el párroco me tomó del rabo, me pateó y me dijo que me fuera. Por eso estoy aquí maullándole a la luna». «Es el destino que nos reúne», arguyó el asno entonces. «Porque más allá de las diferencias, nos hermana el daño que nos hicieron y el que podrían hacernos todavía si no estamos juntos», deslizó. «Y juntos para qué», preguntó la felina. «Juntos para ir a la ciudad de Bremen», explicó el burro. La gata no parecía convencida. «¿Y qué haremos allí? Nadie nos está esperando. Nadie quiere a los viejos». El asno ensayó una sonrisa. «Seremos músicos. La gente de Bremen es buena y generosa y, disfruta de una buena canción. Y nosotros iremos allá y haremos música». «¿Música?», se resistió la gata. «¿Qué clase de música? Yo no sé tocar el violín. Y ustedes, ¿qué melodía podrían sacarle a esos cascos y patas torpes suyas? La música es cosa de ángeles o virtuosos, no de bestias abandonadas como nosotros». «Nada de eso», silbó el burro. «Cualquiera puede ser músico, lo mismo un niño que un viejo y lo mismo una mujer casada que una soltera. Todos pueden cantar, todos pueden silbar, todos pueden llevar el ritmo. Porque una canción alegra al que la escucha». «Pero nosotros no estamos alegres», se erizó la gata. «Estamos rotos. No quiero alegrar a nadie: yo odio». «Pues cantaremos con odio», dijo el burro. «Con saña y con furor. No importa. La gente quiere que la música le mueva las tripas y los pies, lo mismo si es una canción triste que una alegre o iracunda. Haremos lo mejor que podamos. No somos ángeles, pero estamos vivos y en Bremen podríamos encontrar nuestra fortuna». La gata entornó los ojos, calibró las palabras del burro y al fin, tras largos minutos, resopló. «No tengo una mejor idea». «Camina con nosotros, pues», dijo el burro y la gata, con prudencia y patas suaves, se emparejó con ellos y echó a andar.

Luego de unas horas, los compañeros escucharon un lamento en la espesura. «Alguien llora», dijo el perro. «Aunque eso que se escucha bien podría ser un cloqueo», especuló el burro. Era verdad. Se trataba de un gallo desplumado, con la cresta roja y caída sobre el pico. Aposentado en una rama, a la orilla de la vía, el ave se lamentaba. «¿Qué haces ahí?», lo cuestionó la gata. El gallo se sorbió los mocos, levantó la cabeza como una dama seria y digna, y se sopló la cresta. «Yo hago lo que quiero y no tengo por qué comparecer ante nadie. ¿O acaso son ustedes los que dan permiso de llorar?». «Nada de eso, amigo», lo consoló el burro. «No somos jueces, solo caminantes. Y a lo largo de esta noche nos hemos encontrado en la ruta y en circunstancias similares a las tuyas». «Nadie sufre mis circunstancias», se quejó el gallo. «Me expulsaron de casa porque me duermo y no alerto con mi canto la salida del sol», y al decir esto, su buche se inflamó y un quiquiriqueo salvaje se proyectó por los aires. «Nos pasa lo mismo», lo consoló el burro. «Nos echaron a todos por el simple pecado de ser viejos y nuestro único remedio es seguir el camino a Bremen». «¿Bremen?», se alarmó el gallo. «¿Para qué quieren ir allá?». «Seremos músicos», respondió el burro. «He oído que la gente de Bremen es buena y generosa y paga bien a los que cantan piezas que la emocionen». El gallo dudó: «Suena a plan arriesgado». «¿Vendrás con nosotros?», siseó el asno. «Hemos decidido no rendirnos y hacer música aunque no sepamos cómo». Al oír esto, el ave se encogió de alas y tras dar una mirada en dirección a su antiguo hogar, pegó un brinco de la rama y aterrizó a lomos del rucio. «Los acompañaré, pero voy a viajar sobre ti, porque un gallo no puede llevar el paso a bestias de cuatro patas como ustedes». «Adelante», consintió el asno. «Nosotros no pararemos hasta estar agotados, porque Bremen queda lejos y tenemos mucho que ensayar».

Así, con cuatro amigos reunidos por la música en medio de la oscuridad, comenzaba el cuento que solía contar mi abuelo.

Pasé la primera mañana oficial de desempleo, un lunes sin relevancia, echado en el sofá, abstraído en las películas que compré en una racha de cinefilia años antes del divorcio: cintas viejísimas que amaba. Miré «Excalibur» y «Por un puñado de dólares» mientras mascaba galletas y me empinaba una sopa de sobre, y acabé con «Buenos muchachos» a la hora del café. Mi teléfono estaba muerto, ni mensajes ni llamadas le aterrizaban. Solo recibí, a las horas del último vistazo desalentado, el correo de un despacho jurídico: me invitaban a pasar a sus oficinas a buscar un cheque de liquidación emitido por Laminados Aceves. El único requisito consistía en firmar un desistimiento jurado de que no emprendería acciones legales contra la empresa, el clásico documento de «si quieres tu dinero, métete las demandas por el culo». Debo decir que la cantidad ofrecida de finiquito era justa: incluso en ese extremo terrible, resultaba que el pinche Gordo se portaba como un buen carnalito. Calculé que podría sobrevivir varios meses con su paga mientras encontraba un empleo que no me avergonzara: me repateaba en el hígado buscar a mi aburridísimo padre y rogarle algún conecte entre los imprenteros, lo había hecho demasiadas veces en la juventud, pero no veía otro horizonte. El viejo haría unas llamadas y yo acabaría, una vez más, en un mal taller, encargándome de cartelones, lonas, folletos y participaciones para bodas de tercera categoría. Incluso corría el riesgo de terminar diseñándome una nueva hornada de tarjetas de presentación, que irían a dar a otra gaveta para apolillarse al lado de las primeras. En estas y otras positivas reflexiones me ahogaba cuando resonó el timbre de la puerta y la angustia, que había mantenido bajo control dosificándome un par de churritos de yerba, regresó al escenario. Era un pésimo momento para recibir visitas: no me había bañado y apestaba. Para mí no era un problema, claro: si me lo proponía, aún podía oler el perfume y los sudores de Brenda en mí. Era una ilusión, desde luego, pero me daba consuelo. Me resistía a entregarme al vacío de haber perdido otra vez al Pato, y a los horrores del despido y la puta y árida soledad. El timbre volvió a rugir antes de que pudiera colocarme las bermudas y la playera, y alcanzara la mirilla. Era el animal de Luisma, un cigarro en la boca y su eterno chongo coronándole la cabeza, el nudito al extremo de un embutido de cerdo. Abrí sin ganas, qué más puede hacer un desempleado que seguir la corriente y ceder ante la progresión de madrazos que la vida le inflige. Mi Yulian, cómo andas, dijo él, que sabía perfectamente que estaba yo de la verga. Tenía menos ganas que nunca de encontrarme con ese amable tarado, y hubiera preferido que se presentara en mi puerta La Santa Muerte en persona, pero entendía que una charla tibia era preferible al peso del abandono. Jalé una silla y le indiqué que se sentara, saqué dos cervezas del refrigerador y le puse una en la mano sin preguntar si la quería. Luisma sonrió, quizá lo avergonzaba encontrarme tan vencido, pero le entró a la chela y, luego de un par de tragos, suspiró. No sé ni qué decir, mi Yulian. No pensé que la cosa fuera a llegar a esto. Igual debí advertirte que en mi casa estos pedos de cama son muy mal vistos. Mi carnala es la princesa de la familia y, desde que murió mi jefe, todos andan detrás de ella y se preocupan. Me encogí de hombros y bebí: la cerveza solía ser mi única medicina útil ante este tipo de malestares vitales. Él seguía en su línea: Igual sé que no fue pedo tuyo, o que a la mera ni debería haber pedo. Mi carnala ya es mayor, ya decide sola. Yo soy el primero que sé que en mi casa están mal. Daba vueltas porque no se atrevía a utilizar cualquier palabra que pudiera encolerizarme y agradecí, por una vez, ese carácter pusilánime tan suyo, que solo la defensa de las causas remotas y celestiales tornaba agresivo. Apagué el televisor, pues la mirada se me desviaba una y otra vez a la carota de Robert de Niro, y no era cosa de insultar a la visita con mi puta indiferencia. Luisma, agotado el preámbulo, guardó un breve silencio y clavó la mirada en los estantes donde se apilaban los viejos vinilos. Puro metalito, ¿no?, preguntó. Hice un gesto impreciso. Sí, acepté, el ochenta por ciento. Lo demás será punk y otras ondas raras, de hace un putero de años. Luisma asintió, comprensivo, y, al fin, sin otra nadería que intercalar, le brotó el valor para decir lo que quería. Vine por dos cosas, Yulian. Una: Brendita, mi carnala, me pidió decirte que disculpes a nuestro tío por el desmadre y que la disculpes a ella también. Se agüitó mucho de que te corrieran de la chamba, de neta te lo digo. Y a ella le fue de la verga. No veas cómo se puso mi mamá, se le armó el pinche infierno en casa. Le quitaron el teléfono y la compu, neta, haz de cuenta que hubiéramos vuelto a la época en que tuvo los pedos con el profesor. Entonces, a lo mejor no te contesta rápido si la buscas, pero no es en mal plan. Ella te busca luego, pero por un rato no. Eso me pidió que te dijera. Sacudí la cabeza para darme por enterado y nada alegué, porque nada de lo que burbujeaba en mi cabeza tendría por qué importarle a Luisma. A fin de cuentas, mi relación con su hermana no podría ser descrita de manera sentimental y me parecía fuera de sitio hablarle de nuestras saludables actividades carnales. Y a él se advertía impaciente, le picaba el rabo por irse, y apresuró la voz: Y ya que ando aquí, pues decirte que sigo con el docu, voy a retratar todo este pedo tan dramático, y nomás falta echarle una llamada a la Pati para cerrar su parte de la historia, y luego hablar contigo, si te late, porque ya cotorreé con Barry, con mi tío y más gente, pero faltas tú. La cerveza se había agotado en el bote, y de todos modos hice el ademán de beber un trago final mientras pensaba qué responder. Luisma se adelantó: Con Barry va a estar cabrón hablar ahora, por lo que le pasó, pero igual creo que la banda ya no regresa, o no sé, y mejor cerrar con lo que tenemos. O dime tú, mi Yulian. ¿Ya se acabó todo? ¿Valieron verga? Tuve que levantar las cejas porque no entendía de qué carajos hablaba: como siempre, las malas noticias me pegaban en la jeta sin que fuera capaz de anticiparlas; estaba condenado a ser la puta roca en la que las olas se estrellaban. No he sabido nada de Barry desde la tocada, expliqué. Cuando me fui, se andaba dando empujones con el Intestino, y no sé si pasó algo más. Me mandó un audio el sábado, por lo de la Pati, pero ya no supe… Luisma, descubrí, me miraba con pánico: se acarició el bigotito y pasó saliva al darse cuenta de que yo no tenía idea y acababa de hacerme una revelación. Puta madre: a la mera no debería ser yo el que te dijera, Yulian, vaciló… Pero Luisma era un pinche chismoso de mierda, y se impulsó en la silla para escupir el resto del asunto con la excitación de un quinceañero: A ver, no te asustes. Estuvo así: el sábado hablé con Barry y sonaba bien... Pero en la noche, luego, tuvo un pedo muy serio. ¿Neta nadie te avisó? Levanté las manos, en señal de rendición. Qué estúpidas son las historias, a veces, cuando su único sentido es adivinar el dato final que las redondea, o dar sustos por el camino, como sucede en esas casas de espantos de las ferias. Eso hacía aquel chamaquito pendejo: preocuparme y especular con la verdad. La cosa se puso culera, Yulian.

Fueron al bar el Intestino y su señora, dizque para arreglar la bronca. Hablaron todos y se dijeron las cosas a la cara, pero el Barry se puso mamón, ya lo conoces, y el Intestino ya no pudo más... Algo le dolió más allá de la prudencia y le metió a Barry un navajazo en la panza... La lata de cerveza se me soltó y rodó por los suelos. Me incorporé en el sofá, en que, hasta ese momento, yacía recostado. No mames, fue lo único que supe decir, pero Luisma comenzó a sacudir las manos frente a mi cara. No, no, a ver, Barry está vivo, no se lo chingaron ni nada. Nomás que la hoja le dio en un riñón, aunque el Intestino le apuntó a los güevos, y ahora está medio delicado. Pero fuera de peligro, eso le dijo el médico a mi tío. Luisma, y esto era lo peor, creía estarme aliviando con las aclaraciones. Hundí la cabeza entre las manos: solo podía pensar en la lógica que había detrás de que nadie me hubiera llamado. El Gordo seguía enfurecido, la Pati se había largado a diez mil kilómetros, Barry no estaría en condiciones para ocuparse de alertar sobre su hospitalización. Y para el resto del mundo, yo era invisible. Ahora resulta que nomás los putos sobrinísimos se ocupan de mí, pensé, abatido. Sin hacer caso de lo que el asno del chonguito se afanaba en puntualizar, fui a vestirme, me bañé de desodorante en aerosol y, al volver a la sala, le exigí a Luisma que me llevara al hospital. El esnob de Barry estaría en uno privado y se podría visitarlo o hablar, al menos, con su especialista, me dije. A güevo, claro que te aviento, aceptó él, tan condescendiente que me hizo recordar que lo detestaba. Y ya luego le piensas qué día me puedes recibir con la cámara y hablamos, ¿no?...

El Hospital Arboledas no era lujoso ni de avanzada, y es probable que Barry no lo hubiera elegido como primera opción en una encuesta sobre la sala de urgencias en que desearía ser atendido cuando le metieran un cuchillazo en los riñones. Nuestro líder estaba amarillo, su piel era una rebanada de queso de puerco, brillante y hedionda por la acumulación de sudores, lágrimas, mugre. Una gotita de sangre seca le denigraba la barbilla, debió brincarle cuando el ataque, o quizá durante la cirugía, y nadie le había limpiado aún. Una enfermera se encargaba de revisar que el suero con medicamentos fluyera apropiadamente a las arterias, pero fue tan amable que se largó cuando aparecí por allí. Barry tenía los ojos entornados, los abrió al notarme a su lado, en la habitación de terapia intermedia, y mostró una sonrisa desanimada. Hace dos días que te estoy esperando, pinche Yulian, hijo de tu puta madre, dijo con voz espectral. Siempre eres el último en llegar. Le revolví el cabello con la mano y me senté en el silloncito al lado del dispensador del suero y los monitores de frecuencia cardiaca y oxigenación. Tengo menos sangre que un mosquito, declaró él, cómicamente. Traté de animarlo, hacerlo estaba en mi naturaleza, y había de por medio una larga amistad, por más amarga que hubiera sido tantas noches. Espero que si te mueres te veas mejor, cabrón, porque vivo te ves de la verga. La enfermera, que había vuelto para revisar los monitores, me miró con mueca desaprobadora, pero Barry tuvo la gallardía de reírse. Te voy a meter un fierrazo, a ver si sigues de ingeniosito, pinche Yulian. Cerró los ojos, había vuelto a reír y le dolía. Para esto tiene uno a los amigos, señorita, explicó a la enfermera. Para que se vengan a cagar en tu lecho de muerte. La chica se limitó advertirnos que acababa de echarle al suero un analgésico y el paciente se adormecería en cosa de minutos. Igual puedo hacer guardia si hace falta, ofrecí. Igual, aceptó ella, jodona, pero el turno de la tarde lo tiene el hijo del señor y no van a dejarlo pasar si usted se queda... Puntualizó esto último severa y profesionalmente y dejó el lugar en tres zancadas, antes de que intentáramos convencerla o sobornarla. Carajo: si apenas vas llegando, mi cabrón, dijo Barry, con los párpados ya entrecerrados porque el sedante hacía su trabajo. Cualquier día vengo, no te apures, lo conforté. Iba a ponerme en pie cuando Barry estiró la mano, me tomó la muñeca y resopló. Dicen que la libré y todo, pero ya valió madre, pinche Yulian, confió, enronquecido. Ya nomás me queda un riñón. Y voy a tener que cuidarme, ahora sí, ya soy pinche viejito. Y gruñó, con malestar en el gesto: Ya no quiero saber nada. Ni de El Hangar, ni de La Armada ni de su puta madre. Fue una pendejada pensar que podíamos. La historia ya se había acabado y La Armada estaba bien así, hundida. No había culpa o resentimiento en su voz, solo cansancio. Le dije que ya decidiríamos, lo primero era cuidarse y que se recobrara, ya veríamos qué onda con la banda, el bar, los proyectos. Pero uno sabe que cosas así no se arreglan: lo más sencillo cuando algo se va al fondo es dejarlo ahí, no hay fuerza más poderosa que la inercia, que nos aleja y nos congela y nos deja perdernos. Salí del cuarto y del hospital con la seguridad de que el tajo lanzado por el Intestino no había conseguido acabar con Barry, pero dejó herida de muerte a La Armada Invencible. Debí tomar dos autobuses para volver, y era de noche cuando pude reinstalarme en el sofá. En la televisión daban programas de concursos, pésimas series dobladas al español, noticieros tediosos y un programa de música en que una chica voluptuosa, con la nariz quirúrgicamente reducida al absurdo, presentaba videos de tipos atléticos y mujeres con cuerpos de vértigo. Bailaban todos, a veces cantaba una mujer que agitaba el trasero ante la cámara, a veces lo hacía un hombre que removía el suyo también. Eran jóvenes, pero pude ver en ellos a los futuros Swingers Zapopanos, gente que trataría de exprimir el limón lo que pudiera y seguiría chupando la pulpa aunque fuera agria. Debo haberme quedado horas ahí, tendido, y al final dejé el monitor por la paz y miré las sombras en el techo y el declinar de la luz en las ventanas. No tuve fuerzas para elegir un disco, subir el volumen al máximo y entregarme al alivio de la música. Me descubrí musitando «American Pie», esa canción hippie de tiempos pasados y derrotas sin final, y acabé cantando sobre el día funesto en que la música murió. Pero no está muerto lo que puede despertar y aquellas líneas antiguas me reanimaron lo suficiente para tomar el teléfono y descubrir que no tenía un solo mensaje. Marqué el número de la Niña con la vaga esperanza de que no respondiera, pero lo hizo, el fastidio en la voz de quien recibe una llamada cuando no toca. ¿Ya es sábado?, dijo con sarcasmo. ¿O te pasó algo? Yo quería contarle todo: la banda, su resurrección y segunda muerte, el extraño público que acompañó nuestros conciertos, mi desempleo, las inciertas perspectivas de futuro, el dolor inabordable de que el Pato se hubiera ido, y mi oscuro desliz con Brenda. Hubiera querido hablarle del documental, y del exasperante personaje que era Luisma, ese muchacho lindo con bigotitos de caricatura y un chongo, pero no hubo modo. Te oigo mal, pá, pero tengo examen mañana y es importante, está aquí una amiga conmigo, repasamos juntas, dijo la Niña. Mejor el domingo comemos con calma y me cuentas, ¿va? Le dije que claro, le había dicho que sí a todo desde el día en que nació. Y pensé que mis propios viejos no me llamaban por teléfono desde sabría Dios cuándo: ser un padre que procuraba a su hija me hacía sentir superior. Hasta iba a mandarle un beso a la Niña cuando me colgó.

El teléfono permaneció en silencio y el timbre de la puerta no volvió a sonar sino hasta días después, la noche del viernes. Acababa de ponerme el pijama, que consistía en unas bermudas desteñidas y una playera con el logotipo de una surtidora de tinta insinuándose en el pecho. Metí los pies en unos guaraches y abrí: el Gordo Aceves me miraba con una severidad que contenía mal la culpa. En los ojos le brillaba el arrepentimiento del perro que sale de casa, se pierde dos noches y vuelve cuando tiene hambre y extraña su ambiente. Lo dejé pasar en silencio y escenifiqué el ritual de sacar del refrigerador las cervezas y ponerle una en las manos. Si quieres otra hay que comprar, estas son las últimas, declaré. El Gordo levantó el bote en mi dirección, a manera de brindis, y le pegó un trago. Resoplaba, bajaba la cabeza, era neciamente tan él que tuve que reírme. No te corrí en serio, pinche Yulian, comenzó a decir, titubeante, luego de diez minutos de espera. Dejó la cerveza en el suelo, frente a sus pies, se puso las manos en las rodillas y no tardó en tamborilear: estoy seguro de que el Gordo llevaría el ritmo incluso dentro de un ataúd. Se supone que tengo que pasar por el cheque a un despacho y firmar una carta que diga que no voy a demandarte, aunque debería, le respondí, altanero. Bufó con nerviosismo y se frotó las manos: a un patrón no le gusta disculparse ni arreglar lo que él mismo descompuso. Todo fue cosa del contador, se excusó, le di esas instrucciones porque estaba encabronado. Pero tu chamba está ahí, Yulian. Laminados Aceves es tu casa. Una ola de serenidad descendió a mi estómago junto con un nuevo buche de cerveza: el taller cubría mis necesidades básicas, y la posibilidad de volver a los viernes del Ricky's y las borracheras subsidiadas por el Gordo me parecía, a esas alturas, el destino más promisorio al que un cuarentón pudiera aspirar. Pero necesitaba dejarle en claro algunas cosas antes, por supuesto, y darme mi lugar, carajo. Yo sé que no te vale madre lo que pasó con tu sobrina, Gordo, arranqué, deliberado. Y está cabrón. A lo mejor ya se chingó todo entre nosotros y así hay que dejarlo. El jefe bajó la cabeza una vez más y su gesto apaleado casi me conmovió: estaba dispuesto a rogar, gracias al cielo. Me calenté en el momento, lo acepto. Pero no hay pedo, Yulian. Neta no. Mi sobrina es adulto, no te pasaste de lanza con ella. Nomás fue raro todo. No me caía el veinte de que ya no es una pinche criatura hace años. Subí las piernas al sofá y me rasqué la cabeza: en el fondo, estaba seguro de que no podíamos echar el tiempo atrás y actuar como si no hubiera sucedido nada. ¿Y ahí vamos a estar los tres, Brenda, tú y yo, en la oficina, pinche Gordo? Va a ser un pedo. Mi vacilación era sensata, era imposible imaginar que un arreglo así funcionara. Pasar los días al lado de Brenda, después de habernos acostado, sin provocar un desquiciamiento en Laminados Aceves, parecía inconcebible. Pero el Gordo tosió... No, no va a pasar. Mi hermana ya no quiere que Brenda vuelva al taller y ella tampoco aceptó, a ningún costo. Creo que me odian las dos. O se odian entre ellas y prefieren echarme el pedo a mí. Eso dijo y tomó el bote de cerveza con mano resignada. No me quedaba claro que aquello bastara para resolver el asunto, pero me alivió el dato de que Brenda desaparecería de aquel escritorio siniestro, al otro lado del pasillo, y dejaría de arrinconarme, y así, tendríamos que vernos, ella y yo, si volvíamos a hacerlo, en un escenario distinto. Vas a tener que pagarme más, pinche imbécil, o ni madres que regreso, amagué, con todo el cariñoso desprecio de un amigo. El Gordo sonrió, parecía un jabalí atacado de cólera, y se empinó el trago final del bote. Eres un hijazo de puta, pinche Yulian. Estás abusando. Y sí, cabrón, me hace falta otra chela. Aquí dónde se compran o qué.

Mensaje grabado:

Hola, Luisma. Soy Pati Kay. El Pato. Perdón por no contestarte: hasta ahorita vi tus llamadas. En un rato es la primera función aquí, en este rollo que te conté del circo. No tienes idea de lo chingón que va a quedar. Los acróbatas y malabaristas y las trapecistas y los magos son increíbles. Yo voy vestida como de diosa del trueno o algo así, no me reconocerías con el maquillaje. Ahorita van a subirme a una plataforma y esa madre me levanta al escenario y salgo en medio de un aro de fuego, una cosa cabrona. No toco en todos los actos, pero tengo tres estelares y un solo largo al final. Y, la neta, esta gente es poca madre, nunca había tratado con gringos, aparte de los viejitos de Chapala y sus esposas, y esta banda está loca, son iguales a los gringos de las películas, ocurrentes, sarcásticos y chistosos. También medio cagantes, no creas, pero me los administro. Bueno: igual mejor te doy una respuesta rápida a lo que preguntaste. La neta, la neta, ahorita no tengo pensado volver. Apenas vamos a empezar y la gira del circo va a ser larga, empezamos un mes en San Luis, Missouri, y de ahí nos vamos a Atlanta y Florida y no sé a dónde más. Va a ser tanto que, de hecho, somos dos guitarristas: me contrataron una suplente por si me enfermo, me canso o se me rompe el dedo. Entonces, neta, no sé. Le pedí a la señora, la que cuidaba a mi papá, que mantenga limpia la casa. Y Henry, el vecino, va a ayudar a alquilarla y a guardar nuestras cosas en una bodega. Es un paro que alguien se ocupe de eso, porque no podría sentarme con los discos o la ropa de mi papá, acabaría llorando. Y bueno, de La Armada también quieres que hable, ¿no? Ahorita estoy muy revuelta con todo, pero la neta les deseo lo mejor. Ya me enteré de lo que pasó con Barry, y me imagino que tendrá que cuidarse un tiempo. Pero ojalá se recupere y retome la banda, porque vale la pena. La pasé muy chido con ellos. Y son mis amigos, nos conocemos desde morros, de ahí, de los conciertos y las tocadas y la escena. Y qué más te digo que sirva... Igual y suelto todo, no sé si tenga tiempo de que platiquemos en un rato, a lo mejor no me dan ganas. La estoy pasando bien. Ensayo un par de horas y el resto del tiempo salgo a la ciudad. Tengo ganas de que ya viajemos y conocer más, no he visto nada, solo Chapala... Me están diciendo que tengo que subir, Luisma, así que voy a cortar este audio, ojalá y se mande, para desentenderme ya. Mira: a lo mejor La Armada no sale de esta, cabrón, pero espero que sí. A mí me sustituyen cualquier día, o a la mera convencen un día al Mustaine de volver. Igual Barry y el Gordo están del otro lado, con sus negocios y eso. Yo, la neta, lo que te puedo decir es eso, que son mis amigos y, para mí, estos días, que ando muy lengua suelta y muy de borracha, me parece que son la mejor pinche banda del mundo. Y es muy culero que nunca hayan pegado y no los oyera nadie, y se hayan olvidado de ellos hasta los que los llegaron a oír. Porque son unos chingones, me pusieron la banda a los pies y la pasé muy bien, mejor que en mi propia banda, ni comparación. La neta, es eso, nada más... O, bueno, algo. No sé: si hablas mucho con el Yulian, dile que le mando un beso, ando en chinga, pero en algún momento voy a

> volver. Que está chido que yo sea su esperanza, porque él es la mía. Y de eso se trata, aunque toquemos para nadie y nos haya pasado encima el mundo, y nos olvidaran hasta los que nos habían olvidado antes, está chido que sepa que ahí sigue, yo creo que eso siempre piensa la gente cuando está lejos, y yo lo pienso aquí y lo voy a pensar cuando salga en medio del aro de fuego como pinche tigre de circo. Dile algo bonito de mi parte, Luisma. Dile que algún día nos veremos debajo de unas estrellas.

Otro viernes, a media tarde, en la lúgubre paz del departamento, me di cuenta de que mi intento por tocar un cover razonable de «Helter Skelter» no dejaba de fracasar porque las cuerdas de mi guitarra de palo estaban aguadas. Decidí meterla al estuche, colgármelo al hombro y acercarme a la tienda de música de Horizontes para conseguir repuestos. El autobús me arrastró por la fea avenida Ávila Camacho hasta Patria, y allí transbordé. El oeste de la ciudad siempre fue rico y plácido y lo odiaba, pero una brisa fresca, cargada de presagios, sopló en mi cara como en aquellos días cuando salía de la escuela y me preparaba para un fin de semana sumergido en el mundo que la música construía en las bocinas de mi pequeño modular. Lo gozaba. El semáforo de peatones, tras una corta espera, me abrió el paso al *mall*, y todo Zapopan parecía estar metido allí, al menos la gente con el dinero necesario para que la creyeran capaz de comprar los objetos exhibidos en los escaparates de Horizontes. El aumento de sueldo no había sido la gran maravilla, a decir verdad, pero alcanzaba para cuerdas y ya estaba harto del negocio del centro en que solía buscarlas y de sus dependientes perpetuos, un par de asnos que se burlaban de mis playeras de Metallica en el ochenta y nueve, pero usaban playeras de Metallica desde el noventa y uno. Barry odiaba la tienda de Horizontes, pero no acudía a ninguna otra cuando debía reparar su equipo y eso daba buena cuenta de que era un sitio de calidad, a la altura del esnobismo de mi amigo. Pero quizá el pobre de Barry había dejado de ser una referencia fiable: llevaba un tiempo en Chapala, le había alquilado la casa al Pato, y no lo veíamos a menudo. Decía que entrenaba y corría no sé cuantos kilómetros diarios, pero era obvio que se estaba quedando calvo y había ganado peso. Beto, su hijo, nos confesó lo único que hacía su padre por las tardes era tragar papitas, beber cerveza y deslizarse de una siesta a otra. No nos atrevimos a especular sobre su estado mental y respetamos el acuerdo silencioso de no hablar de La Armada, ni siquiera cuando Barry dejaba caer la piedrita de una mención. Creía recordar que la tienda estaba en el tercer nivel de Horizontes, me abrí paso entre el gentío hasta la escalera eléctrica. Una de las ventajas de llevar al hombro el estuche de una guitarra es que nadie puede acercarse demasiado, a riesgo de que voltees y le inflijas un golpe más o menos terminal. En el segundo nivel tuve sed y me acerqué un kiosco para tomarme una rápida cocacola. Horizontes me agradaba, en el fondo del cerebro debía reconocerlo, pero resultaba abrumador: acabé en una banquita, mirando desfilar a la jauría de reyezuelos y reinitas y a su soberbia prole. No conocía a nadie: aquel no era mi código postal y el dinero no me alcanzaba para pasarme la vida allí metido. Me divertía encontrar parecidos entre los paseantes y la gente de mi círculo: aquel viejito tan serio que se mordía el bigote, por ejemplo, me recordaba a mi padre. La mujer de cabellos tiesos por el tinte colorado, que andaba pagando nieves de pistache a veinte metros de distancia, era idéntica a mi madre y hasta calcaba su gesto de cansancio reconcentrado. Decidí que los llamaría a ambos, padre y madre, en unas semanas, con el pretexto de las fiestas de Navidad. Habíamos cruzado algún mensaje en nuestros cumpleaños durante el último año, y poco más. O quizá esperaría a que me llamaran, por qué no: a veces no conviene forzar las cosas. Perdí tanto tiempo en la contemplación que comenzó a oscurecer, por lo que me puse en pie, recuperé el estuche, y continué el camino. En la tercera planta había menos concurrencia y no se veían escaparates, sino restoranes, cafés y un pequeño casino, en el que los riquillos perdían tiempo y dinero frente a las máquinas tragamonedas mientras sus esposas se medían zapatos y cuchicheaban sobre lencerías reveladoras que no iban a atreverse a utilizar. Me detuve a consultar el mapa del *mall* en el celular y comprobé que debía recorrer el pasillo hasta el final para dar con la tienda de música. Y en ese momento la vi. Sentada en la ventana de un restorán, con un vestido azul fino que la hacía ver mayor: su compañero de mesa era un tipo joven, el cabello relamido y una sudadera con el nombre de una de esas universidades gringas estampado. No pude evitarlo y caminé a su encuentro como si me acercara a un aparato de televisión. El tipo era un idiota: miraba a la concurrencia en vez de fijarse en las tetas de Brenda, que ella, obviamente, le exhibía en el balcón de su escote. Brenda no le despegaba la vista y su sonrisa era más que elocuente. Este pendejo le gusta, me dije. Supongo que me pasé de pie en el mismo lugar el tiempo necesario para que me notara. Mientras el muchachito se concentraba en la pantalla de su teléfono, ella movió la cabeza para indicarme que circulara… O quizá solo me pedía que me fuera de allí. Avancé unos metros, a tropezones, me dejé caer en una banquita, abandoné el estuche en el suelo, esperé. Brenda tardó diez minutos en aparecer. Traía en la mano el encendedor y una cajetilla de cigarros. Así que este es el famoso Máximo Bistró, la saludé. Se sentó y me extendió la cajetilla: me hice de un cigarro y le arrebaté el encendedor para inflamar el suyo. Este es, respondió. El pendejo de la sudadera tiene buen gusto, la provoqué: eligió el mejor restorán de la ciudad y a la chica más hermosa del cuento. Brenda me arrojó el humo a la cara y, cuando tosí, rio de su propia travesura. Ni tan buen gusto, Yulian, llevamos cien cenas y no hemos pasado de cenar. Lo que pasa es que él te gusta a ti, pero tú a él no tanto, especulé. Ella lo aceptó con deportividad, inclinando la cabeza: Ni se daría cuenta si me paso una hora aquí afuera, creo. Suspiré. Qué injusta era la puta vida, siempre. Brenda merecía alguien que babeara por ella, alguien dispuesto a romper el planeta para dejarle los pedazos frente a los pies como tributo. No creo que le gustes y tampoco creo que escuche metal, la neta, y eso significa que hay una gran probabilidad de que este tipo tan guapo con el que estás cenando sea gay. Ella volvió a reír. Estadísticamente es probable, claro, reconoció. De hecho, te firmo donde quieras que no le gusta el metal. Quiere que vayamos a bailar a no sé dónde, ¿tú crees? Le hice una pequeña caricia en el cabello. Mira, si no sabe lo que es el death metal, en eso tiene razón, completé. Nos quedamos un minuto en silencio, pero un silencio cómodo: había algo familiar en sentarnos juntos. Ya debes tener un teléfono nuevo, acabé por decirle. Brenda acercó la mano para que le diera el mío y tecleó en él. Tampoco corras a llamar, pinche Yulian, ¿eh?, dijo, poniéndose en pie. Seguro que yo te llamo. Un día, pronto. Y se fue contoneándose. Revisé la lista de contactos: había guardado el suyo como «Anal Squirt Massacre».

La estúpida tienda de música estaba cerrada, la chapa no giraba en ningún sentido, aunque las luces continuaban encendidas y pululaban los clientes dentro: había llegado tarde. Siempre en mi vida, carajo. Una dependiente se acercó a la puerta, hizo una sonrisa de disculpa y colgó el cartelito de «Abrimos a las 10:00 A.M.». Me irrité, pero qué remedio: esas cosas no se resuelven a golpes, sino con resignación. Cuando la última esperanza de salvar el día es conseguir algún objeto inanimado y no lo obtienes, aunque sean unas pinches cuerdas nuevas, el suelo se abre bajo tus pies. El sentido de vivir huye como el aire de un balón ponchado. El peso de tanto puto fracaso me mareaba. Volví sobre mis pasos y me senté en una banquita, frente a la puerta, a fumarme otro cigarro. La tienda de música me había excluido del mismo modo que lo había hecho la música misma: ellas seguían su camino y yo me quedaba a admirarlas a través de los escaparates. Debo aceptar que fui incapaz de reconocer a ninguno de los artistas retratados en los carteles promocionales fijados aquí y allá. Esos tipos de aspecto juvenil, con grecas dibujadas en sus ostentosos cortes de cabello y las cejas más cuidadas que el vello púbico de una top model, me resultaban absolutos desconocidos. Esas chicas con los labios al borde del estallido y que se contorsionaban como pirinolas ante la lente, para mostrar al mismo tiempo los senos y las nalgas, parecían seres de otro mundo, o, cuando menos, de otra época: una en la que yo, decididamente, no sabía estar. La puerta se abrió y unas muchachas salieron al pasillo riendo, mostrando las lenguas y comentando lo que fuera, felices de habitar sus dieciocho o veinte años, y gozar del viernes por la noche. Las envidié profundamente: el mundo aún tenía caso para ellas. Quedaban varios clientes más, podía mirarlos por los ventanales, y no parecían interesados en los instrumentos, ni en el equipo de sonorización exhibido, ni tampoco en el pequeño mostrador con las reediciones de vinilos ilustres, en el que yo solía perder media hora, cada vez, antes de darme cuenta de que no me convenía pagar por ninguno de ellos en vez de comprar mi despensa semanal. Se encontraban reunidos todos en torno a una mesita y, cuando alguno de ellos cambiaba de posición, era posible ver que alguien les firmaba autógrafos en unas fotografías a color, pequeñas cartulinas satinadas que no faltaban en ninguna mano. Será una de tantas estrellitas de los carteles, pensé. Y no me pareció mal: se ve que alguien todavía puede vivir de la música, me dije. La música: una de las artes que celebramos desde tiempos de los griegos, que fueron los primeros en establecer clasificaciones, pero que, en suma, practicaron todos los pueblos bajo el sol, desde el principio de los tiempos, y que, seguramente, nos acompañará hasta el final. La única relación estable en mi vida, la única que me había dado algo más que decepciones y quebrantos, aunque tampoco dejó de dármelos. Tuve un impulso y abrí el estuche para sacar mi guitarra. Aunque siempre fui el bajista de La Armada, la guitarra había sido el primer amor de mi vida, y no temería a la muerte si hubiera un modo de seguirla rasgando allá a donde fuera a ser que terminara uno al cerrar los ojos por última vez. Llevaba una púa en el bolsillo del pantalón y la obtuve: quizá las cuerdas se hubieran tensado solas durante el traslado a Horizontes, pensé, o quizá, al menos, sonarían mejor que unas horas antes si las pulsaba al aire libre y fresco del anochecer. Necesitaba darme alguna alegría y comencé a rasguear las notas de «Helter

Skelter». El metal nació en muchos lugares y con muchas canciones, pero, para mí, había sido con esa, que ya sonaba a nana, aunque llegó al mundo, en su día, para ser una tempestad de hierro. La puerta del local volvió a abrirse y salió por ella una veintena larga de personas, entre ellas el tipo de los autógrafos, una chica rubia y elegante que lo tomaba del brazo, y un vigoroso grupo de aduladores jovencitos y arrogantes. Procuré ignorarlos y seguí en lo mío, pero debo haberles llamado la atención y, en segundos, me vi rodeado por ellos. Ninguno me dirigió la palabra, hablaban entre sí, no creo que más de dos alcanzaran la mayoría de edad, sacaron teléfonos de los bolsillos y comenzaron a grabarme mientras tocaba, pero yo ni siquiera volteé, atento a las cuerdas. Al tipo de los autógrafos le molestó, me parece, que un desconocido le disputara la atención. Se abrió paso entre sus lambiscones y se plantó frente a mí. Insultantemente cerca, la verdad, como si fuera a meter la verga entre las cuerdas de la guitarra. No mamen, dijo, con un sonsonete de niño fresa tan marcado que ni el propio Luisma habría sido capaz de emularlo. Chequen este ejemplar. ¡Es un pinche metalero! Debe ser el último de su especie, porque, la verdad, pensé que estaban extintos. El tipo me señalaba y hacía gestos, y sus adoradores festejaban y reían y repetían sus palabras para inmortalizarlas en las grabaciones de sus teléfonos. Yo dejé de tocar, levanté la cabeza y descubrí que el tipo era Iñaki, el urbano, el cantante «de aquí», y se veía tan rubio y atildado, igual que en la portada del *102*. Tócate algo, bróder, propuso él, pero con *sabor*, quiero un *beat* para cantarle encima. Sus fans se entusiasmaron y lo ovacionaron: ah, quién sino un gran caballero le concede una caridad a un pobre mendigo. Iñaki sacó un puñito de monedas del bolsillo de sus bombachos y lo arrojó al estuche abierto de mi guitarra. Sentí la vieja mano de hielo de la humillación apretándome el pecho y sucedió en un momento: me puse en pie y le metí un empellón que lo obligó a retroceder. Y blandí la guitarra de palo como un hacha de guerra y la estampé en su estúpida cabeza rubia y todo se convirtió en una confusión de astillas, cuerdas y sangre. A Iñaki se le escapó un mugido seco mientras caía. La chica rubia y elegante gritó. El personal de la tienda de música permaneció inmóvil tras las ventanas; supongo que estarían aterrados: uno de los dependientes se llevó las manos a la boca. Los chicos grababan la escena en sus teléfonos, se miraban unos a otros, el cielo se había derrumbado frente a sus ojos, y pobres hormigas sin reina, se revolvieron y comenzaron a picar sus pantallas para reenviar la grabación a los amigos y subirla a las redes. Conocía de sobra lo que pasaba cuando esos videos de mierda brincaban por todas partes: arruinaban tu vida y terminabas maldiciendo al hijo de puta que concibió la idea de que chismorrear con imágenes era ocupación digna para un humano.

Era hora de irme. Tomé el estuche de la banca y le vacié las moneditas al abatido cuerpo de Iñaki, quien todavía intentaba sacarse los restos de mi guitarra de la cabeza. El hijo de puta me había dado una limosna y por eso le grité un trozo de canción, a modo de despedida, inclinado sobre su rostro infamado en sangre: ¿No quieres que te ame, pendejo? ¡Dime, cabrón, dime! ¿No quieres que te ame? *Helter Skelter*, hijo de puta: *Helter* Pinche *Skelter*. Cerré el estuche vacío, lo colgué de mi hombro y me alejé de allí, pasillo abajo, un pie detrás del otro, a las escaleras de emergencia. Los guardias de seguridad subirán por el elevador, pensé, y tuve razón, porque salí de Horizontes, al final, sin que nadie me detuviera, hice la señal de parada al primer taxi que pasó por la avenida y me marché. El conductor quiso iniciar alguna plática pero mi silenció lo disuadió. Debía ser yo todo un espectáculo de rabia, con un solo gruñido conseguí que el taxista quitara una de esas charangas de mierda, tan en boga, apenas hizo el intento de sintonizarla en la radio. Más tarde, ya por llegar casa, tuve que reconocer que estaba arrepentido: aquella era una buena guitarra, mi madre la compró para mí cuando era un mocoso y la había perdido para siempre. El teléfono comenzó a sonar en mi bolsillo a mitad de la escalera, a dos pisos del departamento. La llamada, el nombre, la chica, resplandecían en la pantalla. Era ella, su voz de siempre, sonaba como si nada malo pudiera suceder otra vez. Algunas personas dicen que no te arriesgues, y creo que no entienden de qué se trata todo esto. Solo vivirás una vez, así que aprovecha. Se trata de que no termines como los demás, con sus mismas estúpidas canciones y sus mismos jodidos bailes.

(Berlín, julio de 2018 - Zapopan, junio de 2022).

Agradecimientos

Ningún libro se escribe sin el amor de los demás. Esta novela se debe a los cientos de charlas sobre toda clase de materias exóticas que he sostenido con mis amigos. Gracias a Mariño, Álvaro, Óscar y David, con quienes he compartido tragos, ensayos y ruido. Y también a Payó, Valeria, Fer, Ezequiel, Andrés, Cova, David, Soto, Aldo, Juan, Paty, Kyzza, Naief, Nicolás, Daniel, Charly, Mariana, Mona, George, Martín, Horacio, César, Édgar, Vero, Elma, Toño, Bena, Samuel, a Óscar Martínez, al gran Joe Volume, a mi compadre Jaime y a Titania, a Gus y Jors, a Chuy y a Juan Urruzola. Y gracias a mis hijos, Nico y Julia, porque aman los guitarrazos y las T-Shirt con logos de bandas. Este libro se debe, además, a los amigos que le hicieron observaciones utilísimas al manuscrito: Luis, Emiliano (que me regaló un epígrafe), Jaime, Adam, Javi, Franco, Ana. Atenea encontró y suprimió decenas de dedazos del manuscrito. Uriel me mandó una tonelada de información sobre bandas de ayer y hoy, y nutrió mi anecdotario del metal mexicano. Y Michael, agente y amigo, me animó a escribir esta historia durante una comida en Berlín, a diez bajo cero. Clara y su familia, Juan y Encarni, Paul y mis tíos Guillermo y Pilar, ayudaron a Luis y a Adam a salvarme la vida en Madrid en septiembre de 2021, con la participación barcelonesa de Marcel, el profe Tizano y Tomasena. Gracias también a mi hermano Daniel y a mi sobrino Daniel. Gracias, Marisol. Y gracias, Ángel, por el mal ejemplo y porque alguna vez volveremos a vernos, en una cantinucha cualquiera, y pondremos a Motörhead tan alto que los demás tendrán que largarse.

Índice